최남선의 글쓰기를 통해 본 한국근대담론

# 최남선의 에크리튀르와
# 근대·언어·민족

내일을여는지식 / 어문 8

최남선의 글쓰기를 통해 본 한국근대담론

# 최남선의 에크리튀르와
# 근대·언어·민족

◆ 문성환 지음 ◆

한국학술정보㈜

## 최남선의 에크리튀르와 근대·언어·민족

최남선은 열정과 신념의 일생을 살았지만 평생을 통해 경계인 혹은 주변인의 삶을 살았다. 근대계몽기에 그는 문명을 체험한 엘리트 지식인으로 문명국 일본과 미개한 조선의 경계에 있었다. 역사 연구로 전환했을 때 그가 맞닥뜨린 눈앞의 타자는 일본이었다. 최남선은 일본이라는 타자로부터 조선을 주체화하기 위해 그는 조선의 역사와 조선의 역사를 설명해 줄 근거로서 '불함문화'를 설정하였다. 그의 「불함문화론」은 인도·중국 문화와 구별되는 독자적 문화권으로서 강한 민족주의 이념의 결과였다.

하지만 일본이라는 타자에 대한 반발은 결국 그 타자를 모방하는 방식을 벗어나기 어려웠다. 이것은 많은 탈식민주의 담론이 지적하고 있는 피식민지의 제국 모방을 떠올리게 한다. 요컨대 조선적인 주체성을 강화하기 위해 구상된 최남선의 문화론은 그 문화권역이 확대될수록 조선이라는 독자의 의미가 희미해질 수밖에 없는 논리 속에 있었다. 이것은 일본이 조선과의 문화적 동질성을 강조하면서 내선일체를 요구했던 것과 본질적인 차원에서 동일한 결과를 야기했다.

최남선의 문화론 속에서 일본과의 문화적 동질성이 부정될 수 없었던 것은 그에게 조선적인 것은 문화권 속에서만 독자성이 드러나는 것이었기 때문이다. 이러한 논리는 최남선이 만주에서 조선을 특화하는 과정에서 다른 한편으로 만주를 타자화하고 있는 모습을 통해 반복된다. 최남선이 만주에 대해 북방문화로서의 동질성을 주장했을 때 현실의 만주는 부정되고 있었다. 최남선의 역사 연구가 제국의 욕망을 모방하게 되었을 때 최남선은 과거 일본이 서양에 대해 자신들을 '반개(半開)'로 위치시키고 다른 동양 국가들에 대해 야만의 지위를 부여했던 것과 같은 위치에 서 있었다. 요컨대 일본에 대해 조선을 구별하는 과정에서 만주 등 북방민족은 미개의 영역으로 전락해 버린 것이다. 이런 점에서 보면 최남선의 매체 활동과 역사 연구는 평생을 통해 그가 보여 주었던 경계적인 혹은 주변적인 욕망의 삶을 상징적으로 보여 준 것이었다고 말할 수 있다.

최남선의 일생에는 이렇듯 모순되어 보이는 두 양상이 자주 공존했던 것처럼 보인다. 예컨대 그가 합리적이고 이성적인 계몽주의자인 동시에 낭만적이고 열정적인 역사학자였다는 사실, 혹은 그가 식민지 조선의 독립을 선언했던 열렬한 민족주의자였음에도 불구하고 다른 한편으론 신념 어린 열변으로 제국주의 일본과의 문화적 동질성을 주장했던 사실 등이 그렇다. 최남선은 전근대적 시가 양식과 구별되는 신체시를 처음 선보인 초창기 근대 시인이었지만 1920년대 중반 자유시가 본격화된 이후에는 오히려 시조부흥을 둘러싼 논쟁의 촉발자이기도 했다.

　이 책은 최남선의 일생을 통해 여러 차례 반복적으로 현상되었던 이러한 양상들이 단순히 한 인물의 개인적 모순이나 변심의 양태로 환원되지 않고 남겨지는 부분이 있다는 의심에서 출발한다. 이러한 의문은 다른 무엇보다도 최남선 그 자신이 보여 준 일관된 삶의 한 형태, 요컨대 글쓰기를 시작한 10대 후반 이후 죽음에 이를 때까지 그가 단 한 번도 저술활동을 쉬지 않았다는 사실에 근거한다.

　최남선의 일생은 근대계몽기로부터 일제강점기를 거쳐 해방 전후와 한국전쟁 이후까지 한국 근현대사의 초창기로부터 대한민국 정부 수립까지의 중요한 사건·시기에 걸쳐 있다. 그의 저술이 일차적으로 정치적인 문제로부터 자유로울 수 없는 것은 이런 이유 때문이기도 하다. 최남선은 이 모든 시기에 걸쳐 무언가를 쓰거나 말하였다. 그는 제국주의 일본의 강점 기간을 포함해서 일생 동안 단 한 번도 저술 행위를 쉰 적이 없었던, 한국 근대 형성기의 저술가 중 특이한 사례를 보여 준다. 적어도 이 부분에서 최남선과 비견될 수 있는 인물은 오직 이광수 정도가 있을 뿐이다. 실제로 1900년대 후반부터 1910년대까지 최남선은 이광수보다 훨씬 더 영향력 있는 인물이었다. 하지만 오늘날 최남선에 대한 한국사회의 역사적 평가는, 이광수에 비한다면, 상당히 냉정하고 인색한 편이다. 여기에는 물론 여러 이유들이 존재하겠지만, 최남선 연구는 연구 자체가 거부되어 온 경향을 보이는 것 또한 사실이다.

　그렇다면 지금 왜 다시 최남선일까? 이 질문에 대답하기 위해서는 먼저 왜 이제껏 최남선 연구가 억압되어 있었던 것일까를 물어야 한다. 이것은 한국의 근대가, 그리고 한국의 근대문학이 오늘날 대면하게 된 문제와 최남선이, 그리고 최남선의 글쓰기(문학이 아닌)가 흥미로운 방식으로 대응되고 있기 때문이다. 단적으로 말해 최남선은 한국의 근대화 과정에서 주요한 자리들을 선점한 인물이었다. 문학은 물론 역사·출판·문화·교육·지리 등등 최남선이 관여했던 영역은 방대했다. 그런 점에서 최남선은 한국 근대 형성기의 선구자의 한 명이었음이 분명해 보인다. 하지만 최남선이 선도했던 근대화의 방향은 결과적으로는 외면되거나 잊혀졌다. 분명 그의 감각은 남다른 점이 있었지만 최남선은 단 한 번도 자신의 시선을 한국 사회의 주류적인 흐름으로 만드는 데 성공하지 못했던 것이다.

하지만 최남선의 다양한 글쓰기는 한국 근대문학의 내부와 외부에 직간접적으로 관여되어 있다. 여기에는 문학을 포함한 근대의 많은 인식들이 생성·분화되는 모습이 내재되어 있을 뿐만 아니라 식민지 지식인의 무의식과 욕망에 대한 담론의 배치가 포함되어 있다. 따라서 최남선의 글쓰기와 그의 지적 여정에 관한 탐구는 한국 근대문학 및 한국근대화 과정을 이해하는 중요한 단서가 된다.

이런 의미에서 최남선의 글쓰기는 좁은 의미에서의 한국근대문학과, 좀 더 넓은 의미로는 한국의 근대화 과정 자체와 만나는 내부인 동시에 논의의 출발을 가능케 하는 입구인 셈이다. 또한 같은 의미에서 최남선의 글쓰기는 한국근대문학과 한국의 근대성 논의가 성찰해야 할 하나의 외부이자 잠재적인 가능성으로서의 출구인 셈이다. 근대계몽기와 일제강점기, 그리고 해방과 한국전쟁 이후까지 지속적으로 다양한 글쓰기를 펼쳤던 최남선을 천착하지 않은 채 한국의 근대화 및 그 과정에서 펼쳐지고 있는 다양한 인식의 배치를 설명하는 것은 불가능하다. 이것은 최남선 연구가 최남선의 글쓰기로부터 연원하는 문제이며, 최남선의 글쓰기는 또한 한국의 근대·언어·민족에 관한 연구로 귀결될 수밖에 없는 문제임을 의미한다.

이 책은 박사논문을 단행본으로 출간하는 것이다. 따라서 본문은 많은 부분 딱딱한 논문의 어투와 체제를 그대로 포함하고 있다. 논문이 아닌 책의 형태이니만큼 이런 부분들을 모두 손보아야 한다고 생각은 했지만, 그러지 못했다. 나름 하나의 호흡과 흐름으로 진행시켰던 글을 부분적으로 고친다는 것은 쉬운 일이 아니었다. 간혹 그사이 몇 가지 정리된 생각이 삽입되기는 했지만, 이 책은 전적으로 논문의 형태를 고스란히 유지하고 있다. 아쉬운 점도 있지만 다른 한편으론 이 논문을 쓰던 당시의 느낌을 남길 수 있게 되었다는 사실에서 위안을 찾기로 한다.

이 논문을 쓰는 동안 나는 너무도 많은 이들의 애정과 호의를 경험했다. 그 이름들을 일일이 호명하기에는 아무리 많은 지면이라도 부족할 것이다. 마음의 빚으로 남겨 두고 천천히 갚고 싶다. 다만 나의 두 식구들, 요컨대 연구공간 수유+너머의 동료들과 가족들에게는 특별한 고마움을 전하지 않을 수 없다. 이들의 무한한 우정과 후원은 내겐 늘 과거가 아니라 현재형이다. '삶-공부'의 길 위에서 흔들리지 않고 씩씩하게 나아가는 길 위의 도반이 될 것을 약속한다. 부족한 원고를 출판할 수 있게 도와 준 한국학술정보(주) 출판기획팀의 권성용 님과 편집팀의 이지연 님께도 감사드린다.

2009년 2월
문성환

최남선과 에크리튀르

1. 최남선(崔南善, 1890 – 1957)은 근대계몽기와 일제강점기·광복·정부수립기·한국전쟁 등 한국근대사의 모든 중요한 시기에 걸쳐 문학·역사·종교·지리·출판·문화 분야 등에서 다양하고 쉼 없는 저술활동을 보여 주었다. 최남선은 과학적이고 합리적인 근대 계몽주의자였지만 한편으론 낭만적이고 열정적인 역사학자였다. 그는 조선의 독립선언서를 기초한 민족주의자이면서 동시에 일본과의 문화적 동질성을 주장했던 친일지식인이기도 하다. 이렇듯 최남선에게는 계몽 대 낭만, 민족 대 반민족이라는 식의 이분법으로는 쉽게 포착되지 않는 다층적이고 분열적인 사유가 착종되어 있다. 최남선에 대한 지난 세기의 평가가 양립될 수 없는 양극단에서 충돌하고 있는 가장 큰 이유는 표준적인 방식으로 척도화하는 근대적 시선으로는 최남선의 이러한 다양성이 포착될 수 없었기 때문이다.

오늘날 최남선은 신문화운동의 개척자이거나 반민족적 친일지식인이라는 양분된 평가 위에 서 있다. 하지만 그에 대한 평가에서 민족 이데올로기라는 거대 담론 속에서는 개인의 다양한 욕망들이 잘 드러나지 않는다. 비교적 최근에 이르러 최남선 연구가 다시 논의의 전면에 등장하고 있음은 특기할 만하다. 이것은 거대 담론의 이면에 작동하고 있는 미시적인 욕망들에 주목한 결과였다. 이러한 현상은 한국문학 연구가 지난 시대의 권위주의적인 군사 독재문화에 대한 저항과 그로 인한 사회 민주화 열망에 대한 열기를 경험한 이후의 시선 전환이라는 점에서도 긍정적인 변화였다고 평가할 수 있다. 이와 같은 맥락에서 최남선의 글쓰기에 드러난 다양한 시선과 욕망의 결들을 읽어 낸다면, 최남선은 '긍정/부정'이라는 이분화된 평가를 벗어나 근대 문학담론으로 들어가는 하나의 '입구'가 될 수 있을 것이다.

2007년 10월 27일, 서울의 한 대학교에서는 '근대한국지성의 기원과 반성 – 육당을 다시 읽는다'라는 주제로 육당연구학회 제1회 학술대회가 열렸다.1) 광복 60년이 지난 시점에서 최남선을 연구하는 학회가 창설되었다는 사실은 매우 놀라운 일이다. 그것은 너무 늦은 일일 수도 있고 혹은 정반대일 수도 있기 때문이다. 그 판단의 양의성에는 친일 문제에 관한 한국 사회의 근본적인 혼란이 포함되어 있다. 이날 학술대회 또한 최남선에 대한 현대 한국 사회의 평가가 어떻게 양분되어 있는가를 보여 주었다. 발표의 한 축에서는 최남선의 친일 행적을 반박하거나 최남선의 신문화운동을 선각자적 행위로 높게 평가하는 전통적인 연구 방식 위에서 근대 계몽주의자로서의 최남선을 평가하였다. 하지만 발표의 또 다른 한 축에서는, 첨단 기계 장치를 동원하여 최남선이 작사했던 일제강점기의 시국가요 가사를 복원해 내거나, 이전 연구에서는 단순히 친일 자료라고만 평가되었던 일제 말기 저술 및 행적들을 최남선의 1920년대 역사 연구 및 신화론의 연속선상에서 읽어 내고자 했다. 요컨대 이날 대회장에는 최남선 연구의 현재와 미래가 동시에 펼쳐지고 있었던 셈이다.

한편 2007년 6월에는 최남선의 만주국 시절 기행문인 「천산유기(千山遊記)」(1) · (2)가 발굴되어 학계에 보고되었다. 최남선의 「천산유기」는 1941년 만주 신경(新京)에서 출간된 수필집 『만주조선문

---

1) 육당연구학회 제1회 학술대회, '근대한국지성의 기원과 반성 – 육당을 다시 읽는다', 덕성여대 평생교육관, 2007. 10. 27.

예선(滿洲朝鮮文藝選)』에 수록되어 있다. 오양호에 따르면 「천산유기」는 흔히 친일 행적기라고 일컬어지는 1940년대 초반에도 최남선이 여전히 조선의 정체성을 중시하는 도구로서 자연을 호출하고 있음을 보여 준다.2) 하지만 무엇보다도 「천산유기」는 최남선의 기행문이 1940년대까지 지속되었다는 사실을 확인케 한다는 점에서 주목을 요한다. 이제까지 최남선의 기행문은 「금강예찬」・「백두산근참기」 등 주로 1920년대 작품들에 논의가 집중되어 왔다.3) 이 과정에서 최남선의 국토 순례는 근대적 이성과 비교되는 신앙적 순례자의 태도로, 혹은 민족의 역사를 신화화하는 제국주의 가족 로망스의 변주 등으로 논의되었다.4) 그런데 1941년의 최남선은 만주 천산을 방문하고 그 기록을 남겼다. 그곳에서 그가 무엇을

---

2) 오양호, 『만주이민문학연구』, 문예출판사, 2007, p.410.
　최남선의 만주국 시절 기행문인 「천산유기」(1)・(2)는 『만주조선문예선』(1941)이란 책 속에 실려 있는 『육당최남선전집』 미수록 원고이다. 『만주조선문예선』은 1941년 만주국 수도 신경(新京)에서 필사 인쇄본의 형태로 발간된 앤솔로지로, 고시조를 제외하면 15명의 작가가 작품 23편을 싣고 있다. 이 가운데 최남선의 글은 「천산유기」(1)・「천산유기」(2)를 포함하여 「讀書」, 「百爵齊半日」, 「事變과 敎育」 등 총 5편이다. 이 가운데 「사변과 교육」은 1939년 6월 『삼천리』에 수록된 「전쟁과 교육」과 같은 글이지만 현재까지의 확인 결과 나머지 4편의 글은 『만주조선문예선』에서 처음 발견된다. 자세한 내용은 오양호의 「1940년대 만주이민문학 연구」(2007) 및 「마도강문학연구」(『만주이민문학연구』, 문예출판사, 2007) 참조(※ 오양호 교수는 이 연구를 위해 최남선의 「천산유기」를 흔쾌히 제공해 주셨다. 이 지면을 빌어 감사의 말씀을 드린다).
3) 최남선의 1920년대 기행문 연구는 서영채가 대표적이다. 서영채는 「최남선과 이광수의 금강산 기행에 대하여」(『민족문학사연구』(24호), 2004)에서 비슷한 시기 금강산 여행기를 남기고 있는 최남선과 이광수의 비교를 통해 자연에 대한 두 사람의 심미적 태도를 구별하고 있다. 이어 서영채는 「백두산근참기 – 근대의 기원의 찾아가는 길」(『한국근대문학연구』(12), 2005)을 통해 최남선의 백두산 기행이 단군론 등 자신의 역사학을 증명하는 행위였으며, 이는 민족이라는 가치를 특권화하는 과정이었음을 보여 주고 있다. 이외에도 최남선의 기행문을 종교적・순례적 여행이라는 관점에서 다루고 있는 논문으로는 김현주의 「국토기행문의 계보학」(『한국근대산문의계보학』 제5장, 소명출판, 2004) 및 복도훈의 「미와 정치: 국토순례의 목적적 서사시」(『한국근대문학연구』(12), 2005) 등이 있다.
4) 서영채, 「최남선과 이광수의 금강산 기행에 대하여」(『민족문학사연구』(24호), 2004) 및 「백두산근참기 – 근대의 기원의 찾아가는 길」(『한국근대문학연구』(12), 2005) 참조.

어떻게 바라보고 있는가 하는 문제는 1920년대 국토 순례기들과의 비교 차원에서도 향후 최남선 연구와 관련된 적지 않은 문제성을 예고하고 있다. 왜냐하면 최남선의 국토 순례는 단순한 기행문의 차원을 넘어 그가 평생을 통해 추구했던 민족의 기원 탐구와 깊은 관련을 갖고 있기 때문이다. 이제까지의 최남선 평가를 가르는 주요한 한 축은 이 지점에서 이루어져 왔기 때문이다.

최남선은 1900년대 후반 이후 1910년대를 통해 자신이 기획·운영했던 신문관을 통해 『소년』·『청춘』 등의 잡지 출판을 주도하고 이러한 매체를 통해 여러 종류의 글을 번역하거나 직접 저술했다. 최남선이 글쓰기를 시작했던 1900년대 중반의 한국에서 '문학'은 아직 독자적인 영역으로 분화되지 않은 상태였다. 문학은 자명한 것도 특별한 무엇도 아니었다. 다른 많은 비서구권 국가와 마찬가지로 외부로부터 근대를 강제당해야 했던 한국의 경우 문학은 어떠한 '과정'을 거쳐 문학이 되었다. 최남선의 글쓰기는 이 과정 속에 있다. 따라서 최남선의 글쓰기로부터 한국근대문학의 어떠한 양상을 살펴보려는 시도는 근대문학의 내적 발달을 확인하려는 전도된 욕망의 결과로 귀착될 위험이 크다. 연구의 방향은 오히려 최남선의 글쓰기가 동시대의 담론들 속에서 어떻게 배치되어 전개되고 있으며 이 과정을 통해 무엇을 특권화하고 어떠한 가치와 욕망들을 표현하고 있는지를 읽어 내는 일이어야 한다. 이 연구가 '문학 연구' 이전에 그의 '글쓰기'에 주목하는 것은 이러한 이유 때문이다.

근대 매체가 한국근대문학의 형성과정과 매우 밀접한 상호 연관성 속에서 연동했다는 사실은 1990년대 후반 이후 최근까지 꾸준히 연구되고 있다.5) 매체 연구는 근대문학이 문학으로서 제도화되는 과정을 매체와 그 매체를 통해 구현된 언어질서와의 상관성 속에서 밝히려는 새로운 방법론적 성격을 갖는다. 매체 연구는 기존의 전통적인 문학 연구에서는 잘 확인되지 않았던 영역들, 예컨대 문화사적 · 제도사적 · 풍속사적 의미들을 발견하고 이를 통해 그동안 단일한 경로로 파악되던 한국문학의 근대성 논의에 풍성한 시각을 제공하였다.

최남선은 두 차례에 걸친 일본 유학 경험을 바탕으로 출판사 신문관을 설립하고 잡지를 통해 문명의 습득과 전파를 주도했다. 이 과정에서 문명의 지식들은 편집자 최남선을 통해 분류되었고, 많은 글을 직접 쓰거나 번역함으로써 최남선은 스스로 새로운 지식의 중요한 매체가 되었다. 최남선은 동시대의 어느 누구보다도 많은 글을 남겼고 여러 형식과 내용의 글을 실험했다. 글쓰기의 감각이 문학적 글쓰기로 분화되기 이전에 최남선의 글쓰기가 이러한 형태로 장기간 존속하고 있었다는 사실도 놀라운 일이지만, 이러한 글쓰기가 한국근대문학의 형성과 관련된 계보학적 탐색을 가능하게 한다는 점에서도 그의 매체 활동은 중요한 의미를 갖는다.

한편 최남선의 일생을 통해 매체 활동에 비견될 수 있는 또 하나의 주요 활동은 단연 역사 연구 분야에서 찾아볼 수 있다. 최남

---

5) 매체와 한국근대문학과의 상호 관련성에 대해서는 성균관대학교 동아시아학술원을 중심으로 지난 몇 년간 꾸준히 천착되었다. 이 연구의 성과는 『근대어 · 근대매체 · 근대문학』(한기형 외, 성균관대동아시아학술원, 2006)을 통해 정리되었다. 이 책에서는 특히 한국과 중국의 근대문학의 형성과 관련하여 근대문학의 성격을 구성하는 데 영향을 미친 다양한 힘들의 상호 규정성을 근대어, 근대매체, 출판자본, 식민체제 등을 통해 재조명하는 데 주력하고 있다. 이 과정에서 최남선과 그의 매체 활동에 관한 연구는 한기형의 「근대잡지와 근대문학 형성의 제도적 연관」 및 「최남선의 잡지 발간과 초기 근대문학의 재편」이라는 논문을 통해 그 관련 양상과 중요성이 지적되었다.

선은 1920년대 이후 민족 및 신화의 기원에 관한 연구에 매진했다. 최남선은 조선의 민족적 기원을 탐색하고 인도·중국과는 다른 독자적인 문화권으로서의 불함문화를 설정함으로써 식민지 지식인으로서 제국 일본에 대항하는 조선의 문화적·민족적 이념을 생산·전파하였다. 이 과정에서 최남선은 단군 연구 및 국토 기행문, 그리고 시조부흥운동 등 이른바 조선학 연구와 활동에 적극 개입하였다. 역사 연구에 관한 최남선의 열정은 신화를 통한 문화 비교 연구 형태로 꾸준히 이어지다가 1930년대 후반부터 만주 지역 문화 연구로 관심이 이동된다. 최남선은 만주 건국대학 교수로 재직했던 1930년대 후반부터 1940년대 초반까지 많은 양의 만주 관련 저술을 남겼다. 하지만 오늘날 이 시기의 저작들은 대부분 친일문학의 범주 속에서 비판되고 있다. 그 이유는 이 시기에 저술된 문화론 속에서 최남선은 조선과 일본의 문화적 동질성을 명시적으로 주장하고 있기 때문이다. 이 부분은 최남선의 친일 행위를 설명하는 좋은 증거로 활용되어 왔다.

최남선 연구는 그가 근대 계몽지식인이면서 또한 식민지 지식인이었다는 두 개의 조건을 동시에, 그리고 충분히 고려한 상태에서 출발하지 않으면 안 된다. 두 차례에 걸쳐 일본 유학을 떠났던 1904년과 1906년, 그리고 귀국 후 신문관 활동을 시작할 당시의 최남선은 대한제국의 신민이었다. 하지만 엄밀히 말해 일본 유학시절과 귀국 후 신문관 시절의 최남선은 서로 다르게 주체화되어 있다. 일본 유학시절의 최남선이 조선과의 동일성 속에 속한 일개인이었다면, 신문관 시절의 최남선은 조선이라는 계몽의 대상을 눈앞에 둔 엘리트 지식인으로 주체화되고 있기 때문이다. 최남선이 조선을 향해 "소년의 나라가 되도록 하라."라고 주장했을 때, 최남선은 이 '소년 – 조선'의 외부에 서 있었던 것이다. 하지만 「독립선언서」의 '오인(吾人)'이라는 말에서 보듯 최남선은 일본이라는 타자 앞에서 다시 조선으로 동일화된다.

두 개의 서로 다른 범주 사이에서 확인되는 이중적인 주체화의 삶은 최남선의 일생을 통해 반복된다. 역사 연구를 통해 조선적인 것 속에서 자신을 동일화·주체화시켰을 때에도 최남선은 바로 그곳에서 다시 분열되고 있기 때문이다. 최남선의 만주 체험은 이러한 과정을 가장 극적으로 보여 주는 사례였다. 최남선은 만주에서 조선의 역사적 정통성을 확보하기 위해 북방문화론을 구상하고, 북방문화의 적자로서 조선을 주체화시켰다. 이 과정에서 그는 만주국의 '오족(五族)' 속에 자신을 동일화시키기도 하고, 일본과 동일한 제국의 시선을 보여 주기도 하며, 때로는 다시 조선인으로 돌아오기도 한다. 최남선의 주체화 과정이 보여 주는 분열과 변이는 그의 글쓰기를 통해 여과 없이 드러난다.

따라서 이러한 주체화의 분열과정은, 최남선의 지적 논리가 도달한 귀착점이 친일문학이라고 할 때에도, 그의 논리가 친일의 의미와 상관되어 있다는 그 점 때문에라도 분명한 규명이 필요한 부분이다. 최남선의 친일담론은 여러 측면에서 제국과 피식민지의 관계 및 식민주의적 근대성에 관한 의미 있는 논제를 제공한다. 최남선의 친일담론에 보이는 제국적 형상은 단순히 일본에의 동화를 의미하는 것이 아니라 그의 조선주의가 공들여 나아간 지점과 나란히 움직이고 있기 때문이다. 일제강점기 후반부에 집중되어 있는 단일화된 친일 논리의 층과 결을 살펴보기 위해서는 직접 그 내부의 담론을 파헤쳐 들어가지 않으면 안 된다.

본 연구는 최남선의 글쓰기와 그가 꿈꾸었던 근대 기획에 관한 연구이다. 이를 위해 논문은 최남선의 삶을 크게 매체 활동과 역사 연구로 구분하고, 최남선의 전체 저작을 통해 한국근대문학의 언어 질서 및 담론적 배치, 그리고 민족 이데올로기의 지층에서 확인되는 식민지 지식인의 분열적 욕망을 탐구하는 것을 목적으로 한다. 최남선의 글쓰기는 한국근대문학 및 한국근대화 과정을 이해하는 중요한 단초이다. 여기에는 문학을 포함한 근대의 많은 인식들이 생성·분화되는 모습이 내재되어 있을 뿐만 아니라 식민지 지식인의 무의식과 분열적 욕망에 관한 담론들이 포함되어 있다. 따라서 근대계몽기와 일제강점기, 그리고 해방과 한국전쟁 이후까지 지속적으로 글쓰기를 펼쳤던 최남선을 천착하지 않은 채 한국의 근대화 및 그 과정에서 펼쳐지고 있는 한국 근대 담론의 인식론적 배치를 설명하기란 불가능하다. 이것은 또한 최남선 연구가 최남선에 관한 연구인 동시에 최남선을 포함한 한국근대연구로 귀착될 수밖에 없는 이유이기도 하다.


2. 한국근대문학을 연구한다는 것은 보이지 않는 몇 개의 전제들과 불가피한 대결 관계 속에 놓인다는 것을 의미한다. 간단히 말하자면 그 전제들은 표면상으로는 자명한 것처럼 보이지만 사실은 서로 다른 기원과 배경의 개념들로 종합된 '한국근대문학'이라는 용어로부터 말미암는다. 요컨대 한국근대문학에서 한국문학은 이른바 국민문학 즉 민족문학을 지시한다. 그러므로 이때의 한국문학은 한국의 혹은 한국적인 문학이라는 독자성의 표지가 된다.

하지만 근대문학이라는 말에 포함되어 있는 문학은 엄밀히 말해 서양에서 18세기 이후 성립된 '리터래처(literature)'로서의 문학을 의미한다. '문학'이라는 말의 용례가 갖는 근대적 성격으로 인해 어떠한 이유로도 서구문학과의 근원적인 연관성을 부정하기가 쉽지 않기 때문이다. 여기에다 한국이라는 말에 포함된 근대 '네이션 (nation)'의 성격을 묻는 것까지 덧붙이게 되면, 국가 및 민족을 아우르는 개념으로서의 네이션은 일본의 식민지 시기와 겹치는 순간 국가와 민족을 분리할 수밖에 없는 역사적 사실 때문에 그 의미가 자의적으로 변용되어 버린다. 한국근대문학은 국가와 민족의 분리 위에 형성된 민족문학으로서의 네이션 리터래처인 셈이다. 다시 말해 한국근대문학은 '식민지기'와 '서양근대'라는 변수가 착종되어 있기 때문에 '한국'·'근대'·'문학'이라는 서로 다른 기원들이 내포하는 단절의 지점들을 살펴보기 어렵다는 난점을 갖는다.

또한 이 논문의 주제인 최남선의 글쓰기와 근대 기획을 살펴보기 위해서는 이 시기 글쓰기가 놓여 있던 글쓰기 장으로서의 매체와 최남선이 직접 기획하고 제작·출판에 관여했던 잡지 활동에 대한 탐구가 필수적으로 요청된다. 전통적인 문학 연구에서는 글쓰기 장으로서의 매체와 그로부터 출발하는 매체 활동을 그 자체로 텍스트라 여기지는 않는다. 하지만 근대문학의 전개는 단지 문자 텍스트들의 연속이 아니다. 문자 텍스트들이 형성·발달되는 데 영향관계를 맺고 있는 글쓰기의 장과 이를 둘러싼 담론의 배치를 살피는 것은 문학의 역사성과 그 형성 과정을 이해하기 위한 중요한 선결 과제의 하나이다.

미셸 푸코(Michel Foucault)는 이와 같은 방식으로 역사의 이면과 그 이면을 형성하는 담론의 장을 추적하는 자신의 작업을 고고학 (L'Archeologie)적 방법이라고 불렀다.6) 푸코의 작업은 근대적 이성 이라는 자명한 인식의 전개 속에서 배제되고 은폐되고 억압되었던 타자들의 역사를 구성하는 데 많은 시사점을 제공한다. 고고학적 탐구는 문학이라는 담론의 장이 형성되기 이전에 존재했던 최남선 의 글쓰기를 연구하는 데에도 유효한 성격을 갖는 방법론이다. 문 학이라는 담론의 장이 형성되기 이전에 다양한 형태로 전개되었던 글쓰기의 어떤 측면이 문학과 문학 아닌 것으로 분류되고 확립되 었는가를 확인할 수 있기 때문이다.

한편 탈식민주의 문학이론은 서구 근대인의 시선과 그 시선의 타자화로 인해 발생되는 오리엔탈리즘적인 피식민성을 넘어서려는 노력을 보여 주었다. 예를 들면 호미 바바(Homo Bhabha)는 '억압 된 사람들의 힘'이라는 프란츠 파농(Frantz Fanon)식의 비전을 통 해, 비서구세계를 타자화하는 식민지 종주국의 시선에서는 결코 피 식민자의 정체를 파악할 수 없음을 간파했다. 왜냐하면 피식민자의 진정한 정체성은 권력의 시선으로는 포착할 수 없는 외부에 존재 하며 그런 의미에서 그것은 오리엔탈리즘적인 시선의 외부에서만 존재하는 것이기 때문이다. 이와 같은 피식민성은 식민주의적 시선 을 교란시키고, 결과적으로 식민주의적 시선을 분열시킨다. 호미

---

6) 미셸 푸코의 고고학적 방법론이 실제 사례로 적용된 경우로는 서구 중세에서 근대로의 전환 과정에서 '광기'가 타자화되는 과정을 고찰한 『광기의 역사』(이규현 옮김, 나남), 근대 권력의 시선과 감시 체계를 고찰한 『감시와 처벌』(오생근 옮김, 나남), 에피스테메 (episteme) 개념을 통해 인문과학·생물학·경제학의 고전주의 및 근대적 의미를 다룬 『말 과 사물』(이광래 옮김, 민음사), 그리고 자신의 담론 연구 및 고고학적 방법론을 서술한 『지식의 고고학』(이정우 옮김, 민음사) 등이 있다. 푸코는 이후 자신의 역사 연구를 계보 학으로 이동시키고 있는데, 고고학과 계보학의 방법적 특성에 관해서는 「니체·계보 학·역사」(이광래 옮김, 『미셸 푸코』(이광래, 민음사)에 부록으로 번역 수록됨) 참조.

바바는 피식민자가 식민지 종주국의 문명을 흉내 내는 모방을 통해 식민주의적 무의식을 드러내지만 이때의 모방은 서구적 식민주의의 반복이 아니라 서구와 충돌한 교섭과 혼성의 과정이라고 설명한다.[7] 호미 바바 논의의 핵심은 식민주의적 의식과 피식민성의 관계에서 피민자뿐만 아니라 식민지 지배자 역시 분열된다는 점에 있다.[8] 이러한 사실은 식민주의와 피식민성이 상호 계기적임을 인식할 것을 요구한다.

물론 탈식민주의 담론에 대한 비판의 목소리도 적지 않다. 비판의 요지는 서구 중심의 중심화를 거부하는 탈식민주의 담론에서 문화적 차이를 강조하고 지역 연구를 부각하는 것은 그 문제의식의 의의에도 불구하고 여전히 자본주의적 근대성의 이면임을 간과하고 있다는 것이다. 해리 하르투니언(Harry Harootuinan)은 호미 바바와 가야트리 스피박(Gayatri Spivak) 등으로 대표되는 탈식민주의 이론이 식민지의 경험과 영향이 각인되어 있는 구분들에 의존함으로써, 자신들이 비웃어 왔던 이전의 양극성보다 더 생산적일 것도 없으며 본질주의의 혐의에서 벗어나지도 못하는 이항대립을 재생산해 왔다고 비판한다. 그 결과 탈식민주의가 시도하는 역사 복원은 또다시 지배 구조와 범주를 제시하는 이항대립에 갇혀 버리게 됨으로써 오히려 무역사적 성격을 노출하고 있다는 것이다.[9] 이는 탈식민주의

---

7) 호미 바바(Homi Bhabha)(1994), 나병철 옮김, 『문화의 위치』(소명출판, 2002) 2장 참조.
8) 식민지 종주국을 피식민지가 모방하는 과정에서 모방의 양가적 성질이 발생되고, 이로 인해 식민지 종주국 역시 분열된다는 호미 바바의 논의는 고모리 요이치의 『포스트 콜로니얼』(삼인, 2002)에서도 기본 틀로서 원용되고 있다. 고모리는 이를 식민지적 무의식과 식민주의적 무의식의 모순이라고 불렀다.
9) 해리 하르투니언(Harry Harootunian)(2000), 윤영실·서정은 옮김, 『역사의 요동』(휴머니스트, 2006) 1장 2절 참조.

이론이 지역적인 것에 대한 예외주의나 규정 불가능성으로 귀착되지 않도록 섬세한 주의가 필요하다는 사실을 깨닫게 한다.

최남선의 친일은 단순한 정치적 선택의 문제로 환원되지 않는다. 즉 결과론적으로 그의 언설이 일본에 동조하고 있는가 아닌가의 문제로 친일담론에 접근하게 되면 최남선이 근대계몽기 이후 다양한 방식으로 중개했던 근대의 지식과 이후 전개된 민족 문제 등이 갖는 중요성은 대부분 휘발되어 버리기 때문이다. 더불어 그러한 논의에는 최남선이 수용했던 근대 담론과 식민지 권력을 통해 수입되었던 근대 논리가 뒤섞여 버린다. 3·1운동 이후 최남선이 역사 연구를 통해 여러 겹의 타자 만들기를 보여 주고 있는 것은 근대를 수용하는 것과 타자를 배제하는 것 사이에서 대립되고 있었던 그의 딜레마를 잘 보여 준다. 최남선은 이러한 딜레마를 '학문'의 순수성을 통해 극복하고자 했다. 하지만 그의 학문적 역사 연구가 민족의 기원을 문제 삼게 되는 순간, 즉 근대 역사학의 방법론을 수용하는 순간, 그에게 식민지 현실은 언제나 반복적으로 환기될 수밖에 없었다. 그것은 근대 그 자체를 문제 삼지 않는 한 피할 수 없는 필연적 결과였다.

최남선은 한국 근대사의 거의 모든 시기에 걸쳐 매체 활동과 역사 연구를 통해 왕성한 글쓰기를 펼쳤던 인물이다. 이 논문은 최남선의 전 생애에 걸친 활동과 그가 남긴 저술들을 대상으로 한국근대문학의 초창기에 전개된 글쓰기와 최남선에 의해 기획된 근대의 의미를 추적하고, 이를 통해 한국근대문학이라는 근원적인 지반의 기원과 그 외부성이 탐사되기를 희망한다. 이를 위해 이 논문은 지난 세기에 자명한 것으로 인식되어 왔던 한국문학의 근대성 및 한국문학사의 몇 가지 전제들을 다시 묻는 것으로부터 출발할 것이다. 이를 위해 이 논문은 최남선에 관한 정치적 판단은 될 수 있는 한 배제한 상태에서 문명화와 근대화라는 최남선의 출발점으로부터 논의를 시작하고자 한다. 또한 그의 지적 여정이 다다른 민족의 기원과 민족을 통한 보편성의 획득 과정을 일본의 식민주의와 이를 모방한 식민주의적 무의식의 관계를 통해 살펴보고, 이 관계 속에서 그의 논리가 분열되는 지점과 그가 생성시킨 근대담론의 배치를 고찰할 것이다.

이에 따라 이 논문은 다음과 같은 방식으로 논의를 전개할 것이다. 논문의 Ⅱ장은 근대적 국문 글쓰기의 전개 과정을 근대계몽기의 대표 매체였던 신문과 잡지에 나타난 글쓰기의 언표 배치와 그 효과를 살펴볼 것이다. 이를 위해 Ⅱ-1장에서는 신문의 매체성과 및 근대적 국문 글쓰기의 기원으로서 신문이 갖는 의미를 추적하고, 잡지의 매체성과 최남선의 글쓰기가 보여 준 근대적 문체의 특징을 살펴본다. Ⅱ-2장은 신문 매체와 1910년대 신소설의 전개 양상을 탐구한다. 여기에서는 이제까지 한국문학사에서 근대문학의 전사(前史)로 논의되는 신소설과 신소설의 주요 매체였던 신문이 맺고 있던 공모 관계를 확인할 것이다. 이를 통해 신소설만으로는 미처 설명되지 않는 1910년대 한국근대문학의 전개 과정을 새롭게 풀어 보고자 한다. Ⅱ-3장은 신문 및 신소설과는 또 다른 축으로 존재했던 1910년대 한국문학의 존재 양상을 최남선의 잡지 『소년』·『청춘』을 통해 살핀다. 1910년대 잡지를 중심으로 전개된 최남선의 글쓰기와 근대적 글쓰기에 대한 그의 구상을 확인함으로써 한국근대문학의 언어적 질서화에서 최남선과 그의 잡지 활동이 갖는 역할을 따져 보게 될 것이다.

최남선은 스스로 '신보잡지광(新報雜誌狂)'[10]이라 일컬을 정도로 언론 매체에 관심이 많았다. 최남선은 자신이 일본으로 첫 유학을 떠났던 열다섯 살 때 일본의 어마어마한 출판시장에 큰 충격을 받았음을 고백한 적이 있다. 그는 그때의 경험을 "머리를 숙였다가 한숨 쉬고, 한숨 쉬다가 주먹 쥐고, 주먹 쥘 때에 곧 '이 다음 기회가 있을 터이지' 하는 믿지 못할 공망(空望)을 껴안았던 것"이라고 적었다.[11] 하지만 최남선 자신도 믿지 못할 정도로 헛된 바람이라고만 생각했던 그 '다음 기회'는 1908년 11월 『소년』지의 창간이라는 결과로, 예상보다 일찍 실현되었다. 그것은 그의 2차 유학이 이른바 '와세다대학 모의국회 사건'을 계기로 또다시 좌절되면서 발생한 일종의 우발적인 사건이었다.

하지만 『소년』의 출간은 단순한 잡지 출간 이상의 의미를 갖는다. 무엇보다도 이 잡지가 다양한 종류의 글들로 넘쳐나고 있다는 사실을 간과해서는 안 된다. 『소년』이 종합지를 표방했다는 사실이 이러한 다양함을 모두 설명해 주지는 않는다. 여기에서 주목할 점은 다양한 종류의 지식과 글쓰기가 범람하는 『소년』이 최남선이라는 한 사람의 힘으로 이룩된 결과였다는 사실이다. 이것의 의의는 단순히 최남선의 열정과 다작을 표시하는 소극적인 의미로 귀결되지 않는다. 새로운 형식의 글쓰기는 새로운 사유가 시작되었음을 알리는 지표인 동시에 새로운 매체와 더불어 연동하는 제도의

---

10) 「『소년』의 기왕과 장래」, 「소년시언」, 『소년』, 1910. 6 / 『육당최남선전집 10』, 현암사, 1973, p.133(『육당최남선전집』은 이하 『전집』으로 표기함).

11) 「『소년』의 기왕과 장래」, 앞의 글, 『전집 10』, p.134.

탄생을 알리는 것이기도 한 까닭이다.

이 논문의 Ⅲ장은 크게 잡지로 대표되는 최남선의 매체 활동을 문화내셔널리즘의 기획이라는 측면에서 다룬다. 이 작업은 Ⅲ - 1장에서 최남선의 일본 유학과 문명 체험, 그리고 종합지로서 '잡지'라는 매체가 갖는 매체적 특성을 살펴본다. Ⅲ - 2장에서는 최남선의 매체 활동이 조선의 문명화 과정, 즉 국민국가 만들기의 일환이었다는 사실로부터 잡지 『소년』을 통해 최남선이 국민국가의 영웅 이미지를 어떤 식으로 제시하고 있는지를 살펴본다. 이것은 식민지 계몽지식인의 무의식을 살펴볼 수 있는 흥미로운 사례가 될 것이다. Ⅲ - 3장은 최남선이 『소년』, 『청춘』을 통해 글쓰기를 제도화하는 과정을 살펴보고 그의 신문관 활동이 단순한 잡지 편집인으로서가 아니라 근대적 지식 전파의 매개자이자 근대적 글쓰기의 기획자적 측면을 탐구할 것이다. 이를 통해 한국근대문학의 형성과 문학적 글쓰기에 끼친 최남선의 영향 관계가 일정 정도 드러나게 될 것이다.

논문의 Ⅳ장과 Ⅴ장은 조선의 문화적·민족적 이념을 확립하고자 했던 최남선의 역사 연구를 탐구하고, 이 과정에서 표출되었던 기행문·시조론 등 문학 관련 글쓰기를 함께 다룬다. 최남선의 생애와 활동을 크게 두 부분으로 나눌 때 이 시기는 그의 후반부에 해당하며 이전까지의 매체 활동보다는 역사학자로서 활동했던 시기이다. 하지만 이 시기는, 방대한 저술과 다양한 활동이 꾸준히 이어진 시기였음에도 불구하고 전반기 활동들에 비해, 특히 문학 분야에서는 이제까지 큰 주목을 받지 못했던 시기이기도 하다. 그 것은 역사 관련 저술을 문학론의 외부로 인식했을 뿐 아니라 1930

년대 후반 이후의 최남선은 친일・반민족 지식인으로 낙인찍혀 있었기 때문이다. 하지만 이 시기의 역사저술 및 그의 친일담론들은 최남선 연구에 관한 한 반드시 확인되어야 할 지점이다.

최남선의 1920년대 주요 활동은 크게 볼 때 「불함문화론」을 위시한 역사 연구와 「금강예찬」으로 대표되는 국토순례기, 그리고 시조부흥론 등이다. 이제까지 이 세 분야의 논의는 각각 독립적인 주제로서 다루어져 왔다. 하지만 본고는 최남선의 역사 연구와 국토순례기 및 시조부흥론까지를 1920년대 최남선의 문화적 보편주의라는 관점에서 통합적으로 살펴보고자 한다. 논문의 Ⅳ장은 최남선의 문화적・민족적 이데올로기가 역사 연구를 통해 문화적 보편성을 획득하고 아울러 이러한 보편성 위에서 '조선' 혹은 '조선적인 것'을 재발견하는 과정에 주목한다.

이를 위해 Ⅳ-1장은 1910년대 최남선의 주요 활동 근거였던 신문관의 해체와 역사 연구로의 전환 과정을 살펴보고, Ⅳ-2장은 최남선이 역사 연구를 통해 새롭게 재인식하게 된 '조선'이 국토순례라는 기행문의 형식화되는 과정을 탐구할 것이다. 이 과정을 통해 1920년대에 행해졌던 그의 국토순례기가 그의 앞 시기 기행문들과 어떻게 연계되며, 또한 동시대의 다른 문학적 기행문과 어떻게 구별되는가를 살펴볼 것이다. Ⅳ-3장은 1920년대 중반 시조부흥운동의 계기가 되었던 최남선의 '시조론'을 한국문학의 근대적 성격에 관한 물음의 연장선 위에서 살펴보고, 최남선에게 전통으로서의 시조가 갖는 근대적 성격의 의미를 고찰한다.

이 논문의 Ⅴ장은 보통 친일 저술로 분류되는 1930년대 이후의 역사 논설 및 1930년대 후반에서 1940년대 초반까지의 만주국 시절 저술했던 만주 관련 논설과 만주 기행문을 대상으로 한다. 이 시기에 관한 연구는 비교적 최근까지도 국문학과 국사학 양쪽 모두에게서 거의 외면되다시피 배제되었던 이른바 '친일' 관련 텍스트들이다. 하지만 최근 들어 탈식민주의적 담론을 원용한 연구들이 이 시기를 대상으로 새로운 시선과 방법론을 생산하고 있음은 주목할 만하다. 이 시기는 최남선의 글쓰기와 근대 기획의 논리가 정점에 다다른 시기에 저술된 중요한 저술들이기 때문이다. 이 논문은 이 시기에 쓰인 최남선의 저술들을 통해 그의 문화적·민족적 이데올로기가 도달한 최종 지점을 확인해 보고자 한다.

V-1장은 1920년대 이후 지속된 최남선의 문화권역론이 1930년대 이후 그 보편성을 확장하는 과정에서 글쓰기에 드러나고 있는 제국 욕망을 살펴볼 것이다. 최남선은 훗날 한국에서 친일적인 것과 민족적인 것이 혼동되어 사용되는 점을 지적하기도 했지만,[12] 문화적 동질성과 민족적 독자성을 동시에 확보하려고 했던 그의 욕망 속에서 이러한 구분이 가능한 것인지는 그의 텍스트를 꼼꼼하게 독해하는 것으로부터 시작될 것이다. V-2장은 그의 만주 시절과 관련된 두 편의 기행문을 중심으로 문화론이 세계적 일원론을 통해 다다른 막다른 곳에서 그가 최후까지 어떤 방식으로 조선 및 조선적인 것을 처리하려고 했는지 살펴볼 것이다. 그리고 마지막 V-3장은 최남선의 문화적 근대 기획이 보여 준 장구한 여정을 통해 식민지 시대 지식인이 근대화를 수행하는 과정에서 도달하게 되는 기묘한 이중성에 관해 살펴볼 것이다. 이 문제는 속단할 수 없는 복잡성을 지니지만, 아마도 그 결과는 그것이 무

---

12) 최남선, 「삼일운동의 현대사적 고찰」, 『신세계』, 1956. 8/『전집 2』, p.757 참조.

엇이든 단지 최남선 개인의 사례로 환원되는 것이 아니라 식민지 시기 다양한 형태로 근대 및 근대문명을 받아들였던 여러 지식인 들의 경우에도 해당되는 문제가 될 것으로 예상된다.

# Ⅱ

근대 매체와 문학 언어의 질서화

# 1. 근대 매체의 등장과 국문 글쓰기의 이념 및 분화

## 1) ≪독립신문≫과 국문 글쓰기의 기원

1990년대 후반 이후 현재까지 한국문학은 한국근대문학의 생성과 전개 과정에서 '매체(media)'가 갖는 중요성을 인식하고 이를 탐구한 연구들로 많은 성과를 이룩했다.[13] 이 과정에서 매체는 단순히 문학작품을 싣는 수동적 매개자의 역할에서 벗어나 글쓰기와 담론의 배치를 요구하는 적극적인 제도적 장치임을 확인할 수 있었다. 이런 의미에서 살펴볼 때 근대계몽기의 신문 매체로서, 그리고 순국문 글쓰기를 실현했던 글쓰기의 장으로서 ≪독립신문≫이 갖는 의미는 그 자체로 분명한 텍스트성을 획득한다. 실제로 ≪독립신문≫은 1890년대 중반 이후 폭발적으로 증가하고 있는 한국 근대 계몽담론을 내장하고 있는 중요한 자료이다. ≪독립신문≫을 통해 전개되는 새로운 시공간의 감각은 한마디로 말해 그때까지 전해져 오던 전근대적인 질서 외부에서 이입된 이질적인 세계였다.

---

13) 한국 근대 초창기 신문 매체가 보여 주는 계몽담론이 근대적 서사와 만나는 상관성에 대해서는 권영민의 『서사양식과 담론의 근대성』(서울대출판부, 1999), 정선태의 『개화기 신문 논설에 나타난 서사 수용 연구』(소명출판, 1999), 권보드래의 『한국근대소설의 기원』(소명출판, 2000), 김영민의 『한국근대소설의 형성과정』(소명출판, 2005); 『한국의 근대신문과 근대소설』(소명출판, 2006) 등이 대표적이며 이외에도 단편연구로는 수많은 연구들이 꾸준히 등장하고 있다. 한편 이와는 달리 매체의 담론 분석 차원뿐 아니라 매체 그 자체의 매체성과 한국근대문학의 근대적 전개과정 사이의 상관성에 관한 연구는 한기형에 의해 천착되었다. 한기형, 「근대잡지와 근대문학 형성의 제도적 연관」; 「최남선의 잡지 발간과 초기 근대문학의 재편」(이상 『근대어·근대매체·근대문학』(한기형 외, 성균관대대동문화연구원, 2006)); 「근대잡지와 근대문학 형성의 제도적 연관」(『역사비평』(71), 역사비평사, 2005여름); 「매체의 언어분할과 근대문학」(『대동문화연구』(59), 성균관대 대동문화연구원, 2007) 참조.

하지만 바로 그 이질적인 세계로부터 오늘날과 거의 비슷한 인식론적 사유·행동 양식·국제 정세 등등이 시작되었다는 점에서 ≪독립신문≫의 담론 배치는 일종의 기원적(起源的) 의미를 갖는다. 이 모든 것을 가능하게 만든 이유의 하나는 신문이라고 하는 매체의 근대적 속성 때문이었다.

≪독립신문≫은 1896년 4월 7일 창간되었다. ≪독립신문≫은 최초의 근대적 인쇄식 신문이라는 점에서 역사적·문화사적 의의를 갖지만, 문학에 국한해 말할 때에도 근대적인 국문 글쓰기가 시작된 매체라는 의의를 갖는다. 이 말은 오늘날 당연한 것으로 인식되는 한글의, 한글에 의한 글쓰기가 근원적으로 자명한 전제가 아니라 역사적 산물이라는 사실을 의미한다. 이것은 국문 글쓰기와 관련해서 ≪독립신문≫을 논의해야 하는 이유이기도 하다. 적어도 1890년대 이전의 글쓰기에서 오늘날과 같은 국문 글쓰기는 존재하지 않았다. 물론 국가는 존재했다. 하지만 국가의 공적 글쓰기로서 조선의 국문 글쓰기를 상상한다면, 1890년대 이전까지 조선의 국문은 한문이었다고 말할 수밖에 없다.

15세기의 훈민정음의 출현을 토대로 국문 글쓰기의 연원을 소급해 보려는 논의는 전적으로 무의미하다. 『용비어천가』나 『월인천강지곡』, 또는 『홍길동전』이나 언문으로 편찬된 '시조집' 등을 근거로 전근대 시기 훈민정음의 용례들을 확인하려는 시도는 한국근대문학의 언어질서 속에 특권화된 국문 글쓰기와 문제의 출발점이 전혀 다르다. 언문으로 표기된 기록물들을 근대 이전 시기의 문헌들을 통해 구체화시키는 것과 근대적 문어체로서의 국문 글쓰기의 계보를 따지는 작업은 전적으로 외부적이다.

≪독립신문≫은 근대적인 인쇄식 활자를 통해 문어적 글쓰기가 실현되는 최초의 장(場)이었다.14) 이때 ≪독립신문≫을 위시한 근대계몽기 신문 매체들이 이 매체를 통한 글쓰기로 '무엇'을 했는가는 담론 분석의 내용이 된다. 한국문학의 근대성 논의 과정에서 제기되었던 근대계몽기의 매체 및 매체들의 담론에 관한 연구는 1990년대 이후 한국문학 연구의 중요한 흐름을 형성했다.15) 하지만 매체를 통해 국문 글쓰기는 '무엇'이라고 묻는 대신 '어떻게' 전개되었는가를 묻는다. 이 물음은 매체의 특성에 관한 물음인 동시에 한국 근대문학의 출발점으로서 '국문'의 발생적 특이점에 관한 물음이기도 하다. ≪독립신문≫이 공론장(公論場)으로서의 매체였으며, ≪독립신문≫을 통해 비로소 언문을 통한 공적 글쓰기가 국문으로 이념화되었다는 사실은 주목할 만하다. 이때 전자는 ≪독립신문≫ 스스로 밝히고 있듯 '어느 한편에 치우치지 않는' 객관적

---

14) 굳이 매체적 속성을 세심하게 구분하지 않는다면, ≪독립신문≫ 이전에 발간된 ≪한성신보≫나 ≪한성순보≫, ≪한성주보≫ 등의 인쇄매체 또한 독자적인 의의를 갖는다고 볼 수 있다. 하지만 그 어떤 이유로도 ≪독립신문≫이 갖는 근대적 인쇄매체로서의 의의를 부정하기는 어렵다. 서재필이 주도했으나 대한제국의 재정 후원을 받고 있었던 ≪독립신문≫이 엄격한 의미에서 민간지였는지 아닌지 등에 대한 평가보다는 ≪독립신문≫을 통해 계열화되는 매체와 글쓰기 간의 새로운 배치에 대해 주목할 필요가 있기 때문이다.

15) 근대계몽기 신문 매체를 통한 담론 분석은 정선태의 『개화기 신문 논설에 나타난 서사 수용 양상』(소명출판, 1999)을 필두로 한국근대문학 연구의 새로운 연구방법론으로 부각되었다. 이후 한국근대문학의 형성 과정을 논의하는 많은 논자들에 의해 근대계몽기 신문 및 신문에 실린 소설·단편서사물·가사 등이 집중 논의되었다. 대표적인 연구로는 권보드래의 『한국근대소설의 기원』(소명출판, 2000), 김영민의 『한국근대소설의 형성과정』(소명출판, 2005) 및 『한국의 근대신문과 근대소설』(소명출판, 2006) 등이 있다. 한편 이와는 달리 아예 근대 신문에 실린 담론적 특징들을 주제별로 천착한 연구들은 일일이 열거할 수 없을 정도로 많은 연구가 축적되고 있다. 근대계몽기 매체에 나타난 담론 분석은 고미숙의 『한국의 근대성, 그 기원을 찾아서』(책세상, 2001) 및 고미숙·박노자·길진숙·권보드래·이진경 등등이 공동으로 참여한 이화여대한국학연구소의 근대계몽기 담론 연구 3부작『근대계몽기 지식 개념의 수용과 그 변용』(2004), 『근대계몽기 지식의 발견과 사유 지평의 확대』(2006), 『근대계몽기 지식의 굴절과 현실적 심화』(2007) 등이 있다.

사실 보도에 대한 매체의 특성에 관한 문제로, 후자는 이러한 글쓰기가 인쇄매체와 결합하는 과정에서 다양하게 실험되었던 글쓰기의 직접적인 효과 및 양상에 대한 문제로 각각 계열화된다.

> 우리 신문이 한문은 아니 쓰고 다만 국문으로만 쓰는 거슨 샹하 귀쳔이 다 보게 홈이라 또 국문을 이러케 귀졀을 쎄여 쓴즉 아모라도 이 신문 보기가 쉽고 신문 속에 잇는 말을 자셰이 알어 보게 홈이라 각국에셔는 사람들이 남녀 무론ᄒ고 본국 국문을 몬져 비화 능통ᄒ후에야 외국 글을 비오는 법인듸 죠션셔는 죠션 국문은 아니 비오드리도 한문만 공부ᄒ는 싸닭에 국문을 잘 아는 사람이 드물미라 죠션 국문ᄒ고 한문ᄒ고 비교ᄒ여 보면 죠션 국문이 한문보다 얼마가 나흔 거시 무어신고 ᄒ니 쳣지는 비호기가 쉬흔이 됴흔 글이요 둘지는 이 글이 죠션 글이니 죠션 인민들이 알어셔 빅스을 한문 듸신 국문으로 써야 샹하 귀쳔이 모도 보고 알어보기가 쉬흘 터이라[16]

무엇보다도 ≪독립신문≫은 국문 인쇄에 대한 명확한 태도를 선취하고 있다는 점에서 주목된다. ≪독립신문≫이 한문이 아닌 국문을 선택한 이유는 '상하귀천 누구나 보게 하기 위해서'이다. ≪독립신문≫ 측의 주장에 따르면 국문은 '배우기 쉽고, 우리 것이기 때문에 알아보기 쉽다.'는 점에서 한문보다 낫다. 이것은 국문이 우리 것이라는 명분과 많은 사람들이 이용할 수 있다는 실리를 동시에 포섭하는 논리다.[17] 현실적·경제적·실용적인 차원에서 국

---

16) 독립신문 창간호 논설, ≪독립신문≫, 1896. 4. 7.

17) 중국으로부터의 '독립'이라는 차원에서 한문이 배제된 국문의 선택은 '자국어(自國語)'라는 명분을 충분히 보장해 줄 수 있었으며, 다른 한편 신문의 실제 구독 대상을 '국문'으로 소통될 수 있는 남녀노소 상하귀천의 모든 인민들로 상정함으로써 실제적·잠재적 독자를 최대한 확장시켜 '누구나'의 신문이라는 실리를 취했다. 이후 ≪황성신문≫의 '첨군자'나 ≪제국신문≫의 '부녀자들'이라는 일차적 구독 대상들과 비교해 볼 때 ≪독립신문≫의 이 선언은 놀랍도록 세련되고 빨리 '실현'된 셈이라고 할 수 있다.

문은 확실히 한문보다 유리했다. 국문보다 더 편리한 어떤 문자 체계가 존재했음에도 ≪독립신문≫이 외세로부터의 자주독립이라 는 명분 때문에 국문주의를 관철시켰다는 해석은 표면상 일리가 있는 것처럼 보이지만, 이러한 해석은 근대주의적이며 사후적인 발 상에 지나지 않는다.18) 당시의 형세에서 국문이 더 적절했는가 아 니면 국한문이 적절했는가 하는 식의 주장은 크게 중요하지 않다. 여기에서 주의 깊게 살펴봐야 할 대목은 국문의 선택에 고려되었 던 글쓰기의 실제 효과다.19)

---

18) 사실 ≪독립신문≫의 순국문 편집체제는 그 자체만으로도 동시대의 비교 가능한 다 른 경쟁 상대들로부터 ≪독립신문≫의 특권적 우월성을 보장하는 무기가 되곤 했다. 오늘날까지 이어지고 있는 '한글 전용'과 '한자 병용'의 첨예한 논쟁에서도, 이 구도 를 민족주의와 사대주의의 문제로 쟁점화시키는 것이 가장 강력한 단골 논조라는 사 실만 보더라도 근대 이후 '자국어 글쓰기'가 획득한 담론적 위계의 규모를 가히 짐작 해 볼 수 있다. 하지만 실제로 한글이 민족을 표상하는 핵심요소로서 기능하게 되는 것은 아무리 그 기원을 소급해 올라간다 하더라도, 또는 다른 나라의 예를 보더라도, 근대 이후의 문제였다. 단적인 예로 18세기 박지원이나 정약용 등 조선 후기 유학자 들의 글쓰기가 전적으로 한문으로 이루어진 사실에 대해 반민족적 혹은 미성숙한 민 족의식이라는 식의 단죄는 성립되지 않는다.

19) 당장 예상되는 반론은, 실용적인 문자로서 당대 한글이 갖는 위상에 대한 의문이다. ≪독립신문≫ 창간 당시, 창간을 주도한 인물들은 물론 당대 집권 관료층, 그리고 심 지어 개화의 주체 세력들조차도 대부분 전 시대의 한문학적 교양으로 무장한 중인 이상의 양반들이거나 해외파 유학생들이었다. 더욱이 과연 당시 조선에서 한글을 문 자로써 해독할 수 있는 민중들은 극히 소수였다. 정확하게 대답하긴 어렵겠지만, 1930년 당시 조선의 완전 문맹률이 남자 63.9%, 여자 92%였다는 기록으로 미루어 보건대, 1890년대 중반의 조선에서 표기체계로서의 한글이 특별히 현실적인 우위를 확보하고 있었다는 주장은 근거가 취약할 수밖에 없다. 이런 까닭에 ≪독립신문≫의 국문주의는 서재필의 영웅적 결단이었다는 식으로 주장되기도 한다. 하지만 1893년 미국에서 서재필을 만났을 당시 "서재필은 모국의 말이나 글을 까마득히 잊어버리고 있었다."는 윤치호의 진술(「윤치호일기」 1893. 8. 14)이나 한국어보다는 주로 영어로 연설하기를 즐겨했던 서재필 아니 필립 제이슨의 행적 등은 되짚어 볼 필요가 있다. 미국 망명 이후 평생을 미국인 필립 제이슨으로 살았고, 국내에서 고작 4년여를 살았 을 뿐인 서재필에게서 '모국어'의 문제가 그렇게 절실했다고 볼 수 있을까. 물론 이 런 중대한 사실에 대한 판단을 한 개인에 대한 단순화된 정황만으로 판단할 수는 없 다. 초기 ≪독립신문≫ 논설란의 그 막대한 분량과 내용을 누가 책임졌는가는 사실 간단한 문제가 아니다. 이 경우에 주로 거론되는 인물이 당시 ≪독립신문≫ 총무 및 보필(補筆)로 활약했던 주시경인데, 사실상 ≪독립신문≫ 논설과 같은 막대한 비중의 글을 주시경이 단독으로 주관했으리라는 주장은 비약일 가능성이 높다(「윤치호일기」

국문이 한문보다 나은 이유는 국문이 '구어'와 연동되어 있기 때문이다. 한문은 오랜 시간 공적인 글쓰기의 주체였지만, 구어로 사용된 것은 아니었다. 요컨대 국문의 가장 큰 장점은 국문으로 쓰인 말을 알아듣는 사람이 한문으로 쓰인 말을 알아듣는 사람보다 더 많다는 점에 있다. 이는 당대의 언어 상황에서 한문에 비해 국문이 갖는 최대의 강점이 문어로서가 아닌 구어로서의 역할이었기 때문이다. 그러므로 엄밀하게 말해 ≪독립신문≫의 국문은 '한문'에 대한 '조선문'이라는 의미가 아니라, 한문이라는 문어에 대한 조선어라는 구어로의 전환이었다.[20]

문어로서의 한문에 대한 구어로서의 국문은 ≪독립신문≫의 어미 체계를 보면 좀 더 확실해진다. 간단히 말해 ≪독립신문≫의 서술 어미는 크게 세 가지, 즉 '-노라'체·'-더라'체·'-홈/ᄒ다'체이다. '-노라'체는 주로 사설에 사용되었고, '-더라'체는 잡보 및 외보에, '-홈/ᄒ다'체는 관보에 각각 사용되었다. '-노라'와 '-더라'는 각각 '의도'와 '경험'의 의미를 내포하는 어미이다.[21] 여기에서 중요한 것은 '-노라'와 '-더라'라는 서술어가 갖

부분은, 채백, 「≪독립신문≫의 성격에 관한 일연구」, 『한국사회와 언론』, 한국언론정보학회, 1992 참조 / 문맹률 부분은, 권보드래, 「신문: 공론장의 형성과 국민」, 연구공간 수유+너머 <'제도의 형성'으로 보는 한국의 근대> 강의안, 2003 참조).

20) '문자-종이'와 '음성-몸'을 계열화함으로써 매체와 언어의 상관관계에 주목한 논의는 류준필의 「근대 전환기 신문 매체의 구어 재현 방식과 그 성격」(성균관대 대동문화연구원 중점과제 학술발표회, 2003. 6) 참조. 이 논문에서 류준필은, 국문표기의 필요성에 대한 ≪독립신문≫의 요구가 현실의 발화(음성)를 재현하는 사실이었다는 사실을 밝히고 있을 뿐만 아니라 그에 따라 변화하는 구어 재현의 양상에 관해 풍부한 논의를 전개한다. 하지만 신문이라는 매체의 속성을 근대의 관행적인 '쓰기' 영역으로 전제하는 한, 그 결과는 여전히 한글에 의한 국문 글쓰기의 발생 및 변화 과정에 대한 의문을 괄호 속에 남겨두지 않을 수 없게 될 것으로 보인다.

21) 서술어미가 갖는 내포 의미에 주목하면, '-노라'체가 주로 논설란에서, '-더라'체가 주로 잡보란에서 사용되는 이유가 보다 선명하게 드러난다.

는 언표적 효과이다. '-노라'와 '-더라'는 원칙적으로 발화자를 전제하는 말하기, 요컨대 '발화' 상황에서 사용되는 어미들이기 때문이다.22) 아울러 '-노라'와 '-더라'의 존재는 최초의 근대적 인쇄식 신문이라는 《독립신문》의 특별한 위치와 더불어 흥미로운 문제를 제기한다. 요컨대 그것은 《독립신문》에 보이는 글쓰기가 오늘날의 우리가 자명한 것처럼 생각하는 '읽기(묵독)'와 '쓰기'의 영역이 아니라, '말하기'와 '듣기' 영역이었다는 사실이다.

어미 '-노라'는 일인칭 발화주체와만 호응한다. 즉 '-노라'체의 경우 일인칭 화자만 주체가 될 수 있다. 사용 가능한 어미가 특정 발화주체로만 한정된다는 사실은 글쓰기의 주체에게는 발화 상황을 표현하는 데 큰 제약이 될 수밖에 없다. 이 언어게임에는 말하거나 듣는 행위 외에 참여할 수 있는 방법은 존재하지 않는다. 한편 '-더라'는 '-노라'와 달리 삼인칭 행위 주체를 표현할 수 있지만 이 경우에도 원칙적으로 발화자는 늘 존재해야 한다는 점에서, 그리고 발화자의 직접 체험이 전제되어야 한다는 점에서 '-노라'와 마찬가지로 표현상의 결정적인 제약을 가지고 된다.23) 이

---

22) 이광호에 따르면 후기 중세국어의 종결어미 "'-다/-라'는 반드시 화자(작자)와 청자(독자)를 전제해야 하며 이들 사이의 대화 관계를 명시적으로 밝힐 때 '-다/-라'의 의미 차이가 분명히 드러날 것으로 보인다."고 지적한다. 이광호, 「후기 중세국어의 종결어미 {-다/-라}의 의미」, 『國語學』(12), 국어학회, 1983 참조.

23) 예컨대 《독립신문》의 초기 기사들에서 자주 발견되는 문장들, "졍대년이가 문을 열고 보니 석유가 요에 기우러져 늙은 병인 김가가 타셔 죽어스니 춤 불샹ᄒ더라(1896. 4. 30)"와 같은 형식의 문장은 '-노라'와 '-더라'라는 서술어 체계의 불완전성을 단적으로 보여 준다. '-더라'가 아무리 삼인칭 행위 주체를 표현할 수 있다 해도, 이 문장에서처럼 발화주체가 발화행위주체의 경험을 자신의 직접 체험인 것처럼 사용할 수는 없기 때문이다. 여기에서 발화주체란 진술된 문장의 주어를 말하며, 발화행위의 주체란 말 그대로 진술하는 주체(주어)를 의미한다. 예를 들어 "신젼골 권범쇠 메나리가 물길너 가서 우물에 빠져 죽엇다더라"라는 문장이 있을 때 여기에서 발화주체(문장의 주어)는 '권범쇠 며느리'이며 발화행위의 주체(진술의 주체)는 이 말을 하고 있는 '나'(혹은 독립신문사)가 된다. 발화주체와 발화행위의 주체에 관해서는

제약은 근대적 문체라고 이야기되는 이른바 언문일치체와의 비교에서 두드러진다. 발화행위의 주체가 발화주체의 직접 체험 너머에 존재하는 경우 '-더라'는 원칙적으로 표현이 불가능하다. 예컨대 발화주체인 '나'가 발화행위 주체인 '아무개'의 행위를 발화해야 하는 경우, 원칙적으로 '-더라'는 '아무개'의 행위를 '나'의 직접 체험과 발화 상황 속에서만 표현할 수 있다.

이렇듯 발화자가 반드시 전제되어야 하는 서술어 체계로는 근대적 문어가 실현될 수 없다. 주지하다시피 근대적 문어체는 문면에서는 마치 발화자가 없는 것처럼, 즉 발화 그 자체로만 '객관적으로' 존재하는 효과를 갖는 글쓰기이다. 그러므로 ≪독립신문≫ 등 초창기 근대 계몽의 매체 속에서 보이는 이러한 혼란은 당시 신문 필진들의 무능력 때문이 아니라, 현실적으로 문어로서의 국문이 부재한 결과였다는 점을 간과해서는 안 된다. 마치 비문처럼 느껴지는 서술 어미의 혼란이 주로 편집자적 논평식의 주의·주장을 담은 문장에서 발견된다는 사실은, 역으로 그러한 문장 구성을 통해서라도 수행해야 했던 어떤 지점, 즉 사실 전달만으로는 부족했던 근대 매체의 '계몽의 기획'이 떠안아야 했던 중대한 과제가 그곳에서 실현되고 있음을 의미한다. 발화자인 '나'의 의지를 공공 영역에서 미지의 다수 대중들에게도 공평무사한 투명성으로 투사하려는 욕망은 당연한 것이었지만, 이를 실현할 현실적 대안은 원천적으로 봉쇄된 상황이었던 것이다.

이런 사실 위에서 살펴볼 때 '관보(官報)'는 대단히 시사적이다.

---

들뢰즈·가타리의 『천의 고원』 제4장 '언어학의 공준' 및 이진경의 『노마디즘』(휴머니스트, 2002) 제4장 '언어학의 외부', 그리고 올리비에 르블의 『언어와 이데올로기』(역사비평사, 1994) 참조.

관보는 중앙정부에서 한문으로 교시되는 일종의 공문서인데 《독립신문》은 매 호 국문으로 번역된 관보 기사를 실었다. 관보에는 발화주체가 존재하지 않는다. 관보에는 관직의 면관·임관에 관한 명시적이고 투명한 명령만이 존재할 뿐이다. 간단히 말해 관보에는 초월적인 목소리의 명령에 해당되는 '전언(傳言)'만 존재한다. 이런 까닭에 '관보' 기사에서 '-노라'와 '-더라' 대신 현재형 '-ᄒ다'가 쓰이거나 명사형 '-홈' 등 아예 서술 어미를 제거하고 있음은 주목할 만하다. 이것은 관보의 성격이 발화자의 위치를 강제하고 있으며, 발화자의 위치가 어투의 변화와 상관되고 있다는 사실을 보여 주는 실례이기 때문이다.

이러한 사례들은 《독립신문》뿐만 아니라 근대 계몽기 신문 매체들의 글쓰기를 논의할 때 이들을 단순히 문어의 연장 속에서 파악할 때 발생되는 오류를 지적해 준다. 아울러 《독립신문》에서 시작된 국문 글쓰기와 매체와의 관계를 문어가 아닌 구어의 영역으로 초점화할 때에야 비로소 우리는 국문 글쓰기의 돌연한 출현을 설명할 수 있다. 어느 날 갑자기 매체가 생기자 곧바로 없던 문어가 실현되었다는 사실은 상식적으로도 납득이 쉽지 않다. 문어인 한문에 대해 구어인 국문을 대립시킬 때에야 비로소 초창기 신문이 '묵독'이 아닌 '낭독'을 통해 읽혔다는 주장뿐만 아니라,24) 《독립신문》을 읽어 주는 양구 군수의 이야기,25) 《독립신문》

---

24) 권보드래, 『한국근대소설의 기원』(소명출판, 2000) 및 천정환, 『근대의 책읽기』(푸른역사, 2003) 2부 참조.

25) 요소이 본군슈가 호 쟝시를 셜립 ᄒ고 친히 쟝에 와서 샹고와 인민이 만히 모힌 후에 당셰 현편을 일 연셜 ᄒ고 국문과 한문 벌력 잘 ᄒ는 사룸으로 ᄒ야금 소리를 크게 질너 독립 신문을 넑히니 오는 사룸과 가는 손이며 쟝사 ᄒ는 사룸과 촌 빅셩들이 억기를 비비고 돌니서서 쟈미를 붓쳐 흠의 듯고 모도 챠탄 ᄒ는지라(《독립신문》,

한 부로 최소한 200명은 읽었다는 서재필의 회상,26) 그리고 차후의 일이긴 하지만, 어째서 문맹률이 90%를 상회하는 여성들을 독자로도 신문(≪제국신문≫)이 출간될 수 있었는지를 일관되게 설명할 수 있게 된다.

≪독립신문≫의 국문 글쓰기가 '말하기'로부터 연원하고 있음을 인정한다면, 이제 관심은 이 '말하기'의 실제 효과와 기능들이 문어로서 실현되는 과정으로 옮겨 가지 않을 수 없다. 효과적인 근대 문체가 아직 발명되지 않은 상황에서 발화자가 노출되는 '-노라'체와 '-더라'체를 문어체로 사용하는 한, 문면에 발화자가 드러나는 것은 필연적이었다. 발화행위의 주체가 일인칭으로만 한정되는 '-노라'체는 술어 자체에 의도를 내포하고 있을 뿐만 아니라 그 명령조의 어투 때문에라도 사건·소식의 객관적 전달이 중점 과제였던 잡보 기사와는 처음부터 어울리지 않았다. 초창기 ≪독립신문≫ 잡보란에 가끔씩 사용되곤 했던 '-노라'체가 주로 편집자적 논평에 연결돼 있는 것은 이런 이유 때문이다. 반면 '-더라'의 경우에는 그것이 비록 발화자를 전제함에도 불구하고, 삼인칭 행위 주체를 표현할 수 있다는 점에서 '-노라'체에 비해 '상대적으로' 강점이 있었다.27) 때문에 비록 제한적이긴 해도 '-더라'체

---

　1898. 11. 9 논설「신문 업지 못홀 일」)

26) 대한 경셩 인구를 작게 쳐도 이십여 만구는 될터인디 신문 넷이 팔이는 쟝슈가 불과 이쳔 오빅 쟝이라…(≪독립신문≫, 1898. 7. 26. '논설')

27) 들뢰즈·가타리에 따르면 언어활동의 기초단위인 발화(언표)는 기본적으로 명령어이며, 말이든 글이든(심지어 침묵조차도) 발화(언표)행위의 배치 속에서 의미를 획득하게 된다. 발화(언표)행위의 배치에 관한 개념은 언어보다는 언어활동에 주목하는 다분히 화행론적 언어관에 가까운데, 이는 계몽기 근대 매체들에서 드러나는 '계몽의 기획'의 성격과 관련해 흥미로운 주제를 가능케 한다. 특히 잡보란의 경우, 발화(언표)행위를 통해 발화(언표)주체('계몽의 기획' 주체들)는 아무것도 하지 않았기 때문에, 발화(언표)행위의 주체들은 할 수 있는 모든 것을 다 했기 때문에 '계몽의 기획'

는 사건에 대한 전달자의 객관성을 일정 정도 확보할 수 있는, 당시로선 거의 유일한 국문 서술어였다.

말하는 주체가 전제되어 있고 또한 한정된다는 사실은 말할 수 있는 영역이 원칙적으로 발화자의 경험에 제한된다는 사실을 의미한다. 하지만 신문은 속성상 전달자의 개입을 최대한 배제하는 공적 글쓰기의 장이다. '있는 그대로' 혹은 '들은 대로' 전달한다는 의식은 공적 글쓰기가 갖는 최고 자부심이었다. 그것은 무엇보다도 신문이 전달자보다는 전달 내용의 사실성에 대한 공공성을 강조하는 매체이기 때문이다. 이런 점에서 볼 때 ≪독립신문≫의 국문 글쓰기는 애초에 신문이라는 매체의 특성과는 어울리기가 쉽지 않은 조건이었음이 분명하다. 요컨대 그것은 발화자를 드러낼 수밖에 없는 발화 조건에서 발화자를 제거해야 하는 어려움을 의미한다. 따라서 이 경우 발화자가 개입하면서도 동시에 발화 내용의 사실성을 확보하기 위해서는 발화자 스스로가 어떻게든 자신의 발화 내용을 자신의 경험으로 끌어들여 와야 한다.

신문은, 말 그대로 '새롭게 들은 것'을 전달하는 매체이다. 이 때문에 신문에 실린 기사의 사실 여부는 좀처럼 의심되지 않는다. 왜냐하면 사실이란 전달자의 의도에 따라 존재를 결정짓는 것이 아니라 전달자와는 상관없이 실재하는 무엇이라고 전제하기 때문이다. 기자는 실재한 사건을 전달하는 사람일 뿐이다. 기자는 '쓰는 사람(writer)'이 아니라 '기록하는 사람(scripter)'[28]인 것이다. 하

과 관련된 결백을 보장받는다. 발화(언표) 및 발화(언표)행위에 관해서는, 『천의 고원』 (들뢰즈・가타리) 제4장 '언어학의 공준' 및 『카프카』(들뢰즈・가타리) 제4장 '표현의 구성요소', 그리고 『노마디즘(1)』(이진경) 제4장 '언어학의 외부' 참조.

28) 이로부터 10여 년 후에 본격적으로 활동을 시작하게 되는 소위 신소설 작가들이 스

지만 기자가 전달하는 말이 처음부터 그 자체로 사실성을 확보할 수 있었던 것은 아니었다.

소문의 사실성을 확보하려는 ≪독립신문≫ 측의 노력은 잡보란 기사를 구성하는 문장 형태들의 미묘한 변화에서 더욱 구체적으로 드러난다. '−다더라'의 출현을 '−더라'와 구별해서 살펴봐야 하는 것은 이 지점에서이다. '−다더라'체는 '−더라'체에 비해 소문의 체험을 간접화할 수 있는 서술 형태이기 때문에 ≪독립신문≫ 속에서 '−다더라'체가 증가하는 것은 ≪독립신문≫의 잡보란 기사들이 소문의 사실성(객관성)을 확보하는 과정과 맞물려 있다. 또한 이는 초기 기사들에서 종종 나타나는 편집자적 논평을 견제하는 효과도 가진다. 실제로 ≪독립신문≫ 기사들을 일별할 때 '−다더라'체의 기사 장악력과 편집자적 논평 사이에는 반비례 관계가 형성되고 있다. 또한 '−다더라'체에는 전달자 표시인 '−더라'만 분리할 경우 언제든지 객관적이고 투명한 근대적 문체 '−다'체를 만날 수 있다는 의미도 내포되어 있었다.

1897년에 이르면 ≪독립신문≫ '잡보'란에는 고발 및 무고 관련 투서가 비약적으로 증가한다. 어느 누구의 부정한 사실이 보도되었다가 정정되기도 하고 부분적인 수정을 다시 기록하기도 한다. 이미 신문은 사실 보도라는 단 하나의 원칙만으로도 어마어마한 권력기관으로 성장하고 있는 셈이었으며, 이는 또한 ≪독립신문≫ 기사에서 편집자적 논평 및 권위적인 지시어투가 사라지는 것과 비슷하게 맞물려 있다. 누구라도 마음만 먹으면, 심지어 그것이 무

---

스로를 '記者'라고 자칭했을 때, 여기에는 "허언랑셜은 한구절도 긔록지 안이ᄒ고 뎡녕히 잇는 일동 일졍을 일호 차착업시 편즙"한 것이라는 이해조의 말처럼 '사실'에 대한 강조에 초점이 맞추어져 있음을 알 수 있다.

고일지라도, 한 번 신문에 실리는 것만으로도 그것은 곧 엄청난 영향력을 행사하기 시작한다.29) 신문에 투고를 하면서 돈을 함께 부치는 사람들이 생겨나는가 하면, 쟁의의 중재자로서 신문사의 역할을 요구하는 투서가 날아오기도 한다. 이 모든 사실들이 의미하는 것은, 신문이라는 공적 매체의 영향력이 공공 영역의 사실성을 획득함으로써 불특정 다수에 대한 특정의 공적 질서로 권력화되었다는 사실이다.

한편 서술어미 '-다더라'의 현저한 증가는 '-노라'나 '-더라'에 내재되어 있던 발화자의 비중을 자연스럽게 줄여 나가는 방식으로 작동한다. '-다더라'체는 발화 주체의 의도나 경험보다는 실제의 행위가 그 자체로 표면화되는 효과를 갖기 때문이다. 문장 속에서 술어 '-다더라'는 전달자를 배제 혹은 은폐하는 효과와 관련되어 있다. 즉 소문을 전하는 것만으로도 사실임을 인정받는 신문 매체의 공적 효과 속에서, '-다더라'체는 자신이 전달하는 이야기를 전하여 들은 이야기로 만듦으로써, 즉 소문으로 간접화함으로써 사실 전달이라는 신문의 매체성을 소문의 영역으로 전도시킨 것이다. ≪독립신문≫ 이후 등장하는 많은 계몽기 신문 매체들의 잡보란 기사가 점차 '-다더라'체로 집중되고 있는 점으로도 확인되는 것이지만 '-다더라'체의 언표 배치는 기사의 사실성보다는 이를 통해 구축되는 발화자와 발화 내용 사이의 거리감을 통해, 즉 발화자인 내가 직접 '경험'한 것은 아니지만 직접 '들었다'

---

29) 이런 의미에서 아마도 한국 최초로 언론과 대립하고 그 대립 과정 속에서 철저히 희화화된 최초의 학부 대신 신기선일 것이다. 신기선은 사사건건 독립신문 측과 대립했으며 그때마다 독립신문 측에서는 ≪독립신문≫을 통해 신기선을 강도 높게 풍자·비판했다.

는 사실만으로, 공공장으로서의 신문에 존재할 수 있었던 것이다.

신문은 이처럼 외부적으로는 출처를 공시할 수 있고 전언의 객관성을 확보하기 위해 끊임없이 전달자를 그 대상으로부터 분리시키려는 과정을 보여 주며, 내부적으로는 이를 통해 소문의 실재성을 문제 삼음으로써, 공적 근거의 질서를 따라 획득되는 실감으로서의 사실성, 즉 리얼리티를 향해 나아간다. 물론 이처럼 사실과 소문이 전도되는 동안에도, 공유되어야 했던 사회적 영역의 판단 기준은 근대 계몽기 신문을 비롯한 잡지·회보 등 각종의 다양한 매체들 속에서 나름대로 일관된 '계몽의 기획'을 쫓아 서서히 구축되고 있었다.30)

어느 날 갑자기 주어진 지면에 국문으로 '쓰기'를 실현하고자 했던 욕망은 음성 공간에 존재하던 '말'을 활자화시키는 낯선 기획이었다. ≪독립신문≫에는 이처럼 말하기를 쓰기의 영역으로 변환시키는 과정, 즉 화자와 청자의 영역 속에 있던 발화상황이 기록자와 독자 관계로 전이되는 과정에 대한 생생한 기록이 남겨져 있다. 이른바 언문일치의 형식으로 알려져 있는 '-다'체는 서술자가 발화 상황으로부터 완전히 분리되어 있다는 효과를 통해 작동된다. 하지만 '-다'체의 출현을 위해서는 '-더라'체와 '-노라'체에 남아 있는 체험의 간접성 및 계몽 논설에 대한 사회적 공유를 기다려야 했다. 그리고 그 과정은 베네딕트 앤더슨이 갈파했던 것처럼

---

30) 개인적으로는 바로 이것이 초기에 보여 주던 역동성과 달리 ≪독립신문≫이 차츰 평면화되는 듯한 느낌을 주는 이유라고 생각한다. 전달자가 사건으로부터 객관화될 수 있는 서술적 장치가 확보되고, 기사의 대상 역시 근대적 합리성에 의해 재단되는 순간, '근대'는 이미 시작된 것이었다고 할 수 있다. 요컨대 근대는 세계에 대한 균질화된 감각이 편재하는 시기이기도 한 것이다.

근대적 서사 매체인 '신문'과 '소설'이 사실을 다루면서 보여 주게 되는 두 개의 경로를 추적함으로써[31] 확인된다.

## 2) 잡지의 출현과 근대 지식의 서사

최남선이 본격적인 매체 활동을 시작한 것은 1908년 11월 신문관의 『소년』 창간부터였다. 이 시기는 근대계몽기 국문 글쓰기의 기원적 장으로서의 신문이 여러 형태로 국문 문체를 글쓰기로 전개하던 과정과 맞물려 있다. 앞에서 살펴본 것처럼 근대계몽기에 근대적 국문 글쓰기가 시작된 매체로서의 신문은 그 매체적 특성을 통해 근대적 문체의 이념을 형성하는 데 중요한 경계를 생성했다. 그것은 신문이라는 매체가 어떻게 '사실을' 전달할 것인가의 문제, 혹은 어떻게 '사실처럼' 전달할 것인가의 문제와 밀접한 관련이 있었다. 신문이라는 매체의 속성상 이미 그 위에 실리는 모든 기사들의 사실성을 확보하기 위해서라도 소문은 간접화되어야 했다. 요컨대 발화자는 발화 행위자로부터 분리되어야 했다. 발화자가 발화 행위자로부터 완전하게 분리되는 것은 누가 말하든, 예컨대 발화자와 상관없이, 누가 읽거나 듣거나와 관계없이 동일하게 작동하는 '언=문'의 세계가 적용된다는 사실, 즉 언문일치를 의미한다. 따라서 일반적인 근대계몽기의 글쓰기 담론은 신문 매체로부터 신소설, 그리고 신소설로부터 번안·번역 소설을 거쳐 근대소

---

31) 베네딕트 앤더슨은 18세기 유럽에서 전개된 '상상의 공동체'로서의 민족 개념 출현을 탐구하는 중에 소설과 신문을 근대적 재현의 두 가지 중요한 기술적 양상으로 파악하고 있다(베네딕트 앤더슨, 『상상의 공동체』(윤형숙 옮김), 나남, 2002).

설로 이르는 과정을 근대소설문학의 문체 전개 및 형성 과정으로 설명한다.[32] 이 도식은 매끄럽고 또 자연스러운 것처럼 보인다.

하지만 이 과정을 자연스러운 것으로 인지하기 위해서는 1910년대 중반의 ≪매일신보≫ 소재 번역·번안소설류로부터 근대소설로의 전환을 자명한 것으로 인식한다는 전제가 필요하다. 따라서 이러한 논의들은 그 공과는 차치하고라도 신소설이 국문 구어체를 사용했다는 사실로부터 이를 현대소설이 갖는 국문체의 기원으로 연결시키는 방식이라고 할 수 있다. 이때 신소설과 근대소설의 표면적 유사점들로 인해 그 사이에 존재했던 많은 변수들은 희석되거나 망각되어 버린다. 또한 결정적으로 이러한 방식은 근대문학을 문학이라는 표지 위에 형성된 시·소설·희곡 등으로 양식화된 텍스트 중심으로 환원해서 읽는 방식이다. 하지만 '신소설에서 번역·번안소설로, 그리고 번역·번안소설에서 근대소설로'라는 이 공식은 텍스트 중심의 근대소설 전개 과정에 대해서는 적절한 설명이 될 수 있을지는 몰라도 근대문학의 문학적 언어 질서가 생성·변이·전개되는 과정에 대한 설명으로 충분한 것은 아니다.

신소설의 국문체는 문체의 효과나 성격을 따지기에 앞서 소설이면서 국문체라는 외연적 유사성에 따라 근대 문체의 적자(嫡子)로 인정받는다.[33] 물론 신소설의 국문체 글쓰기가 근대문학의 글쓰기와 크게 관련되어 있다는 사실은 부정하기 힘들다. 하지만 이러한

---

32) 권용선, 「1910년대 근대적 글쓰기의 형성 과정 연구」, 인하대학교 박사학위논문, 2004; 박진영, 「한국의 번역 및 번안 소설과 근대 소설어의 성립」, 『대동문화연구』(59), 2007.

33) 지나치게 단순화시킨 점이 있지만, 적어도 신소설과 근대소설의 관계를 설명하는 이제까지의 많은 논의들이 신소설과 근대소설, 혹은 1910년대 유학생 그룹의 단편소설을 중심으로 논의를 한정시켜 왔다는 사실만큼은 공통적으로 지적해 볼 수 있다.

논지를 설명하기 위해서는 해결해야 할 몇 개의 문제가 있다. 먼저 근대소설의 문체가 과연 신소설의 문체로부터 나온 것이라면 어째서 1910년대의 신소설은 근대소설로 전환되지 못하고 대체되어야 했는가의 문제가 있을 수 있다. 이른바 근대적 소설의 문체를 사용한 『무정』은 신소설과 번역·번안소설의 매체였던 ≪매일신보≫에 연재되었지만 또 다른 한편으로 이광수는 신문관의 문체 이념에도 깊숙이 관여되어 있었다. 이 사실은 근대적 소설의 언어 질서가 신소설과 일정 정도 거리를 두고 있다는 사실을 의미한다. 왜냐하면 이광수도 깊숙하게 관여했던 신문관의 잡지에는 신소설에 대해 매우 비판적이고 부정적인 입장을 가지고 있었기 때문이다. 따라서 1910년대 중반의 이광수가 신소설의 유일한 매체였던 ≪매일신보≫와 신문화운동의 기본 축이었던 신문관의 『소년』·『청춘』 양쪽에 모두 깊이 관련되어 있다는 사실은 주목을 요한다. 이것은 신소설의 최전성 시기부터 신소설과는 다른 문학적 흐름을 견지하고 있던 『소년』·『청춘』의 문학 이념을 주의 깊게 다시 살펴봐야 하는 이유이기도 하다. 또한 이것은 1900년대 후반 이후 전개되는 최남선의 글쓰기(에크리튀르)를 살펴봐야 하는 이유가 되기도 된다.

　우선 신문과 구별되는 잡지의 매체적 특성을 살펴볼 필요가 있다. 일차적으로 잡지는 지식의 생산 및 보급에 그 목적이 있다. 신문이 "신분이나 지역의 구별을 뛰어넘어 '국민'으로서의 단일성을 전제한 새로운 매체",[34] 즉 국민의 형식을 가능케 한 매체라면, 잡지는 국민으로서의 특정한 보편 지식을 습득하게 되는 매체, 즉

---

34) 권보드래, 『한국근대소설의 기원』, 소명출판, 2000, p.208.

국민의 내용적 측면을 강화하는 매체라고 할 수 있다. 신문에 비해 잡지는 '제도적 지식, 혹은 지식의 제도화에 보다 깊은 관심'을 가지고 있으며, 그런 점에서 근대 초기 잡지 편집인의 문제의식은 '체계화된 근대지식의 구축과 그것의 사회적 보편화라는 사명'에 있었다.35) 그러므로 잡지 『소년』의 매체로서의 성격은 이 잡지가 목적으로 하는 '대상 — 소년'과의 관계뿐만 아니라, 잡지의 편집자이자 동시에 스스로 쓰는 사람이어야 했던 최남선의 독특한 위상을 동시에 주목할 때 비로소 분명해진다. 이것은 『소년』이 시기적으로 근대계몽기에 실험된 여러 유형의 글쓰기 연장선 위에 놓여 있으면서 또 다른 측면에서는 잡지라는 특색을 강화해야 했던 과정과 관련되어 있다. 그리고 『소년』은 '편집자이자 작가'였던 최남선이 다양한 글쓰기를 실험한 글쓰기 장이었다는 사실도 지적되어야 한다. 즉 『소년』은 신문 매체와 구별되는 잡지라는 매체의 특성을 갖고 있으며, 최남선의 글쓰기는 그 구별되는 자각 위에서 다층적으로 전개되고 있었다.

※ 『소년』(1908. 11, 제1년 제1권) 목차
(1) 소년십일월력(少年十一月曆), (2) 해에게서 소년에게(시), (3) 소년시언, (4) 가마귀의 공망, (5) 흑구자노리, (6) 갑동이와 을남이의 상종, (7) 공육의 애송시, (8) 이솝의 이약 — 바람과 볏, 주인할미와 하인, 공작과 학, (9) 큰 딤생, (10) 해상대한사 — 왜 우리는 해상모험심을 감튜어 두엇나, 해의 미관은 웃더한가, (11) 바다란 것은 이러한 것이오, (12) 가을 쯧, (13) 소년한문교실, (14) 거인국표류기, (15) 소년독본, (16) 소년사전 — 페터대제전, (17) 녀시아는 웃더한나란가, (18) 소년훈, (19) 셩진, (20) 봉길이지리공부 — 대한의 외위형체(圍形體)알아내시오, (21) 살수전기 — 서언,

---

35) 한기형, 「근대잡지와 근대문학 형성의 제도적 연관」, 『근대어·근대매체·근대문학』 (한기형 외 지음), 성균관대학교 대동문화연구원, 2006, p.274.

(22) 쾌소년세계주유시보 – 제일보, (23) 소년문단 – 투고필준, 피봉식양(皮 封式樣), (24) 나야가라 폭포, (25) 소년통신 – 문례사칙, (26) 소년응답, (27) 편집실통기[36]

지식의 생산 및 보급이라는 잡지의 일반적인 이념은 『소년』 창 간호의 목차를 대강 훑어보는 것으로도 미루어 짐작할 수 있다. 한 눈에 보기에도 『소년』의 목차는 잡지(雜誌)답다. 이것은 신문 매체 를 기사별로 분할했을 경우와 비교할 때 다양 혹은 잡다해진 것이 다. 물론 『소년』의 이 다양함 혹은 잡다함이 권당 수백 쪽에 달하 는 오늘날의 잡지들에 비하면 소략하다 못해 소박한 수준이지만, 당시로선 권당 70 – 80여 쪽의 지면을 채우고 있는 『소년』의 다양 함 혹은 잡다함은 그 자체로 놀랄 만큼 이질적인 것들의 종합이었 다. 『소년』에는 문학, 논설, 역사, 과학, 한문학, 지리학 등 여러 잡 종적 지식들이 뒤섞여 있다. 이 뒤섞임에는 옛것과 새것의 형태로 한 시·고시조·한문교실 등과 시·근대소설·지리공부 등이 공존한다.

하지만 『소년』이 보여 준 혼란스러운 공존은 흔히 생각하듯 『소년』 의 과도기적 성격만을 의미하는 것이 아니다. 『소년』의 근대성은 그 낯설고 새로움에 일차적으로 연원하고 있다. 즉 낯설고 새로움 의 강도(強度)는 『소년』의 '근대적'인 성격을 보증한다. 근대적인 보편 세계의 균질적 평면 위에서는 문명과 야만, 조선과 세계가 동 시에 존재한다. 요컨대 그것은 '세계적 지식의 수득(收得)'(『소년』 1909. 5)이라는 근대적 지식의 보편성으로 무장하고 있다는 점에

---

36) 소년 제1년 제1권 목차, 『소년』, 1908. 11.
(※ 인용자 주: 논문에 인용되는 자료들은 원문의 의미를 훼손하지 않는 한에서 한글 표기로 바꾸고 띄어쓰기하였다. 하지만 한자음만으로는 의미 해독이 모호해지거나 문 체 파악 등 원문의 표기를 논거로 사용해야 하는 경우 등에 한해서는 원문대로 표기 하거나 한글 음을 덧붙이는 방식으로 예외적으로 처리했다.)

서 그러했고, 사진과 삽화·도상들을 활용할 뿐만 아니라 동일한 지면에서 활자 호수를 조절하는 식으로 시각적인 효과를 특별히 강조하고 있다는 점에서 그러했다. 이는 근대적 지식의 울타리 안에서 특별히 '강조'되는 영역은 존재 가능하지만, 근본적인 의미에서의 '위계'는 사라짐을 예고하고 있다.[37)]

물론 『소년』으로 대표되는 잡지의 출현이 갖는 상징성이 이러한 단편적인 사실들에 머무는 것만은 아니다. 흔히 근대계몽기라 일컬어지는 여러 근대적 제도들의 기원의 시기 속에서 『소년』은 특정 시기 특정한 글쓰기가 실현되는 기원의 장소이기도 하다. 이 사실은 근대계몽기 여러 신문 매체들을 통해 전개되었던 근대적 글쓰기의 경로와는 또 다른 의미에서 근대문학 혹은 근대문학의 글쓰기와 상관된다. 왜냐하면 잡지 『소년』은 다른 신문 매체들이 초창기의 들끓던 계몽·개화 욕망으로부터 상당 부분 균질화·평면화된 장으로 정착되는 시기에 등장하고 있으며, 신문 매체에서 실험된 근대적 문어체의 실험 위에서 신문 매체들의 경향과는 다른 새로운 매체의 특성을 기반으로 글쓰기를 전개시켰기 때문이다. 한마디로 잡지는 1900년대 후반의 글쓰기가 새로운 내용과 형식을 갖추게 되는 글쓰기 장(場)으로서 등장했던 것이다.

주지하다시피 근대계몽기 담론은 ≪독립신문≫·≪황성신문≫·

---

37) 이 점에서는 최남선의 지리학적 상상력도 관련된다고 말할 수 있다. 예컨대 『소년』 창간호의 「봉길이지리공부」를 보면 지리공부의 첫째 과제로 영토의 외곽선을 사물의 형상에 비유하는 대목이 있다. 여기에서 최남선은 일본 고토(小藤) 박사의 한반도 토끼 형상설을 일축하고 호랑이 형상을 제시하고 있는데, 국토를 윤곽으로 인식하는 이러한 상상력은 근대 이후 측량술에 의해 획득된 균질적인 시선이다. 최남선의 지리적 상상력이 갖는 근대적 성격은 그의 글쓰기에서 동시대의 다른 사람들에 비해 원근법적 시선과 시점이 출현하고 있다는 점과 관련해서 흥미로운 일이 아닐 수 없다.

≪대한매일신보≫ 등으로 대표되는 신문 매체를 통해 강렬하게 생산·전파되었다. 즉 근대계몽기 글쓰기는 '신문'이라는 매체와 밀접한 관련을 갖고 그 위에서 전개·형성된 것이다. 급기야 일제가 1900년대 후반 신문지법을 통해 당시 대한제국의 언론을 검열·관리하기 시작했던 것은 이들 매체가 지닌 강력한 문화적 파급력 때문이었다. 그리고 그 문화적 파급력의 대부분은 근대 민족(국민)에 대한 상상적·통일적 구상이었다. 1910년 한국과 일본의 강제 합병 이후 일본이 모든 언론을 총독부 관리하의 ≪매일신보≫로 단일화시킨 것만 봐도 당시 언론 매체로서의 신문이 갖는 상징적·실제적 의미는 충분히 설명될 수 있다. 일제에 의해 강요된 이른바 '광무 신문지법'은 1907년 7월 24일 제정·공포되었다. 이완용 내각이 법률 1호로 공포한 신문지법은 1908년 4월 29일 내용 일부가 개정되었는데 모두 41조로 구성되어 있다. 이 법은 형식상 일본의 신문지법을 모방하고 있었지만 내용에 있어서는 훨씬 더 가혹한 것이었다. 신문지법은 신문 창간 시 내부대신의 허가를 의무화하고, 신문 발행에 앞서 관할 관청에서 사전검열을 제도화한 것에서 그 법을 제정한 일본 측의 의도를 알 수 있다. 이 법은 처음에는 국내 발행 민간신문만을 대상으로 했지만 1908년 개정 법률에서는 미국과 러시아에서 한국인 교포들이 발행하는 신문 및 외국인 소유주 배설(E. T. Bethell)에 의해 운영되어 상대적으로 논지가 독립적이었던 ≪대한매일신보≫까지 단속 대상에 포함시켰다. 신문지법의 개정은 이미 수중에 장악된 국내 언론은 물론 해외에서 들어오는 민족적 성격의 언론 및 국내에서 활동하면서 치외법권 지대에 놓여 있었던 외국인 언론까지 탄압할 목적이었던 것이다.

잡지 『소년』의 출발을 어떻게 분절할 것인가의 문제는 이 지점에서 의미를 갖는다. 『소년』이 출간되었던 1908년 10월부터 1911년 5월까지 만 3년에 가까운 시기는 근대계몽기 최후의 시기에 해당하는데, 다른 시각에서 보자면 이것은 근대계몽기의 대표적인 서사 양식으로 떠오르고 있던 신소설에 대해 새로운 서사물·서사매체의 출현이라는 의미를 갖기 때문이다. 요컨대 근대계몽기 새로운 서사 매체로 등장했던 신문 및 그 신문을 통해 등장한 새로운 서사물로서의 신소설을 어느 순간 구식 서사물로 밀어내는 잡지 및 근대 지식이 등장한 것이다. 신문과는 다른 매체로서의 잡지 출현, 그리고 신소설을 배제한 근대 지식으로서의 잡지 기사라는 변화는 결코 일반론으로 설명될 수 있는 성질의 것이 아니다. 하지만 『소년』의 등장 시기가 신문과 일본의 대결이 본격화되고 끝내 신문이 좌절될 수밖에 없는 시기였다는 사실은 당시를 설명하는 특수한 무엇으로 이해될 수 있다. 요컨대 일본이 검열이라는 제도적 장치를 통해 '합법적'으로 조선의 언론을 장악하기 시작한 그 순간에 애국계몽류 신문 매체와는 또 다른 형식으로 근대적 담론을 전파시키는 경로로서 잡지가 등장한 것이다. 이는 종합지로서의 『소년』이 보여 준 문명 담론이 단순히 계몽의 일 도구로만 한정될 수 없는 이유이기도 하다. 최소한 『소년』은 1908년 10월 이후 1911년 5월 폐간 때까지 근대계몽기의 마지막 시기를 지켰던 중요한 매체였으며, 근대계몽기의 마지막인 동시에 근대적 글쓰기의 시작을 알렸던 신문의 글쓰기와는 다른 글쓰기가 시작되는 하나의 경로였다.

또한 신문과 비교할 때 잡지의 두드러진 특징의 하나는, 신문에 비해 잡지가 독자층을 구체화하고 있다는 사실이다. 이른바 공론장 (公論場)의 역할을 자임하는 신문의 경우 기사의 특성상 블록화되는 몇 개의 분할된 지면에도 불구하고 기자가 기사를 작성할 때 염두에 두는 대상은 불특정한 다수로서의 대중이었다. 여기에서는 기사의 내용이나 수준 여부와 상관없이 기사의 진정성 내지 선명성을 드러냄을 목표로 삼게 된다. 글을 쓰는 기사 작성자의 입장에서 일차적으로 고려되는 것은 독자가 아니라 기사의 투명성이다. 요컨대 기사가 정확하게 작성된다면 기자로서, 그리고 기사로서의 첫 번째 과제는 수행된 것이 된다. 하지만 잡지는 일어난 '사건'을 보도하는 신문과는 매체로서의 성격이 판이하다. 무엇보다도 잡지는 어떤 지식을 어떻게, 그리고 누구에게 전달할 것인가의 문제를 미리 구체화한 상태에서 글쓰기가 시작된다는 점에서 '국민'이라는 불특정 다수를 염두에 둔 소식지(新聞)가 아니다. 물론 그렇다고 해서 『소년』을 비롯한 잡지의 성격이 곧바로 대상이 특화된 글쓰기의 장으로 대비될 수 있는 것은 아니다. 하지만 최소한 잡지의 기사들은 신문에 비해 '독자'의 경계가 좀 더 한정적이고 분명하다는 점은 지적될 수 있다. 독자의 경계가 한정될 뿐 아니라 이로부터 독자층을 염두에 둔 글쓰기가 시작된다는 사실도 기억될 필요가 있다. Ⅱ-3장에서 자세히 분석하겠지만, 그러므로 신문과 비교할 때 잡지의 기사들에서 화자가 두드러지게 문면 위로 등장하게 되는 것은 우연이 아니다. 이는 잡지 기사를 쓰는 작가가 자신과 독자 사이의 관계를 명확히 인식하고 있다는 사실을 의미한다. 이것은 근대 문체의 형성 과정에서 특정한 독자를 대상으로 하여 글을 쓰는 작가의 자의식이 드러나고 있는 사례였다고도 볼 수 있다. 문면 위로 말하는 이의 '자의식'이 투영되기 시작한다는 것, 그리고 그 이면에는 근대적 의미의 '독자'가 상정되고 있다는 것, 이것은 신문과 잡지, 혹은 최남선의 글쓰기를 이해하기 위한 중요한 분기점이다.

잡지가 독자를 상정하고 있다는 일견 당연해 보이는 이 진술에는 여러 의미가 내포되어 있다. 근대적 출판 행위의 기본이 상업적 인쇄 출판이었다는 지극히 보편적인 의미 이외에도 잡지의 독자 설정은 몇 가지 점에서 특별하다. 우선 내용에 따른 문체의 변화를 상정해 볼 수 있다. 요컨대 자연과학, 지리학, 편집실 통신 등등의 서로 다른 성격의 글을 쓰게 될 때 이들의 글쓰기가 동일한 지평에서가 아니라 그 각각의 내용에 따라 다른 표현형식을 갖게 될 것이라는 사실은 쉽게 짐작해 볼 수 있다. 혜성에 대한 자연과학적 지식을 소개하는 글과 편집인의 감회를 편집 후기의 형태로 풀어내는 글의 문체가 같을 수는 없다. 또한 다른 한편으로 독자에 대한 의식은 독자와의 거리감을 의식하게 만들어서 글을 쓰는 사람의 자의식을 발동시킨다. 불특정한 다중(multitude)을 향해 글쓰기를 하는 일반-초월적인 '나'의 위치가 아니라, 구체적 대상을 향해 말을 걸기 위해 글을 쓰는 개별-내재적인 '나'의 위치가 생겨나게 되는 것이다.38)

---

38) 불특정다수와 구체적 독자라는 구분은 신문에 비해 '상대적으로' 잡지를 위치 짓기 위한 구별이다. 실제로 근대문학은 불특정 다수를 향한 글쓰기라고도 말할 수 있으며, 그런 점에서 보자면 이 구분은 별로 유용한 것은 아니다. 하지만 신문과 잡지라는 두 매체만을 대상으로 대비해 보자면, '신문-기사'와 '잡지-기사'는 성격상 분리될 수 있으리라고 생각된다. 본고에서 사용하는 이러한 용어는 신문이나 잡지라는 매체의 글쓰기를 설명하기 위한 최소한의 전제로서 제한적으로 사용함을 밝힌다. 이러한 글쓰기의 관계 변화가 실제 글쓰기의 층위에서 어떻게 전개되고 있는지는 Ⅱ-3장에서 살펴보겠다.

이는 또한 신문의 생명이 사건의 신속 – 정확에 있음에 비해, 잡지의 생명은 지식의 생산 – 전파에 있다는 점과도 관련된다. 이 점에 있어서는 근대초기 잡지 운영자였던 최남선 및 잡지 『소년』·『청춘』의 경우 역시 예외가 아니다. 최남선과 그가 편집했던 잡지의 이념이 이 일반적인 이념에서 차이를 보인다면 그것은 형식의 차원이 아니라 잡지를 구성하는 내용의 층위일 것이다. 이것은 최남선이 잡지를 구성하기 위해 필요로 했던 감각이 속도가 아니라 밀도였음을 의미한다. 최남선의 다양함은 이 밀도를 채우기 위한 노력의 결과였다. 하지만 결과적으로 그 다양함은 글쓰기의 여러 형식들을 실험할 것을 요구했고 이 과정에서 근대적 문어체는 문체와 시점이 구현되는 가능성을 확보할 수 있었다.

## 2. 1910년대 신문 연재소설의 전개와 굴절

### 1) 소문의 사실화와 사실로서의 소설

18세기 후반, 이덕무(1741 – 1799)는 여러 차례 '小說'[39]에 관한 자신의 견해를 글로 남겼다. 책벌레(看書痴)로 불릴 만큼 책이라면

---

39) 근대 이전, 전통적인 맥락에서 사용되던 '小說'이라는 용어와 근대 이후 문학 장르의 용어로 사용되는 '소설'을 동일한 지평 위에서 사용할 수 있는지는 의문이지만, 최소한 이덕무의 논의에서 '小說'은 『삼국연의』, 『수호지』 등 '이야기' 전통의 서사물을 지칭하는 용어이므로 함께 사용하기로 한다. 단 최소한의 차이를 환기한다는 의미에서 근대 이전의 상황에서는 '小說'로, 근대 이후의 논의에서는 '소설'이라는 용어를 사용하기로 한다.

가리지 않았고, 또 그만큼 다종다양한 독서에 몰두했던 이덕무였지만, 소설에 대한 그의 평가는 매우 비판적이고 부정적이다. 이덕무는 소설을, 작가는 "거짓을 꾸미고 빈 곳을 천착하여 귀신과 꿈 이야기를 퍼뜨리고(架虛鑿空·談鬼說夢), 평자는 황탄한 것을 부추기고 비루한 것을 고취시키며(羽翼浮誕·鼓吹淺陋), 독자는 기름과 시간을 낭비하게 되고 경전은 안 읽게 되는(虛費膏晷·魯莽經典) 것"[40]으로 보았다. 특히 작가에 대해 '거짓을 꾸미고 빈 곳을 천착'한다고 비판하는 대목에서는 허구적 서사인 소설을 대하는 중세적 이념의 전형적인 인식을 보여 준다.

소설의 거짓되고 허황함, 즉 허구성에 대한 비판은 '小說'을 '역사적 실재(史實)'로 이해하는 동아시아의 오랜 전통과도 관련된다.[41] 전통적으로 '小說'은 역사적 사실들이었다. 다만 '한담(閑談)'이나 '일화(逸話)'처럼 그 내용이 자질구레하다는 것을 의미했다.[42] 예컨대 서사는 역사적으로 실재했거나, 혹은 현실적으로 실재하는 일에 관한 기록을 의미하였다. 일차적으로 이는 오랜 제도

---

40) 이덕무, 민족문화추진회 옮김, 『국역 청장관전서』, 솔출판사, 1997.
"소설에 대하여 세 가지 의혹이 있다. 거짓으로 꾸미고 공허를 꿰뚫으면서 귀신을 이야기하고 꿈을 말하였으니 그것을 지은 사람에 대한 첫 번째 의혹이요, 荒誕한 것을 감싸며 비속한 것을 고취시켰으니 그것을 논평한 사람에 대한 둘째 의혹이요, 기름과 시간을 허비하고 經典을 멀리했으니 읽는 사람에 대한 셋째 의혹이다(小說有三惑 架虛鑿空 談鬼說夢 作之者一惑也 羽翼浮誕 鼓吹淺陋 評之者二惑也 虛費膏晷 魯莽經典 看之者三惑也)."

41) 소설 등 패관잡서류가 갖는 폐해에 관해서는 유자(儒者)들에 의해 여러 번 지적되고 있다. 예컨대 선조는 한 강연(講筵)에서 『삼국지연의』의 내용을 말했다가 기대승으로부터 '上啓'를 받기도 했는데, 이 일화는 훗날 이익과 김만중의 문집에서도 회자되고 있다. 한편 이와는 조금 다른 맥락이지만, 조선 중기 채수는 「설공찬전」을 지었다는 이유로 극형이 논의되기까지 했는데, 그 이유는 「설공찬전」의 내용이 귀신과 윤회 이야기를 전한다는 이유 때문이었다. 허구는 곧 죄악이었다.

42) 동아시아적 전통에서의 '小說'과 'fiction' 사이의 용어에 관해서는, 루샤오펑의 『역사에서 허구로』(조미원·박계화·손수영 옮김, 길 2001) 제2장 참조.

론적 전통에 따른 결과로, 시까지도 말단 소기로 취급될 만큼 동아시아에서 '문(文)'이 갖는 위엄과 권위는 거의 절대적 경지였기 때문일 것이다. 이 점은 근대 이전까지 주류 이념으로 통용되던 유학, 특히 성리학이 불학이나 노장학에 비해 상대적으로 스스로를 차별화했던 인식론적 가치가 '공(空)'이나 '허(虛)'에 대한 '실(實)'의 강조였다는 사실과도 상관이 있다. 요컨대 전통적인 이념적 질서 속에서, 적어도 공식적으로 허구 내지는 가공의 세계가 용인될 수 있는 인식론적 혹은 가치론적 존립 기반은 협소할 수밖에 없었다. 허구의 가치는 실제 사실과의 관련 속에서만 제한적으로 허락되었으며, 이러한 인식은 이후로도 오랫동안 서사를 추동하는 힘으로 작용했다.

19세기 후반 이후 20세기 초반 무렵, 근대초기의 소설가들에겐 아직 근대적 의미에서의 '작가'라는 자의식이 잘 포착되지 않는다. 그들은 스스로를 기록자, 즉 기자(記者)라고 불렀다. 실제로『혈의 루』(1906) 집필 당시의 이인직은 ≪만세보≫ 주필로 활동하고 있었다. 비슷한 시기 이인직과 함께 신소설 작가로 이름을 날린 이해조는 스스로를 '기자'라고 호명했다. 이들이 '작가(writer)'라기보다는 '기록자(scripter)'로서의 정체성을 가지고 있었다는 것은 신소설이 신문 연재로부터 시작되었다는 사실을 기억하는 일만큼이나 중요하다. 다시 말해 오랜 서사적 전통 속에 관습화된 사실의 서사, 사실의 서사와 신문의 매체성, 신문의 매체성과 근대문어체의 출발, 그리고 신문과 소설이라는 두 개의 매체성 등등 이것으로부터 근대초기 새로운 감각으로 형성되기 시작하는 리얼리티의 문제가 출발된다고 볼 수 있기 때문이다.

1911년 4월 6일, ≪매일신보≫를 통해 연재를 시작한 「화의 혈」

서언에서, 이해조는 자신의 소설들이 "모다 현금의 잇는 사름의 실지샤적"이며 「화의 혈」 또한 "허언랑설은 한 구절도 긔록지 안이ᄒ고 덩녕히 잇는 일동일정을 일호차작 업시" 기록할 것이라고 선언하였다.[43] 실제로 당시의 신문 기사 속에서 신소설과 비슷한 사건 소식을 발견하는 일은 그렇게 어려운 일이 아니다. 그러므로 근대 초기, 소설로 대표되는 허구적 서사 양식이 공식적인 '글'의 하나로 포함·추인되는 과정에서 '사실'과 '허구'의 경계에 대한 예민한 감각이 문제되었다는 사실을 확인할 수 있다. 그것은 서사물을 역사 해석의 일부로 이해하던 관습과의 충돌이었을 뿐 아니라, 역사적 사실과 허구적 사실 혹은 실제적 사실과 개연적 사실과의 충돌이기도 했다. 하지만 허구적 서사로서의 소설에 부가되었던 사실에의 강박이 신소설 작가들만의 특징은 아니었다. 흥미롭게도 이와 비슷한 시기 이른바 신지식인층으로 분류되는 이광수, 현상윤 등의 작품에서도 소설의 사실 여부에 대한 언급은 어렵지 않게 발견할 수 있다.[44]

---

43) "화의 혈이라 하는 소설을 새로 저술할 새 허언낭설은 한 구절도 기록치 아니하고 정녕히 있는 일동일정을 일호차착 없이 편집하노니 기자의 재조가 민첩치 못하므로 문장의 광채는 황홀치 못할지언정 사실은 적확하야 눈으로 그 사람을 보고 귀로 그 사람을 듣는 듯하야 선악 간 족히 밝은 거울이 될 만할까 하노라."(이해조, 「화의 혈」 서언, ≪매일신보≫, 1911. 4. 6)

44) ① 이광수, 「『무정』 후기」, 『대한흥학보』, 1910. 3, p.475.
"(작자 왈) 차편(此篇)은 사실을 부연한 것이니 마땅히 장편이 될 재료로되 학보에 게재키 위하여 경개(梗槪)만 서(書)한 것이니 독자 제씨는 양찰(諒察)하시압."
② 이광수, 「헌신자」 후기, 『소년』 1910. 8, p.58.
"고주 왈(孤舟曰) 이는 사실이오. 다만 인명은 변칭(變稱). 이것은 한 장편을 만들 만한 재료인데 없는 재조로 꼴못된 단편으로 만들었으니 주인공의 인격이 아주 불완전하게 나타났을 것은 물론이오. 이 죄는 용사(容赦)하시오."
③ 현상윤, 「박명」, 『청춘』 3호, 1914. 12, p.138.
"이것을 보시는 여러분은 먼저 이것이 과연 사실이냐 아니냐 하는 말부터 나오리다. 참말 우리가 살아가는 이 세상은 천 겹 만 겹이어서, 우리가 모르고 지나가는 비밀의 희극비극이 하나둘이 아니구려. 이 한 편은 연전에 이 소설 가운데 말한 지방에 살던

1906년 7월, 『혈의 루』(이인직)가 ≪만세보≫에 연재되기 시작했다. 총 4면의 신문 중 1면에 실렸으며, 논설 및 관보 등과 동일한 지면이었다. 신소설이 신문 연재를 통해 출발했다는 사실은 중요하다. 이것은 일차적으로 신문의 신문다움, 즉 매체로서의 신문이 갖는 특성이 소설의 형성에 관한 변수로 작용할 수 있음을 암시한다. 초창기 신소설 작가들이 보여 준 기자 의식은 이러한 초기 조건들로부터 그들이 자유로울 수 없었다는 사실을 보여 준다.

신문과 소설이 민족 국가 형성에 깊이 관여된다는 사실은 우연이 아니다. 우리는 신문과 소설을 통해 민족국가의 상상과 관련된 '사실을' 전달받을 뿐 아니라, 그러한 상상을 '사실처럼' 받아들이게 된다. 신문은 '사실을' 전달하고, 소설은 '사실처럼' 전달한다. 두 매체의 속성에 따라 근대적인 문어체가 창출되고, 그에 따라 근대 국어가 창출되면 이는 곧 근대 국민 만들기, 근대 국민국가 만들기의 과정으로 이행된다.

근대의 시각 문화와 관련하여 신문과 소설의 출현은 그 자체로 특별한 사건이었다. 신문과 소설은 18세기 유럽에서 처음 꽃핀 상상의 두 가지 형태로서, 민족과 같은 상상의 공동체를 '재현'하는 기술적 수단을 제공한다. 유럽의 경우와 반드시 일치하는 것은 아니지만, 최소한 민족국가의 상상에 시공간을 동시적으로 체험케 하는 신문의 등장이 얼마나 놀라운 경험이었을까를 상상하기란 크게 어려운 일이 아니다. 물론 시대와 조우하는 방식에 있어서도 신문

---

친구 두 사람이 나와 함께 평양 ○○학교에 와서 공부하다가, 가통(可痛)하게도 두 사람 다 장서(長逝)의 사람이 된 사실을 합틀어 뼈로 하고, 약간 고기를 붙인 것인데 이 사정을 짐작하시는 형님들은 지금 이 졸저를 보아, 옛 생각에 뜨거운 눈물을 금치 못하오리다."

과 소설의 경우가 동일했다고 말할 수는 없다. 하지만 근대적 글쓰기와 관련하여 이 두 경우가 갖는 중요성은 더욱 강조될 필요가 있다. 매체의 속성은 곧 '글쓰기'라는 근대적 감각이 요구하는 리얼리티를 구성하는 문제를 제기하기 때문이다.

앞 장에서 언급한 바와 같이, 문학 연구와 관련하여 근대 초기 신문 매체가 중요한 이유는, 그것이 근대적인 국문 글쓰기를 최초로 실험한 표현의 장이었기 때문이다. 이것이 ≪독립신문≫의 출현이 문학사적으로도 중요한 사건이 되는 이유이며, 아울러 근대적인 문어체가 매체의 특성과 동시적으로 파악되어야 하는 이유이다. 예컨대 신문이라는 공적 매체의 특성과 근대적인 국문 글쓰기의 상관성에 관한 문제, 즉 '사실을' 싣는다는 신문의 공공성을 확보하기 위해 문체는 어떻게 단련되었는가 하는 것이다. 실제로 ≪독립신문≫이 창간되고 얼마 지나지 않았을 무렵, 신문이 맞닥뜨린 첫 번째 문제는 기사의 사실성에 대한 사람들의 의심이었다.[45] 잡보 취재원들의 취재 능력이 극히 일부분에 제한될 수밖에 없었기 때문에 지방 관련 소식들은 취재 자체가 현실적으로 여의치 않았을 뿐 아니라, 수집되는 기사도 상대적으로 '소문' 영역에 머물 가능성이 얼마든지 있었다.[46] 때문에 사건 즉 전언(傳言)의 주체를

---

[45] "직동 사는 니씨의 편지라 신문이라 ᄒᆞᄂᆞᆫ거슨 인민의 안목을 기명코져 ᄒᆞᄂᆞᆫ 거신듸 본월 십구일 한성 신보에 동요라 졔목ᄒᆞ고 죠션 국가에 실례ᄒᆞᄂᆞᆫ 말이 잇스니 이동요ᄂᆞᆫ 어듸서 들어ᄂᆞᆫ지 내가 셩즁을 날마다 도라단녀도 일런 동요를 듯지 못ᄒᆞ엿고 다른 사름들 드려 물어보아도 들엇단 사름 업스니 심히 아혹ᄒᆞᆫ 일이라 내 ᄉᆡᆼ각에는 이런 동요 지을 죠션 사름은 업슬듯ᄒᆞ더라"(≪독립신문≫, 1896. 4. 23 '잡보')

[46] "부산 잇ᄂᆞᆫ 일본 사름 먹ᄂᆞᆫ 우물에 죠션 사름들이 독약을 너허서 일본 사름들이 그 물을 먹고 병이 만히 들어단이 그 말이 분명 홀진듼 죠션 사름들 흉일이 야만에 일이라 사름이 밋드리도 그러케 음히 ᄒᆞᄂᆞᆫ거슨 쳔혼 횡실이니 우리가 죠션 사름이 그런일 ᄒᆞ엿다는 거슬 밋지도 아니ᄒᆞ고 만일 ᄒᆞ엿드리도 ᄒᆞ나나 둘이 그러 ᄒᆞ엿시면 힛짓 부산 잇ᄂᆞᆫ 빅셩이 다 그러치 안흘거슨 밋노라"(≪독립신문≫, 1896. 4. 18 '잡보')

명시적으로 요구하거나,[47] 잘못된 보도에 대한 이의 제기[48] 및 정정 기사들이 등장하는 가운데 신문은 스스로 자신들의 보도에 대한 사실성을 확보하기 위한 장치를 마련하게 된다.

일차적인 대응은 당연히 정정 기사를 내보내는 것이었다. 이 과정에서 흥미로운 것은 정정 기사가 실린다는 점에서 오히려 신문은 스스로의 '공공성' 및 '객관성'을 보증받는 계기가 되었다는 사실이다. 오보(誤報)는 바로잡힌다는 환상, 이는 거꾸로 정정되지 않은 나머지 기사들의 사실성을 당연한 것으로 받아들이게 만드는 효과뿐 아니라, 나아가 신문을 통해 사실을 추인받고 싶어 하는 욕망으로까지 이어진다.[49] 글쓰기의 내적으로는 기사의 내용을 간접적인 소문의 영역으로 만듦으로써 소문의 실재성보다는 소문에 대한 체험의 실재성을 강조하는 쪽으로 문체를 변화시킨다. 주관적 성격이 농후한 '논설'란에 비해 객관적 사건·사고 소식의 성격을 갖는 '잡보'란 문체에서 특별히 '–다더라'체가 강조되는 것은 이 때문이다. '–다더라'체는 '–더라'체에 비해 소문을 간접화시키는 효과가 있다. 그러므로 근대계몽기 잡보란 문체에서 쉽게 발견되는 '–다더

---

47) 당시 광고란을 통해 독립신문사는 "누구든지 신문사에 편지 ㅎ는이는 거쥬 셩명을 써서 보내야 보지 그러치 안ㅎ면 샹관 아니ㅎ노라"는 공식입장을 밝힌다(≪독립신문≫ 1896. 4. 25~5. 21 '광고').

48) "젹동 사는 니씨의 편지라 신문이라 ㅎ는거슨 인민의 안목을 기명코져 ㅎ는 거신딕 본월 십구일 한셩 신보에 동요라 졔목ㅎ고 죠션 국가에 실례ㅎ는 말이 잇스니 이동요는 어딕셔 들어눈지 내가 셩쥼을 날마다 도라단녀도 일런 동요를 듯지 못ㅎ엿고 다른 사룸들 드려 물어보아도 들엇단 사룸 업스니 심히 아혹혼 일이라 내 싱각에는 이런 동요 지을 죠션 사룸은 업슬듯ㅎ더라"(≪독립신문≫, 1896. 4. 23 '잡보')

49) "……근일에 인심이 공연히 쇼동이 되야 물가는 올나 가고 여슈가 막켜다니 이거슨 무슴 신둙인지 모로거니와 풍셜에 일본과 아라샤가 군스를 보내여 무슴 란리가 날싯 두려워셔 이럿타니 이거슨 어리셕은 싱각이라 …… 언졔던지 나라에 란리가 날 디경이면 독립신문에 몬져 말이 잇슬지라 독립신문에 업는 말은 대개 허언이니 남이 엇더케 ㅎ는 걸 걱졍 말고 죠션 사룸들은 죠션 일 들을 ㅎ거드면 멋쳔 년이 되야도 외국이 죠션을 침범치 아니홀 터이오"(≪독립신문≫, 1897. 3. 18 '논셜')

라'체의 장악50)은, 표면적으로는 신문의 공공성 강화와 관련되지만 그것은 결국 이야기 속에서 화자의 역할을 어떻게 규정할 것인가의 문제이기도 하다. 실제로 초기 신문 기사들을 일별할 때 '–다더라'체의 장악 비율과 편집자적 논평 사이에는 반비례관계가 형성된다.

근대 문체에서 발화자의 문제가 중요한 이유는 그것이 객관적이고 투명한 상황을 지시하는 근대적 언문일치의 기획과 직접적으로 맞닿아 있는 문제이기 때문이다. 또한 문체 속에서 전달자를 어떻게 처리할 것인가의 문제는 신문과 소설로 대표되는 근대문어체의 형성 공간이 분기되는 지점이기도 하다. 예컨대 앞서 살펴본 것과 같은 신문 문체의 변화는 전달자를 은폐하는 방식을 좇아 상황 자체만을 투명하게 구현할 수 있는 문체를 향해 나아간다. 하지만 소설은 전달자를 은폐하지 않는다. 소설은 오히려 사건이나 상황 속에서 발화자를 드러내는 방식을 실험하는 쪽으로 나아간다.51)

이와 같은 상황은 「혈의 루」가 연재되었던 1906년의 ≪만세보≫를 살펴보거나, 근대계몽기 신문 가운데 연재소설이 많았던 ≪대한민보≫의 소설란과 잡보란을 비교해 보는 것을 확인해 볼 수 있다. 특히 대부분의 잡보 기사가 이미 '–다더라'체로 흡수된 시기에조차 소설의 서술어에서는 여전히 '–다더라'가 거의 보이지 않

---

50) 소문의 직접적인 체험을 강조하는 '–더라'체로부터 간접화를 의미하는 '–다더라'체로의 잡보란 문체의 변화는 1896년부터 1897∼1898년에 이르는 동안 상당 부분 이미 전환되고 있으며, ≪대한민보≫(1910년)의 경우 잡보란 문체는 거의 '–다더라'체로 변화된다. 이는 동일 지면 내의 소설의 문체가 여전히 '–더라'체를 고집하는 것과 좋은 대조가 된다. '–더라'체와 '–다더라'체를 통한 소문(所聞)의 사실(事實)화 과정에 대해서는 졸고, 「근대문어체와 리얼리티」(『인천어문연구』(19), 2004) 참조.

51) 근대 신문 매체의 구어 재현에 있어 발화자 처리 및 글쓰기 문제는 류준필의 「근대 전환기 신문매체의 구어재현방식과 그 성격」(『근대어·근대매체·근대문학』, 성균관대 대동문화연구원, 2006)에서 날카롭게 분석되었다.

는다는 사실은 시사적이다. 이것은 소위 언문일치의 문체라고 일컬어지는 '-다'체의 출현과 성립에 대한 새로운 문제를 제기하기 때문이다.[52] 하지만 전달자 은폐와 전달자 명시라는, 마치 정반대인 것처럼 보이는 이 두 문어체의 실험은, 최소한 형식적인 면에서는 결과적으로 일치한다. 이 두 개의 서로 다른 문어체는 '-다'체로 수렴되었던 것이다. 전달자가 은폐됨에 따라 상황 자체만 투명하고 객관적으로 남게 되는 신문 잡보란 문체는 근대문어체의 기본형이 되었다. 그리고 전달자를 명시함으로써 확보한 소설의 발화 표시 실험은 결과적으로 각각의 발화주체들을 순간순간 호명함으로써 감각적이고 실감나는 근대적 묘사의 영역으로 확대되는 전초가 되었다.

## 2) 신문 연재소설의 삽화와 소설의 연극화

1912년 1월 2일, 《매일신보》 1면에 이해조의 신소설 「춘외춘(春外春)」이 연재되기 시작했다. 그런데 《매일신보》는 「춘외춘」 연재 때 삽화(揷畵)를 함께 실었다. 《매일신보》는 동시에 두 편의 소설을 연재하기도 했는데, 이로 인해 독자들은 신소설과 번안소설을 한 신문지면 위에서 만날 수 있었다. 두 개의 서사가 동시에 연재될 수 있었다는 것은 그만큼 당시 소설의 인기가 높았음을

---

52) 언문일치가 문어도 구어도 아닌 제3의 문체 창출이자 '내셔널리즘의 주요한 표징'임은 가라타니 고진의 주장 이래 한국 근대문학에서도 '-다'체가 가진 추상성을 새로운 문체 창출의 기획으로 파악해야 한다는 논의를 낳았다. 가라타니 고진(박유하 옮김), 『일본근대문학의 기원』(민음사, 1998) 및 권보드래, 『한국근대소설의 기원』(소명, 2000) 참조.

<그림 2-1> 이해조, 춘외춘(1회)

간접적으로 알 수 있게 해 준다
(<그림 2-1> 춘외춘)

하지만 동시에 연재되는 두 편의 소설에 모두 삽화가 실리는 경우는 없었다. 예컨대 1912년 7월, 불과 열흘 간격으로 연재가 시작된 두 편의 소설 중 이해조의 「봉선화(鳳仙花)」는 삽화가 실려 있지만, 조중환의 「쌍옥루(雙玉淚)」에는 삽화가 실리지 않았다. 신소설과 번안소설을 구별했던 것은 아니다. 1913년 7월에 연재된 이상협의 신소설 「눈물」에는 삽화가 실리지 않았지만, 당시 연재 중이던 조중환의 번안소설 「장한몽」에는 삽화가 실려 있었다. '두 개의 소설, 하나의 삽화'라는 원칙은 1914년 1월 이후 연재소설이 하나로 줄 때까지 일관되게 유지되었다.53)

신소설의 입장에서 볼 때, 삽화는 소설의 특정 장면을 시각적으로 재구성해 준다는 점에서 또 한 번의 큰 전환점이었다. 작가들로서는 일종의 시각적 지원을 제공받는 셈이었다. 고소설에 비해 놀랄 만큼 현실적이고 구체적인 묘사를 성취한 신소설이지만, 신소설은 여전히 묘사만으로 근대적인 시·공간을 창출하는 데까지는 이르지 못하고 있었다. 더욱이 신소설의 명작들은 대개 초기 몇

---

53) 1912년 처음 삽화가 등장한 이후, 적어도 두 편의 소설이 동시에 연재되면서 어느 쪽에도 삽화가 실리지 않은 경우는 단 한 번의 예외를 제외하고는 없었다. 그 예외가 바로 1917년 1월 1일 연재를 시작한 이광수의 『무정』이다.

년 사이의 작품들이었다. 1910년대 이후 출간된 신소설들은 초창기의 「혈의 루」, 「귀의 성」, 「산천초목」 같은 작품들에 비해 서사의 밀도, 흥미, 묘사 등에서 상투화되는 경향이 있었다. 물론 외견상 1910년대 초반까지는 단연 신소설의 시대였다고 말할 수 있다. 수많은 작품들이 이 시기에 집중적으로 출간되었을 뿐만 아니라 당시 유일의 일간신문에서도 신소설 연재는 한 번도 중단된 적이 없었다. 하지만 내부적으로 신소설은 1910년대를 넘어서면서 이미 소설적 한계에 다다라 있었다.54) 삽화의 등장은 이러한 배경 위에서 이해될 필요가 있다.

1914년 10월부터 이듬해 5월까지 무려 8개월 가까이 연재되어 큰 화제를 모았던 이상협의 번안소설 「정부원(貞婦怨)」은 소설 자체도 흥미롭지만, 특히 삽화와 관련한 유의미한 문제를 제기한다. 한마디로 「정부원」의 삽화는 특별했다라고 말할 수 있다. 붓으로 그려지던 단조로운 형태의 삽화들과 달리 정교한 펜화로 마치 서양화를 보는 듯한 착각을 느낄 정도로 작품에 가까운 그림을 선보인다는 점에서 특별했고, 등장인물들의 표정이나 심리에 대한 형상화는 물론 당시로선 낯선 이국적인 건물·풍경·의복·소품 등을 세심하게 그려 주고 있다는 점에서 특별했다.

이 모든 차이가 삽화가나 혹은 화풍의 차이로 단순히 이야기될

---

54) 실제로 1910년대의 신소설 시장은 그 양적인 팽창에도 불구하고 사실상 쇠퇴기로 접어들었다. 초창기 신소설의 대표 작가였던 이인직은 1910년대 이후 사실상의 창작 활동을 거의 중단한 상태였기 때문에 당시 유일의 신문 매체였던 ≪매일신문≫의 신소설은 이해조의 독무대였다. 하지만 임화가 지적하는바, 1910년대 이해조의 신소설은 한편으로는 '구소설 양식으로의 복귀'로, 다른 한편으로는 '현대 통속소설적인 경향'으로 한계를 드러내고 있었다. 또한 1910년대 들어 고소설이 오히려 다시 유행하게 되는 현상도 신소설이 갖는 서사적 주도권의 위태로운 현실을 반증하는 실례라고 할 수 있다.

<그림 2-2> 조중환(번안), 장한몽

수 없는 이유는, 삽화를 통해 확인되는 이 차이들이 곧 1910년대의 상투화된 신소설들과 「정부원」이 기대고 있는 근대소설 원작 사이의 간격을 반영하고 있기 때문이다. 「정부원」의 번안자이자 번역자였던 이상협은 소설을 연재할 때부터 「정부원」이 이제까지의 소설들과는 다르다는 점을 충분히 의식하고 있었다. 그것은 「정부원」이 일본 소설 『捨小舟』의 번역이었지만, 원작은 영국 소설 『Diavola』(브라튼 作)였던 것과도 관련이 있다. 이상협의 번역자 의식[55]은 동시대의 조중환이 「장한몽」을 통해 보여 준 번안자 의식과는 다른 태도·다른 감각이었다(<그림 2-2> 장한몽).

요컨대 「정부원」의 삽화 한 장은 당시의 일반 독자들이 소설을 읽는 것만으로는 도저히 상상할 수 없었던 수많은 정보들을 제공해 주었다. 아무리 묘사가 섬세하고 구체적일지라도 이국의 시·공간을 상상하기란 결코 쉬운 일이 아니었다. 그런 점에서 「정부원」의 삽화는 소설을 통해 펼쳐지는 정황에 대한 충실한 시각 자료였다. 하지만 이 말은 뒤집으면 그만큼 「정부원」의 소설적 밀도, 혹은 서사적 묘사의 구체성이 풍부했다는 말과도 통한다. 「춘외춘」, 「탄금대」 등의 신소설에 대한 삽화가 「정부원」 삽화에 비해 상대

---

55) 번역·번안 의식과 근대적 글쓰기의 관련 양상에 관해서는 권용선, 「1910년대 근대적 글쓰기의 형성과정 연구」(인하대 박사논문, 2004) 참조.

<그림 2-3> 이상협(번안 / 역), 정부원

적으로 빈약했던 것은 우연이 아니다. 또한 또 다른 번안소설로 당시 최고의 인기를 모았던 것으로 전해지는 「장한몽」의 삽화가 비록 「정부원」에 비해서는 빈약하지만, 인물의 심리라든가 갈등·고뇌 등의 장면들이 다수 그려지는 등 신소설의 삽화에 비해 훨씬 섬세하고 다양한 정보들을 담고 있는 것 역시 우연이 아니다. 요컨대 삽화의 내용적 구성은 그 소설이 함유하고 있는 소설의 서사적 긴장감과 비례적으로 작동하고 있는 것이다(<그림 2-3> 정부원).

하지만 이러한 사실은 근대소설과 신소설의 차이를 설명할 수는 있어도 어느 한쪽의 비교우위를 가늠케 하는 평가의 척도가 될 수는 없다. 요컨대 근대소설의 삽화에 비해 거칠게 그려진 신소설의 삽화를 이유로 신소설의 소설적 결여를 설명할 수는 없다. 하지만 이것은 1910년대의 신소설이 동시대의 번안·번역 소설에 비해 상대적으로 시각화하기 어려운 서사 질서를 가지고 있었다는 사실을 설명하는 예가 될 수는 있다. 인물의 내면 묘사라거나 심화되는 내적 갈등 따위의 부재가 소설적 결함이 되는 것은 근대소설의 문법이 신소설에 적용된 결과일 뿐이다. 하지만 스펙터클한 근대의 시각문화 위에서 신소설은 근대소설에 비해 상대적으로 시각적으로 재현될 여지가 불충분하다는 사실은 향후 전개될 근대소설과의 충돌에서 신소설이 내재한 한계였다고 말할 수 있다. 이렇듯 신소설이 시각적인 재현에 한계를 갖는다는 것은 또한 신소설과 연극, 연극과 신소설 사이의 이상한 공생관계가 형성되는 배경이기도 하다.

1910년대는 본격적으로 연극 단체들의 활동이 이뤄지는 시기였다. ≪매일신보≫ 1912년 기사를 바탕으로 확인해 보면, 일본 유학파로 구성되어 정극을 표방한다는 연극단체 문수성과 임성구가 이끄는 혁신단, 그리고 신연극이라곤 하지만 전통 가무를 연출했던 단체 강선루 등의 활동이 눈에 띈다. 이 밖에도 개성 등 지방을 중심으로 새로운 단체들이 새로 만들어지거나 사라져 갔다. 1910년대 초반의 조선 연극계는 주로 이들에 의해 움직였고, 무대는 연흥사, 단성사, 장안사 등이었다.

어떤 의미에서 연극은 고전적인 연희 문화의 새로운 버전으로 인식되었는데, 이러한 혼란은 1910년대까지도 계속 이어졌다. 같은 날 동일 지면에 소개되는 '연희소식' 코너는 전혀 다른 형태의 공연 소식들을 나란히 싣고 있다. 한쪽에서는 열심히 창작물을 만들어 내는가 하면, 다른 한쪽에선 서커스 따위의 마술이나 기생들의 가무 등을 무대에 올렸다. 무대에 올린다는 점 외에는, 둘 사이에 연희의 측면에서 공유되는 것이 거의 없다. 하지만 이러한 상황을 근대 초기의 무질서한 혼란과 근대적인 것에 대한 이해 부족이라는 식으로 이해하는 감각으로는 '연극이나 하여 볼까'[56] 하는 이 시대의 정황을 이해할 수 없다.

---

56) '연극이나 하여 볼까: "인천 룡동기싱 조합소에서는 근일에 영업이 부실ᄒᆞ야 오는 삼십일이나 혹은 그 잇흔날부터 인천 축항사(築港社)를 비러 연극을 흔다는듸 그 연극을 ᄒᆞ여서 보충이 될는지몰나 공론이 분등ᄒᆞ다더라"(≪매일신보≫, 1912. 6. 28)

1913년 4월 29일, 조중환의 번안소설 「쌍옥루」가 연재소설로는 처음으로 무대에 오른다. 혁신단에 의해 연흥사에서 5일간 벌어진 이 공연은 대성공을 이루게 되는데 이를 기점으로 이해조의 신소설 「봉선화」, 「우중행인」 등이 연극화된다. 연극은 어느 순간 소설로 읽히고, 소설은 어느 순간 연극으로 감상된다는 사이좋은 관계가 형성된 것은 이 무렵이었다. 무대에 오른 신소설은 대개 큰 성공을 거두었다. 하지만 이것은 엄밀히 말해 초창기 신극 운동의 성과이지 신소설의 문학적 성과는 아니다. 더욱이 당시 신극의 성공은 ≪매일신보≫와 신극단이 맺고 있던 깊은 공모 관계에 의존한 결과였다.57)(<표 2-1> 참조)

<표 2-1> 삽화 및 연극과 관련된 1910년대 ≪매일신보≫ 연재소설

| 소설 | 삽화 | 연극 | 비고 |
|---|---|---|---|
| 春外春(이해조)<br>1912. 1. 2 - 3. 14 | 신소설(최초의 삽화소설) | | |
| 탄금대(이해조)<br>1912. 3. 15 - 5. 1 | 신소설(삽화○) | | |
| 巢鶴嶺(이해조)<br>1912. 5. 2 - 1912. 7. 6 | 신소설(삽화○) | | |
| 불여귀<br>(1912. 3 공연) | 번안소설(단행본) | 최초의 공연(문수성)<br>1912. 3 | ※ 연재소설 아님<br>德富蘆花 원작 |
| 봉선화(이해조)<br>1912. 7. 7 - 11. 29 | 신소설(삽화○) | 연재 후 공연(혁신단) | |
| 쌍옥루(조중환)<br>1912. 7. 17 - 1913. 2. 4 | 번안소설(삽화×) | 연재 후 공연(혁신단)<br>※ 최초공연 | 菊池幽芳 원작,<br>「己が罪」 |
| 비파성(이해조)<br>1912. 11. 30 - 1913. 2. 22 | 신소설(삽화○) | | |

---

57) 1910년대 소설과 연극의 관계에 대해서는 권보드래, 『한국근대소설의 기원』(소명출판, 2000) 제4장 및 최태원, 「번안소설·미디어·대중성」, 『한국근대문학과 일본』(사에구사 도시카스 외), 소명출판, 2003 참조.

| 소설 | 삽화 | 연극 | 비고 |
|---|---|---|---|
| 모란봉(이인직)<br>1913. 2. 5 - | 신소설(삽화×) | | |
| 우중행인(이해조)<br>1913. 2. 25 - 5. 11 | 신소설(삽화○) | 연재 후 공연(혁신단) | |
| 장한몽(조중환)<br>1913. 5. 13 - 10. 1 | 번안소설(삽화○) | 연재 분량까지 연재<br>중 공연(유일단) | |
| 눈물(이상협)<br>1913. 7. 16 - 1914. 1. 21 | 신소설(삽화×) | 연재 분량까지 연재<br>중 공연(혁신단) | 연재 후 1914. 1<br>전편 공연 |
| 菊의香(조중환)<br>1913. 10. 1 - 12. 28 | 번안소설(삽화○) | | |
| 단장록(조중환)<br>1914. 1. 1 - 6. 10 | 번안소설(삽화○) | 미연재 부분까지<br>연재 중 공연 | 柳川春葉 원작,<br>「生きぬ仲」 |
| 형제(심천풍)<br>1914. 6. 11 - 1914. 7. 18 | 신소설(삽화○) | | |
| 비봉담(조중환)<br>1914. 7. 20 - 1914. 10. 27 | (삽화○) | | |
| 정부원(조중환)<br>1914. 10. 29 - 1915. 5. 19 | 번안소설(삽화○) | 연재 후<br>공연(협률사) | 저본 「捨小舟」(일)/<br>원작 「Diavola」(영) |
| 속장한몽(조중환)<br>1915. 5. 20 - | 창작소설(삽화○) | | |
| 해왕성(이상협)<br>1916. 2. 10 - 1917. 3. 31 | 번안소설(삽화×) | | 「몽테크리스토백작」 |
| 무정<br>1917. 1. 1 - | 근대소설(삽화×) | | |
| 산중화(심천풍)<br>1917. 4. 1 - 1917. 9. 19 | 신소설(삽화×) | | |

신극의 성공은 오히려 신소설의 서사적 입지를 뿌리째 뒤흔들었
다고 말할 수 있다. 신소설의 미학적 한계가 이유라면 이유였다.
신소설이 한 편의 극으로 완성되기에 충분한 서사적 밀도를 가졌
는지는 단언하기 쉽지 않다.[58] 스케일이 큰 것도 아니었고, 구성이

---

[58] 이것은 신소설이 신극을 주도했던 사람들이 상상했던 스펙터클한 무대를 만족시킬
수 없었음을 의미한다. 실제로 혁신단의 임성구는 공연 때마다 관객을 위해 보다 화
려한 무대를 만들기 위해 다양한 방식으로(이를테면 눈이 내리는 무대 같은) 무대를
꾸미고 싶어 했다. 초창기 신극 운동은 안종화의 『신극사 이야기』(1959) 참조.

복잡하지도 않았으며, 인물들의 갈등도 대체로 평면적이었다. 신소설의 장점은 풍속적인 사실들을 '이야기'로 엮어 부분 부분 독자들을 몰입시킨다는 것이었다. 때문에 연극과의 공생을 통해 중흥기를 맞은 듯 보이는 1910년대 중반 이후 오히려 신소설이 번안소설들에 지면을 잠식당하는 것은 우연이 아니다. 근대적인 서사 질서를 강요받는 순간 신소설은 자연사(自然死)되었다. 그것은 특정한 시대 특정한 조건 속에서 탄생했던 한 특정한 서사 장르의 예정된 운명이었다.

1910년대를 지나는 어느 순간부터 서사는 시각적인 것과의 대결을 피할 수 없는 상황이 되었다. 서사가 선택할 수 있는 방법은 시각적인 것에 흡수되거나, 시각적인 것을 흡수하거나 둘 중 하나였다. 전자는 1910년대 신소설의 운명이었고, 후자는 『무정』으로 대표되는 근대소설의 길이었다. 그리고 이것은 "실제 현실의 사실을 터럭 하나만큼도 보태거나 빼지 않고 편집한다."(이해조)는 사실적 서사의 미학에서 작가의 "상상 속 세계를 충실하게 사진(寫眞)하여 독자로 하여금 직접 그 세계를 대하게 만든다."(이광수)는 허구적 서사로의 분기점이었다.

결과적으로 1910년대 신소설은 패배했고, 『무정』은 승리했다. 시각의 시대는 새로운 서사의 윤리를 필요로 하였으며, 새로운 서사의 윤리는 과거를 부정함으로써 손쉬운 성취의 길을 택하였다. 『무정』의 승리가 앞선 모든 문학적 행위로부터 자신을 분리시킨, 즉 자기부정의 결과였다는 사실은 근대 초기 소설의 형성과정에서 여러 번 강조될 필요가 있다. 이것이 1917년 1월 1일, 삽화에 의존하지도 무대에 기죽지도 않고 당당히 저 스스로 근대적 시공간을

형상화해 냈던 『무정』이라는 '기물(奇物)'의 출현을 무작정 반가워
할 수만은 없는 이유이기도 하다. 『무정』의 감각은 특별한 것이었
고, 새롭고 혁명적이었지만, 그 특별하고 새롭고 혁명적인 만큼 이
질적인 감각이었다.

한국근대문학에 관한 기존의 연구는 크게 두 개의 축으로 수렴
된다. 하나는 근대문학의 이데올로기적 기반을 설정하기 위한 작업
으로서, '민족문학', 혹은 '리얼리즘문학'을 한국근대문학의 정체성
으로 규명하는 것이고, 다른 하나는 근대소설과 관련하여 실제 작
품 속에서 '근대성'이 어떻게 어느 정도로 구현되었는가를 분석하
는 일종의 텍스트분석이다. 전자가 주로 문학사를 구성하는 이론적
전제가 되고 있다면 후자는 작가론 및 작품론으로 귀결되는데, 전
자의 연구에서 이념적 기반이 되고 있는 것은 '리얼리즘'이라는 견
고한 성채이며, 그런 까닭에 후자의 연구 성과들은 당연히 시대와
의 관계 속에서 그 문학사적 위치를 평가받게 된다.

한국근대문학과 리얼리즘 이념의 관계에 문제를 제기하는 것이
본고의 목적은 아니다. 다만 근대 초기의 문학 혹은 서사담론의
형성 과정에서, 이후 구축되는 이념적 · 방법적 권위로서의 '리얼리
즘'과는 다른 차원의, 근대적 리얼리티라는 새로운 감각의 출현 및
그 감각의 형성에 관해서는 보다 적극적이고 보다 정치(精緻)한 논
리적 증명이 필요하다는 정도는 지적할 필요가 있다. 다시 말해
한국근대문학의 주류 문법으로 확립되는 이념으로서의 '리얼리즘'
에 관한 논의 이전에, 오늘날 자명한 것으로 생각하는 근대적 감
각의 형성에 관한 논의의 필요성은 강조해 두고 싶다. 근대 문학
을 규정하는 일반적 규준들을 다시 고려해 보고, 근대적 감각과

인식을 뛰어넘는 새로운 리얼리티에 대한 사유 가능성을 모색하는 것, 이는 결국 소설의 경계에 대한 탈근대적 사유의 발판을 마련하는 근거가 될 수도 있다.

1890년대 중반부터 1910년대 후반까지, 근대 초기의 다양하고 역동적인 변화의 바람은 근대문학담론의 일대 전환기였다. 그것은 이 시기가 다양한 매체와 글쓰기가 시작되는 표현의 장(場)이었고, 실질적인 생산의 장이었으며, 또한 구체적인 실험의 장이었기 때문이다. 그러므로 어떤 의미에서 문학은 형성되고 있었던 셈인데, 마찬가지의 이유로 소설 역시 생성되고 있었다.

예컨대 근대소설이 출현하기 이전, 소설은 시각을 통해 읽는 감각이 아니라 청각을 통한 듣는 감각의 것이었다. 하지만 신문이라는 미디어가 등장하고 그 속에서 소설이 배치되게 되었을 때, 소설은 '듣는 것'에서 '보는 것'으로 전환되었다. 이것은 문학과 관련해서 매우 복잡하면서도 유의미한 문제들을 제기한다. 이야기의 수용 과정에서, 듣는 행위는 기본적으로 집체적이며 반복의 불가능성을 의미한다. 그러므로 서사의 목표는 부분에 대한 순간적인 몰입을 통해 정서를 극대화시키는 데 있다. 하지만 보는 행위는 다르다. 보는 행위는 개인의 경험 영역에서 이루어진다. 이야기 전체의 일관성이나 인과관계에 관한 '분석'이 요구되는 것은 그 때문이다. 기본적으로 보는 감각은 이해와 분석을 요구한다. 따라서 청각으로 경험되는 이야기가 부분적인 사건들을 생동감 있게 경험하도록 해 준다면, 시각적으로 경험되는 근대소설은 앞뒤의 인과관계를 통해 현실을 '총체적'으로 구성할 수 있도록 만들어 준다. 이것은 결국 근대소설에서 플롯이 강조되는 이유이기도 하다. 요컨대 감각의 변화는 근대소설의 본질과 관련하여 이러한 문제들을 만든다.

물론 이것이, 근대 이전의 소설들에 플롯이 부재했다는 주장으로 귀결되지는 않는다. 어떤 이야기도 그 자신의 서사 질서를 가지지 않았던 경우는 없으며, 어떤 시대에도 사람들은 믿음직한 이야기에 몰입하기 때문이다. 하지만, 근대소설에서는 이러한 서사 질서가 일정한 시간선과 공간의 동일성, 그리고 인과관계의 선적 논리를 바탕으로 구축되어 있다는 점에서 단순한 이야기의 배치가 아니라 '서사의 원칙'으로서 기능한다. 이를 통해 근대소설은 리얼리티 자체를 일관된 논리로서 경험하게 하며, 총체적 현실을 구축하는 부분들로서 리얼리티를 인식하게 만든다. 그 결과 근대 소설에 구현된 리얼리티는 '리얼하지 않은 것'을 배제하는 방식으로 구성되는데, 이때 '리얼하지 않은 것'이란 설명할 수 없는 것, 보편적으로 이해될 수 없는 것, 지각 불가능한 모든 것들을 의미한다. 가장 보편적이고 또 반복 가능하며 가시적인 영역으로 리얼리티를 한정시킴으로써, 결국 근대의 리얼리티는 감각을 협소화시켰을 뿐 아니라 현실 자체를 축소시키는 결과를 낳았다. 이런 맥락에서 보면, 근현대소설에서 주류를 이루는 '리얼리즘'의 전통이란 결국 근대의 합리성이 만들어 낸 '보편적 감각'과 그 감각을 통해 경험되는 '축소된 현실'이라는 비좁은 지반 위에 놓인 위태로운 관념이었음을 알게 된다. 리얼리즘으로서의 근대소설이 문제가 아니라 근대소설의 리얼리티를 묻는 것은 근대가 '합리적 이성'이라는 틀 속에 가두고자 했던 실제 현실의 외부를 묻는 작업이 되어야 한다. 나아가 '개연성 있는 허구'라는 소설의 본질적 정의를 다시 묻고 그것이 실은 역사적인 개념이었음을 밝히는 것, 그리고 나아가 리얼리즘과 비리얼리즘, 문학과 비문학이라는 근대의 이분법적 인식구도까지를 넘어설 새로운 경계의 담론을 확인하는 것이어야 한다.

## 3. 최남선의 글쓰기에 나타난 원근법적 시선과 일인칭 화자의 출현

### 1) 『소년』의 국민국가 기획과 읽는 독자를 향한 글쓰기

『소년』은 새로운 스타일의 잡지였다.[59] 무엇보다도 형식적인 면에서부터 『소년』은 시각적으로 세련된 편집을 보여 주고 있다. 오늘날의 감각으로 보자면 그다지 대수로울 것 없는 수준이지만, 당시로선 파격적으로 세 가지 색깔로 표지를 장식했고, 권두엔 세 장의 전면 사진이 차례로 실려 있다. 잡지 전면에는 상단에 '少年'이라는 잡지의 명칭을 중앙에 새기고 그 좌우로 "금(今)에 아제국(我帝國)은 우리 소년(少年)의 지력(智力)을 자(資)하야 아국역사(我國歷史)에 대광채(大光彩)를 첨(添)하고 세계문화(世界文化)에 대공헌(大貢獻)을 위(爲)코녀 하나니 그 임(任)은 중(重)하고 그 책

---

59) 『소년』은 오랫동안 한국 '최초'의 근대적 잡지라는 선구적 의의를 부여받아 왔지만, 연구자들의 지속적인 자료 발굴 및 연구에 따르면 최초의 잡지는 아니다. 하지만 그럼에도 불구하고 잡지로서의 『소년』이 갖는 고유한 특징 및 문화사적 의의는 거의 훼손되지 않는다. 오히려 그 반대인데, 자료들이 축적되어 갈수록 신문관 및 『소년』, 그리고 최남선이 보여 준 잡지 운영의 성과는 더욱 두드러지는 형편이다. 근현대 잡지사 연구는 김근수의 『한국근대잡지사』 및 『한국잡지개관 및 호별목차집』(영신아카데미 한국학연구소, 1973) 및 최덕교의 『한국잡지백년』(1)(2)(3)(현암사, 2004) 등에 방대한 규모로 연구되어 있다. 근대 잡지사에 관한 서지적 사항은 기본적으로 이들의 논의에 따랐다.

(責)은 대(大)한다라."라는 문구와 "본지(本誌)는 차책임(此責任)을 극당(克當)할 만한 활동적(活動的) 진취적(進取的) 발명적(發明的) 대국민(大國民)을 양성(養成)하기 위하야 출래(出來)한 명성(明星)이라. 신대한(新大韓)의 소년(少年)은 수유(須臾)라도 가리(可離)티 못할디라."라는 문구가 작은 활자로 박스 처리되어 있다.

『소년』의 창간 목표가 처음부터 우리 역사를 빛내고 더불어 세계문화에 공헌할 '활동적·진취적·발명적 국민 만들기'였다는 사실은 주목할 만하다. 이 목표는 『중용』의 '도(道)'처럼 잠시라도 떠날 수 없는(道也者 不可須臾離) 본원적이고 근원적인 것으로 설정되었다. 이는 종합지 『소년』이 국민국가 건설(Nation State - building) 및 국민 만들기라는 근대계몽기의 시대적 이념 속에서 탄생했음을 의미한다. 『소년』의 이러한 태도는 이어지는 창간 취지에서 더욱 분명한 어조로 강조된다.

> 나는 이 잡지의 간행하는 취지에 대하야 길게 말삼하디 아니호리라. 그러나 한마듸 간단하게 할 것은
> 『우리 대한(大韓)으로 하야곰 소년(少年)의 나라로 하라 그리하랴 하면 능히 이 책임을 감당하도록 그를 교도하여라』.
> 이 잡지가 비록 덕으나 우리 동인(同人)은 이 목적을 관철하기 위하야 온갓 방법으로 써 힘쓰리라. 이 '소년'은 단순히 어른이 되기 이전의 나이 어린 꼬마들이 아니다.
> 소년(少年)으로 하야곰 이를 넓게 하라 아울너 소년을 훈도하난 부형으로 하야곰도 이를 넓게 하여라.[60] (강조는 원문의 형식을 따름)

최남선이 목표로 하는 국민 만들기는 물론 '대한제국'의 국민(國

---

60) 『소년』, 1908. 11(창간호), p.3(인용문의 표기는 원문의 의미를 훼손하지 않는 한 원칙적으로 한글 표기로 바꾸었다. 이하 동일).

民)이다. 즉 이때의 국민은 제국의 '신민'인 셈이다.[61] 이 대한제국을 책임질 주체로서의 국민을 '소년'으로 삼겠다는 것은 젊은 최남선의 패기와 열정이 고스란히 느껴지는 대목이 아닐 수 없다. 여기에는 비록 제국의 신민으로서이긴 하지만 앞선 세대에 대한 명시적인 분할 의식이 들어 있다. 최남선의 소년은 새로운 대한제국의 '신민'이자, 대한제국을 감당할 주체로서의 소년인 것이다. 또한 이때의 소년은 당시 대한제국에 살고 있던 어린아이들이 아니라 새롭게 만들어져야 할 기획으로서의 '신민 – 소년'이다. 하지만 이때 발화자 최남선은 이러한 계몽 대상으로서의 소년 대한과는 분리되어 있다.

『소년』은 모든 것을 새롭게 시작한다는 의식을 강하게 가지고 있었다. 그리고 이 새롭게 만들어져야 할 세대를 위해 『소년』이 기획한 것은 근대적 지식의 전파였다. 이것은 또한 잡지로서의 『소년』에 가장 어울리는 이념형이기도 했다. 문학은 이 과정에서 근대적 지식의 하나로 편입된 작은 영토에 불과했다. 이것은 최남선에게 문학이 별로 중요하지 않았음을 의미하는 것은 아니다. 오히려 이 과정은 비로소 문학이 근대적 학문의 하나로 자기 지분을 확인받게 되었음을 의미한다. 문학은, 당시 최남선이 가장 관심을 기울였던 지리학과 근대계몽기 문명의 원천으로 인식되고 있던 서

---

61) 작은 문제일 수도 있지만, 이때의 소년이 신민인지 국민인지는 판단하기가 쉽지 않다. 국민국가 건설에 많은 노력을 들였던 최남선으로 보자면 당연히 국민 – 소년이어야 하지만, 최남선이 1차 황실 유학생이었을 뿐 아니라 2차 와세다 유학시절에도 그의 폐학(廢學)이 '朝鮮王來朝'에 관한 모의국회 사건이었다는 점, 그리고 무엇보다도 『소년』 창간호 권두 첫 번째 사진이 '일본에 御遊學 하옵시난' 황태자 사진이 실려 있으며, 폐간 직전인 1911년 4월 『소년』에 실린 「초등대한지리고본」이라는 장편의 논설 중 제2장이 '대한제국총설'이라는 점 등으로 볼 때 적어도 창간 당시 최남선에게서 대한제국을 부정하는 어떤 사유의 흔적을 발견하기는 어렵지 않을까 생각한다.

양 자연과학 등과 더불어 『소년』 창간과 함께 잡지의 문면에 등장하고 있다. 『소년』 이전에도 잡지 형태의 매체, 예컨대 『태극학보』(1906)·『서우』(1906) 등의 유학생 회보나 계몽 잡지류, 혹은 『소년한반도』(1906) 같은 청소년 잡지가 있었지만 여기에서 문학은 구색을 갖추기 위한 장식에 그치거나 기껏해야 신소설류가 실리는 정도였다. 그러므로 『소년』에 문학 영역이 대폭 강화되어 있다는 사실은 동 시기의 잡지들과는 달리 『소년』의 편제가 최남선의 이념적 지향성을 보여 준 결과였다고 할 수 있다.

글쓰기의 차원에서 볼 때에도 『소년』은 몇 가지 점에서 새로움을 보여 준다. 가장 큰 특징은 최남선이 『소년』의 독자를 구체적으로 지목하고 있다는 사실이다. "少年으로 하야곰 이를 닑게 하라 아울러 少年을 訓導하난 父兄으로 하야곰도 이를 닑게하여라." 쉽게 생각하자면 이것은 상업적 인쇄 출판·편집자가 독자를 호객하기 위한 수사적 광고에 불과한 말일 수도 있다. 하지만 『소년』에 실린 글들을 읽다 보면 이 말이 단순히 상업적인 전략에서 나온 수사가 아님을 곧 알 수 있다. 새롭게 기획·창출해야 될 '신민-소년'을 독자로 명시했기 때문에 『소년』은 문체 선택에서부터 읽기 쉬운 국문체를 선택했다.62) 매체의 문체 선택은 독자층의 문제

---

62) 단순히 문자 사용의 차원에서 보자면 『소년』은 국한문체라고 할 수 있다. 하지만 엄밀한 의미에서 『소년』의 국한문체는 이후 최남선 및 신문관이 지속적으로 강조하는 '한자 약간 섞은 시문체(時文體)'의 원형에 가깝다. 비록 한자가 표면에 노출되어 한글과 함께 사용되고 있지만 『소년』은 창간 이후 일관되게 '순국문'의 원칙을 강조해왔다. 또한 비록 한자어가 한자 노출의 형태로 사용되고 있긴 하지만 그것은 최소한의 경우이고, 『소년』의 문체는 한국어 문장 구조를 기본으로 구성되어 있음을 분명히 볼 수 있다. 따라서 이른바 시문체는 표기 문자 차원에서는 비록 한자가 섞여 있는 형태였지만 가급적 국문으로 풀어쓴 이후의 남는 한자어들을 사용한다는 점에서 오늘날의 국문체와 동일한 문장 이념에 속한다고 할 수 있다. 『소년』의 국문체(시문체)가 중요한 이유는 『소년』이 학문과 장르를 뛰어넘어 근대적 지식을 전파하는 글쓰기

와 직결되는 중요한 의식을 확인케 한다.63) 이때 '읽기 쉬운 국문체'라는 말은 두 군데 모두 방점이 찍힌다. 예컨대 '읽기 쉽다'는 말은 그것이 눈으로 읽기 쉬운 것, 즉 '묵독'을 의미한다는 점에서 본격적인 '독서물'로서의 글쓰기가 의식되었다는 사실을 의미하며, '국문체'를 선택했다는 말은 근대계몽기 이후 여러 차례 실험되었던 '근대 국민국가' 기획의 연장선상에서 『소년』이 국문체를 선택했다는 것을 의미한다.

> 우리가 이 잡지 제1권를 출간한 뒤에 한가디 불가사의할 현상을 본 것이 잇스니, 이 잡지의 독자가 내국소년에는 희소하고 외국인사에 다함이러라, 우리가 생각해 보니 이는 얼만콤 국어 배호난데 참고들도 하랴 함일 듯하되 쏘한 그쑨이 아닌 이유가 만히 잇고 쏘 내지에 거류하난 외인쑨 아니라 외인국에 잇난 외인까디 청람하난 자ㅣ 만흐니 우리의 미(微)한 일잡지(一雜誌)가 능히 내외인의 애고(愛顧)를 몽(蒙)하게 됨은 감사하난 바어니와 우리가 대수로 하랴 하고 우리가 종유(從遊)하랴던, 우리 신대한소년계에서는 별노 반향이 업슴을 보고 우리는 목을 노아 울디 아니티 못하얏소.64)

인용문에서 보듯, 『소년』의 의욕이 처음부터 사람들의 호응과 일치했던 것은 아니었다. 초창기 『소년』의 판매는 저조했다. 신문관 시절을 회고한 최남선에 따르면 『소년』의 창간호는 단 6부가 판매되었으며, 2호 역시 20여 부에 불과했다. 그런데 흥미롭게도 『소년』은 당시 조선에 있던 외국인들에게 인기가 높았다. 이러한 현

---

의 형식으로 선택되고 지속적으로 전개되었기 때문이다. 근대적 학문의 여러 편제가 이 문체를 기반으로 제도화되고 있기 때문이다.

63) 예컨대 《독립신문》·《제국신문》의 국문전용, 《황성신문》의 국한문, 《대한매일신보》의 국한문 / 국문 별간 등은 각각의 신문이 취한 독자층을 고려한 결과였다.

64) 편집실통기, 『소년』, 1908. 12.

상에 대해 1909년 3월 『서북학회월보』는 "차(此) 잡지가 발행ᄒᆞᄂᆞᆫ 일(日)에 외국인이 람료(覽了)에 왈 지금은 기국학생계(幾國學生界)가 차(此)를 애독홀 정도에 미급(未及)ᄒᆞ얏다 ᄒᆞ니 유아(惟我) 소년 제군은 차등(此等) 비평을 문(聞)ᄒᆞ고도 분비심(憤悱心)이 불발(不發)ᄒᆞᄂᆞᆫ가"라고 비평하였다. 『소년』의 새로움은 지식인에게는 '고상한 자격과 특수한 가치'가 있는 귀한 것이었지만, 일반 사람들로서는 당혹스러울 정도로 이질적이었던 것이다. 『소년』에 나타난 글쓰기의 새로움이 어떠한 것이었는가는 좀 더 구체적으로 살펴볼 필요가 있다.

## 2) 일인칭 화자를 통한 시선의 독립

　5월 1일 잡지 『소년』의 춘기 별권 편집을 겨우 마치고 나니, 벌써 오전 11시 20분이 되었더라. 그러나 솔 많은 남산과 들 많은 북맥(北陌)에 구십소광(九十韶光)에 때를 만나 "내 모양 보시오." 하고 낼 수 있는 대로 모양내어 피운 꽃은 참고서 책장 뒤져 그 속에 있는 열매를 한 줌 훔쳐 내기에 그렇게 간절하게 보아 주시오, 보아 주시오 하는 것을 무정도 하고 매정도 하게 한 번 찾지도 못하고 말았으니, 꽃이 만일 감정이 강할진댄, 나를 오죽 원망하리오. 아무리 지금은 풍투우타(風妬雨打)에 홍희록암(紅稀綠暗)할지라도 오히려 한 번 만나보고 이러저러한 사유나 말하여 맺힌 마음이나 풀어 주고 싶되 군대가 만만치 아니하니, 그 대신 고행림(苦行林)에 들어가 죄업을 소멸하는 셈으로 북반부 순성(巡城)을 하리라 하고, 얼른 몸을 일으켜 입었던 두루막에 캡 하나만 집어 얹으니 장속(裝束)이 이미 완전한지라, 이에 영업부로 가서 내가 화낭자(花娘子)에게로 사과를 가자고 나섰으니 동행 지원자가 있거든 구두청원으로 나서라 한즉, K군은 "어디로 처소를 정하였나냐." 하고, R군은 있다가 "公六의 구경이니 규모 밖에 벗어나겠나. 산이어니 골이어니, 논이어니 밭이어니, 질거니 마르거니, 이마가 맞닿도록 황새걸음으로 달아날 터이지." 하고, 옆에 앉았던 신문관내 걸리버로 성명이 융융하신 C주사는 안가슴 내밀고 일어나면서 "얘, 구경이 다 무엇이냐. 총채 저기 있으니 책 먼지나 떨고 차중자유호강산(此中自有好江山)이나 외워라."고 조롱하는지라, 내가 천종록(千鍾祿)·미안색(美顔色) 등은 있거니와 호강산(好江山)이란 것은 어디 있느냐고 반힐(反詰)하고 싶으나 그만두고, 동소문 外로 나서서 성을 끼고 서대문으로 들어오겠다 하니, "그저 그럴 줄 알았다."라는데, 몰려가듯 닫지 아니하여야 한단 조건을 붙이더라.[65]

최남선은 1909년 7월부터 9월까지 『소년』에 「반순성기(半巡城記)」를 분재했다. 「반순성기」는 본격적인 여행의 기록은 아니다. 제목에서 보듯 「반순성기」는 서울 성곽을 돌아다닌 기록으로, 오늘날의 관점에서 보면 수필에 해당하는 글이다. 분량도 소략하고, 내용도 가벼운 산책 소감문 이상을 보여 주지 못한다는 점에서 보면 이 글은 평범한 소품에 불과한 것처럼 보인다. 하지만 「반순성기」는 근대적 글쓰기 및 근대 산문의 계보에서 볼 때 많은 것을 선취하고 있다. 산책의 목적이 거창한 것도 아니고 산책지도 대단한 곳은 아니지만, 이 글은 구체적인 국문 묘사 및 서술의 과정을 보여 주고 있기 때문이다.

「반순성기」는 『소년』 1909년 5월호 별권(別卷) 편집을 마친 최남선이 봄꽃들이 만개하도록 '무정도 하고 매정도 하게 한 번 찾지도 못한' 미안함으로 '화낭자(花娘子)'들에게 사과하기 위해 나선 일종의 상춘(賞春) 기록이다. 「반순성기」의 서두에는 산책자, 산책의 배경, 산책의 과정 등이 구체적으로 명시되고 있다. 이 과정에서 「반순성기」는 등장인물과 사건 등을 축으로 구성되는 서사형식을 띤다. 중요한 것은 이때 이러한 서사적 형식들이 국문 글쓰기를 통해 이루어지고 있다는 사실이다. 최남선의 이런 글쓰기가

---

65) N. S., 「반순성기(半巡城記)」, 『소년』, 1909. 7월–9월/『전집 6』, p.456.

어느 정도 특별한 것인가는 「반순성기」와 비슷한 시기에 쓰인 다른 글들과 비교할 때 그 차이가 두드러진다.

是時 隆熙 二年 八月 十日也에 天氣가 淸爽ᄒ고 風色이 微凉이라. 梧桐一葉 新秋聲에 興懷를 不禁ᄒ야 與金鴻亮 金鉉軾 二友로 往遊日比谷公園홀세. 觸目繁華가 與我國名區之淸幽閒邃로 有相天淵ᄒ야 人世의 樂觀과 感覺의 機關을 呈露ᄒ엿더라. 第一番에 高樹層屋을 望見ᄒ니 日 圖書館이라. 古今書籍을 無遺準備ᄒ야 全國人民의 縱覽을 許ᄒ니 此 館에 到ᄒᄂ 者ㅣ 書類의 舊新名義을 無不知得ᄒ며 此閱彼搜에 心竅眼孔이 快濶於尋常之中矣리니 若使匡衡으로 復生이면 耽讀翫市의 弊를 可除홀지요. 惟意硏究가 不知何程일지라. 其使一般民智로 勸獎誘掖이 莫過於此矣리라. 其 北에 有一池塘ᄒ니 中設噴水管이라. 石堤草片이 奇麗設敷ᄒ되 噴流瀑布一帶가 上下屈曲에 一望灑然ᄒ야 如入廬山石矼이로다. 其 前後左右에 營置休憩遊觀所ᄒ엿스니 結搆便宜ᄒ야 蒼藤翠蔓이 爲其庇蔭ᄒ며 來人去客이 於焉逍遙라. 其 林泉之興이 聊得自適이러라. 徐步入 中ᄒ니 東邊에 有名沙場一所라. 白日이 照耀에 銀光世界를 造出ᄒ얏ᄂ 되 四邊에 鐵造距床은 聯絡布列ᄒ야 遊觀者의 坐立을 隨意從便케 ᄒ얏스며 北邊 靑草堤上에 音樂臺를 高築ᄒ지라. 各種 音律이 融融鏗鏘ᄒ야 人民의 大和氣를 導迎ᄒ며 觀聽을 便利케 ᄒ야 臺四邊에 無數ᄒ 鐵椅子를 羅列ᄒ엿스니 與衆樂樂의 道가 此에 眞相을 發現ᄒ엿더라.66)

춘몽자 김원극의 「유일비곡공원」은 「반순성기」와 달리 한문 투의 국한문체를 사용하고 있다. 한문 표기를 일부러 남긴 것은 최남선과의 비교를 극대화시키기 위해서가 아니라 한자음 표기가 실제 문맥을 이해하는 데 크게 영향을 끼치지 못하기 때문이다. 한문 투의 국한문체는 김원극뿐 아니라 비슷한 시기 잡지류에 실린 몇 개의 유기(遊記)들에 공통적으로 보이는 언어 선택이다.67) 표기

---

66) 春夢子, 「遊日比谷公園」, 『태극학보』(24), 1908, p.46.

67) 근대계몽기 여행 혹은 산책의 기록은 「해수욕의 일일」(백악생, 『태극학보』(2), 1906), 「남유기행유지리산」(박치복, 『대한자강회월보』(1－4호), 1906), 「富士登山記」(노정학, 『대한학회월보』(7－8호), 1908), 「飛鳥山觀楓記」(이중우, 『대한학회월보』(9), 1908)

법의 차원에서만 살핀다면 「반순성기」도 엄밀한 의미에서 국한문체이다. 하지만 「반순성기」는 국문 통사구조 위에서 한자어들이 노출되는 정도여서 실제로 문장을 읽어 가는 동안 문맥을 이해하는 데 거의 어려움이 느껴지지 않는다. 그러므로 최남선의 「반순성기」는 당시의 관습적인 한자 노출을 논외로 한다면 '읽기 쉬운 국문체'라는『소년』의 문체 이념에 정확하게 부합한다. 이에 반해 김원극의 「유일비곡공원」은 단순히 한자 노출이 많은 것이 아니라 문장 구조 자체가 한문 투인 국한문체이다.

국문체와 국한문체는 묘사 영역에서 두드러진 차이를 보인다. 요컨대 한문 투의 국한문체는 이미 과거화된 경험의 여행을 현재의 이념적 층위에서 상기하는 형식이다. 또한 한문 투에서는 어떻게 해도 음성적 영역을 효과적으로 재현해 내기 어렵다는 한계가 있다. 이 차이는 「반순성기」에서 까치가 '째액째액 울어, 제 딴은 웰컴 웰컴' 할 수 있는 데 반해, 「유일비곡공원」에서는 '각종 음률이 융융동동(融融鼕鼕)' 할 수밖에 없을 정도로 큰 차이였다. Ⅱ-1에서 살펴본 것처럼 국문체는 구어를 재현하는 데 다른 어떠한 문체보다 위력을 발휘한 것이었다. 하지만 당시까지도 국문체는 신문 매체에서 소설의 영역을 제외하고는 글쓰기의 영역에서 크게 확대되지 못하고 있었다. 이것은 글쓰기가 소설을 제외하면 여전히 공적인 매체 속에서 공적인 글쓰기로 존재하고 있던 현상의 결과였다. 이 사실은 문학이 아직 보편적인 글쓰기의 양식으로 인식되지 못했다는 사실을 반증하는 것인 한편, 근대문학의 문체인 국문

등등 수십 편이 있으나 최남선의 경우를 제외하면 모두 한문 투 국한문체를 사용한 전통적 관유기(觀遊記)의 형식을 띠고 있다. 근대계몽기 기행문 목록은 이승원의 「근대전환기 기행문에 나타난 세계인식의 변화 연구」(인천대학교 박사논문, 2006) 참조.

체의 성립이 신소설에 국한되는 문제가 아님을 간접적으로 시사한다. 실제로 소설류인 신소설을 제외하면 근대계몽기의 문학적 문체는 여전히 전근대적인 방식의 강한 자장 안에서 영위되어 왔다고 말할 수 있다.

하지만 이 차이는 또한 단순히 언어 층위에서만 구별되는 것이 아니다. 최남선의 「반순성기」가 보여 준 새로운 형식의 글쓰기에서 정작 놀라운 것은 이 글이 지극히 개인적인 일상의 경험을 아무런 거리낌 없이 서술하고 있다는 사실이다. 전통적인 글쓰기는 상당히 엄격한 이념 위에서 저술되는 것이었다. 물론 공적인 것과 사적인 것의 분리가 엄격히 분리 가능한 기준이 있는 것은 아니다. 하지만 근대계몽기의 신문 매체를 통해 불특정한 다수를 향해 매일매일 논설류 글을 써야 했던 논설 주간들에게도 글쓰기는 개인적인 차원의 문제가 아니었다. 여기에는 의당 신문이라는 매체가 이미 '공적'이라는 의식을 갖추고 있었다는 사실도 고려되어야 하겠지만, 전근대사회로부터 근대로의 전환기에 담론 생산 및 전파의 위치에 속해 있던 지식인 그룹에게 글은 여전히 공리적이고 실용적인 차원에서 인식되고 있었다는 사실과도 관련된다. 잡지라는 매체 역시 사적인 글쓰기의 장은 아니다. 다만 신문과 달리 잡지는 편집자의 목소리를 따로 실을 수 있었다는 점에서 신문에 비해 지면 분할에 따른 이점을 활용할 가능성이 훨씬 유동적이었다. 실제로 최남선은 '편집실통기'란을 통해 신문관의 공식적 입장뿐 아니라 사적인 의견들을 토로하는 장으로 적극 활용하였다. 하지만 이 모든 이유보다도 최남선의 글쓰기가 보여 주는 편폭(篇幅)은 이러한 수준을 훨씬 넘어서는 무엇이었다.

9월 19일 일요, 전 9시 10분 남대문역발 신의주행 제1열차.

나는 너에게 감사한다. 장성(長城) 일면에 용용(溶溶)한 물과 대야동두(大野東頭)에 점점(點點)한 산은 내가 시인의 입으로 평양의 좋음을 알고, "삼정승(三政丞) 원(願)을 말고 평안감사 원을 하소."는 내가 여객(旅客)의 글로 평양의 좋음을 알고, 단(檀) · 기(箕) 양조(兩朝) 이천 년 도읍 터로는 내가 역사로 인하여 평양을 생각하고, 관(關) · 해(海) 양서(兩西) 육67주 중심지로는 내가 지리로 인하여 평양을 생각하고, 돌팔매 · 받기론 평양의 풍습을 익히 듣고, 기생(妓生) 대자(帶子)론 평양의 특산을 오래 듣고, 을밀대 · 칠성문으론 고전장(古戰場) 밟을 생각이 간절하고, 련광정(練光亭) · 부벽루(浮碧樓)는 금수강산 볼 마음이 그윽하고, 그림으로 보아 대동문(大同門)을 어찌하면 보고, 말로 들어 함종율(咸從栗)을 어찌하면 먹나 하며, 모퉁이모퉁이 평양 구경의 생각이 솟아 나와서, 평양이란 뉘집 낭자는 얼마 동안 나의 상사인(想思人)(러버)이리라.68)

「반순성기」에 보이는 특징은 고스란히 「평양행」으로 이어진다. 그리고 「평양행」에서 좀 더 명시적으로 확인되는 것은 문면에 드러나는 발화 행위자 '나'의 출현이다. 「반순성기」의 발화 행위자 역시 암묵적으로는 일인칭 '나'였다. 하지만 「평양행」은 첫 문장부터 "나는 너에게 감사한다."라는 명시적인 일인칭 발화로 시작한다. 발화 행위자에 일인칭 '나'가 등장한다는 사실은 결코 가볍게 볼 문제가 아니다. 주지하다시피 이른바 근대문체는 문면에서 발화자의 흔적을 지워 내는 과정으로 전개되었다. 문면에서 발화자의 흔적을 지워 냄으로써 얻게 되는 근대문체의 특징은 이른바 삼인칭의 발견이었다. 삼인칭의 발견은 김동인이 이광수로부터 구별하여 자신의 문학을 근대문학에 더 가까운 것으로 자신 있게 위치시킬 수 있었던 득의의 표지였다.

근대문학에서 삼인칭의 발견이 중요한 이유는, 발화자의 흔적이

68) N. S., 平壤行, 『소년』, 1909. 11 / 『전집 6』, p.462.

문면에서 지워지는 것과 함께 이를 통해 독자들을 작품 속의 인물을 통한 시점으로 이동시키기 때문이다. 요컨대 시점의 확보는 근대문학으로서의 소설이 이야기를 말해 주는 전달자를 매개하지 않고 이야기 자체의 독자성으로 독자와 만나게 된다는 사실을 의미한다. 따라서 이때의 핵심은 사실 삼인칭 대명사 표지가 아니라 시점의 확보이다. 근대소설에서 일인칭 화자의 시점에서 소설이 전개될 때에도 독자들이 발화자를 의식하지 않는 것은 근대문체의 특징이 인칭대명사의 문제가 아니라 시점의 전개에 있음을 알게 한다.

> 마음은 몸을 따르고 몸은 기차를 따라, 용산 신개지(新開地)의 굉장한 일본 관사(官舍)와 일인 시정(市井)을 놀라면서 새로 짓는 용산역사 옆에 잠시 멈춘 후 뒷걸음으로 의주집아, 어서 보자 하고 나아갈새, 연강(沿江) 상하에 제일성영(第一盛榮)하다 하여도 우리 눈엔 그 모양이 빈과(貧寡)한 어촌 같은 용산, 마포와 근강(近江) 부곡(部曲)에 제일 은부(殷富)하다 하여도 기차에선 그 가택이 난잡한 돈책(豚柵) 같은 동막(東幕), 공덕리(孔德里)를 보고 "불쌍한 이 사람아, 게으른 이 사람아" 하여, 한 번 적상(吊傷)하고서 반공(半空)에 높이 빼어난 도지부(度支部) 연와제조소(煉瓦製造所) 연돌(煙突) 위에서 뿜어 나오는 흑연(黑煙)이 무슨 의미가 있는 듯하여, 근세문명과 연돌의 관계(關繫)며 20세기 이후의 기관과 원동력 등 문제를 생각하는데, 수색역에서 정차치 아니한 기차가 일산역에서 잠시 정차하는지라, 고개를 들고 내다보니, 주막거리엔 혹 불면 날아갈 듯한 백의(白衣) 양반들이 장(場) 보시기에 잡답(雜踏)한 모양이요, 동북방으로 보이는 고봉산(高峰山)에는 창취(蒼翠)가 떨어질 듯한데, 그리로부터 열린 넓으나 넓은 들은 익어 가는 벼가 풍년 빛을 띠어 가지런히 고개를 숙였더라.[69]

「평양행」에서 글의 시선은 작가가 아니라 작품 속의 '나'에 따라 이동한다. 작품 속의 '나'는 기차를 따라 여행하는 과정에서 눈에 보이는 것들을 말하고, 독자는 그런 '나'의 시선에 포착된 것들

---

69) N. S., 平壤行, 『소년』, 1909. 11 / 『전집 6』, p.462.

을 함께 본다. 독자들의 시선이 발화 행위자 ‘나’의 시선을 통해 움직이고 있음에 주목할 필요가 있다. 왜냐하면 한국근대문체의 전개 과정에서 이러한 시점화는 낯선 표현 형식이었기 때문이다. 이와 같은 시선은 근대적 문체 혹은 삼인칭의 소설 문체가 확보되지 않으면 불가능한 표현이었기 때문이다. 중요한 것은 ‘누가’ 말하는가가 아니라 누구의 시선에 의해 포착된 세계를 보고 있는가이다. 최남선의 글에서는 발화자와 발화 행위자가 겹쳐지고 있을 뿐 아니라 이 발화 행위자의 시선 속으로 독자의 시선이 함께 겹쳐진다.

발화자의 흔적이 사라졌을 때, 문면에는 발화 행위자의 발화 및 발화행위만 남는다. 이것은 마치 회화에서의 원근법처럼, 표면에는 존재하지 않지만 사실은 화면 위의 모든 대상을 단일한 척도로 수렴케 만드는 투시점의 존재를 가상적으로 설정함으로써 이룩된 효과를 만들어 낸다.70) 근대문체에서의 원근법은 단일한 시점으로 본다는 것, 즉 척도가 단일화되는 것이다. 근대소설에서 시점의 문제가 중요한 이유는 시점의 확보로부터 대상과의 거리감이 척도화되고 이 척도화된 거리감의 안정성이 리얼리티를 확보하는 결정력으로 작용하기 때문이다. 근대문학이 이른바 ‘객관’ 시점이라는 삼인칭을 확보하는 과정을 통해 논의되는 것은 근대문학의 이념이 리얼리즘의 세계관 속에서 형성되었다는 것을 뜻한다. 이때 대상을 향해 투시되는 단일한 시점은 일종의 원점(原點) 같은 것이어서 모든 대상으로부터 외부에 있지만 모든 대상은 그 시점으로부터 각각 비례적으로 거리를 확보하게 된다.

---

70) 가라타니 고진(1980), 박유하 옮김, 『일본근대문학의 기원』, 민음사, 1997 참조.

근대(소설) 언어, 즉 언문일치체에서 이 사태는 더욱 두드러진다. 코모리 요우이찌가 말하듯이 근대소설의 "독자가 '시점 묘사'에 촉발되어 어떤 풍경을 의식 속에서 재구성하고 통합된 공간적인 상을 상상하는 것이, 바로 그것을 보고 있던 작중인물의 의식이나 감성의 특징적인 운동 방식을 추체험하고 그 기억을 재통합함으로써 그 인물의 어떤 통합된 상과 맞닥뜨리게 되는 것이기도 하다"면 그때 작중 인물과 독자는 이미 상호반전 가능한 존재로서 (독자에게는) 포착되고 있다는 점이 전제되어 있는 것이다. 그러나 (오늘날 우리가 상상하기는 어렵지만) 근대소설이 나타나기 전에는 일본의 모노가타리 문학에 있어서 이렇게 작중인물의 시점과 독자의 시점이 겹치는 일은 없었다.[71](강조=인용자)

문체가 시점을 갖게 되면 독자는 작가의 눈을 통해 보는 것이 아니라 등장인물의 시점을 통해 사물을 인식하게 된다. 마치 작가는 사라진 것처럼 느껴지지만 실제로는 작가가 사라진 게 아니다. 작가는 다만 독자의 뒤편 보이지 않는 먼 원점에 존재한다. 이로 인해 독자는 마치 눈앞에 펼쳐지고 있는 행위자 및 풍경을 자신이 직접 보고 있는 것과 같은 착각을 경험하게 된다. 이것은 회화의 원근법이 보여 주는 원리이기도 하다. 이차원 평면 위로 삼차원적 영상을 실감나게 표현하기 위해서는, 화면 위에는 존재하지 않지만 모든 대상들이 일정한 비율로 거리감을 획득하게 되는 원점으로서의 소실점(투시점)이 초월적으로 존재해야만 한다. 삼인칭의 발견이 단순히 인칭 대명사의 획득 문제가 아닌 것은 이런 이유 때문이다.

근대문학에서는 일인칭 화자가 등장할 때조차 위에서 말한 것과 똑같은 효과를 경험하게 된다. 이 사실은 근대문체의 성립이 단순히 발화자와 발화 행위자의 분리로만 그치는 게 아니라, 그렇게 분리된 발화자의 목소리가 발화행위 위에서 완전히 사라지는 것을

---

71) 이효덕(1996), 박성관 옮김, 『표상공간의 근대』, 소명출판, 2002, pp.136-137.

경험할 때 비로소 완성된다. 이 사실은 발화행위의 주체가 발화주체와 동일인이라고 가정될 때조차 철저하게 지켜져야 하는 일종의 암묵적 전제다. 예컨대 현대소설에서 작가가 자신과 동일시될 수 있는 일인칭 발화 행위자 '나'를 통해 서사를 전개할 때에도 독자들은 이때의 발화 행위자 '나'를 작가와 동일인으로 인식하지 않는다. 오히려 독자들은 소설 속에서 '나'의 시선과 경험을 마치 독자 자신의 시선과 경험인 양 추체험하게 되는 것이다.

> 그의 소년 잡지는 결코 소년을 상대로 한 것은 아니요, 일반 문화 잡지라고 할 것이었다. 거기서 그는 국문을 주로, 한자를 적게 섞는 새 문체를 내었고, 우리나라의 역사적 영광을 국민에게 알리기를 힘썼다. 문학적으로는 그는 그의 독특한 산문시형을 내인 외에 시조형에 현대적인 생각을 담는 것을 시험하였다. 이런 모든 것은 다 우리 문학사상에 멸할 수 없는 그의 업적이다.[72]

이광수는 「조선문단의 현상과 장래」라는 글에서 최남선을 가리켜 "오늘날 우리가 소설이나 시에 사용하는 문체는 실로 14, 5년래(소년잡지)로 발달되어 나온 것"이라고 썼다. 「육당 최남선론」(『조선문단』(6), 1925. 3)에도 비슷한 언급이 보인다. 그리고 인용문에서 보듯 이광수는 '국문을 주로, 한자는 적게 섞는 새 문체'의 창안을 한국 문학사상에 멸할 수 없는 최남선의 업적이라고까지 지적하고 있다. 이광수의 이런 언급은 아마도 그의 진정이었을 것이다. 따라서 이광수의 진술에 의한다면 1910년 전후의 최남선은 이후 한국 근대문학의 기본 문체를 매개하는 중요한 인물이었음을 알 수 있다. 그리고 이 사실은 1910년대 중반 이른바 근대문학의 출발점으

---

72) 이광수, 「나의 고백」, 1948 / 『이광수전집』(7), 우신사, 1979, pp.230 – 231.

로 논란되는 이광수의 『무정』 출간보다 몇 년 앞서 근대적 문체가 출현하고 있다는 말이 된다.

물론 누가 무엇을 먼저 시작했는지가 반드시 중요한 문제가 되는 것은 아니다. 하지만 최남선과 신문관의 잡지 『소년』이 보여 주고 있는 이러한 사실은 최소한 1910년대 한국문학 형성 과정의 계보를 새롭게 구획할 것을 요구한다. 요컨대 그 요구는 한국근대문학의 형성 과정과 관련해 근대적 매체의 역할이 단순히 발표의 장으로서 기능적으로만 수행된 것이 아니라는 것, 문학이 문학가의 것만으로 환원되어 사고되는 것은 기원에 대한 은폐에 암묵적으로 동의하게 된다는 것, 그리고 이 과정에서 잡지를 통해 표현되고 있는 최남선의 글쓰기가 근대 문체의 전개 과정을 설명하는 주요한 자리를 차지하게 된다는 사실 등을 포함한다. 의미를 최소화시켜 이 모든 공적을 최남선이라는 특별한 개인의 것이라고 말할 수도 있다. 하지만 그렇게 말하게 될 때조차도 다양한 글쓰기가 공존했던 '잡지'라는 매체의 특성을 상정하지 않은 채 최남선의 다양한 글쓰기를 독자적인 것으로 떼어 내어 설명하기 위해서는 많은 비약을 감수하지 않으면 안 된다.

# III

## 매체 활동과 문화 내셔널리즘[73]

# 1. '신보잡지광'의 문명 체험과 근대지식으로서의 잡지

## 1) 문명의 형식과 잡지의 근대성

박지원(朴趾源)은 깨진 기왓장과 똥 막대기에서 청(淸)나라의 문명을 보았다. 명나라를 무너뜨리고 중원을 쟁취한 '오랑캐' 청나라가 놀랍게도 오랫동안 태평성대를 구가하자 그때까지 청나라를 오랑캐의 나라라고 멸시하고 배척했던 조선에서, 소수이지만 청나라의 발달된 문물(文物)을 배워야 한다는 주장이 생겨나기 시작했다. 홍대용·박지원·박제가·이덕무 등 이러한 경향을 공유했던 일군의 사람들을 한국지성사에서는 보통 '북학파(北學派)'로 분류한다. 북학파는 명시적으로 어떤 주장을 내세우며 결성된 이해 집단은 아니었지만 병자호란 이후 국시(國是)가 되어 버린 '북벌(北伐)'

---

73) 문화 내셔널리즘(cultural nationalism)이란 용어는 1988년 미국에서 출간된 마이클 로빈슨(Michael E. Robinson)의 『일제하 문화적 민족주의』(김민환 옮김, 나남, 1990)에서 차용하였다. 마이클 로빈슨은 1920-1925년까지의 시기를 대상으로 일본의 식민통치 아래에서 지식인 운동의 형식으로 추진되었던 한국의 민족 주체성 형성 과정을 문화적 민족주의 관점에서 추적하고 있다. 마이클 로빈슨에 의하면 문화적 민족주의는 3·1운동 이후 다양한 형태로 전개되었던 문화 운동들의 사상적 경향을 총칭하는 용어로 엘리트주의적·점진주의적 특성을 갖는다. 이때 이 용어가 갖는 의미는 1919년의 3·1운동 이후 달라진 일본의 식민지 정책과 크게 관련되어 있다. 이것은 또한 그의 저서가 1920년부터 1925년까지를 주요 대상으로 삼고 있는 것과도 관련되어 있다. 최남선의 근대 기획을 주요 테마의 하나로 다루고 있는 본고에서도 '문화 내셔널리즘'은 핵심어의 하나로서 의미를 갖는다. 하지만 여기에서는 마이클 로빈슨의 전제에 기본적으로 동의하면서도, 시기에 국한하지 않고 이 용어를 최남선의 전체 활동 속에서 사용하고자 한다. 그것은 '문화 내셔널리즘'이라는 말이, 잡지 매체와 역사 연구로 대표되는 최남선의 주요 활동들과 그 활동들이 갖는 민족주의적 성격을 적절히 설명할 수 있는 용어라고 판단했기 때문이다. 한편 문화 내셔널리즘은 전성곤(全成坤)의 『日帝下ナショナリスムの創出と崔南善』(J&C, 2003)에서도 최남선의 민족주의를 설명하는 용어로 사용되고 있다.

의 비현실적인 공허함에 대해 냉철한 판단의 감각을 가지고 있었다. 박지원 등의 이러한 생각에는 문명(文明)이란 명분에 있는 것이 아니라 내용이고 실질이어야 한다는 귀중한 깨달음이 담겨 있었지만, 불행하게도 18세기 조선에서 현실적인 세력을 얻는 데까지 나아가지는 못했다.

최남선은 조선 후기의 북학파 및 북학론에 대해 "당시에 있어서 식견과 문학으로 다 일대의 준호(俊豪)들이요, 또 지나의 실지(失地)를 답험(踏驗)하여 우열(優劣)을 변증(辨證)한 것이므로, 불행히 그 실현이 크지 못하였으나, 일대의 인심을 자극한 효과 적지 아니하였다."라고 평가했다.74) 박지원이 청나라로부터 문명을 보고 돌아온 지 대략 110여 년의 시간이 흐른 이후 최남선은 오랫동안 야만(野蠻)의 기호였던 섬나라 일본에서 문명을 보았다. 이제는 박지원이 표준화된 수레바퀴와 정돈된 벽돌에서 문명을 보았던 청나라야말로 야만을 대표하는 기호가 되어 버린 지 오래였다. 그런 점에서 보자면 문명이란 형식이 아니라 내용을 따르는 것이었다. 문명은 돌고 돈다. 그리고 그러한 문명론의 순환 속에서 최남선이 일본을 통해 보았던 문명의 표지는 출판 산업의 흥성함이었다.

십오(十五)의 추(秋)에 일본으로 건너가 본즉 놀랍다, 그 출판계가 우리나라보다 성대함이여. 한 번 발을 책사(冊肆)에 들여놓으면 정기간행물·임시간행물 할 것 없이 아무것도 본 것 없고, 또 그 등물(等物)의 내용이나 외모에 대하여 조금도 비평할 만한 지견(知見) 없는 눈에 다만 다대(多大)하다, 굉장(宏壯)하다, 최찬(璀璨)하다, 분복(芬馥)하다, 일언으로 가리면 엄청나다의 감(感)이 날 뿐이라. 무엇에 대하여서든지 무슨 구경을 할 때에든지, 우리나라 사물에 비교해 보아 무슨 한 생각을 얻은 뒤에야 마

<hr>

74) 최남선, 『조선역사강화』, 1946 /『전집 1』, p.53.

는 이 사람이라. 이를 대할 때에도 그 앞에 한 번 머리를 숙였다가 한숨 쉬고, 한숨 쉬다가 주먹 쥐고, 주먹 쥘 때에 곧 "이 다음 기회가 있을 터이지." 하는 믿지 못할 공망(空望)을 껴안고 스스로 관위(寬慰)함이 있었노라.[75]

이미 국내에서는 언문은 물론 한문까지 오랫동안 수학했으며, 시국 논설을 쓰기도 하는 지사(志士)의 의기를 지녔을 뿐 아니라, 대한제국의 최초 황실유학생의 자격이었던 최남선으로서도 메이지유신 이후 불과 한 세대 만에 문명화·산업화를 이룩한 일본에서 받은 물질문명의 충격은 한마디로 '엄청나다'는 것이었다. 최소한 그것은 최남선으로서는 '그 등물(等物)의 내용이나 외모에 대하여 조금도 비평할 만한 지견(知見) 없는' 상태, 요컨대 판단 불가능의 '다대(多大)·굉장(宏壯)·최찬(璀璨)·분복(芬馥)'의 상태였던 것이다. 이 충격은 최남선의 평생을 통해 되풀이된다. 일본 유학을 통해 각인된 문명의 경이로움은 근대주의자 최남선에게 무엇으로든지 실천되지 않으면 안 되는 필연이자 보편의 가치로 인식되었다.

어느 나라 어느 시대를 물론하고, 반드시 보편적인 대세가 있어 은연 중 활동하나니, 소위 시대의 요구하는 인물이라 함은 환원하면 대세에 적응한 인물을 일컬음이라. ……(중략)…… 다만 현시대는 어떠한 인격을 요구하는지 이 점에 대하여 몇 마디 설을 풀고자 하노라.

제일, 호매(豪邁) 기위(奇偉)한 영웅이 아니라 열렬(熱烈) 진지(眞摯)한 국사(國士)며, 총명(聰明) 혜민(慧敏)한 재자(才子)가 아니라 순성(純誠) 질박(質樸)한 범인(凡人)이니…… / 제이, 건설적 수완이 有한 인물이 아니라, 파괴(破壞)적 성질이 有한 인물이니, 아무리 광후(廣厚) 고우(高宇)를 건축하기가 시급하여도 반드시 신회(燼灰) 초토(焦土)를 굴이(掘移)하며, 파동(破棟) 쇄초(碎礎)를 소제(掃除)한 연후에 비로소 개기작공(開基作工)함을

75) 「'소년'의 기왕과 장래」, 『소년』, 1910. 6 / 『전집 10』, p.134.

득(得)할지라…… / 제삼, 고상한 목적이 유한 자이 아니라, 원대한 희망이 유한 자이며, 심장한 학식이 유한 자이 아니라, 견확(堅確)한 지조가 유한 자이니, 아한의 당장 형세를 시간(試看)하라.…… / 제사, 사색에 주밀한 자이 아니라 실행에 민첩한 자이니…… / 제오, 모호(模糊)한 겸애를 주(主)하는 자가 아니라, 순전(純全)한 타애(他愛)를 주(主)하는 자이니……[76]

「현시대의 요구하는 인물」이라고 제목 붙인 이 글은 당시 일본 유학 중이던 18세의 최남선이 세상을 향해 던진 일종의 출사표다. 이 글에서 그는 현 시대가 요구하는 인물이, '영웅이기보다는 국사(國士)이고, 재자(才子)이기보다는 범인(凡人)이며, 건설적 수완보다는 파괴적 성질을, 고상한 목적보다는 원대한 희망을 지녔으며, 주도면밀한 사색보다는 민첩한 실행을, 그리고 모호한 겸애(兼愛)보다는 순전한 타자애(他者愛)'를 갖춰야 한다고 주장한다. 이런 시각은 최남선 개인의 조숙함 때문일 수도 있지만, 다른 한편 이것은 1900년대의 한국근대사가 보여 주는 전환기 특유의 감각이기도 하다.

최남선이 본격적인 활동을 시작했던 1900년대 후반은 전근대 사회로부터 근대로 이행되는 과정에서 국내적으로는 가장 정세가 급박했던 시기였다. 1876년의 강화수호조규 이래 일본은 조선에 대한 침탈 야욕을 강화해 나아갔다. 일본은 1894년의 청일전쟁을 통해 조선에 대한 청의 간섭을 분쇄했고, 1904년의 러일전쟁을 통해 조선에 대한 독점적 지배 체제를 공고히 했다. 이어 일본은 1905년 을사보호조약과 1907년 정미7조약으로 사실상 조선의 주권을 장악했다. 최남선이 두 번째 유학을 떠났던 1906년과 귀국했던 1908년의 대한제국은 국호만 남아 겨우 명맥을 유지하고 있었을

---

76) 최남선, 「현시대의 요구하는 인물」, 『대한유학생회학보』, 1907. 3 / 『전집 10』, p.111.

뿐, 사실상 일본의 식민지에 다름 아니었다.

최남선에게는 '최초' 혹은 '최고'라는 수식어가 많이 붙는다. 이러한 사실은 그의 시대가 남긴 운명적인 레떼르였을 수도 있다. 하지만 마침내 1919년 3·1운동과 관련해서 「기미독립선언서」를 작성함으로써 최남선은 단순히 선각적 계몽지식인으로서가 아니라 민족의 영웅적 지도자의 표상과 지위를 획득하게 되었다. 여기까지 이르는 동안 그의 이력은 동시대의 어느 누구도 필적하기 어려울 만큼의 우뚝하고 선이 굵은 활동들로 점철되어 있다. 하지만 그의 개인사는 3·1운동을 정점으로 이전과는 다른 방향으로 나아갔다. 그 대표적인 사건은 1926년 조선총독부 산하 조선사편수회의 위원으로 위촉되었을 때 그가 그 직을 수락한 것에서 단적으로 드러난다. 오늘날 많은 사람들은 이 사실을 최남선의 '변절'을 증명하는 근거로 삼는다.[77]

그런 점에서 보자면 최남선의 최전성기는 대략 1908년경부터 1919년 정도까지였다고 할 수 있다. 적어도 이 시기만큼은 그에게

---

[77] 최남선의 조선사편수회 편수위원직 수임은 최남선의 친일 경력을 논할 때 대표적으로 지적되는 부분이다. 하지만 조선사편수위원직을 수행했다는 사실이 친일 행위가 되기 위해서는 실제로 그가 조선사편수회를 통해 어떠한 일을 수행했는가를 통해 고찰되어야 한다. 최남선은 1949년 반민특위 위원장 앞으로 보낸 「자열서」에서 그 자신이 조선사 편수위원직을 수락한 것은 당시 그가 개인적 힘으로는 할 수 없었던 자료 수집 및 지속적인 단군 연구를 하기 위해서였으며, 또한 일본에 의해 편찬되는 조선사를 막기 위함이었음을 주장하고 있다. 조용만의 『육당 최남선』에 인용되어 있는 당시 조선사 편수위원 회의록 일부 내용에 따르면 최남선이 실제로 조선사 편수위원 직을 통해 일본에 맞서 자신의 주장을 관철시키려 노력했다는 그 자신의 주장을 뒷받침할 만한 내용도 들어 있는 것이 사실이다. 또한 최남선은 『조선역사통속강화개제』(1922)에서도 밝히고 있듯 당시 일본에 의해 발굴되고 있는 조선의 문화 유적들을 야만적인 도굴 행위에 대한 칭찬받을 만한 공적으로 인식하고 있었다. 요컨대 역사 연구자로서 최남선이 가졌던 역사 유물에 대한 보존 및 이를 연구하기 위한 연구자로서의 욕심 등은 그의 친일 문제를 포함해서 따로 여러 정황 및 자료들을 통해 고증될 필요가 있다.

근대 신문화의 첨병이었다는 말이 적절할 것이다. 최남선 자신도 이 시기에 대해서는 일체의 거리낌 없이 당당했다.[78] 1920년대 이후로 최남선은 '학자(學者)'라는 이름으로 자신의 정체성을 단일화시켰다. 실제로 1920년대로부터 본격화된 그의 역사 연구는 매우 열정적으로 이루어졌는데, 특히 1925년의 「불함문화론」은 그 스스로 자신의 본격적인 학문적 성과로 이야기하는 대표 저작이자, 한반도를 중심으로 하는 문화론의 정수라고 할 수 있다. 하지만 「불함문화론」 또한 1930년대 후반 이후 일본에 의한 대동아공영권 논리 속으로 흡수됨으로써 이 역시도 최남선에게는 오히려 그에 대한 세간의 비판 대상이 되었다.

근대사학(近代史學)의 장에서 최남선은 오랫동안 공공연한 금기(禁忌)였다. 이러한 사정은 문학계(文學界)에서도 크게 다르지 않은데, 그 결과 최남선에 대한 연구는 의외로 저조한 형편이다.[79] 최남선에 대한 이제까지의 평가는 두 개의 방향에서 팽팽하게 대립하고 있다. 한국문학사의 초기에는 그 친일 경력에도 불구하고 상당히 정중한 자리가 마련되고 있었다. 백철(白鐵)과 조연현(趙演

---

78) 최남선, 「자열서」, ≪자유신문≫, 1949. 3. 10 /『전집 10』, p.530.
 "나의 생활이 약간 사회적 교섭을 가지기는 12∼13세경의 문필 장난에 시(始)하지마는, 그때로부터 3·1운동을 지내고 신문 사업에 부침(浮沈)하기까지에는 이 논제(論題＝반민족행위: 인용자)에 관계될 사실이 없다. 문제는 이른바 변절로부터 시(始)하며, 변절의 온상(溫床)은 조선사편수위원(朝鮮史編修委員)의 수임(受任)에 있다."

79) 역사학계의 경우 2000년대 이전까지는 최남선의 역사학을 본격적인 논의의 대상으로 삼은 연구는 거의 찾아볼 수 없다. 2003년 이영화, 2005년 류시현의 논문이 당시로서는 상당히 이례적으로 최남선의 사학 연구를 대상으로 연구되었다. 문학계의 경우 1950∼1960년대 홍일식·조용만 등에 의해 각각 단행본 분량의 최남선 연구가 전기적 차원에서 이뤄졌을 뿐, 이후 오랫동안 침묵 속에 놓여 있었다. 하지만 문학계의 경우 1990년대 이후 연구의 중심이 '근대(성)'로 초점화되면서 근대계몽기에 대한 관심이 급증하게 되면서 자연스럽게 최남선의 이름이 모습을 드러내기 시작했으며, 급기야 근대문학과 매체(미디어), 출판잡지 등의 주제와 맞물리게 될 때마다 최남선은 중요한 인물로 재등장할 수 있었다.

鉉)으로 대표되는 이러한 평가는 주로 최초의 잡지 발간 및 신체시 등의 초창기 시작(詩作) 활동, 그리고 1920년대 시조부흥 논설 및 시조집 발간 등 최남선이 보여 준 선구적 활약상에 대한 평가이며, 조동일(趙東一)로 대표되는 부정적 평가는 결과적으로 그의 친일 경력과 결코 무관하지 않다.80) 최남선이 스스로 그토록 강조했던 학자로서의 삶, 즉 역사학자로서의 삶도 또한 그다지 호의적이지만은 않아서 오늘날 역사학계에서도 최남선의 이름을 찾는 것은 쉽지 않다. 아마도 그에 관한 부정의 수사학은 해방 이후 60년 이상 지속되고 있는 우리 학계의 강력한 민족주의적 성향과 깊은 관련이 있을 것이다.

오늘날 최남선은 신체시 「해에게서 소년에게」와 「기미독립선언서」의 작성자 정도로만 겨우 그 이름을 남기고 있다. 하지만 최초의 새로운 시형식이라는 문학사적 의의를 빼고 나면 '털썩 털썩' 파도치는 소리로 시작한다는 사실 외엔 특별히 강렬한 이미지를 남기지 않는 신체시와, 한문 투의 국한문체로서 겨우 축자적 의미만을 이해할 정도인 '선언서'일 뿐이어서, 사실상 작품의 제목이나 그 작품의 역사적 의의 정도로나 겨우 소비되는 실정이다. 이는 비슷한 시기 비슷한 삶의 궤적을 그렸던 이광수하고만 비교해 보아도 상당히 대조적이다. 이광수 역시 민족의 선각자로, 계몽지식인으로 높은 존경을 받던 중 이후 창씨개명 등 친일로 나아간 인물이다. 하지만 이광수는 오늘날에도 여전히 한국근대문학의 현재적 물음

---

80) 김윤식·김현의 『한국문학사』(1973) 이후 1910년대 문학사를 과거의 '2인 문단 시대'라는 식으로 보는 관점은 대폭 수정되거나 전적으로 부정되고 있다. 특히 문학사를 전환기와 과도기를 통한 내재적 발전의 논리로 설명하고 있는 조동일은 『한국문학통사』에서 최남선과 이광수에 대해 철저하게 비판적이다.

한가운데에 있다.

최소한 문학에 한정해 말한다면, 이광수는 살아남았고 최남선은 잊혔다. 최남선의 몰락은, 아니「해에게서 소년에게」의 몰락은, 오히려 시간이 지날수록 그 가치가 증대되고 있는 듯한『무정』의 문제성에 반비례하는 듯 보인다. 이것이 단순히 두 작품이 갖는 문학성 때문이라면 최남선에 대한 앞 시기의 평가 중 일부는 지나치게 과장된 것이 아닐 수 없다. 하지만 이때에도 여전히 문제는 남는다. 한 시기 그렇게 많은 활동과 상징적인 사건들의 한복판에 존재했던 한 인물이 어느 순간 잘 보이지 않게 되었다면 이것은 최남선과 최남선의 활동에 대해 던졌던 우리들의 시선과 문제 제기의 방법들을 다시 살펴봐야 할 이유가 될 수도 있기 때문이다.

최남선에 대한 평가는 신문화의 개척자로 칭송되거나 잘못된 식민지 지식인의 전형이라는 평범한 결론 이상을 보여 주지 못했다. 이 두 개의 극단적인 태도 사이에서는 최남선에 관한 어떤 연구도 진전될 수 없다. 이런 경향은 비단 최남선 연구의 문제점으로서만 문제가 되는 것이 아니라 한국 근현대사의 전반기를 관통하는 식민지 시기 및 식민지 지식인에 관한 연구에서 자주 도출되는 전형적인 난점이기도 하다. 물론 가장 큰 문제는 무엇보다도 이러한 경직된 태도로부터 도출되는 결론이 어느 쪽도 석연할 수 없다는 사실 때문일 것이다.

최남선이 1900년대 후반에 시작한 잡지 활동은 그의 근대적 성격을 상징적으로 대변한다. 최남선은 두 차례의 유학 생활을 통해 경험했던 일본의 문명을 잡지라는 형식으로 표현하고자 했다. 그에게 잡지는 근대적 지식과 문명을 수용·전파하는 최선의 매개체였다. 비록 나이는 어렸지만 그는 언제나 선배이고 어른이었다. 아니 정확하게 말하자면 그에게는 마땅한 선배나 어른이 없었다. 최소한 1910년대까지만 해도 최남선은 명사(名士)였다.[81] 하지만 최남선이 일찍부터 어른으로 성장한 이유를 그의 천재성으로 환원하는 건 적절한 방법이 아니다. 최남선이 나이에 비해 확실히 조숙했던 것은 사실이지만, 그럼에도 그의 위상이 확립되는 결정적 이유는 상당 부분 그가 맞닥뜨린 시대와의 대결 속에서 획득된 것이기 때문이다. 시대는 그를 선배요 어른일 수밖에 없게 만들었다. 실제로 최남선이 『소년』·『청춘』·『아이들보이』·『새별』 등 청소년과 아이들을 대상으로 10년 이상 정력적 활동을 벌일 때의 나이가 10대 후반에서 20대였다는 사실은, 정작 그 자신은 한 번도 자신의 저술 활동이 목표로 삼았던 소년·청춘이었던 적이 없었다는 것을 반증한다. 요컨대 그는 청소년기를 경험해 볼 기회가 없었던 셈이다. 그는 처음부터 소년의 어버이였고, 청년의 선배였으며, 아이들의 선생님이었다.

> 우리의 쳐다볼 목표가 될 만한 이가 있는가. 우리의 나아갈 길을 틀 이가 있는가. 우리의 길잡이 되는 이가 있는가. (……중략……) 우리는 정당한 의의로 살펴 선배란 것이 있지 아니하도다. 우리 젊은이는 오직 저를 믿으며 저를 힘입나니 (……중략……) 우리들은 모든 것에 있어 다 창조자일 천운을 만난 자니, 없으면 만들 따름이라. 선배가 없느냐, 그러면 그도 지을 것이요, 후진 또한 그리할 따름이로다. 우리는 선배 없음을 서러워할 것도 없고, 원통해할 것도 없으니, 우리들 스스로가 우리들 스

---

81) "오는 길에 서울에 들러서 최남선을 찾았다. 최남선은 그 전해 동경서 홍명희의 소개로 처음 알았었다. 그는 벌써 신문관(新文館)이라는 인쇄소를 차려 놓고 『소년』이라는 월간 잡지를 발행하고 있어서 나이는 나보다 두 살 위밖에 아니 되나 우리나라의 명사가 되어 있었다."(강조=인용자)
이광수, 「나의 고백」, 1948(『이광수전집』(7), 우신사, 1979, pp.230-231).

스로의 선배가 되며, 아울러 오는 이의 선배 노릇을 할 따름이니라. 선배
로부터 창조하여 갈 따름이니라.82)

최남선에게 일본의 발전은 그 자체로 문화적 진보, 즉 문명의
힘으로 이해되었다. 하지만 이때까지만 해도 최남선에게 문명화라
는 말이 근대화, 즉 서구화를 의미했던 것인지는 확실하지 않다.
물론 '문명화'라는 당위는 소년 명사(名士) 최남선의 감각에도 틀
림없이 중요한 지상과제였을 테지만, 최남선은 특이하게도 문명화
의 과제를 근대적인 시간의 질서로서가 아니라83) 공간의 문제로
받아들였다. 요컨대 문명화를 향하는 지금의 조선을 야만 혹은 반
문명의 시각으로 보기보다는, 아직 문명의 공간이 펼쳐지지 않은
미개척의 공간으로 이해한다는 것이다. 그러므로 최남선에게 있어
근대화란 아직 근대화되지 않은 미개의 시간으로부터 출발해 하루
라도 빨리 저 뒤에 올 문명의 시간을 향해 달려가야 하는 문제가
아니라, 지금 이곳에서도 당장, 전근대적인 것들을 모조리 부수고,
그 대립으로서의 근대적 공간을 건설하는 것으로 해결될 수 있는
문제였던 것이다.


2) 근대적 지식의 선택과 배제


최남선이 일본에서 받은 충격은 문명이라는 거대한 형식이었다.

---

82) 최남선, 「우리들은 선배란 것이 없음」, 『청춘』(제4호), 1915. 1.(『전집 9』: 150).
83) 예컨대 가장 일반적인 방식의 문명론은 '문명 – 반문명 – 미개'라는 형식이었는데, 이
   럴 경우 문명은 언제나 서구였다. 이러한 문명론의 구도는 언제나 나의 위치는 '문
   명'의 자리로부터 떨어진 '거리(距離)'에 의해 판단된다는 점에서 항상 비극적이다.

구체적으로 말하면 그 문명의 형식은 출판 사업이었다고 말할 수 있다. 어려서부터 특히 서적(書籍)류에 관심이 높았던 최남선이었기에 아마도 그 충격은 더욱 특별했을 것임을 짐작할 수 있다. 이런 점에서 볼 때, 문명화와 관련된 『소년』·『청춘』의 기사들이 윤리적이기보다는 근대적 앎의 배치를 통해 형상화되고 있음은 주목할 만하다. 특히 근대계몽기 신문들이 보여 준 문명담론의 일반적 흐름이 근대화 곧 서구화이면서 동시에 시간적 '선진 / 후진'의 입장을 내면화하는 방식84)이었음과 비교해 볼 때, 최남선의 반응은, 아무리 신문이 아니고 '잡지(雜紙)'라는 매체의 특이성을 고려한다 해도, 퇴보이거나 혹은 전위적인 감각이었다고 말하지 않을 수 없다.

하지만 다른 한편으로 생각해 보면, 잡지라는 매체를 통해 최남선이 실현하고자 했던 근대적 문명의 기획은 지식을 통한 보편적 가치의 획득이었음을 알 수 있다. 이럴 경우 많은 가치들은 혼재되어 존재할 수 있게 된다. 최남선은 문명화의 과정보다는 문명의 내면화에 주력하고 있었던 것이다. 이런 관점에서 본다면, 신체시와 고시조가 동시에 선택되고, 나폴레옹과 피터대제가 나란히 실릴 뿐 아니라, 순국문체와 현토식 국한문체가 위계 없이 뒤섞일 수 있는 잡지의 다양한 지면 분할이야말로 그가 수렴·전파하고자 했던 근대적 이념의 적절한 표현 형식이었음을 알 수 있다. 요컨대 『소년』과 『청춘』은 1900년대 후반에서 1910년대의 최남선이 추구했던 근대

---

84) 근대계몽기 서구의 문명은 뒤처진 조선이 쫓아야 할 일종의 '외길'이었다고 말할 수 있다. 문명에 대한 비판적 수용에 대한 자각이 논의되는 건 대체로 1920년대 초 『개벽』에 이르렀을 때이다. 이때 '문명'은 곧 '서구', 그리고 '근대'를 의미했다. 근대계몽기 '문명 담론'의 추이에 관해서는 길진숙의 연작 논문, 「≪독립신문≫·≪매일신문≫에 나타난 '문명/야만 담론의 의미 층위」(2004), 「1905-1910, 국가적 대의와 문명화」(2006), 「문명의 재구성 그리고 동양 전통 담론의 재해석」(2007) 참조.

화의 형식과 내용을 지시했던 것이다. 『소년』·『청춘』의 많은 구성 요소들은 '문명적 공간에 필요한 앎의 보편성을 위해 최남선이 선택했던 근대적 감각의 결과들이었다.

> 우리는 이제 힘을 오로지하고 걸음을 한가지하여 똑바른 외줄 길로 우쩍우쩍 나갈지니, 그 길이 무슨 길인가? 문명진보(文明進步)의 길이니라. 향상(向上)적 노력(努力)으로 현대적 생활을 얻는 길이니라. 진실로 이 점(點)에서 생각을 같이하는 이는 아나 모르나 우리의 벗이니라. 동무니라. 이제 이 기초신념(基礎信念)이 처처(處處)에 굳어 감을 보는도다. 벗이 사해(四海)에 그득하도다.[85]

『소년』·『청춘』의 목표는 문명진보의 길로 나아가는 길잡이가 되는 것이었다. 이 길은 선택의 여지가 없는 외길이었다. 그리고 이를 위해 『소년』·『청춘』은 '지식의 근대'를 전면에 내세웠다. 그것은 또한 근대화·문명화라는 이름으로 불리는 '서구의 공간에 도달하기 위한 보편적 지식으로 무장한 지식인을 길러 내는 일이기도 했다.[86] 이것은 최남선의 소년과 청춘이 어른으로 가는 과도기적 전 단계가 아니라, 그 자체로 모든 것의 출발지인, 즉 미래를 향한 가능성의 총체로서의 이미지로 사용되고 있음과 연관된다. 소년은 그 자체로 아직 어린, 즉 아직 창창한 미래의 시간이 남겨진 이름이기도 하지만, 최소한 최남선이 사용하는 바로서의 소년은, 바로 그것이 '때리고, 부수고, 무너뜨려 버리는' 거대한 바다의 힘과 친구가 될 수 있는 소년이며, 좀 더 구체적으로는 '영웅이 아

---

85) 「四海의 벗」, 『청춘』, 1918. 6 /『전집 9』, p.174.
86) 세계적 지식을 收得(수득)함은, 세계를 知하려 함이 아니라, 곧 우리 대한을 知함이요, 타인에게 박학다식을 과시코자 함이 아니라, 곧 자기가 사리·물정에 暗昧(암매)하지 아니하려 함이니(「세계적 지식의 필요」, 『소년』 제2년 5권, 1909)

닌 범인(凡人)'이고, '건설자가 아닌 파괴자'이며, '고상한 목적보다
는 원대한 희망'을 가진, '사색가가 아닌 행동가'[87]였던 셈이다. 이
것은 근대적 보편주의를 통한 전면적 부정에 가깝지만, 이때 부정
되는 것은 전통적인 것에 대한 전면 부정이 아니라 당대적 현실에
불필요한 모든 것에 대한 전면 부정이다. 따라서 필요하다면 여기
에는 얼마든지 전통적인 것도 포함될 수 있는 반면 그 반대의 경
우도 얼마든지 가능하다.

　동시대에 관한, 특히 신소설에 대해 가졌던 최남선의 비판적인
인식은 이러한 차원에서 이해될 수 있다. 물론 신소설에 대한 문
학적 평가는 오늘날까지도 통일되지 않고 연구자에 따라 다르다.
문학사를 바라보는 관점에 따라 달라지기도 하고, 신소설 작가군의
분류에 따라 평가가 나뉘기도 한다. 그러므로 신소설에 대한 최남
선 혹은 신문관의 태도가 비판적이었다는 사실이 그 자체로 특기
할 만한 것은 아닐지도 모른다. 하지만 흥미로운 점은 신소설에
대한 신문관 측의 태도가 매우 강도 높은 비판으로만 일관되어 있
다는[88] 사실이다.

---

87) 최남선, 「현시대의 요구하는 인물」, 『대한유학생회보』(제1호), 1907.
88) 「고상한 쾌락」(『청춘』 제6호, 1915)에서 최남선은, "……나는 추하고 꼴 되지 아니한,
　　보기부터 천하고 더러운 소위 신소설이라는 것에 눈을 더럽히기보다 『옥루몽』, 『수호지』,
　　『삼국지』 같은 古문학을 읽음이 어문의 발달과 취미의 향상에 썩 유조(有助)할 줄 믿
　　노라."라 하였고, 「제일보」(『청춘』 제13호, 1918)에서는 평파생이란 이름으로, "그 치
　　장(致粧)이니 의장(意匠)이 왜 그 모양이야. ……그 재료의 진부함과 평범함에 대하
　　여는 구역(嘔逆)이 나고……"라며 신소설을 지적한다. 물론 신소설에 대한 최남선의
　　강렬한 혐오가 출판 경영인으로서의 최남선이 갖는 경쟁 업종에 대한 정치적 입장일
　　수도 있다. 하지만 대부분의 근대 초기 계몽지식인들이 '문학' 특히 근대문학으로서
　　의 '소설'에 크게 경도되거나 고무되었던 사실에 비추어 볼 때 최남선은 끝내 소설을
　　선택하지 않았다는 사실 또한 간단히 넘길 사항은 아니다. 이제는 다소 진부해진 감
　　이 있지만 어쨌든 베네딕트 앤더슨의 유명한 논지, 즉 근대국민국가 건설에 신문과
　　소설의 역할을 상기해 본다면, 더더욱 최남선의 행로는 특별한 경우라 하지 않을 수
　　없다. 최남선은 왜 소설을 선택하지 않았을까.

한기형의 지적처럼 『소년』과 『청춘』에는 신소설 혐의가 있는 작품은 실리지 않았다. 소설이 배제되었던 것은 아니다. 『소년』 창간호만 하더라도 「피터대제전」과 「나폴레옹대제전」 등 소설 형식의 영웅 전기문이 실려 있을 뿐 아니라, 스위프트 원작의 「거인국표류기」 및 이솝의 우화도 번역되어 실려 있다. 『소년』과 『청춘』에는 꾸준히 번역된 외국소설들이 실렸다. 다만 국내 작가의 경우 『소년』은 이광수에게만 지면을 허락하였다.89) 이는 이광수에 대한 특별한 배려이기도 하지만, 그보다는 현실적으로 신소설 작가들을 제외한 상태에서 이광수와 같은 신문학으로서의 소설을 창작하는 필자를 확보하는 일이 쉽지 않았기 때문이었을 것이다.

『소년』·『청춘』에 실린 외국 소설들은 당시 일본에 유행하던 토쿠토미 로카[德富蘆花](「불여귀」)나 오자키고요[尾崎紅葉](「금색야차」) 등 대중통속소설에 대항한 선택이었다.90) 이 사실은 『소년』·『청춘』에서 신소설이 철저히 배척되었던 이유를 설명해 준다. 신문화의 요람으로 자처하던 신문관의 편집 방침에 있어 소설은 아마도 그것은 이미 1910년대를 넘어서 이미 급속히 통속화되어 버린 신소설의 자체 동력 상실에서 일차적 원인을 찾을 수 있을 것이다. 요컨대 신소설은 이미 『소년』에 실릴 만한 새로운 계몽 담론의 전도자가 아니었던 셈이다. 최남선이 보기에 신소설은 계몽의 주체가 아니라 계몽의 대상이었다.

담론의 층위뿐 아니라, 『소년』·『청춘』에 사용된 문체는 문학사

---

89) 이광수의 소설도 『소년』, 1910년 2월호에 실린 「어린 희생」과 1910년 8월호에 실린 「헌신자」 두 편뿐이다.

90) 최남선, 「한국문단의 초창기를 말함」, 『현대문학』, 1955. 1. 창간호 / 『전집 9』, p.445.

적으로도 특별한 의미를 갖는다. 훗날 이광수에 의해 상찬된, 초창기 문단에 끼친 최남선의 최대 업적으로 일컬어지는 부분도 바로 『소년』을 통해 선보인 최남선의 진보적인 '문체'였다. 형식적인 차원이긴 하지만, 바로 이 점에서 시기적으로 신소설의 시대와 『소년』·『청춘』의 시기가 겹친다. 동시대의 문체 경쟁에서 최남선은 신소설을 배척했다. 그리고 이광수 등 동시대 인물들은 『소년』·『청춘』 당시 최남선이 보여 준 문체를 대단히 선구적인 업적으로 칭찬하고 있다. 하지만 근대 문체는 결과적으로 신소설을 계승한 소설의 순국문체로 계열화되었다. 그렇다면 근대문학의 출발과 관련하여 중요한 선편을 쥐고 있는 이광수가 평가했던 최남선의 문체는 무엇이었을까라는 문제가 여전히 남는다. Ⅱ-3장에서 잠깐 살펴본 바에 따르면 이것은 잡지라는 매체와 그 매체를 통한 최남선의 글쓰기에 드러나고 있는 시점의 문제였다.

신소설이 신문 연재로부터 출발했다는 사실에 관심을 갖는 이유는 신소설이 신문이라는 매체의 속성에 일정 정도 제한되었다는 사실로부터 근대적 글쓰기의 한 특징을 유추해 낼 가능성이 발견되기 때문이다. 같은 이유에서 『소년』이 창간호로부터 줄기차게 선보이고 있는 여러 가지 다양한 문체들은 그 자체로 근대적 글쓰기와의 관계에서 해명을 필요로 한다. 더욱이 『청춘』은 공식적인 글쓰기의 규범을 전제로 문학적 글쓰기를 공모하여 글쓰기를 제도화했던 선례를 보여 주었다. 요컨대 이런 사실들을 바탕으로 보면 『소년』·『청춘』에 등장하는 많은 글들이 다양한 문체로 혼합되어 있다는 사실이야말로 최남선의 문체적 특질을 이해하는 데 많은 참고가 됨을 알 수 있다. 예를 들어 『소년』에는 순국문체와 국한문체가 섞여 있는데, 국한문체는 소위 '언주문종(言主文從)'[국주한종(國主漢從)]체와 '문주언종(文主言從)'[한주국종(漢主國從)]체가 뒤섞여 있다. 이 사실은 최소한 표기체계와 관련해서 최남선의 문체가 어떤 경향을 따라 변화해 간 것은 아니었다는 사실을 의미한다. 최남선의 경우, 1908년의 순국문체와 1919년의 한주국종체가 동시에 발견된다.91) '한문체 → 국한문체 → 국문체'라는 식으로 문체의 변화를 상정하는 것은 한문체라는 전근대적 특징과 국문체라는 근대적 특징을 결과로 놓고 볼 때 당연한 흐름인 것처럼 보이지만, 실제에 있어서 이 세 문체는 동시적으로 공존했던 것이다.

최남선의 문체가 갖는 다양성을 설명하는 가장 편리한 방법은 그의 글쓰기가 표현되었던 매체의 속성에서 찾아볼 수 있다. 즉 '잡지'는 매체의 속성상 다양한 내용과 형식으로 지면을 분할하고 있기 때문에 하나의 잡지 속에 여러 목소리가 뒤섞이는 것을 원칙으로 한다는 것이다. 여러 목소리의 뒤섞임이란, 달리 표현하자면, 결국 그의 잡지가 세계적 지식의 전파라는 창간 이념에 충실했음을 의미한다. 요컨대 이것은 보다 진보적인 문명을, 근대의 잡종성을 잡지 위에서 자유롭게 흘러넘치도록 했던 결과였다. 이런 점에서 보면 최남선의 글쓰기가 다양한 문체로 드러난다는 사실은, 그의 글쓰기가 이념적이고 원칙적인 차원에서 수행되었음을 보여 준

---

91) 최남선에게는 이렇듯 시간의 경계를 무화시키는 듯한 모습이 문체 문제 외에도 확인된다. 예컨대 최초의 신체시를 시도했으며 『소년』을 통해 신체시를 현상 공모하는 등 그 보급 및 확산에 노력을 기울였으면서도, 그 자신은 다른 한편으로 시조를 꾸준히 발굴하고 시조집을 편찬했으며 시조 창작을 꾸준히 보여 주고 있는 점이 그렇다. 심지어 그는 근대시가 자유시의 궤도에 이미 진입한 이후인 1920년대 중반에는 시조부흥론을 주장하면서 한국문학비평사에서 이른바 '국민문학' 논쟁의 단초를 제공하기도 했다. 한편 그런가 하면 최남선은 신소설과는 다른 근대문학의 번역 및 소설 창작의 제도화를 시도했으면서도 그 자신은 소설 창작을 하지 않고 있는 점도 특이하다.

사례였다고도 말할 수 있을 것이다. 이것은 최남선이 추구했던 근대적 앎이 무엇을 지향하고 있었는가를 암시한다.

신문 잡보란의 기사가 화자의 직접 체험으로부터 간접화로 변화되고 있다면, 잡지는 '-다더라'라는 신문의 애매한 소문 영역과 달리 확실한 앎으로서의 지식을 지시해야 했다. 최소한 서술어미 체계에 국한해서 말한다면, 『소년』과 『청춘』이 동시대의 신문 매체와는 다른 서술 어미들을 여러 형태로 사용하고 있다. 이것은 새로운 담론을 수용하고 그 담론이 흘러 다닐 수 있도록 하기 위해서는 글쓰기의 장을, 그리고 그 배치를 바꿔야 했다는 사실을 의미한다. 하지만 최남선의 목표는 그것보다 조금 더 유연하고 전략적이었다. 그 이유는 최남선은 단순히 글쓰기의 배치뿐만 아니라, 읽기의 배치까지 바꾸려는 노력을 동시에 보여 주고 있기 때문이다.

1918년에 출간된 『시문독본(時文讀本)』에서 최남선은 총 4부로 구성된 각 부별로 각각 30개씩의 '시문'을 독본의 예문으로 엮고 있다. 문체의 형식적인 차원에서만 보자면, 『시문독본』에는 순국문체와 두 개의 국한문체, 그리고 번역문체 등 다양한 문체들을 만날 수 있다. 이에 대해 최남선은 "문체는 아무쪼록 변화 있기를 힘썼으나 아직 널리 제가(諸家)를 채방(採訪)할 거리가 적으므로 단조(單調)에 빠진 혐(嫌)이 없지 아니함. 이 책의 문체는 과도시기 (過渡時期)의 일방편으로 생각하는 바니, 무론 완정(完定)하자는 뜻이 아니라, 아직 동안 우리글에 대하여 얼마만큼 암시를 주면 이 책의 기망(期望)을 달(達)함이라."라고 말하고 있다. 뿐만 아니라 『시문독본』은 말 그대로 독본 교재이므로, 이러한 학습 기능을 충실히 반영하기 위해 『시문독본』에 실린 내용도 매우 다양한 글들로 이루어져 있다. 자연 생태로부터 인물, 역사, 풍속, 시가에 이르는 120편의 글을 통해 독자는 당시의 가장 보편적인 '시문(時文)'을 일람하게 되고 이를 통해 자연스럽게 각종의 지식 담론이 수용되는 그릇에 눈을 익히는 과정이 되는 것이다. 그리고 이는 현실의 혼란스런 공존을 반영하는 것이 아니라 최남선이 자신의 근대 기획으로서 꿈꾸었던 문명 세계에 대한 적극적인 수용 의지에서 시작된, 최남선 및 신문관의 '잡지' 이념의 연장이었다.

『소년』·『청춘』이건 『시문독본』이건, 일상적 습속이 아니라 지식을 강조하고 있음은 여러 번 강조될 필요가 있다. 이 점은 근대 계몽기 신문들에서 보이던 구래적 습속의 타파에 대한 강조 및 윤리적 실천으로서의 문명 담론과 최남선 근대 및 문명 기획이 구별되는 지점이기 때문이다. 적어도 1910년대 중반까지 전개되었던 문명 담론에서는 어떻게 전근대적 습속을 근대적이고 합리적인 문명으로 전환시킬 것인가가 중심이었다. 그것을 위해 교육의 필요성이 제기되었으며, 모든 논리는 '부국강병'이라는 정점을 향해 질주했다. 이에 비해 최남선의 문명담론에서는 의외로 부국이라거나 민족이라는 코드가 잘 발견되지 않는다. 이것은 최남선의 초기 매체 활동이 문명개화한 국가·부국강병을 이룬 국가라는 식의 거대 담론보다는 문명개화인·세계적 지식을 갖춘 현대인들이 이루는 세상으로서의 국가를 계몽의 목표로 설정했기 때문이었다.92)

---

92) 십전소설 발행 목적도 '가장 적은 돈과 힘으로 가장 요긴한 지식과 고상한 취미와 강건한 교훈을 얻으려고 하는 우리 소년 제자의 욕망을 만족케' 하고 '백과의 학과 사부의 서에서 막긴막요한 자를 정선하여 평이 간명한 문자로 편술하여서 일반 국민—더욱 소년 제자의 정신적 양식을 간단없이 공급하려 함'이었다(『전집10』, p.422).

## 2. 잡지의 근대적 감각과 시각 자료의 정치적 무의식

### 1) 문명의 표상과 영웅 이미지

『소년』은 많은 사진과 도판 자료를 활용함으로써 시각적인 것이 강화되는 근대적 매체의 요건에도 충실히 부합했다. 이러한 사실은 『소년』이 '읽는' 잡지인 동시에 '보는' 잡지이기도 했음을 의미한다. 넓은 의미에서 볼 때 『소년』의 이미지 활용은 잡지 『소년』을 이전의 신문 매체와 구별하게 만들어 주는 최남선의 매체 전략과 깊이 관련되어 있다. 최남선은 일본 유학시절의 유학생회보 편집 경험 및 일본에서 보았던 수효를 헤아릴 수 없을 정도로 많은 잡지들을 통해 근대적 매체로서의 잡지를 구상하고 이를 실현했다. 때문에 잡지는 다양한 이질적 흐름들이 복합적으로 범람하고 있다는 점에서는 신문과 구별되지만, 다른 한편으로는 일관된 서사적 흐름에 따라 순차적으로 읽어 내려가는 책과도 다른 고유한 특성을 갖는다. 요컨대 잡지라는 매체의 특성에 의해 배치된 다양하면서도 불연속적인 지식들은 수용자인 독자들의 수용 방식을 유연하고 자유로운 형태로 이끄는 동인이었다.[93] 이 사실은 『소년』이 '읽는' 잡지로서 뿐만 아니라 '보는' 잡지로서도 많은 노력을 담고 있는 매체였다는 사실과 무관하지 않다.

　『소년』뿐 아니라 『청춘』 등 최남선이 기획한 잡지는 여러 가지

---

93) 윤세진, 「『소년』에서 『청춘』까지, 근대적 지식의 스펙터클」, 『『소년』과 『청춘』의 창』 (권보드래 외), 이화여대출판부, 2007. p.31.

시각적 장치들을 활용한 기사들을 대폭 수용하고 있다. 『소년』창간호 표지가 보여 준 색감이나 첫 페이지부터 연속해서 등장하는 세 장의 전면 사진은 이미 잘 알려진 사실이지만, 이외에도 『소년』과 『청춘』에는 지리학적 도상(圖象)이나 지도, 이국적 풍물, 삽화 등 다양한 종류의 시각 자료들이 읽는 잡지에 보는 즐거움을 보태고 있다. 또한 이러한 이미지들은 국민국가로서의 '신대한' 건설을 꿈꾸었던 계몽가 최남선의 의도와 욕망이 잘 투사되어 나타나고 있다는 점에서도 주목을 필요로 한다.

최남선이 자신의 잡지 『소년』을 통해 특히 강조하고 있는 일관된 이미지의 흐름 중 하나는 영웅 이미지이다. 『소년』에 수록된 구국 영웅 관련 기사들은 「페터대제」(4회)·「살수전기」(1회)·「나폴레옹대제전」(10회)·「민충정공소전」(1회)·「까리발디」(4회)·「이충무공일사(李忠武公軼史)」(1회)·「페터大帝軼史」(1회) 등이다. 이들의 기록은 창간 이후 종간 때까지 거의 모든 호에 실려 있다. 또한 『소년』에는 구국 영웅은 아니지만 '소년'의 지표가 될 만한 위인들로 톨스토이·페스탈로치·링컨·글래드스턴·다윈·왕양명·프랭클린·에머슨·루즈벨트·카부르·헬렌켈러·에디슨·주시경·피어리·후쿠자와 유키치 등등 많은 위인들의 전기 내지는 그들의 대표적 활동들이 기사화되고 있음을 볼 수 있다.

영웅 관련 전기 내지는 이것을 기사화하는 것이 최남선과 『소년』의 특이성이라고 말할 수는 없다. 주지하다시피 근대계몽기를 통해 각종 신문이나 애국전기물을 통해 나폴레옹이나 잔 다르크 등 위기에 빠진 나라를 구한 애국적 영웅들의 소개는 꾸준히 계속되고 있었다. 최남선과 『소년』의 특이점은 이러한 애국 영웅 담론의 흐름을 잡지라는 매체의 특성을 활용하여 이미지화하고 있다는 점에 있다. 『소년』, 나아가 『청춘』까지 이어지는 그의 집요한 이미지 속에서 1900년대 후반에서 1910년대 매체 활동을 통해 최남선이 갖고 있었던 근대 및 문명화에 대한 욕망의 흐름을 볼 수 있는 것은 이런 이유 때문이다. 구체적으로 『소년』에 등장하고 있는 이미지들을 살펴보자(<그림 3 – 1>).

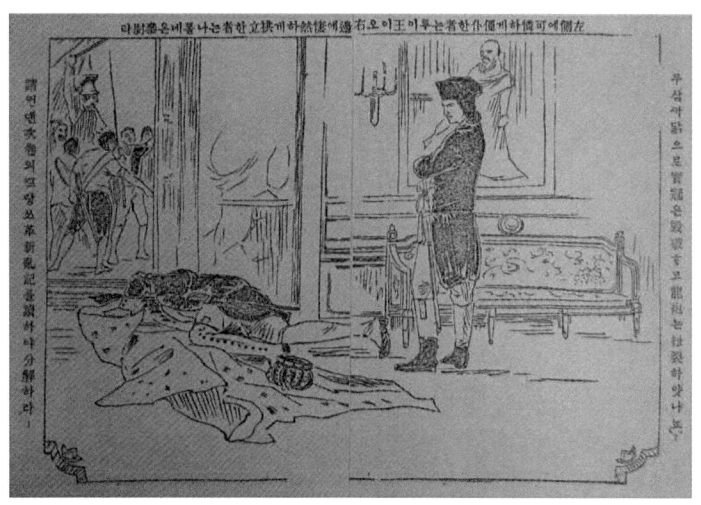

<그림 3–1> 나폴레옹 삽화(『소년』, 1909. 1)

그림 속의 사내는 팔짱을 낀 채 비스듬히 고개를 내려뜨리고 서 있다. 사내는 몸에 딱 맞는 제복을 입고 있고, 모자를 썼으며, 한쪽 무릎을 살짝 꺾은 채 약간은 오만한 자세로 그러나 당당하게 시선을 내리고 있다. 사내의 입술은 그의 단단한 자세처럼 견고하고, 그의 의지처럼 굳게 닫혀 있다. 이와는 대조적으로, 사내의 눈길이 닿는 바닥에는 또 한 사람의 남자가 쓰러져 있다. 그리고 쓰

러진 남자의 발치에는 구겨진 망토와 주인 잃은 왕관이 아무렇게
나 나뒹굴고 있다. 문 앞에 몰려와 있는 사람들이 무언가 소리쳐
외치는 듯하지만, 쓰러진 사내는 말이 없다. 제복을 입은 사내의
눈이 정확히 무엇을 쳐다보고 있는지는 확실치 않다. 쓰러진 남자
일 수도 있고 그저 망토나 왕관을 바라보는 것일 수도 있다. 하지
만 그의 눈길이 남기는 이러한 의문들 너머로, 그림의 왼쪽 위에
는 무장한 시위 군중들이 문 앞을 가득 메우고 있다. 그들 중 누
군가는 연설을 하는 듯하고, 또 어느 누군가는 팔을 높이 치켜든
채 구호를 혹은 노래를 외치거나 부른다. 그림의 상단과 좌우 측
면에는 다음과 같은 문구가 적혀 있다.

> 무슨 까닭으로 왕관이 훼손·파괴되고 곤룡포가 짓이겨졌는가. 이 책
> 의 「프랑스 혁신란기(革新亂記)」를 읽어 이해하기를 권한다. 그림 왼쪽에
> 가련하게 꿇어 널브러진 사람은 루이황제이고, 오른쪽에 처연하게 서 있
> 는 사람은 나폴레옹 참위(參尉)이다.[94]

제복 입은 사내는 프랑스의 혁명 영웅 나폴레옹이고 구겨진 망
토와 함께 바닥에 쓰러져 있는 남자는 프랑스 루이 황제이다. 이
때 쓰러진 루이 황제가 입고 있던 화려한 용포(龍袍)는 그 자체로
구체제 즉 앙시앵 레짐을 표상한다. 황제의 망토는 우아하고 화려
하다. 하지만 황제의 망토는 의복이 아니다. 그것은 중세의 권력을
가시적으로 표상하는 대표적인 상징 기호 중 하나다. 푸코가 지적
했듯이 중세의 권력은 가시적인 것이어서, 그 권력의 위세가 높으
면 높을수록 황제의 가시적인 표상 체계는 더욱 복잡해지고 화려

---

94) 公六, 「나폴레옹대제전」(2), 『소년』, 1909. 1, pp.238-239.

해진다. 하지만 황제의 권위가 높으면 높을수록, 권력이 가시적이 되면 될수록 그것의 실제적인 움직임은 둔화된다. 즉 그것은 비역 동적이다.

이에 반해 나폴레옹은 제복을 입고 있다. 제복은 일종의 유니폼 이다. 제복의 선이 보여 주고 있는 날렵한 역동성은 화려하지만 비실용적인 황제의 전근대성과 대비된다. 제복은 또한 군대로 표상 되는 국가장치의 대표적인 상징이기도 하다. 그러므로 제복을 입은 인물은 그 자체로 이미 국가다. 그림 속의 나폴레옹이 구겨진 망 토 위에서 제복의 옷매무새를 세우고 있는 것은 구체제에 대한 새 로운 힘을 상징하며, 이때 나폴레옹과 함께 그 새로운 제복의 힘 을 지지하고 있는 것은 제정 시대의 '신민'이 아니라 근대의 '국 민'들이다. 이 한 장의 삽화가 전달하려는 메시지는 이렇듯 단순하 면서도 투명하다. 보기에 따라서는 지나치게 노골적으로 느껴지기 까지 한다. 여기에는 구체제를 무너뜨리고 프랑스 혁명을 완성한 것이 새로운 사회를 갈망하는 '국민'이라는 암시가 포함되어 있다. 그리고 위기에 빠진 나라를 구하기 위해 군대를 이끈 위대한 영웅 나폴레옹이 존재하고 있다.

이 한 장의 그림에는 당시 계몽지식인으로서의 최남선이 상상하 고 있던 문명화의 방향과 유럽에 대한 인식이 무의식적으로 펼쳐 져 있다. 여기에는 프랑스 혁명이 부르주아 혁명이라는 내적 한계 를 가진다는 식의 평가는 개입될 여지가 없다. 여기에는 단지 각 성 혹은 변혁시켜야 할 잘못된 구습과 이를 바로잡을 새로운 시대 의 뛰어난 영웅의 출현, 그리고 그를 지지하는 절대다수의 민중들 이 필요할 뿐이다. 그리하여 아주 오랜 시간 동안 나폴레옹은 그가 산출하는 기호들의 효과들을 통해 작용해 왔다. 이것은 나폴레옹과 그의 시대가 가졌던 혁명성과는 거의 상관없는 방식이었다. 요컨대 계몽기 지식인에게 필요했던 것은 나폴레옹이라는 혁명 영웅과 그 혁명의 위대함이었지 혁명의 내용은 아니었기 때문이다. 여기에서 잡지 편집자로서의 최남선의 의도가 어떤 선택과 배제를 기반으로 움직이고 있는지를 확인하는 것은 어려운 일이 아니다. 최남선을 통해 나폴레옹은 19세기 프랑스라는 시대나 역사적 환경과는 상관없이 세계사적으로 유례를 찾아볼 수 없는 불사(不死)의 영웅으로 호명되었던 것이다.

이 한 장의 그림은 『소년』과 『청춘』을 통해 펼쳐질 영웅담론의 무의식을 관통하는 예시(豫示)에 지나지 않는다. 문제는 『소년』과 『청춘』에 보이는 각종 영웅들이 무엇을 표상하는가 하는 점이 아니라, 이 두 잡지에 등장하는 영웅들의 표상이 어떻게 기획되었으며 그러한 영웅의 기호가 창출하는 실제적 효과의 파장들이 무엇이었는가 하는 점에 있다. 요컨대 계몽의 담론이 영웅 담론을 만나 어떻게 근대인의 삶 속 깊이 투영될 수 있었는가 하는 것이다. 『소년』이 창간되던 1908년의 조선은 이미 일본에 의한 반식민지 상태였다. 최남선이 두 번째 일본 유학 시절 경험했던 이른바 '모의국회사건'은 외교권을 상실한 국가의 운명이 얼마나 비참하게 전락하는가를 잘 보여 주었다. 그러므로 제국주의의 도래 앞에서 선구적 유학생들이 보인 행동에서 위기의식과 계몽의식이 이중으로 착종되어 나타나는 것은 특별히 이상한 일이 아니다. 이 점에서는 최남선 또한 마찬가지였다고 말할 수 있다. 최남선의 2차에 걸친 유학이 모두 실패로 돌아간 것과 그 실패마다 주요 원인으로 작용했던 것에 일본에 의한 민족적 자기 모멸감이 크게 작용하고 있음은 우연이 아니다. 최남선은 『소년』의 창간호 표지에 다음과 같이 썼다.

> 금(今)에 아(我) 제국은 우리 소년의 지력(智力)을 자(資)하야 아국역사 (我國歷史)에 대광채를 첨(添)하고 세계문화에 대공헌을 위(爲)코뎌 하나니 그 임(任)은 중(重)하고 그 책(責)은 대(大)한디라.
> 본지(本誌)는 차(此) 책임을 극당(克當)할 만한 활동적 진취적 발명적 대국민을 양성하기 위하야 출래한 명성(明星)이라 신대한의 소년은 수유 (須臾)라도 가리(可離)티 못할디라.[95]

앞에서도 언급한 바 있지만, 이 인용문에서 보는 것처럼 『소년』의 목표는 활동적 · 진취적 · 발명적 대국민의 양성에 있었다. 계몽가로서의 최남선, 근대 초창기 출판 문화인으로서의 최남선의 목적의식을 이보다 더 뚜렷이 드러내 주는 예는 찾기가 쉽지 않다. 하지만 최남선이 생각하고 있던 이때의 '국민'은 네이션의 주체로서의 국민은 아니었다. 그것은 『소년』 창간 취지 및 권두 사진이 잘 보여 주고 있듯 '대한제국'의 국민, 즉 제국의 신민(臣民)으로서의 국민이다. 영웅 담론이 계몽 기획의 일환으로 등장하게 되는 것은 이런 맥락에서이다. 그것은 한편으로 새로운 국민을 창출해 내기 위해 필요한 영웅적 지도자의 모습이기도 하고, 또 때로는 그러한 새 시대에 걸맞은 신민(新民)의 모습이기도 하다.

『소년』 창간호 권두에 실린 피터대제는, 영웅 이미지에 관한 한 『소년』의 이념을 가장 잘 웅변하는 것처럼 보인다. 그것은 주권 상실의 위기에 몰린 약소국 지식인이 무의식적으로 선택한 본능에

---

95) 『소년』(창간호) 표지, 1908. 11.

가까운 것이었다. 따라서 권두사진96)으로서의 피터대제는 피터대제라는 개인의 영웅성 때문만으로 선택된 것은 아니다. 이 사진이 흥미로운 점은 오히려『소년』창간호부터 총 4회에 걸쳐 연재되고 있는 그의 전기 속에, 좀 더 정확하게 말하자면 그 전기가 구성되는 방식 속에서 찾을 수 있다(<그림 3-2>).

<그림 3-2> 피터대제(『소년』, 1908. 11)

아울러 이때에 비밀심판처(秘密審判處)를 설치하고 반란병(叛亂兵)들을 직접 국문(鞠問)할 때, 10월 1일부터 이레 동안에 수백 명을 극형에 처하고 친히 싼담에서 연습한 도끼 쓰는 법으로 하루 수십 명의 목을 찍어 죽이고 온화하고 정숙한 황후(皇后)까지도 구습(舊習)을 따른다는 이유로 쏘냐 황후와 함께 수도원에 머리카락을 잘라 유폐(幽廢)시켰으며 자신과 신법(新法)에 반대하는 자들은 일거에 씨를 없이 하더라.97)

『소년』의 피터대제는 평범하고 현실적인 인물이다. 평범하고 현실적인 인물인 까닭에 매우 사실적으로 표현되고 있지만, 다른 한

―――――――――

96) 엄밀하게 말해 창간호『소년』권두에 실린 피터대제의 모습은 사진이 아니라 초상화, 즉 그림이다. 하지만 당시의 어법에서 사진(寫眞)은 오늘날의 사진뿐 아니라 정교하게 그려진(말 그대로 '진짜 같은') 그림까지를 아울러 포함하는 개념이었던 것으로 보인다. 그러므로『소년』창간호 표지 목차에는 진짜 사진들과 나란히 이 피터대제의 초상화를 '사진판(寫眞版)'이라는 범주로 따로 묶고 있다.

97)「피터대제전」,『소년』1908. 12, p.61.

편으로는 바로 그런 의미에서 기존의 영웅 이미지와는 다른 일종의 파격을 보여 준다. 피터대제는 신성한 영웅이 아니다. 피터대제는 용감하고 단호하고 의지적인 인물이지만, 바로 그러한 용감함과 단호한 의지가 '친히 연습한 도끼 쓰는 법으로 하루 수십 명의 목을 찍어 죽이고, 온화하고 정숙한 황후까지도 머리카락을 잘라 유폐시키는' 대목에 이르면 섬뜩하고 놀라울 정도로 잔혹하게 느껴지는 그런 인물이었다.

소년의 나라, 문명개화한 나라를 꿈꾸었던 최남선이 『소년』 창간호 권두사진 및 영웅전기문을 피터대제로 선택한 이유는 한마디로 말해 피터대제의 강력한 리더십 때문이다. '문명화'는 피할 수 없는 수순이었고, 피할 수 없는 일인 만큼 현재의 '야만적' 습속은 반드시 척결·극복되어야 할 과제이다. 하지만 이런 정도였다면 그것은 따분하고 추상적인 구호에 지나지 않는다. 이때 강조되고 있는 것은 문명화가 아니다. 그것은 문명화를 거스르는 어떠한 저항도 용납하지 않겠다는 피터대제의 의지이다. 문명에 대한 피터대제의 열망은, 그 과정 중에 격돌하게 되는 저항 혹은 반발에 대한 무자비한 대응만큼이나 단호하다. 설혹 이 과정에서 보이는 행동들이 '전근대적'이고 '야만적'이며 '비합리적'인 것으로 보일 때조차 결코 주저해서는 안 된다. 문명은 그만큼 절박한 문제였고 다른 선택의 여지가 없는 외길이었다. 그것은 일종의 속도의 문제이기도 하다.

우리가 만일 이 문명인의 야만과 저 야만인의 문명에 둘을 꼽으란 지위에 서면 우리는 주저치 않고 후자를 뽑을 것이라.
그러나 신에게 감사하노라, 다른 것을 선택함도 우리들이 자유로 할 것이라. 급진이 꼭 필요한 것이 아니요, 후퇴치만 아니하면 점진은 좋으니라. '전제(專制)'도 싫다, '공혁(恐嚇)'은 더욱 싫다, 우리는 비스듬히 기울어진 진보를 바라노라.

점진은 신의 전(全) 정략(政略)이라(Slow Progress is the Whole Policy of God).[98](강조는 인용자)

　그 모든 전근대적이고 야만적인 폭압조차 기꺼이 용서할 수 있을 만큼 피터대제를 절박하게 만들었던 이유는 단 한 가지 '문명'이었다. 최남선은 문명인의 야만과 야만인의 문명 중 하나를 선택하라면 주저치 않고 야만인의 문명을 선택하겠다고 선언한다. 피터대제의 신체를 관통하는 이미지는 강한 군주이지만, 이때의 강력함은 중세 봉건군주의 힘과는 달리 계몽의 빛으로 무장한 강력함이라는 것. 즉 그것은 러시아의 부국강병을 이끈 초강력 계몽군주의 이미지이며, 그런 점에서 피터대제의 사진은 그 자체로 러시아를 일등국가로 이끈 문명화 군주의 표상이다. 이것은 또한 반식민지 상태의 약소국 지식인이 지향했던 세계적 지식 전파라는 측면에서, 『소년』 창간호 권두에 실린 피터대제의 초상을 단순히 잡지 『소년』에 국한하지 않고 이 시기 계몽담론에 드리워져 있는 매우 강렬한 상징으로 읽을 수 있는 이유이기도 하다. 거대한 파도를 뚫고 바다로 나아가는 '소년'이 마침내 도달하게 될 종착지로서의 문명국가의 이미지와 더 이상 국토의 끝으로서가 아닌 새로운 문명이 열리게 될 도래지(渡來地)로서의 바다 이미지, 그리고 그 너머에 대한 강한 확신과 의지와 염원은 유럽 문명국가를 향해 나아가는 러시아와 피터대제의 모습에서 1900년대 후반의 조선을 동일화하는 논리였던 것이다.

---

98) 「ABC계」, 『소년』, 1910. 7, p.60.

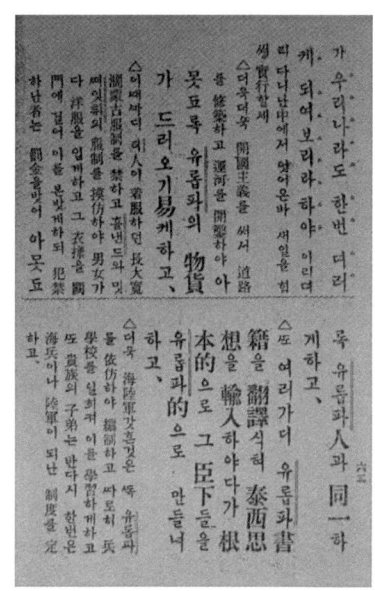

<그림 3-3> 「피터대제전」 속의 유럽(『소년』, 1908. 12)

한편 피터대제의 전기는 텍스트의 내용에서뿐만 아니라 구성되는 표현형식 또한 특이하다. 간단히 말하면 「피터대제전」은 텍스트의 시각화를 통해 편집인의 의도가 집중화되는 양상을 보여준다. 예컨대 중요한 부분마다 방점을 찍거나 활자 호수를 달리해서 크기를 2배가량 확대하기도 하고 또는 굵은 글씨로 도드라지게 만드는 방식 등이다. 여기에 보이는 편집자의 의도는 명백하다. '유럽=문명사회'이며, 피터대제 개인의 경험·특징·행동 등은 비문명사회인 현재의 러시아를 문명화·유럽화해야 한다는 것이다. 따라서 독자들은 텍스트를 보고 읽는 과정에서 전근대적 의복·두발·풍습 등의 면면을 통해 자연스럽게 조선과 러시아를 동일화하게 된다. '전근대적' 러시아가 문명국가로 탈바꿈해 가는 진통의 과정을 보여 줄 때마다 조선이 선택해야 할 길은 더불어 드러난다. 아울러 피터대제의 신체가 곧 러시아라는 국가의 신체를 상징한다는 사실도 중요하다. 이 사실은 피터대제의 전기를 통해 보게 되는 것은 피터대제라는 한 개인의 초월적이고 신화적인 영웅담이 아니라, 러시아라는 후진국이 어떤 식으로 문명화·근대화·유럽화를 이룩할 수 있었는가에 대한 사례 보고인 셈이다(<그림 3-3>).

피터대제의 신체가 '강한 지도자'라는 개인의 이미지인 동시에 '근대화를 이룩한 러시아'라는 국가 이미지였다면, 『소년』에는 이와 대쌍을 이루는 영웅 기호로서의 나폴레옹이 또 하나의 흐름을 형성한다. 나폴레옹에 관한 전기는 『소년』 창간호부터 1910년 6월까지 모두 10회에 걸쳐 연재된다.[99] 연재된 횟수나 원고량 면에서 「나폴레옹대제전」은 영웅 혹은 위인 관련 기사로는 단연 최고였다고 말할 수 있다. 나폴레옹은 그 자체로 충분히 모델로서의 유럽 자체였을 뿐 아니라 전근대적 왕정에 대한 의심할 바 없는 대안이었다. 이것은 계몽기 사상가들에게 프랑스의 나폴레옹과 독일의 비스마르크가 특별히 두드러질 수 있었던 이유이기도 했다. 요컨대 후진국 러시아의 모델인 동시에 모든 '전근대'사회의 모델인 유럽을 대표하는 것이기도 했고 바로 그 유럽의 문명화 과정에서 강력한 리더십을 보여 준 영웅으로서의 나폴레옹이기도 했던 것이다.

하지만 이 위대한 세계 영웅들이 동일한 지면에서 함께 다루어지고 있다는 사실을 뺀다면, 사실상 나폴레옹과 피터대제 사이의 거리는 생각보다 훨씬 멀다. 나폴레옹은 구체제를 무너뜨린 새로운 시대의 지도자였으며 또한 프랑스를 유럽의 강력한 패권국가로 부각시킨 절대군주였다. 피터대제에게는 미래형이었던 문명화가 나폴

---

99) 그럼에도 불구하고 『소년』의 「나폴레옹대제전」은 완결되지 못한 채 끝난다(『소년』 3권 6호에 10회분이 실린 이후 『소년』 마지막 호였던 4권 2호까지 더 이상의 「나폴레옹대제전」은 실리지 않는다). 마지막 연재분(10회) 말미까지도 '이하 속출(以下續出)'이라고 예고된 것으로 보아 연재중단은 갑작스런 일이었던 것으로 보인다. 이야깃거리가 부족했던 것도 아니었을 것이다. 왜냐하면 아직 나폴레옹은 등장조차 하지 않고 있기 때문이다. 2년 가까이 계속된 연재에도 불구하고 「나폴레옹대제전」에 나폴레옹이 한 번도 등장하지 않는 이유는 무엇 때문일까. 그런데 바로 이 사실, 즉 그 미완의 종료라는 이 사실이야말로 「나폴레옹대제전」과 계몽사상가(최남선)가 맺고 있는 관계를 상징적으로 보여 준다. 나폴레옹이라는 위대한 혁명 영웅의 출현보다 더 중요하게 생각했던 무엇이 있었던 것은 아니었을까.

레옹에게는 현재형이었다. 그럼에도 이 시기의 최남선은 『소년』
안에서 이 둘을 동시에 포착한다. 피터대제의 신체는 전근대에서
근대 문명으로 나아가는 과정 속에 있는 신체라는 점에서 필요했
고, 나폴레옹의 신체는 그 자체로 이미 완성형이었던 문명의 형식
을 보여 주는 신체라는 점에서 최남선에게 이 둘은 모순 없이 설
명될 수 있었다. 피터대제는 문명화를 위해서라면 반문명적인 행위
도 서슴지 않는다. 합리적이고 이성적인 문명의 계열들이 아닌 비
합리적이고 비이성적인 야만의 리더십인 셈이다. 하지만 그런 피터
대제가 용납되는 유일하면서도 절대적인 이유는 피터대제의 그것
이 문명화의 길에 서 있기 때문이다. 문명화라는 명분이 훼손되지

<그림 3-4> 나폴레옹의 이미지들(『소년』,
1908. 12)

않는 한 피터대제의 어떠한 반문
명적인 행위도 문제될 것은 없다.
　나폴레옹은 『소년』에서 가장 자
주 이용되는 아이콘의 하나였다.
서구 부르주아계급들은 사진이 대
중화되기 시작한 19세기 중반에
이미 정계 유명 인사들의 사진이
자신들의 정치 이데올로기를 유포
하는 데 매우 유용한 수단임을 인
식100)하고 있었는데, 나폴레옹 3
세는 실제로 자신의 이미지를 대
중화하기 위해 사진을 적극적으로

100) 19세기 중후반의 사진기술과 부르주아계급의 관계에 대해서는, 앙드레 루이예(A.
　　Rouillé)의 『사진의 제국: 1839-1870』(정진국 옮김, 열화당, 1992)의 제3부 「제2제
　　정기의 사진적 재현의 사회적 기능」 참조.

이용했다. 그들은 사진을 통해 새로운 지배계급의 유형을 '시각화'한다는 사고에 따라 "그 새로움이 사회의 변화를 나타내고, 그 우수성이 규범이요 사회적 규약으로서 통용될 수 있도록 자세, 풍모, 옷차림새, 얼굴 표정 등등의 모든 것을 대부분의 주민에게 친근"[101] 하게끔 이미지를 조정했다. 그 결과 부르주아계급은 구체제하에서 왕과 대중이 맺던 관계를 해체하고 사법이나 제도 등과 같은 새로운 국가장치를 확립함으로써 '법적으로 평등한' 국민들을 그 국가장치에 복종시키는 새로운 관계를 수립하게 된다(<그림 3-4>).

> 영웅이나 위인의 특장(特長)은 무엇이뇨? 가로대 착실함이니라. 그는 아무것에고 착실하였느니라. 착실을 빼고 보면 영웅의 영웅 된, 위인의 위인 된 까닭의 전체가 다 없어질지니라.
> 어찌 보면 영웅·위인의 한 일이 요행(僥倖)인 듯도 하고 경우(境遇)인 듯도 하나, 그러나 아니라, 착실한 노력의 결과니라.[102]

'착실'은 계몽기의 민족운동가인 최남선이 가장 강조했던 덕목 중 하나이기도 하다. 최남선이 보기에 '영웅이나 위인의 영웅 되고 위인 되는 까닭'은 타고난 능력 이전에 무슨 일에든 노력하는 그 착실함에 있었다. '위인이란 지선(至善)의 노력자라 하고, 위업이란 노력의 집성'이었다.[103] 그러므로 전근대적인 루이 황제의 화려한 망토나 휘장에 비해 상대적으로 소박한 나폴레옹의 제복 및 단단함은 새로운 시대를 헤쳐 나갈 역동적인 일꾼으로서의 표상이기도 하다. 최남선이 인류 최고의 스승으로 톨스토이를 소개할 때 강조했

---

101) 앙드레 루이예, 정진국 옮김, 『사진의 제국』, 앞의 책, p.133.
102) 「국민사행의 표준」, 『소년』, 1911. 5/『전집』, p.132.
103) 「위인이란 무엇?」, 『소년』, 1911. 2/『전집 10』, p.121.

던 톨스토이의 덕목 또한 직접 '노동역작(勞動力作)'하는 톨스토이의 성실함이었고, 1917년 11월 『청춘』에 발표한 「예술과 근면」에서도 그는 예술가에게 가장 필요한 덕목으로 재능보다 근면함을 강조했다.

또한 제복은 유니폼이라는 측면에서 보자면 표면적으로 평등성을 지향하는 등가의 표현물이지만, 계급장이나 훈장 같은 작은 차이들에 의해 매우 엄격한 종적 질서를 강화하고 유지시킨다. 이것은 합리적이고 실용적이고 실제적인 현실의 운용이기도 하다. 이렇듯 제복은 문명이라는 영웅의 몸으로부터 또 하나의 흐름을 형성한다.

## 2) 권력의 표상과 제복 이미지

피터대제와 나폴레옹이 '문명'이라는 키워드로 혹은 국가 장치로 초점화되는 영웅이라고 한다면, 『소년』에는 이와 다른 또 다른 계열의 흐름을 살펴볼 수 있다. 이것은 두 장의 사진으로 요약되는데, 하나는 『소년』 창간호 권두에 실린 「일본에 어유학하옵시난 아황태자전하와 태사 이등박문공」(이하 「황태자와 이등박문」)이고 다른 하나는 『소년』 2권 1호 권두에 실린 「민충정공」이다. 이 두 장의 사진은 '권력'이라는 핵심어를 내포하며 '제복'이라는 표현형식을 공유하고 있다.

사실 「황태자와 이등박문」은 대단히 모호한 사진이다. 이 사진은 1900년대 후반의 최남선이 아직 존재하고 있던 '대한제국'의 신민으로서의 자의식을 표현한 사진이라고도 말할 수 있지만 또 다른 한편으로는 이미 권력의 실체로 자리 잡고 있었던 '일본'이라는 식민통치 권력을 내면화한 결과처럼 볼 수도 있다. 따라서 이 사진은 『소년』 및 『청춘』을 통틀어 가장 정치적인 이미지로 손꼽을 만하다. 그만큼 「황태자와 이등박문」은 『소년』 및 『청춘』의 시각자료로선 다소 예외적인 사진에 속한다고 할 수 있다. 물론 '잡지'라는 새로운 형태의 매체를 출발시킴에 있어 당시 황실의 어린 태자의 동정을 소개한다는 기획은 생각하기에 따라 이상해보일 수도 있겠지만, 다름 아닌 그 소년이 미래의 조선을 상징하는 '황태자'였다는 점에서 보자면, 아마도 『소년』의 편집자였던 최남선에게 이보다 더 적합한 기획은 없었던 것일지도 모른다(<그림 3-5>, <그림 3-6>).

<그림 3-5> 日本에 御遊學하옵시난 我 皇太子殿下와 太師 伊藤博文公(『소년』, 1908. 11)

<그림 3-6> 기모노를 입은 영친왕과 이등박문(이등박문의 제복 훈장으로 볼 때 『소년』 사진보다 앞 시기로 추정됨)

황태자는 이토 히로부미(伊藤博文)의 곁에 나란히 서 있다. 둘 다 왼손으로는 칼을 잡고 있고, 시선은 정면이다. 이토의 오른팔이 의자 등걸이 위에 걸쳐 있는 것만 아니라면, 둘의 포즈는 전적으로 동일하다. 하지만 얼굴에 나타난 두 사람의 표정에서 이 한 장의 낡은 사진이 갖는 의미가 도드라진다. 일본의 메이지를 이끌고 있는 개혁사상가 이토는 흡사 엄한 스승처럼 보이고, 상대적으로 작고 왜소한 몸집의 황태자는 여리고 위태로운 학동 같아서, 비록 제복이라는 강렬한 이미지로 둘러싸여 있음에도 불구하고 이토와 나란히 선 황태자는 어쩐지 선생님의 손길이 필요한 초등학생, 혹은 어른의 보살핌이 필요한 꼬마 아이처럼 보인다. 그런 점에서 보면 사진 속에 보이는 하나뿐인 의자가 비워져 있는 이유를 추측해 볼 수 있다. 아이가 앉으면 스승이 서야 하고, 어른이 앉으면 황태자가 서야 했으므로 어떻게 해도 균형이 맞지 않는다. 누구든 앉을 수 있지만 아무도 앉을 수 없다는 이 역설은 식민지화로 내몰린 조선의 운명을 상징적으로 보여 준다.

민충정공의 사진은 보다 복합적이고 의식적으로 배치된 공간 속에 놓여 있다. 여러 개의 훈장이 달린 화려한 제복의 무릎 사진(knee-shot)이다. 제복과 함께 정면으로부터 비스듬하게 열린 신체의 각도는 국가의 최고위급 권력을 표현하는 대표적인 사진 문법과 일치한다. 게다가 민충정공의 하얀 장갑 낀 손에는 칼이 쥐어져 있다. 전통초상화에서 그려지는 칼은 일반적으로 그 대상이 무관인 경우에 한하지만, 이 시대에 등장하는 칼은 권력을 상징하는 일체의 기호들 가운데 하나이다. 예컨대 그것은 힘과 권력으로서의 칼이다. 이 사진은 민충정공 개인의 절의를 기리기 위한 특집 기

<그림 3-7> 민충정공(『소년』, 1909. 1)

사와 함께 실리고 있지만, 민충정 공의 사진에는 근대 국가권력의 이미지가 존재한다. 그것은 조선을 상징하는 당대 최고 권력자를 직접 호출할 수 없었던 반식민지하의 지식인이 민충정공을 통해 보여 주고 있는 당대 최고 권력의 이미지였던 것이다(<그림 3-7>).

앞에서 잠깐 언급했던 것처럼, 근대 국가의 최고 권력은 중세와 달리 가시화 혹은 대중화 과정을 통해 내면화된다. 메이지 유신들에 의해 일본 천황의 이미지가 정략적으로 조정되었던 사실104)은 이에 대한 좋은 참고가 될 만하다. 이러한 사례는 조선에서도 발견된다. 『그리스도신문』이 고종황제의 사진을 독자용으로 판매 혹은 선물105)했던 사실은 새로운 시대의 요청에 따른 변화되는 권력의 형태가 이미 권력의 내부에서도 인식되고 있었음을 의미한다. 이것은 이후 ≪매일신보≫ 등에서 공공연하게 황제 관련 사진들이 등장하는 것

---

104) 다카시 후지타니, 한석정 옮김, 『화려한 군주』(이산, 2003)의 제4장 '일본의 근대성과 천황제' 참조.

105) ≪독립신문≫ 1897. 5. 21 잡보.
"그리스도 신문이 대군주 폐하 탄일날 별로히 호외를 낼 터인데 이 신문을 사 보는 이들이 일 년치를 미리 세음한 이들에게는 대군주폐하의 석판 사진 한 장썩을 별로히 정표로 줄 터이라. 이 사진은 대군주폐하의 처분을 물어 일본 가서 석판으로 조성하였는데 사진이 매우 잘되었고 입으신 것은 용포요 쓰신 것은 면류관이더라. 만일 이 신문값 일 년치를 미리 내지 아니한 이들은 이 사진을 그리스도 신문사에 가서 얻을 터인데 매장에 오십 전씩이라더라."

으로도 쉽게 확인해 볼 수 있다. 요컨대 사진은, 과거에는 볼 수 없었던 국가 지도자를 눈앞에 제시해 준다는 점에서, 그 바람에 비록 이제까지 황제가 가지고 있던 아우라를 약화시킨다는 단점에도 불구하고, 그런 아우라를 희생시키는 대신 그 자신의 현시(顯示)를 통해 권력의 신성성을 새롭게 구성할 수 있다는 장점으로 보강되었다. 그것은 이미지가 구현하는 가치가 인물 자체와 동일시되는 효과를 발생시킨다는 새로운 감각의 시작이기도 하다. "나폴레옹 3세의 '대중화한' 명함판 초상은 1860년대 부르주아지의 친구나 부모 등속의 앨범 한복판에 나란히 자리 잡게 되며, 그렇게 해서 국가적 장치를 거치지 않고도, 황제와 그 신민 사이에 직접적 접촉이 이뤄지는 것이다. 즉 사진은 나폴레옹 3세의 정치적 원리들을 신봉하고, '권위에서 정의(情意)로 점진적 이행'을 수행한 '직접민주주의'가 자리 잡는 데 참여한다."106) 이와 같은 모델화를 통해, 혹은 위인들의 전기 등에 관한 서술을 통해, 우리는 일개인이 아닌 국가로서의 신성한 신체를 내면화하게 되었다.

한편, 제복과 함께 등장하는 인물들의 사진은 새로운 시선의 체계를 만들어 낸다. 사진은 일차적으로 바라보는 대상으로, 즉 풍경으로 파악되는 대상이었는데, 근대적인 국가 권력과 함께 제복으로 표상되고 있는 절대 권력의 사진들은 오히려 사진에서 뿜어져 나오는 그 시선에 의해 그 앞에 서 있는 우리들의 일거수일투족이 사로잡히는 듯한 기이한 전도가 발생한다. 물론 이때의 그 권력의 시선들이 모두 절대적인 것은 아니다. 그것은 특정한 시기 특정한 대상들에 대해, 즉 그것이 놓여 있는 '배치'에 따라 다른 기표가

---

106) 앙드레 루이예, 정진국 옮김, 『사진의 제국』, 앞의 책, p.135.

될 뿐이다.107) 하지만 우리가 그들을 보는 동시에 그들 또한 우리를 보고 있다는 시선은 확실히 근대적인 시각체계가 만들어 낸 감각이라고 할 수 있다. 왜냐하면 그것은 동양에서 전통적으로 보여 주던 어진(御眞), 혹은 사대부들의 초상들과 다른 차원이기 때문이다. 전통적인 초상에서도 역시 공복(公服)을 갖추고 있긴 하지만 결정적으로 전통적인 의미에서의 초상 관련 도상들은 아무나 볼 수 있는 것이 아니었다. 그것은 신성 그 자체였고, 영구히 보존되어야 할 가치였다는 점에서 없는 것이었다고도 할 수 있다. 가장 고귀한 것은 눈에 보이는 것이 아니어야 했다.

물론 봉안의 목적으로 그려지는 어진이나 사대부들의 전통적인 초상화에서도 어진과 초상화는 인물과 동일시되는 동시에 그 자체로 권력을 표상하는108) 상징적 가치를 가지고 있었다. 하지만 바로 그런 이유 때문에 그것은 기억으로 보존되어야 할 것들이었다. 반면에 초상사진의 경우는 사진이라는 매체의 특성상 대중적인 성격을 갖는다. 신문의 보급과 더불어 고종과 순종의 사진이 일반인들에게 소유의 대상이 되고 있음은 그 대표적인 사례라 할 수 있다. 사진은 대상을 저 먼 곳으로부터 지금 이곳의 우리들 삶 속으로 끌어들인다. 하지만 표면적으로는 이미지의 대중화로 인해 최고 국

---

107) 우리들에게는 최고 권력의 시선이었던 고종의 초상은 1900년에 *Types of Various Races* 에 실려 출간된다. 이 책 속에서 고종과 민상호 초상은 하와이·자바·인도·중국·티벳·일본의 각종 인종들과 함께 다양한 종족의 표본·참고자료로 소개된다. 이 부분에 관련해서는 권행가의 논문 「고종의 초상」(2003. 6. 19 덕수궁미술관 제3회 정기학술 발표회) 참고.

108) 어진이나 공식 초상화의 경우 모두 공복을 입은 모습으로 그려진다. 하지만 전통 어진의 경우 공식적으로 아무나 볼 수 있는 대상이 아니었다. 즉 근대 이전의 권력은 어떤 외부의 초월적 권위 같은 위치를 점하고 있었다. 이것은 근대의 권력 기호들이 개개인의 내면 속으로 주체화되는 것과 선명하게 구별된다.

가권력의 절대적 아우라가 훼손되는 것처럼 보일지라도, 그것이 곧바로 국가권력이나 왕의 이미지가 갖는 상징성의 약화로 연결되지는 않는다. 전통적 양식의 초상화가 초상 사진으로 대체되면서 달라진 것은 상징성의 유무가 아니라 상징을 이루는 기호들, 요컨대 변화된 권력의 배치가 생산해 내는 새로운 '얼굴성'의 필요였다.

1897년, 고종은 대한제국의 황제가 되면서 본격적인 제국의 권력 이미지로 변화해 간다. 황금색 곤룡포로 황제임을 선포한 고종이었지만, 이후 초상 사진에 등장하는 고종의 모습은 거의 신식 군복 차림으로 일관된다. 고종은 이미 1895년 4월 신식군대 편성 후 '육군복장규칙'을 규정했으며 같은 해 11월에 단발령을 내린 바 있다. 이때 고종과 순종은 솔선해서 머리를 잘랐고 이어 육군 복식을 착용했다. 정확히 설명할 수는 없지만, 전통복장을 늘어뜨리고 있는 황제와 근대제복을 착용한 황제 사이에 실재하는 확연한 거리감이 주는 파토스는 매우 복합적이다. 전통 의상과 달리 신식 군복은 근대 권력의 보편성을 구현한다. 아울러 제복은 '군대'라는 강력한 국가장치의 통솔자로서의 이미지를 부여하기도 한다. 전통적 권력의 가장 이상적인 형태가 '덕'으로 표상되는 군주의 이미지였던 반면, 새롭게 가치화되고 있는 군주의 중요한 덕목이 '힘'이었다는 사실도 이유가 될 수 있을 것이다. 그것이 '제복 입은 왕＝문명국가라는 등식으로 코드화되면서, 제복을 입은 고종과 순종의 사진이 곳곳에 유포되기 시작한다. 사진은 보존되어야 할 이미지가 아니라 각인되어야 할 이미지이기 때문이다. 이것은 왕으로 표상되는 국가 이미지가 보편화됨으로써 그 권력을 인식하는 방식 자체가 새롭게 변화되었음을 의미한다. 권력은 이제 더 이상 현실 너머에 존재하는 초월적인 그 무엇이 아니다. 권력은 이제 언제나 우리들 곁에 가까이 있으며, 끊임없이 우리를 쳐다보고 있다.

『소년』의 창간 취지는 저 바다 너머 존재하는 문명을 향해 나아가는 진취적 소년을 기르는 것이었다. 그리하여 저 너머 바다 앞의 소년에게 주어진 과제는, 한편으로는 강력한 힘을 가진 문명국가를 형성하는 것이고, 한편으로는 그 과정에서 필요한 세계적 지식을 획득하는 것이다. 당연한 말이겠지만, 사진을 통해 가시화된 이미지들은 그러한 근대적 과제를 해결하는 데 있어 지표적 역할을 해 주었다. 하지만 『소년』을 통해 보이는 '영웅' 코드가 『청춘』에서의 그것과 곧바로 연결되는 것처럼 보이지는 않는다. 아마도 그것은 '국가'와 '문명'이라는 당위적 가치에 대한 은밀한 바람이면서 또 한편으론 이미 식민지로 전락해 버린 조국에 대한 연민의 감정을 표현하려는 계몽기 지식 전파의 담당자가 선택할 수 있는 거의 유일한 선택이기 때문이었을 것이다.

오늘날 우리들이 자명하게 받아들이는 인문학적 전제들 가운데 상당수의 것들은 19세기 후반 이후 20세기 초반에 이르는 근대적 전환의 시공간 속에서 새롭게 구성·배태되었다. 『소년』을 채우던 적지 않은 수의 위인 관련 담론들도 『청춘』에 이르면 거의 자취를 감춘다. 대신 영웅과 위인들이 사라진 『청춘』에는 세계에 관한 보편적 지식들의 이미지들이 더욱 강화된다. 위인들에 대한 이야기를 기사화할 때조차 『청춘』의 편집 의도는 그런 변화가 보인다. 하지만 『소년』에서 『청춘』까지를 하나의 일관된 흐름으로 볼 수 있다면, 그 속을 관통하는 중심점은 역시 종합적 지식으로서의 '잡지'라는 매체의 특성 때문일 것이다. 최남선 1인 편집으로 운영되던

『소년』이 후반부에 이르러 홍명희·이광수 등을 영입하면서 기사의 다각화와 시각의 다양성을 확보하려 했던 것 역시 잡지의 다양성을 의식한 결과로 볼 수 있다. 혹은 이미 1900년대 후반의 『소년』과 1910년대 중반의 『청춘』이라는 시간적 거리가 갖는, 식민지 지식인의 현실 전망에 대한 변화의 결과일 수도 있다.

> 영웅을 목마르게 상상하는 시대에 영웅이 출생하며, 영웅을 동경(憧憬)하는 지방에 영웅이 출현하고, 영웅을 희망하는 민족에게 영웅이 도래한다. 한 사람의 영웅숭배자가 있으면 한 사람의 영웅이 있을 것이요, 열 사람의 영웅숭배자가 나타나면 열 사람의 영웅이 나타날 것이며, 백천만 명의 영웅숭배자가 있으면 백천만 명의 영웅이 있게 될 것이니, 이런 이유로 수요가 없는 영웅의 공급은 하늘이 오히려 그 과잉 생산의 험악한 결과를 두려워한다. 그러므로 청년들아, 영웅의 소비자가 될지어다. 하늘은 그 무진장의 중보(重寶)를 그대들의 요구대로 내어 줄 것이로다.[109]

영웅은 시대가 생산하는 일종의 기호다. 때를 만나지 못한 영웅은 등장할 수도 없고, 설혹 등장한다 해도 독특한 자기만의 효과를 생산할 수도 없다. 그것은 영웅의 이름 뒤에 언제나 영웅의 시대가 나란히 놓이는 이유이기도 하다. 영웅의 이름은 현재를 출발해 미래로 향하는 것이지, 그 역은 아니다. 적어도 『소년』은 그 꿈을 잃지 않으려고 노력했던 것으로 보인다. 하지만 『청춘』은 너무 일찍 노쇠했다. 거기에선 이미 현실의 영웅들은 소멸되고 없다. 그들은 한결같이 과거를 떠올리는 기억 속에서만 불린다. 현재와 조응되지 못한다는 건 영웅들이 박제화된다는 걸 의미한다.

하지만 또한 영웅은 시대에 의해 태어나는 것이 아니라 자기 시

---

109) 홍우만, 「영웅되는 첩경」, 『청춘』(1918. 6), p.107.

대를 만드는 인물들이기도 하다. 난세마다 영웅이 들끓는 건 난세가 영웅을 만들기 때문이기도 하겠지만, 영웅들이 자기의 시대를 기존의 안온한 질서로부터 새로운 변화의 시대로 이끌기 때문이기도 하다. 그런 의미에서 영웅들은 언제나 난세를 현재화하는 인물들이라고 할 수 있다. 근대의 삶은 시스템에 의해 사적 영역을 제도적으로 구획하고 관리한다. 그것은 일종의 패턴화를 이루며 결과적으로 사람들의 삶을 그 표면적인 개체성에도 불구하고 균질화하고 평면화하는 힘으로 작용한다. 요컨대 근대적 삶의 일상은 삶을 규격화한 근대 시스템의 코드화를 의미한다. 따라서 우리는 그 일상이 결코 개인적인 영역에서 이뤄지는 사적인 것이 아니라는 점에 주목해야 한다. 거기에는 삶을 균질하게 만드는 어떤 욕망의 흐름들이 있다.

국가니 영웅이니 혹은 문명이니 하는 등등의 이야기들은 표면적으로 거대한 공적 담론의 영역을 형성하지만, 그럼에도 근대적 삶은 이러한 거대 담론들을 내면화함으로써 균질적인 삶의 목적을 가지려고 노력한다. 이것이 바로 더 이상 나눌 수 없는 것으로서의 개인이라는 파편화된 근대인의 표상 위로 영웅이라는 강력한 구심점이 분유되고, 또 실제로 그렇게 되었던 이유다. 영웅들의 삶은 개인들의 뼛속 깊이 모델로서 각인되어야 한다. 그러므로 영웅을 내면화한다는 건, 모범적인 삶의 패턴을 몸으로 익힌다는 사실을 의미한다. 근대 사회에서 그것은 각자의 삶의 모델을 혹은 권력을, 개개인의 것으로 내면화하는 것이다. 왜냐하면 그것은 나의 개인적인 목표가 결국은 시스템이 요구하는 공적인 목표에 맞닿아 있어야 하는 것이기 때문이고, 그리하여 일상은 더 이상 사적인 개인의 영역이 아니기 때문이다. 일상은 비루하고 개인적인 것이 아니다. 적어도 우리들 근대인의 삶 속에서 그것은 전적으로 규율되고 조직되었으며, 주체화되고 내면화되었다.

최남선은 거의 모든 기존의 질서를 거슬러 새로운 질서를 만들고자 했다. 하지만 그가 꿈꿨던 새로운 질서는 대부분 외면되거나 망각되었다. 그럼에도 불구하고 여전히 그가 문제적일 수 있는 이유는 그에 대한 부정을 토대로 이룩된 근대적 질서가 여전히 질서화되지 못했다는 반증일 수 있다. 역사는 단수가 아닌 복수로 존재하지만 결과에서 확인되는 역사의 도정은 이른바 승리자의 문법으로, 기념비들의 역사로 귀결되고 있기 때문이다.


## 3. 문예현상 공모를 통한 글쓰기의 제도화

### 1) 독자 투고의 제도화

『소년』과 『청춘』에는 근대계몽기 신문 매체와 달리 다양한 종류의 글이 실렸다. 이것은 일차적으로 신문과 잡지가 갖는 차이였다. 매체의 특성상 신문이 시사적이고 단편적인 사건 전달에 치중되는 구성을 보여 준다면, 잡지는 체계적이고 집중적인 지식들이 흘러넘치는 욕망의 장소이다. 신문이 사실을 전달한다는 직무에 충실하다면 잡지는 잡다한 지식이 전달되는 장이다. 신문이 점차적으로 단일한 목소리로 통합되는 과정으로 진행된 것에 비해, 잡지에서는 그 반대로 다양한 목소리를 실현할 수 있는 장을 형성하는 쪽으로 글쓰기를 실험해 나아갔던 것은 신문과 잡지라는 두 매체가 갖는 각기 다른 속성에 그 뿌리가 닿는다.

근대문학과의 관련을 염두에 두고 말한다면 『소년』과 『청춘』의 의의는 단순히 여러 문학적 글들이 등장한 지면이라는 소극적 의미로 한정되지 않는다. 왜냐하면 최남선은 『소년』 창간 초기부터 줄곧 불특정한 다수의 독자들을 상대로 글쓰기를 유도하고 있기 때문이다. 이러한 사실을 단적으로 보여 주는 지점이, 『소년』으로부터 시작해서 『청춘』에 이르는 동안 최남선이 글쓰기를 제도적으로 정비하고 있는 부분이다. 최남선에게 매체는 문학적인 글을 수용하는 수동적인 형식으로 작동하고 있는 것이 아니라 글쓰기를 유도하고 강제하는 규율적 장치로 작동했음을 의미한다.

「소년문단」은 우리 독자제군의 하해(河海)를 경(傾)하고 풍도(風濤)를 구(驅)할 단장(壇場)이라. 감회를 서(書)함도 가(可)하고 견문을 기(記)함도 가하고 오향(吾鄕)의 풍토(風土)를 지(誌)함도 가하고 선배의 경력을 록(錄)함도 가하고 시사(詩詞)도 가하고 서한(書翰)도 가하나 행문결사(行文結辭)하난 사이에 힘써 진경(眞境)을 그리고 실지(實地)를 일터 말디니 집필인은 사조(詞藻)에 부(富)한 것도 취(取)티 아니할 것이오 결구(結構)에 묘(妙)한 것도 택(擇)티 아니하며 다만 거딧말 아닌 듯한 것과 수미(首尾)가 상접(相接)하야 이르랴한 뜻이 낫타난 것이면 쏩을 터이니 이에 착념(着念)하시여 이러한 글이면 속속투고(續續投稿)하야 집필인으로 하야곰 울연(蔚然)히 요(曜)하는 린봉(麟鳳)과 장연(鏘然)히 명(鳴)하난 소균(韶鈞)에 경심경안(驚心驚眼)케 하서오.[110](강조는 인용자)

『소년』은 창간호부터 '소년문단(少年文壇)'이라는 독자 투고란을

---

110) '소년문단' 광고, 『소년』, 1908. 11, p.78.

두었다. 이때 최남선이 사용한 '문단(文壇)'이라는 말의 용례가 오늘날의 문단과 반드시 일치하는 것은 아니지만,[111] 최소한 '문단'이라는 말을 통해 글쓰기 양식을 제도화하고 있는 최초의 시도였다는 사실만큼은 분명히 지적되어야 한다.[112] '소년문단'은, 잡지를 통해 특정한 대상을 겨냥하고 있던 『소년』이 다른 한편으로는 바로 그 특정한 대상들로 하여금 특정한 형식을 강제토록 제도화함으로써 애초에 『소년』이 가졌던 기획을 달성하려 했던 의도의 산물이었다. 여기에는 개인적인 감회에서부터 견문·풍속·문예·편지 등 종류를 가리지 않고 다양한 형태의 글쓰기가 가능하다며 투고를 독려하고 있다. 하지만 글쓰기의 종류를 다양하게 열어 두는 것과는 대조적으로 여기에는 '투고 시 반드시 따라야 할 방침(投稿必遵)'을 명시하고 있다. 소년문단의 투고 원칙은 '진실을 잃지 말 것', '간단명료하게 주장할 것', '거주지와 성명을 밝힐 것', 그리고 '한 행에 17자씩 17행 이내로 쓸 것'이었다. 최남선의 선택 기준은 거짓이 아니며, 수미가 일관하여 주제를 잘 드러낸 글이었다. 이 원칙은 최남선이 소년문단이 문학적 글쓰기를 독려하고 있다기보다는 글쓰기 자체를 장려하기 위함이었음을 알 수 있게 한다.

이 밖에도 『소년』에는 '소년통신(少年通信)'란을 두어 각 지방의

---

111) "또 한 가디 말삼할 것은 本誌가 少年文學을 主張하야 發刊함이 아니라 다만 讀者의 글을 獎勵도 하고 구경도 할 次로 이 文壇을 둠인즉"(『소년』, 1908. 11), 앞의 글, p.79).

112) 『소년』이 아니라 하더라도, 오늘날과 같은 의미의 문단(文壇)이 형성되는 결정적 계기는 여전히 최남선에게서 시작된다고 말할 수 있다. 『청춘』의 '현상문예'는 문예물을 제도화하는 최초의 시도였는데, 이를 통해 근대문학은 문학의 범주 및 글쓰기의 형식을 일정한 틀로 만들어 가게 된다. 근대문학의 형성이 오롯이 『청춘』으로부터 시작되었다는 말은 물론 지나친 생각이지만, 근대문학의 형성 과정에서 최남선과 『청춘』의 현상공모가 갖는 의의는 결코 축소될 수 없다.

'명승(名勝)·고적(故蹟)·특수한 풍습(風習)·방언(方言)·인물(人物)·산물(産物)·기이한 자연현상·학교 교훈·동요(童謠)·전설(傳說)' 등을 독자들의 통신으로 요구했다. 재미있는 것은 '소년통신'란도 역시 '문례(文例)'를 두어 동요·고적·풍습·교훈 등의 예문을 함께 싣고 있다는 사실이다. 또한 '신체시가대모집'이라는 광고도 보인다. 여기에서는 글자수(語數)와 구수(句數)와 제목은 뜻에 따라 자유롭게 하되, 되도록 국문으로 지을 것을 요구하고 있다. 이러한 사실들은 신문과 달리 독자들의 글쓰기가 훨씬 다양한 형태로 열리게 된 잡지의 성격인 동시에 다른 한편으로는 그 다양성이라는 형식 이면에서 오히려 글쓰기를 균질화하게 되는 제도적 장치가 작동하고 있음을 보여 준다. 다양성을 강조한 잡지의 성격 속에서 균질화된 글쓰기의 양식을 강제했다는 말은 일종의 모순처럼 보이지만, 사실 이러한 감각은 균질적인 외곽선의 윤곽 안에서 국토를 사유했던 최남선의 지리학적 감각에서도 확인되는 일관된 감각을 의미하는 것이었다.

독자 투고 신설 이후 『소년』에는 꾸준히 독자 투고가 이어졌다. 독자들은 자기가 사는 지역의 설화나 민담들을 소개하는 글을 보내기도 하고, 지역 방언을 설명하는 예문들을 지어 보냈다. 하지만 신체시는 생각처럼 확산되지 못했다.[113] 실제로 신체시의 형식을

---

113) 「신체시가대모집」,『소년』, 1909. 1.
　　"신체시가대모집 / ○ 語數와 句數와 題目은 隨意. ○ 아못조록 純國語로 하고 語義가 通기 어려운 것은 漢字를 傍付함도 無妨하고. ○ 篇中의 措辭와 構想에다 光明·純潔·剛健의 分子를 包含함을 要하고. ○ 技巧의 點은 別노 取치 아니함. ○ 寄稿는 漢城 南部 絲井洞 新文館으로 送致하시옵. ○ 選評은 本編輯局員이 行함. ○ 期限업시 「少年」誌上에 隨時 發表함. ○ 當選者에 等級대로 「少年」을 幾朔式 無代送呈하오.."

처음 선보였던 최남선도 그 자신이 몇 차례 신체시를 창작한 이후 사실상 신체시의 영역에서 멀어진다.[114] 이것은 최남선이 새로운 글쓰기의 생산과 전파를 포기했기 때문이 아니다. 오히려 그 반대인데, 『소년』에서부터 시작된 글쓰기의 형식화 의지는 『청춘』에 이르러 문체의 형식을 더욱 강화하는 형태로 전개된다. 이와 더불어 비로소 '문예'라는 인식을 전제로 한 문학적 글쓰기가 규범적으로 제시된다.

매호 현상 문예 쟁선 응모 하시오
一. 시조(卽景卽興)　　　　　　　入選 壹圓 書籍券
一. 한시(卽景卽興/七絶七律만)　入選 壹圓 書籍券
一. 잡가(長短及題任意)　　　　　入選 賞金 五十錢至五圓
一. 신체시가(調格隨意)　　　　　入選 賞金 五十錢至五圓
一. 보통문(一行二十三字三十行 內外, 순한문不取)
　　　　　　　　　入選 賞金 天貳圓, 地壹圓, 人五十錢
一. 단편소설(一行二十三字百行 內外, 한자약간석근시문체)
　　　　　　　　　入選賞金 天參圓, 至貳圓, 人壹圓[115]

　　문체에 관한 한 최남선의 전략은 일관된 것이어서, 문자 선택의 측면에서 보자면 근대계몽기의 ≪독립신문≫·『협성회회보』·≪제국신문≫ 등이 선취하고 있던 국문 전용 표기의 연장이었다고 볼 수 있다. 최남선은 '소년문단(少年文壇)'과 '현상문예(懸賞文藝)'를 통

114) 서영채는 「최남선 시가의 근대성에 관한 연구」(『민족문학사연구』 13, 1998)에서 최남선에게서조차 신체시가 꾸준히 창작되지 못한 이유를 다음과 같이 지적했다. "신체시의 진정한 작가는 최남선이 아니라 잡지 『소년』이라고 해야 마땅할 것이다. 신체시 없는 『소년』은 가능하지만, 『소년』 없는 신체시는 불가능하기 때문이다. 실제로 최남선이 신체시를 쓴 것은 전적으로 잡지 『소년』의 권두시란을 위한 것이었으며, 『소년』이 폐간당한 이후 그는 신체시를 위한 혹은 자유시를 위한 어떤 노력도 보여 주지 않고 있다."
115) 「매호현상문예」, 『청춘』, 1917. 7.

해 '국문을 주로 하고 한자를 약간 섞은' 이른바 시문체(時文體)를 문체의 규정으로 내세워 작품을 공모하는 데까지 이르렀다.116) 흥미로운 것은 장르별 모집 공고 뒤에 붙어 있는 투고 시 주의할 점들인데 여기에 보면 그 두 번째에 "응모는 반드시 본지(本誌)의 독자(讀者)인 후(後)에 허(許)하니 고로 본지에 인입(印入)한 '청춘독자증(靑春讀者證)'을 원고시면(原稿始面)에 첨부(貼付)할 참사(事)"라는 항목이 있다. 이는 1910년대 초 ≪매일신보≫가 신문 독자들에게 연극 할인권을 제공하던 것을 연상케 한다. 이를 통해 『청춘』은 지식인의 사회적 발언욕구가 문학으로 쏠릴 수밖에 없는 상황에서 '현상문예'를 통해 그것을 폭발적으로 신장시켰다.117) '청춘독자증'을 첨부해야만 응모할 수 있는 현상문예는 일차적으로 신문관의 상업적 의도와 연관된 것이지만, 이러한 의도와는 별개로 현상문예를 통해 『청춘』은 다양한 원고들을 수합할 수 있었고 이러한 원고들을 다시 『청춘』을 통해 제공함으로써, 최남선은 자연스럽게 잡지의 '혼성적' 성격을 강화할 수 있었다. 또한 이러한 글쓰기를 강제적으로 규제함으로써 당시 ≪매일신보≫를 제외하고는 거의 유일한 대중 매체로서 『청춘』은 신문관식 문체를 전략적으로 보급할 수 있었다.

독자들의 투고를 유도하고 이를 매체에 싣는 형식이 최남선이나 신문관에게 시작된 것은 아니다. 독자 투고는 ≪독립신문≫에서부터 꾸준히 요구되었던 독자 확보 전략의 일환이었다. 독자들의 투

---

116) 『청춘』 현상문예를 통해 김명순, 방인근, 방정환, 이상춘 등은 작가로 등장할 수 있었다.
117) 박헌호, 「동인지에서 신춘문예로−등단제도의 권력적 변환」, 『대동문화연구』(53), 2006, p.13.

고는 '기서(奇書)'라는 이름으로 논설란에 실리거나 아니면 '잡보'란에 기사화되었다. 하지만 이런 예들과 달리 『소년』·『청춘』의 독자 투고가 갖는 특이점은 글쓰기가 일정한 형식과 양식 안에서 제도화되고 있다는 사실이다.118) 또한 현상문예는 당시 매체의 '의도와 상관없이 민족구성원들에게 모국어로 긴 글을 쓰는 훈련을 시킨 셈'이다.119) 그러므로 이른바 시문체가 무엇이며, 이것이 어떤 경로를 통해 최남선의 글쓰기 전략 안에서 향후 근대문학적 문체로 이르는 제도적 장치로 마련되었는지를 살펴보는 것은 좁은 의미로는 최남선의 문체적 특질을, 보다 넓은 의미로는 한국 근대문학의 문체 형성 과정을 이해하는 단초라고 말할 수 있다.

1917년 이후 『청춘』을 통해 '현상문예'가 본격화될 즈음 최남선은 동시대의 여러 문체들을 모아 『시문독본(時文讀本)』(1918)이라는 읽기 교재용 책을 출간했다. 『시문독본』에는 최남선 자신의 글을 포함하여 이광수·현상윤 등 당시 최남선과 함께 『청춘』의 주요 필진으로 참여했던 이들의 글이 다수 포함되어 있고, 이외에도 한문 번역 및 고전 시가, 외국 문학 번역 등 다양한 종류의 글들이 수록되었다. 『시문독본』에 의하면, 최남선과 신문관이 강조했던 '시문체'란 당대의 여러 시문체들 가운데 하나에 불과한 듯 보인다. 요컨대 『시문독본』을 통해 우리가 알게 되는 것은 최남선이 직접 자신의 글쓰기를 통해 보여 주는 바와 같은, 1900년대의 순국문체와 1920년대의 현토식 국한문체가 아무렇지도 않게 한자리

---

118) ≪독립신문≫의 경우 기사 투고를 권장했고, 또한 원고를 국문으로 제한하는 등 일종의 제약을 가하고 있지만 공식적으로 문장의 형식 및 장르 개념에 입각한 공모(公募)는 『소년』으로부터 시작된 것이라고 할 수 있다.

119) 박헌호, 「동인지에서 신춘문예로」, 앞의 글, p.10.

에서 동시에 사용되고 있었던 1910년대의 독특한 국어 문체의 세계를 여과 없이 반영하고 있다는 사실이다. 하지만 또한 '한자 약간 섞은' 시문체가 『청춘』의 현상문예에서 소설 부문의 공식 문체로 지정되어 있었던 걸로 미루어 보건대 시문체는 『청춘』이 강제한 소설의 문체였다고도 말할 수 있다.

이런 의미에서 보면 이러한 문체들을 묶은 서책의 이름이 '독본(讀本)'이었다는 사실도 가볍게 볼 문제는 아니다. 주지하다시피 전근대 시기 서적은 기본적으로 소리를 내어 읽는 낭독이었다. 『시문독본』은 1910년대의 언어 현실이 실제로 다양한 형식들의 공존이었음을 시사한다. 하지만 또한 『시문독본』은 끊임없이 글쓰기를 유도했던 신문관의 요구를 통해 글쓰기의 형식을 강제하는 지침서의 역할을 동시에 수행할 수 있었다. 실제로 『소년』 등 자신의 잡지가 학습용 교재로 사용되어도 좋다는 최남선의 진술에는 잡지 『소년』을 기획할 당시 최남선의 목표가 단순한 읽을거리용 잡지에 머물렀던 것이 아니었음을 상기시킨다.

어떤 언어 체계 안에서 글쓰기의 체제가 변화한다는 것, 요컨대 문체의 변화가 문제되는 것은 일차적으로 언어 공동체 안의 언어 관습에 균열이 발생했음을 알리는 중요한 징후이다. 1792년 '문체반정(文體反正)'은 청나라로부터 유입된 이른바 '소품체(小品體)'가 기존의 공식 문어체인 '고문체(古文體)'에 균열을 일으키기 시작한 것에 대해 정조가 느낀 위기의식의 한 표현이었다.[120] 요컨대 문체의 변화는 단순히 문장의 수사 차원에 그치는 것이 아니라 문

---

120) 정조의 문체반정 과정 및 중세적 봉건 질서 속에서 문체와 국가 장치 간의 관계에 대해서는 강명관의 「정조와 문체반정 ‒ 정조의 문체반정을 둘러싼 사건들」(『문학과 경계』, 2001 가을호) 참조.

장을 짓는 이의 사유 체계의 변화를 정확하게 의미하는 것이기 때문이다. 이것은 특별히 문(文)에 도(道)를 싣는다는 중세적 이념의 일단에서 더욱 문제가 되는 것이었지만, 전근대로부터 근대로의 전환기 혹은 변환기에 공식 문체로서의 '국문체'가 확립되는 과정은 사실상 한문어체 내에서 이루어졌던 정조 시대와 비교해 볼 때에도 결코 그 의미가 감소하지 않는다.

근대 국민국가가 형성되는 과정에서 공식어로서의 '국민국가의 언어'는 실체화된다. 거칠게 구분하자면 그것은 구어와 문어를 일치시키겠다는 이른바 언문일치의 기획으로 표현되는데, 언문일치는 언어를 매개로 한 국민국가 건설 과정에서 빠뜨릴 수 없는 핵심 사항이었기 때문이다. 표준어 사정(査定)은 국민국가의 언어가 단일화되는 구체적인 실천의 과정으로 수행되는 현상이었다. 하지만 언과 문을 일치시킨다는 식의 언문일치는 상상 가능한 발상일지는 몰라도 실현 가능한 발상은 아니다. 전 세계적으로 어떠한 국민국가도 문어와 구어를 일치시키는 식으로 언문일치를 성공시켰다는 사례는 보고되었던 적이 없다. 오히려 그 반대인데, 많은 국민국가의 기원을 논하는 연구자들은 언문일치란 일종의 환상에 지나지 않는다는 것을 공통적이면서도 일관되게 주장한다. 언문일치란 문어와 구어의 일치가 아니라, '문어도 구어도 아닌' 제3의 언어의 창출이라는 것이다.121)

구어와 문어의 일치라는, 성공할 수 없는 문체 실험의 실패 원인 가운데 하나는 문어의 표기 형식이 여럿인 것처럼 입말의 발화

---

121) 국민국가(nation state)에서 언문일치의 문제는, 가라타니 고진의 『일본근대문학의 기원』, 이연숙의 『국어라는 사상』, 고모리 요이치의 『일본어의 근대』 등에서 주의 깊게 논의되었다.

형식도 여럿이기 때문이다. 이는 언문일치를 시도했던 사람들이 흔히 저지르게 됐던 오류인데, 요컨대 대부분 언과 문이 일치되는 것을 실험하는 사람들은 여러 개의 문(文) - 예컨대 순국문, 국문투 국한문, 현토식 국한문 - 가운데 어떤 것을 언(言)과 가까운 것으로 선택할 것인가의 문제로 접근한다. 하지만 여러 형식의 '문'이 존재하듯이, 또한 여러 형식의 '언'이 존재한다. 그러므로 엄밀한 의미에서의 언문일치는 존재할 수 없는 것이 아니라, 다수의 언문일치형이 아니면 안 된다.[122]

## 2) 신문관의 시문체와 한국근대소설의 문체

이인직의 「혈의 루」는 1906년 7월 22일 천도교 기관지 성격의 《만세보》를 통해 연재되기 시작했다. 이후 신문은 근대계몽기에 여러 소설이 등장하는 매체이자 주요 유통 경로가 되었다.[123] 이러한 사실은 신문이 1900년대부터 1910년대에 이르는 한국 근대 소설사를 설명하기 위한 중요한 배경임을 의미한다. 근대 국민국가 건설에 직접적으로 관련되는 신문과 소설의 역할을 떠올릴 때 한

---

122) 다수의 언문일치형이라는 말은 글쓰기로서 일치시켜야 할 구어가 여러 층위였다는 사실을 염두에 둔 발상이다. 예컨대 진학문의 「쓰러져가는 집」을 보면 등장인물의 대화가 한문 투 국한문체로 사용되고 있음을 볼 수 있다. 이것은 구어를 문어와 일치시킨다는 식의 발상으로는 결국 다수의 구어를 다수의 문어로 정착시킬 수밖에 없음을 의미한다. 이는 결국 언문일치란 '구어=문어'인 새로운 문체의 창출이라는 원래의 관점으로 되돌아올 수밖에 없다는 말이 된다.

123) 최초의 신소설로 불리는 「혈의 루」는 신문 연재로 처음 등장했다. 이인직의 주요 작품인 「귀의 성」, 「모란봉」 등도 신문으로 연재 후 단행본 출간되었다. 또한 1910년대 「탄금대」, 「봉선화」, 「우중행인」, 「산천초목」 등등 이해조의 신소설 중 많은 작품들도 《매일신보》를 통해 먼저 연재된 이후 단행본으로 출간되었다.

국 근대 초기의 모습은 정확하게 그 기획에 일치하는 것처럼 보인다. 하지만 여기에는 언뜻 보기에는 자명한 것처럼 보이지만 사실은 모호한 지점이 남겨져 있다. 그것은 이때 말하는 소설이 이른바 근대문학의 그것과 일치하는 것인가를 묻는 것에서 발생된다. 예컨대 「혈의 루」와 『무정』을 소설이라는 이름으로 동일화(identify)하는 것이 적절한가에 관한 물음이다.

① 부인은 자긔 남편이 아닌 줄 씌닷고 손아희도 제 게집 아닌 줄 아랏더라
부인은 겁이 느셔 근이 셔늘ᄒ고 남ᄌᄂ 선녀를 ᄆᄂ듯 ᄒ야 흥김 겁김에 가슴이 두근거리면서 슙소리ᄂ 크고 목소리ᄂ 아니 나온다
그 부인의 마음에 악가ᄂ 호랑이도 무섭고 귀신도 무섭더니 지금은 호랑이ᄂ 와셔 나을 잡아먹던지 귀신이나 와셔 저놈을 잡아가던지 그런 뜻 밧게 일을 기다리나 호랑이도 아니 오고 귀신도 ᄋ니 오고 눈에 보이ᄂ 것은 말 못ᄒᄂ ᄒ늘에 별쑨이오 이 산중에ᄂ 죄 업고 심 업ᄂ 이ᄂ 몸과 저 몹쓸 놈과 든 두 사ᄅ쑨이라
사ᄅ이 겁이 ᄂ다가 오리되면 악이ᄂᄂ 법이라 겁이 늘 씌ᄂ 슙도 크게 못 쉬다가 악이 ᄂ면 반벙어리 갓튼 사ᄅ도 말이 물 퍼붓듯 나오ᄂ 일도 잇ᄂ지라
(부인) 여보 웬 사ᄅ이오
여보 ᄃᄃ 좀 ᄒ오
여보 남을 붓들고 썰기ᄂ 우이 그리 쎠오
여보 벙어리오 도적놈이오 도적놈이거든 ᄂ몸에 옷이ᄂ 버셔 줄 터이니다 가져가오
그 남ᄌ가 못싱긴 마음에 어긔쭝흔 싱각이 ᄉᄉ 믈흔마듸가 엄두가 아니나던 위인이 불갓흔 욕심에 믈문이 홈부루 열럿더라(이인직, 「혈의 루」)

② 이렇게 생각하고 형식은 얼굴이 붉어지며 혼자 빙긋 웃었다. 아니 아니? 그러다가 만일 마음으로라도 죄를 범하게 되면 어찌하게. 옳다! 될 수 있는 대로 책상에서 멀리 떠나 앉았다 만일 저편 무릎이 내게 닿거든 깜짝 놀라며 내 무릎을 치우리라. 그러나 내 입에서 무슨 냄새가 나면 여자에게 대하여 실례. 점심 후에는 아직 담배는 아니 먹었건마는, 하고 손으로 입을 가리고 입김을 후 내어 불어 본다. 그 입김이 손바닥에 반사되어 코로 들어가면 냄새의 유무를 시험할 수 있음이라.

형식은, 아뿔싸 내가 어찌하여 이러한 생각을 하는가, 내 마음이 이렇게 약하던가 하면서 두 주먹을 불끈 쥐고 전신에 힘을 주어 이러한 약한 생각을 떼어 버리려 하나, 가슴 속에는 이상하게 불길이 확확 일어난다. 이때에,

"미스터리, 어디로 가는가."

하는 소리에 깜짝 놀라 고개를 들었다. 쾌활하기로 동류 간에 유명한 신우선이가 대팻밥모자를 젖혀 쓰고 활개를 치며 내려온다(이광수, 『무정』).

논의의 향방을 '문체'로 한정할 때 신소설의 문체와 구별되는 『무정』의 문체적 특징은 구어의 재현과 문면(文面)에서의 발화자 존재 여부로 축약된다. 이 문제는 신소설과 『무정』을 특징짓는 문제이기에 앞서 국문 글쓰기의 결론 혹은 근대문학의 문체 승인 과정과 관련된 문제이기도 하다. 즉 "부인은 자긔 남편이 아닌 쥴 씻듯고 순아희도 제 게집 아닌 쥴 아랏더라"와 "이렇게 생각하고 형식은 얼굴이 붉어지며 혼자 빙긋 웃었다."의 차이, 그리고 "(부인) 여보 왼 사룸이오"와 "이때에, '미스터리, 어디로 가는가.' 하는 소리에 깜짝 놀라 고개를 들었다." 사이의 차이인 것이다. 물론 이 둘 사이에는 10년이 넘는 시간의 낙차가 있다. 『무정』으로부터 10여 년 이전의 문체로 「혈의 루」를 설명할 수는 있지만, 「혈의 루」로부터 10여 년 후의 문체로 『무정』을 설명하는 것은 적절하다고 할 수 없다. 즉 『무정』의 문체가 가능할 수 있었던 한 이유로 신소설의 문체를 통해 설명하는 것이 전혀 무용하다고는 말할 수 없지만, 신소설의 문체로부터 『무정』의 문체까지를 단선(單線)의 경로로 파악하는 것은 이 둘 사이에서 설명되어야 할 몇 가지 중요한 의문들을 괄호 속에 묶어 둔 채 몇 가지 개연적 유사성을 토대로 설명해 버린 감이 없지 않다.

문장의 형식이, 특히 국문 문장의 경우, 최종 목적으로서의 순국

문체라는 설명 역시 사후적인 이념의 결과일 수 있다. 단적으로 근대계몽기 신문들의 문체 선택만 놓고 보더라도 시기적으로는 순국문의 ≪독립신문≫으로부터 국한문의 ≪황성신문≫·≪대한매일신보≫ 등으로 진행되었다. 이들 매체의 문체 선택 과정은 통상적인 의미에서의 '한문체 → 국한문체 → 국문체'라는 식의 문체 전개 과정과는 어긋난다. 상식적으로 생각하더라도 한문체로부터 갑자기 국문체가 등장하는 이유는 설명이 쉽지 않다. 이 경우 설명의 큰 틀은 ≪독립신문≫의 국문체를 일종의 우발적인 출현으로 상정하는 것이지만, 이는 문체의 전개 과정을 문체 사용자의 입장에서 가정한 결과일 뿐 논리적으로는 설득력이 부족하다. ≪독립신문≫의 국문 글쓰기는 결코 우발적인 선택이 아니다. ≪독립신문≫ 창간호 논설에 적시되어 있듯, 이는 신문 기획자가 가상의 독자를 염두에 둔 가장 실용적인 선택이었다.

그러므로 요컨대 「혈의 루」로부터 『무정』의 전사(前史)를 보거나 혹은 그 반대의 방향으로 일관된 문학사적 의미를 부여되어야 할 필연적인 이유는 존재하지 않는다. 사정이 이렇다면 오히려 그렇게 판단되도록 작동되는 무의식적 전제란 어떤 것일까를 물어야 한다. 『무정』을 완전한 의미에서의 근대문학까지는 아니더라도 최소한 그 근대적 성격에서 신소설과 구별되는 무엇이었다는 전제에 동의한다면, 이때 신소설과 근대문학을 구별하는 제1차적 기준은 『무정』의 문체였다. 「혈의 루」의 글쓰기는 『무정』의 글쓰기와 전혀 다르다. 이 차이는 단순히 삼인칭 대명사의 사용이나, '-ㅆ다' 형의 과거형 및 '-다'체 사용 등에서 문제가 되는 것이 아니라, 이러한 차이가 함의하는 글쓰기의 내적 인식의 변화 때문에 중요하다. 만일 『무정』으로부터 「혈의 루」 등 신소설의 글쓰기를 적절히 설명해 낼 수 없다면, 이것은 이제까지의 문학사적 통념과는 달리 『무정』의 글쓰기 혹은 근대문학의 글쓰기를 다른 차원에서 살펴보아야 한다는 사실을 의미한다. 이러한 사실은 『무정』의 출간을 전후로 이광수와 신문관 사이에 글쓰기와 관련된 긴밀한 관계가 존재했음을 자세히 살펴봐야 하는 이유가 되기도 한다.

> 응모소설 이십여 편(少數지마는 의외의 多數)을 일일히 정독하여갈 째에 나는 참 일변 놀내고 일변 깃벗소. 나는 멧번이나 겻헤 안즌 친구를 대하야 "참 놀랍소. 이처름 진보가 되엇던가요" 하엿겟습닛가. 내가 놀란 것은-
> 첫재, 그것이 모도 다 순수한 시문체(時文體)로 씌엇슴이외다. 무론 응모규정에 「시문체」라고 명기하엿지마는 그것만 보고는 도저히 이처름 자리 잡히게 쓰실 수가 업슬 것이닛가 평소의 연습한 결과인 것이 분면하외다. …… 퍽 무식한 것도 만치마는 대개는 자리 잡힌 훌륭한 시문(時文)입데다.[124]

이광수가 말하고 있듯, '순문학적 목적으로 소설을 모집한' 첫 사례로 인정되는 신문관의 현상문예에서 특히 소설의 문체로 강제되었던 규정은 반드시 '한자 약간 섞은 시문체(時文體)'로 써야 한다는 신문관 측의 약정이었다. 당시 신문관의 시문체는 아직 대중적으로 익숙한 글쓰기는 아니었던 것으로 보인다. 이광수가 '소수지만 의외의 다수'였다고 고백하고 있듯, 20여 편의 응모소설을 심사하면서 이광수는 응모자들의 문장에 대해 몇 번이나 곁에 앉은 친구에게 놀라움을 표시할 정도였다. 1918년 3월의 이광수라면 ≪매일신보≫에 『무정』 연재를 마친 지 반년 정도 지난 동시에 아직

---

124) 춘원생, 「현상소설고선여언」, 『청춘』, 1918. 3.

신문관 발행의 초판 『무정』이 발행되기 이전의 시기이기도 하다. 『무정』의 초판 발행이 1918년 7월 20일 신문관·동양서원 출판이며, 단행본 출간을 계기로 이광수는 『무정』을 직접 교정 및 수정하였다.125) 그러므로 『청춘』의 현상소설을 심사하던 1918년 3월 당시 이광수는 『무정』의 교정 및 수정 작업을 진행하고 있던 시기에 해당된다. 더욱이 그 출판사가 신문관이었고 같은 시기에 이광수가 신문관의 이념에 따라 응모된 소설 작품들의 심사를 맡고 있다. 이 사실은 당시 신문관이 주관하던 소설 문체의 이념에 이광수 역시 깊숙하게 관여되어 있음을 미루어 짐작하게 한다.

그러므로 이광수가 여러 차례의 회고를 통해 최남선의 문학상 공적을 그의 문체에 돌리고 있음은 과장이나 수사가 아니다. 1910년대 중반 이후 본격적으로 한국문단의 총아로 떠오른 이광수의 글쓰기가 그 이전의 신소설류와 차별된다면, 그리고 그 차별화의 지점의 하나로 이광수가 보여 준 근대적 문체가 인정된다면 이광수가 획득한 근대 문체는 최남선 및 최남선의 잡지들을 떼어 놓고 생각할 수 없게 만드는 중요한 사실인 것이다. 근대소설의 문체는 이념적으로 국문체이며, 형식적으로는 근대적 문어체로 통용되는 이른바 '-다'체이다. 이것은 신소설의 문체가 이념적으로는 국문체이지만, 형식적으로는 '-더라'체인 것과 구별된다. 신소설과 근대소설의 문체를 연속선상에서 보려면, 최소한 '-더라'체와 '-다'체의 차이를 설명할 수 있어야 한다. 그것은 발화자의 위치 문제, 즉 '원근법'의 문제이다. 낭독자 혹은 이야기꾼의 현존을 증명하는 '-더라'체의 발화상황적 성격과는 달리 '-다'체는 다른 외부적인 의

---

125) 김철, 「'무정'의 계보」, 『바로잡은 '무정'』, 문학동네, 2003, p.740.

존 없이 문장이 문장만으로 독립한다는 것, '-더라'체에는 말하는 사람이 반드시 존재할 뿐 아니라 표면적으로 드러나고 있지만, '-다'체에서는 말하는 사람이 문면 위에서 사라진다는 것을 의미한다.

문장 속에서 발화자의 위치가 중요한 이유는 이른바 근대적 문체란 발화자의 존재가 사라지고 문장이 문장 스스로 독립하는 것을 의미하기 때문이다. 문장이 문장 스스로 독립한다는 말은 문장의 수용이 '낭독-청각'의 독서 경험으로부터 '묵독-시각'의 독서 체험으로 변화함을 의미하기 때문이다. 이와 관련해서 『소년』의 국문체(시문체)에서 눈여겨볼 대목은 『소년』이 단순히 국문체를 사용하는 것에 그치는 것이 아니라 나름의 편집 원칙에 따라 일관된 표기를 지향하고 있다는 사실이다.126) 그렇다면 『소년』의 표기가 지향하고 있다는 표준화로부터 발생되는 효과란 어떠한 것일까. 그것은 묵독이 전제된 편집 체계이며 글쓰기의 목적과 수용방식의 변화를 동시에 야기한다. 즉 형식적인 표기 통일을 통해 묵독의 습관을 정착시키고, 그러한 묵독의 전제 위에서 글쓰기를 실현시키고 있는 것이다.

물론 『소년』과 『청춘』의 문체가 모두 신소설의 문체와 단절되고 있다고는 말하기 어렵다. 하지만 『소년』·『청춘』이 국문체 글쓰기의 원칙 위에서 이루어졌으며, 글의 종류에 따라 다양한 문체들이 등장하고 있다는 점은 분명히 지적할 수 있다. 『소년』의 글쓰기는

---

126) 신지연은 「'소년'의 문체 연구」(민족문화연구(42), 2005)에서 『소년』의 문체를 묵독형 자국어 글쓰기가 형성되는 과도기적 특징이라고 논한 바 있다. 이 글에서 신지연은 한국근대문학의 문체를 최남선-이광수의 관계에 주목할 뿐 아니라 최남선의 『소년』에 사용된 글쓰기를 서술자의 문제로 뽑아내는 날카로운 안목을 보여 준다. 하지만 과도기라는 용어가 이후의 완성을 전제한 평가적 용어라는 점에서 이 진술은 최남선의 글쓰기가 보여 준 특이점들을 결과적으로 시대적 한계 속에 묶어 놓게 될 위험이 있다.

크게 시·소설·전기문 등의 문학류, 소년시언(少年時言)과 같은 논설류, 「감동이와 을남이의 상종」·「봉길이 지리공부」·「소년한 문교실」 등과 같은 학습용 지식류 등으로 나누어 볼 수 있다. 같은 문학류라고는 해도 여기에는 「海에게서 少年에게」 같은 신시가 있는가 하면 '公六의 애송시'에서와 같은 고시조도 있고, 「가을뜻」에서 보듯 한시를 번역해 놓은 듯한 시가가 함께 존재하는 등 어느 특정한 문체나 내용 혹은 시대 등을 일반화시키기 어려운 종합지의 잡다함을 그대로 볼 수 있다. 이러한 감각은 1914년 『청춘』이 창간된 이후에도 1910년대 내내 유지되던 편집의 일관된 방향이었다. 그러므로 이렇듯 비동시적인 것들이 동시에 존재하는 감각이야말로 『소년』, 『청춘』의 감각, 혹은 최남선의 감각, 혹은 종합지의 감각이라고 말할 수 있다. 이러한 종합지적인 감각으로부터 앞에서 예로 들었던 것과 같은 시점의 문체가 등장하는가 하면, '-더라'체에 비해 발화자와 독자의 관계가 좀 더 밀착되는 '-소'체나 현재형 시제 '-다'체 등이 문학작품 번역의 문체로 사용되기도 하였다.

① 이것을 보고는 썰니버도 담(膽)이 덜컥 나려안져 "어익구 더따위 큰사람도 세상에 잇나. 뎌런 놈에게 붓들니면 손톱으로 튀기기만 하야도 듁겟구나. 이것 탐 큰일 낫구나." 하고 뎌도 들모라 다라나나 발서 배가 멀니 가서 아모리 헤엄 하야도 싸르난 수 업슴으로 할일업시 山間으로 避해 숨엇소.[127)]

② 나는 서력 1632년에 쑤리탠국 요옥부(府)에서난 로빈손, 크루서란 사람이온데 내가 경력(經歷)한 말삼을 여러분 압헤서 베풂은 참 영광스럽게 아난 바올시다.
나는 원래 배혼 직업이 업고 평생에 생각하기를 넓분 하날 큰 바다 사

127) 「거인국표류기」(영국 스위프트 原著), 『소년』, 1908. 11, pp.55-56.

이에 적은 배를 씌워 이리로 가서 고래의 등을 어루만지고 저리로 저어 악어의 소리를 당겨 보아 눈기동 갓흔 물ㅅ결노 더부러 서로 마주치고 다닥다리난 것처럼 상쾌한 일이 업다 하야 제발 덕분에 선인(船人)이 되여지라고 지사위한(至死爲限)하고 부모씌 청원하얏소이다.128)

③ "우선 이 기를 높이 꽂아야 할 터이라 누가 능히 이를 세우겠소." 군중에 소리가 없다. 한 사람도 쾌히 응성출반(應聲出班)하는 자가 없다. 그러나 그도 괴이치 아니하니, 방금 보루 위에는 한 치만 한 틈도 있지 아니할 듯하게 탄환이 비 오듯 하여, 조금만이라도 몸을 거기 드러내기만 하면, 고기 한 점 온전한 것 남지 못하고 죽을 터임이라.
일사(一死)는 무론 육구사(六九士)의 사양하는 바가 아니라, 그러나 제가 저에게 사(死)를 선고함은 용사라도 오히려 주저하는 바라.
"한 사람도 없는가, 한 사람도."
하니, 그 소리가 완연히 홍종(洪鐘)과 같다.
군중에 소리가 없다. 한 사람도 대구하는 사람이 없다.
"없어! 없어! 없어!"
임자래(任自來)가 세 번 불렀으나 대답하는 자는 한 사람도 없다.129)

인용문에서 보듯, 『소년』에 보이는 문학작품들의 번역은 동시대의 소설류, 예컨대 신소설의 문체와 완전히 구별된다. ①의 '-소'체는 구어의 느낌이 강하게 살아 있으며 '-더라'체와 마찬가지로 발화자의 목소리가 문면에 그대로 남아 있다는 점에서 여전히 구어적인 형식이라고 할 수 있다. 하지만 '-소'체는 '-더라'체와 비교해 볼 때 발화자의 거리를 독자와 좀 더 밀착시키는 효과를 갖는다. ② 역시 구어의 형식이긴 하나 여기에서는 발화 행위자가 일인칭이라는 사실이 눈에 띈다. 누군가(작가)가 누군가(등장인물)의 이야기를 해 주는 형식이 아니라 누군가(작가)가 자신(등장인물)의 이야기를 털어놓는 형식이며, 이러한 형식은 표면적으로 독자로

---

128) 「로빈손무인절도표류기」, 『소년』, 1909. 2, p.21.
129) 「ABC계」, 『소년』, 1910. 7/『전집 13』, p.226.

하여금 작가의 목소리가 아닌 등장인물의 목소리를 듣는다는 현재적이고 은밀한 독서 경험을 유발시킨다. ③의 경우 표면적으로 근대문학적 삼인칭 시점에 육박한 모습을 보여 준다. 인용문에 한해 말하자면 독자는 등장인물의 내면과 완전히 상호 교차되면서 등장인물의 시선에 따라 경험하고 느끼고 반응한다. 예컨대 임자래(任自來)가 적들의 총격으로 인해 땅에 떨어진 붉은 깃발을 누가 다시 망루에 꽂을 것인가를 묻자 군중 속에서 아무도 나서는 이가 없다. "한 사람도 없는가, 한 사람도."라고 다시 묻지만 여전히 군중에 소리가 없다. "없어! 없어! 없어!"라고 임자래가 세 번 외쳐도 대답하는 사람이 없다. 이 부분에서 독자는 임자래의 분연한 목소리와 정적에 휩싸인 ABC계 청년 학생들로 구성된 하나의 장면을 듣지 않고 '본다'.

지금까지 한국현대문학사는 1910년대를 설명하는 여러 방식들을 탐색해 왔다.[130] 이 논의가 아직 현재형이라면, 여기에는 『소년』과 『청춘』에 실린 문학작품들, 예컨대 「로빈손무인절도표류기」(디포우)라거나 「ABC계」(빅토르 위고 원작 『레미제라블』의 일부), 「너 참 불쌍타」(빅토르 위고 원작 『레미제라블』의 일부), 혹은 톨스토이 작품 등에 대한 고찰이 반드시 고려되어야 한다. 이 작품들은 비록 순수 창작물이 아닌 번역물이며, 그것도 일본어본의 중역에 불과하지만, 한국근대소설의 형성과정과 맞물려 있는 1910년대를 설명하는 중요한 단서들을 제공한다. 물론 『소년』과 『청춘』은 문학잡지가 아니었다. 하지만 잡지 편집인으로서 최남선이 보여 준

---

130) 김영민, 『한국근대소설사』(솔, 1997); 한기형, 『근대소설사의 시각』(소명출판, 1997); 김복순, 『1910년대 한국문학과 근대성』(소명출판, 1999) 등등.

외국 근대문학의 수용은 낯선 형식이었던 '문학'을 구체적으로 인식할 수 있는 단초가 되었다. 한국문학사는 보통 1910년대의 한국문학을 신소설의 시대로 처리한다. 실제로 1900년대 중반 이후 쏟아지기 시작한 문학적 서사로서의 신소설은 1910년대 들어 양적으로 크게 팽창한다. 더욱이 1910년 한일합방에 따른 언론 통폐합 이후 근대계몽기 가장 강력한 대중 계몽의 매체로 자리 잡았던 신문의 역할은 급속히 축소·위축되었다.

글쓰기의 형식과 관련해서도, 1910년대 이후 신소설이 급속히 통속화되어 갔다는 임화의 날카로운 지적은 단순히 신소설만의 문제가 아니다.[131] 고소설보다 더 보수적인 형식으로의 회귀는 신소설이 그 출발지점에서 자신을 급부각시킬 수 있었던 무기로서의 사회성 및 계몽 의식을 놓아 버리게 되는 것과 맞물려 있다. 그리고 신소설이 그럴 수밖에 없었던 저간의 사정에는 신소설의 주 무대 중 하나였던 신문이라는 매체의 엄청난 변화가 가로놓여 있었다. 하지만 신소설이 1910년대를 지나면서 급격히 낡은 것이 되어 버렸다는 사실은 1905년에서 1910년 사이 엄청나게 팽창했던 신소설(역사전기소설)의 생산 양식이 더 이상 독자들과의 관계를 지속할 수 없는 한계에 도달했음을 의미한다. 많은 신소설과 번안소설들이 자체의 서사 동력뿐 아니라 다른 장치들(삽화나 연극)을 통해 변형되고 있음은 좋은 일례로 볼 수 있다. 이는 한국문학의 1910년대가 '문학을 둘러싼 새로운 권력 관계의 장을 열게 되었음'[132]을 의미한다.

---

131) 임화, 『신문학사』, 한길사, 1993. pp.297–299.
132) 권용선, 『근대적 글쓰기의 탄생과 문학의 외부』, 한국학술정보(주), 2007, p.153.

# IV

문화 보편주의의 전개와 민족의 재발견

# 1. 역사 연구로의 전환과 문화 내셔널리즘

## 1) 검열의 현실과 신문관의 해체

1910년대를 지나면서 최남선의 관심은 잡지 출판 등 매체 활동에서 역사 연구로 이동한다. 하지만 역사에 대한 최남선의 관심이 이 시기에 시작된 것은 아니다. 최남선은 1908년 11월 창간호부터 1910년 6월까지 총 12회에 걸쳐 「해상대한사」를 연재했으며, 이 밖에도 『소년』에는 역사적 위인들의 많은 사적들이 전기문의 형태로 실려 있다. 최남선은 대한제국의 역사를 게재한 적도 있고, 금협산인(신채호)의 「국사사론(國史私論)」을 전재하기도 했으며, 「계고차존」과 같은 고대사 관련 역사 논술을 저술하기도 했다.

하지만 최남선은 이 대부분의 저술들을 학술적인 역사 연구와 구별했다. 「해상대한사」는 최남선 스스로도 밝히고 있는 것처럼 '사기(史記) 혹 사론(史論)'이 아니었으며 다만 소년들의 해상 모험심을 발흥하기 위해 집필된 글이었다.[133] 「국사사론」에 대해서도 '순정사학의 산물로 보아 주기는 너무 경솔'하며, 이는 '분골(奔汨)한 중 총망(怱忙)한 붓의 어찌하지 못함으로 용서(容恕)함이 가(可)'하다고 토를 달았다.[134] 훗날 단군 연구를 본격화한 이후에 쓴 한 글에서 최남선은 「계고차존」에 대해서도 이와 비슷한 언급을 남겼다. 여기에다 『청춘』에 보이는 역사 관련 기사들, 예컨대 「오

---

133) 公六, 「해상대한사」, 『소년』, 1908. 11/『전집 2』, p.389.
134) 錦頰山人, 「국사사론을 전재하면서」, 『소년』, 1910. 8/『전집 9』, p.584.

백년간대표일백인」이나 「기인비관(其人備官)」 등 '야승(野乘)'류의 역사 이야기까지를 더해 본다면, 『소년』·『청춘』 시절의 최남선에게 역사는 그가 추진했던 다양한 근대적 앎의 한 영역에 불과했음을 알 수 있다.[135] 요컨대 1910년대까지 최남선이 역사와 관련해서 집필한 글들은 주로 모험심 고취 혹은 흥미 진작이라는 차원에서 잡지라는 매체와 어울리는 정도에 지나지 않았던 것이다.

> 나는 어찌하여 조선(朝鮮)이란 것을 알려 하고 특별히 조선의 맨 근본이 되는 것을 알려 하여 진작부터 노력하였으나, 원래 문헌(文獻)도 부족하고 유물(遺物)도 귀하며, 또 조선의 사야(史野)가 처녀지(處女地)로 있기 때문에, 밤낮 광야에서 헤매는 것 같을 뿐이요 도무지 붙들리는 것이 없어서, 남이 답답해하지 않는 일에 남모르는 답답을 가졌었다. ……(중략)…… 이렇게 저렇게 이런 문제를 가지고 고심하기를 10여 년이 되어도, 남더러 말하여 긍정을 얻기는 고사하고 자기 스스로 위로할 만한 대답도 얻지 못하는 형편이매, 무엇이니 무엇이니 하는 것보다 자기의 노둔한 것을 퍽 한탄해 왔다. ……(중략)…… 기미년 일로 해서 오래 다른 인연을 끊고 독처생활(獨處生活)을 하는 동안에, 자연히 이때까지 책으로 보고 생각으로 얻던 것을 전일(專一)하게 정리할 기회를 얻어서, 자나 깨나 조선에 관한 지식의 통일적 방면, 근본적 방면을 찾았었다.[136]

최남선이 1920년대의 역사 연구로 전화하게 된 가장 큰 계기는 3·1운동, 좀 더 정확하게 말하자면 3·1운동으로 인한 3년여의 감옥 생활 때문이었다. 최남선은 3·1운동으로 감옥생활을 하던

---

135) 예를 들면 1914년 10월과 1918년 6월 『청춘』에는 각각 「오백년간대표일백인(五百年間代表一百人)」과 「기인비관(其人備官)」이라는 기사가 실려 있다. 「오백년간대표일백인」은 조선 오백 년을 통해 분야별 대표 인물들을 뽑는 것으로, 예를 들면 '理想' 분야는 허생(許生), '小說' 분야는 박지원(朴趾源), '植民' 분야는 홍길동(洪吉童) 같은 식이다. 또한 「기인비관」은 관직별로 역대 인물들을 뽑아 놓은 것으로 '총리대신'에 을파소(乙巴素), '법제부장관'에 정약용(丁若鏞), '검사총장'에 조광조(趙光祖)를 선정하는 식이다.
136) 최남선, 「내가 경험한 제일통쾌」, 『별건곤』, 1927. 8/『전집 10』, p.487.

중 우연히 조선 고대의 '밝'이라는 일대 원리를 깨닫게 되었는데 이것이 지난 10여 년간 광야에서 헤매는 것 같은 심정과 남모르게 가졌던 답답함에 대한 해결의 실마리가 되었다. 특히 최남선은 조선에 대한 이러한 역사 연구가 당시 학계에서는 버려진 땅처럼 외면되고 있다는 사실에서 더욱 이것을 다스리는 일을 '사명'으로 받아들이게 되었다고 고백했다. 최남선은 이러한 전환의 계기가 되어 준 '밝'의 발견을 자신이 경험한 가장 통쾌한 일이었다고 적었다. 요컨대 최남선에게 있어 조선 고대 문화의 원리는 10여 년간 지속해 온 신문관 활동과 그 속에서 진행되었던 문화 운동에 구체적이고 실제적인 근거로 확인된 것이었다고 볼 수 있다.

『소년』과 『청춘』 등의 잡지 활동은 그 자체로도 결코 의미가 적은 활동은 아니었지만, 잡지라는 매체의 속성은 기사의 형식과 내용 면에서 장기적인 전략을 구사하는 데 일정한 한계를 보일 수밖에 없었다. 또한 월간지라는 형식은, 현실의 다양한 변화를 따라잡기에는 회전의 속도가 너무 느렸다. 종합지라는 잡지의 대중적 성격으로는 정치(精緻)한 역사학적 논설을 자유롭게 싣는 것도 쉬운 일이 아니었다. 그리고 무엇보다도 여기에는 실제로 한일합방이라는 거대한 정치사적 사건을 전후로 한 1910년대 전후, 그리고 1919년 3·1운동을 전후로 매체에 대한 일본의 크고 작은 억압과 이에 대한 저항의 흔적들이 곳곳에서 도출되고 있었던 시국을 지적할수 있다. 이러한 불안정성은 잡지를 운영하는 편집경영인이자 시대를 선도하고 있다는 계몽지식인이었던 최남선에게 여러 모로 현실적 한계로 작용하고 있었다.

최남선은 1910년 4월호 『소년』을 「초등대한지리고본(初等大韓

地理稿本)」이라는 원고로 잡지 전체의 절반 분량을 채웠다. 「초등 대한지리고본」을 제외하면 시 몇 편과 「소천소지(笑天笑地)」, 「소년금광(少年金鑛)」, 「언행(言行)의 본(本)」, 「청년학우회보」 등으로 소략한 편이다. 갑작스런 편집 체제의 변경에 대해 최남선은 이유를 자세하게 밝히지 않았지만, 여기에는 『소년』에 대한 외압(外壓)이 있었음을 알 수 있다.[137] 최남선은 '편집 중도'에 무슨 사유가 발생했다고 말하고 있지만 그 이유를 밝힐 수는 없다고 했다. 이것은 민족계몽운동가로서의 최남선이 일본이라는 외세(外勢)와 직접 맞부딪친 결과였지만, 이 결과는 시작이었을 뿐 끝은 아니었다. 이로부터 4개월 뒤인 1910년 8월 26일 『소년』은 광무 신문지법에 의해 통감부의 발행 정지 처분을 당한다.[138] 이로 인해 『소년』은 3개월간 정간되었다. 여기에서도 최남선은 『소년』의 정간 이유를 명확히 밝히고 있지 않다. 다만 정간 후 속간된 12월호에 다음과 같은 짧은 글을 남기고 있다.

　　잡지나 신문계의 통례라고 할 것을 보건댄 발행정지 갓흔 것을 당하얏다가 해제가 되던지 하면 거긔 대하야 무슨 말이던지 합듸다. 그러나 나는 이 일노써 그리 씀씩한 일 갓히 생각하지 아니하오. 죄 잇서 벌 당하고 한

---

137) 「편집실통기」, 『소년』, 1910. 4, p.68.
　　"본권은 편집중도(編輯中途)에 소감(所感)이 잇서 달은 원고는 다 다음으로 밀고 「대한지리(大韓地理)」, 고본 중(稿本中) 긴요한 부분으로써 본권을 채웟사이다. 무슨 사유란 것은 여긔 기록할 수 업사외다. 그런데 일이란 이상한 것이라. 이러케 편집을 변경하난 소이(所以)로 말하면 가삼이 터질 일이언마는 잇던 것을 그대로 쓰게 되야 달은 원고를 만들지 아니하야도 가하게 됨애 춘곤(春困)이 사람을 고(苦)롭게 하난 이째에 크게 안유(安裕)하게 지냄을 엇엇소이다."
138) "『소년』잡지 구독자 첨위(僉位)! / 본지 제 × 년 × 호(곧 금월분)는 당국(當局)의 기휘(忌諱)에 촉(觸)하여 책자(冊子) 압수(押收), 발매금지(發賣禁止)를 하엿기 자이(玆以) 차유(此由)를 통고(通告)하나이다."
　　조용만, 『육당 최남선』(삼중당, 1964), p.88에서 재인용.

(限)되야 풀님이 당연한 일이 아니오릿가. 여긔 대하야 무슨 짠말이 잇겟
소. 다만 이에 관한 관문서(官文書)를 등재하야 역사ㅅ거리나 만드오.139)

　잡지나 신문 등의 발행 정지를 통례라고 본 점, 그리고 이 일을
그리 끔찍한 일이라고 생각지 않으며, 죄 있어 벌을 받고 제한되었
다가 풀리는 일이 당연하다는 인식은 1910년 한일병합을 전후로 최
남선이 갖고 있던 현실 인식 태도를 그대로 대변하는 것처럼 보인
다. 하지만 이러한 글조차도 일본의 검열을 통하지 않고서는 출간될
수 없는 당시 상황을 생각해 보면 그 완곡한 어법에 담긴 부득이함
도 동정되지 않는 것은 아니다. 정황상 『소년』의 정간은 1910년 8
월 29일의 한일병합과 관련된 사건이었음이 거의 확실하다. 이른바
광무 신문지법(1907.7) 이후 공공연하게 자행되어 오던 일본의 언론
통제 및 검열은 1909년 2월 공포된 '출판법(出版法)'으로 더욱 강화
된 상태였다. 하여 한일병합이 있던 1910년 8월에 이르면 이제까지
애국계몽 논조를 이끌었던 ≪황성신문≫·≪대한매일신보≫·≪대
한민보≫ 등의 신문들이 속속 발행정지를 당했다.140) 유력 신문들의
정간에서도 알 수 있듯 한일병합은 상징적인 차원에서 언론에 대한
식민지 종주국의 위력이 가시적으로 드러난 첫 실력 행사였다.
　또한 한일병합에 대해 『소년』에 무엇인가 시국(時局)에 대한 입
장이 드러났을 가능성도 배제할 수는 없다. 그 이유로는 1910년 4
월호의 갑작스런 편집 변경에서 보듯 이미 한일병합 이전부터 『소
년』은 일본의 검열 및 관리 대상이었다는 점을 들 수 있다. 또한

---

139) 「애독열위에게 근고함」, 『소년』, 1910. 12.
140) ≪황성신문≫은 8월 3일, ≪대한매일신보≫는 8월 9일, ≪대한민보≫는 8월 18일
　　각각 발행 정지되었다.

1910년 4월부터 『소년』은 '청년학우회' 소식을 정기적으로 싣고 있었다. 이것은 이 당시 최남선이 안창호와 깊이 교감하고 있었던 것과 관련이 깊다. 안창호는 평생을 통해 최남선이 존경했던 거의 유일한 인물이었다.[141] 주지하다시피 청년학우회는 안창호의 실력 양성론을 바탕으로 1909년 결성된 비정치적 동호회였다. 최남선은 청년학우회의 설립위원으로서 청년학우회의 취지·강령을 만들고 회원들이 부를 노래에 가사를 붙이는 등 청년학우회에 깊이 관여하고 있었다. 이광수는 이러한 『소년』을 청년학우회의 기관지라고까지 불렀다.[142] 안창호는 1910년 7월 개성에서 일본에 의해 체포되었다. 그러므로 그 당시 안창호에 대한 가장 열렬한 지지자였던 최남선이 어떠한 형태로든 안창호의 구명(救命) 활동에 나섰을 것이고 이 과정에서 『소년』은 직간접적으로 최남선의 활동과 맞물렸을 가능성이 높다. 어쩌면 정간된 1910년 9월호 청년학우회 소식에 안창호와 관련된 입장이 천명되었을 수도 있다. 1910년 12월 속간되었을 때는 물론이고 이후 1911년 5월 종간호까지 『소년』에 청년학우회 소식이 빠져 있는 것은 이러한 정황을 간접적으로 가리키는 것이라고 볼 수 있다.

최남선은 1911년 5월호 『소년』을 마지막으로 『소년』을 종간한다. 1908년 11월 이후 만 2년 7개월 만이며 통권 23호째였다. 『소년』 마지막 호는 권두언과 시 3편을 싣는 것 외엔 잡지 전체를 「왕학 제창에 대하여」와 박은식의 「왕양명실기(王陽明實記)」로 채웠다.

---

141) 최남선의 1946년 발간한 『조선독립운동사』란 책에서 안창호를 가리켜 "병합 이후에 있는 독립운동선상(獨立運動線上)에 가장 뚜렷한 존재"라고 기술했다. 『전집 2』, p.637.
142) 이광수, 나의 고백, 1948 / 『이광수전집』(7), 우신사, 1979, p.230.

삽화 또한 왕양명 초상과 메이지 유신 전후 일본 양명학자 3인의 초상을 실었다. 이에 대해 오규 시게히로(荻生茂博)는 최남선과 양명학이 맺는 관계 및 근대화 과정에서 동아시아 삼국의 양명학의 흐름을 지적했다.[143] 확실히 최남선이 전통 한학에 깊이 공명하고 있었고, "애국계몽운동의 지도자인 박은식에게 양명학을 제창할 장을 제공한 것으로 보인다."는 오규의 논의는 설득력이 있다. 또한 또 다른 양명학자였던 정인보와 최남선이 맺고 있는 깊은 교유 관계 및 일본의 근대화 과정에서 메이지 유신의 주역들 대부분이 양명학과 연계되어 있다는 점을 상기해 보면[144] 최남선이 국민국가 기획의 일환으로 주도했던 잡지 속에서 양명학 특집을 한 호 전체 분량으로 편집하고 있는 것은 일견 자연스러워 보인다. 하지만 이 모든 사실들을 고려한다고 하더라도 일단 『소년』 마지막 호에 실린 왕양명 특집이 최남선의 의도된 결과였는지는 사실 관계를 확인해 볼 필요가 있다. 왜냐하면 양명학 특집이 실린 1911년 5월호에서도 최남선은 편집자 논평을 통해 일본의 검열을 추측케 하는 언급을 하고 있기 때문이다.[145]

---

143) 오규 시게히로(荻生茂博), 「崔南善の日本體驗と『少年』の出發: 東亞細亞의 '近代陽明學'」(Ⅲ-1), 『日本思想史』(60호), ぺりかん, 2002. 6.

144) 실제로 양명학 특집이 실린 1911년 5월호에는 권두화보로 왕양명 초상화를 전면에 싣고, 그 다음 페이지에는 '메이지 유신 전후의 왕학으로 득력(得力)한 명사'라는 제호 아래 사이고 다카모리(西鄕隆盛), 요시다 쇼인(吉田松陰), 사쿠마 쇼잔(佐久間象山)의 초상화를 싣고 있다.

145) 예컨대 왕양명 특집을 싣는 권두에서 최남선은 다음과 같은 소감을 피력하고 있다. "소년(少年)이란 할 수 업난 것이오. 사려(思慮)가 미정(未定)하여, 감정(感情)이 단순(單純)하여, 더군다나 궁통(窮通)ㅅ성이 부족하오구려. 넉달ㅅ동안 어둔 골을 지내고 겨오 광명세계(光明世界)로 노힌 것을 두 달이 다 못 가서 다시 자취(自取)하야 매운 굴항으로 써러져 여러분의 깊히 바라심을 져바리니 이 웃지 쪽쪽한 사람의 짓이라 할 수 잇스릿가. 사리(事理)에 어두은 소년(少年)인 까닭에 그러한 것인즉 쏘한 스스로 애달온 일이오." 「독자첨존씌」, 『소년』, 1911. 5, p.1.

『소년』의 종간은 한일병합이라는 민족사적 사건과 운명을 같이한 정치적 사건이었다. 최남선이 『청춘』을 창간한 것은 이로부터 3년여가 지난 1914년 10월이다. 이 기간 동안 최남선은 『붉은저고리』(1912)·『아이들보이』(1913)·『새별』(1913) 등을 간행했다. 하지만 『소년』 종간 이후 『청춘』에 이르기까지 최남선은 현실적인 차원에서 일본과 대립하기보다는 안창호식의 준비론적 입장에서 다양한 근대 지식과 정신적 차원을 강조하는 데 치중하고 있음을 볼 수 있다. 『청춘』은 1914년 발간 이후 1918년 9월호를 마지막으로 종간되는데, 이 과정에서도 계속적인 정간과 휴간이 반복되었다. 신문관은 사실상 『청춘』의 종간과 함께 활동이 크게 위축되었다. 단순히 정치적인 탄압의 결과뿐만이 아니라 무엇보다도 휴간과 정간으로 인한 경제적 손실을 감당하기가 쉽지 않았기 때문이기도 하다.

최남선의 역사 연구는 이러한 매체 활동의 현실적 한계들이 3·1운동을 통해 인식의 전환을 맞은 결과였다. 이런 의미에서 최남선이 1922년 『동명』에 연재한 「조선역사통속강화개제(朝鮮歷史通俗講話改題)」는 그의 역사 연구가 이제까지의 '앎으로서의 역사'와는 다른 지평에서 인식되고 있음을 보여 주는 좋은 증거가 된다. 「조선역사통속강화개제」는 다양한 역사연구방법론을 직접적으로 거론하며 그 필요성을 역설하고 있을 뿐 아니라, 이러한 방법론들이 이후 전개되는 그의 본격적인 역사 연구의 전제가 되고 있다는 점에서도 의미가 크다. 「조선역사통속강화개제」는 최남선이 신문관을 해체하고 새로 설립한 '동명사(東明社)'에서 발간했던 주간지 『동명』에 6개월여에 걸쳐 연재되었다. 그러므로 「조선역사통속강화개제」는 또한 신문관에서 동명사로, 신문화운동의 계몽사상가에서 역사 연구가로 전환되는 과정에 놓인 일종의 전환점에 해당한다.

## 2) '밝'의 발견과 역사 연구로의 전환

「조선역사통속강화개제」에서 최남선은 태극(◑)의 기호적 표상과 조선 민족의 관계를 설명하는 것으로 조선역사에 관한 논의를 시작한다. 조선에서 태극은 가장 신성한 표호(表號)인데 이 구원(久遠)한 태극은 '글씨 아닌 역사'이며 '책 아닌 경전'이기에 '우리 생명력의 원천'이라고 했다. 태극은 무한한 생명력 그 자체이며 또한 태양을 상징한다. 따라서 이것은 '가로는 전 공간(全空間)과 세로는 전 시간 (全時間)에 발전'하는 우주 만물의 유동적인 생명의 흐름을 나타낸다. 최남선은 이것을 '사학(史學)의 적절한 표상(表象)'이라고 불렀다. 왜냐하면 '역사는 변천을 고구(考究)하는 학문'이기 때문이다.146)

최남선은 민족의 연원이 무엇인지를 밝히는 것이 조선역사의 실제적 문제라고 보았다.147) 조선의 실제적 문제로서 민족의 연원을 밝히겠다는 최남선의 이 같은 변화는 "신대한의 소년으로 깨달은 사람 되고, 생각하는 사람 되고, 아는 사람 되어 하는 사람이 되어

---

146) 최남선, 「조선역사통속강화개제」, 『동명』, 1922. 9. 17 - 1923. 3. 11/『전집 2』, pp.408 - 411.

147) 최남선, 「조선역사통속강화개제」, 앞의 글, 『전집 2』, p.409.
   "조선역사의 실제적 문제는 조선민족의 연원이 무엇임으로부터 비롯한다. 조선인이 어떠한 종족인지, 어디서 생겼는지, 어떻게 천동(遷動)하였는지, 어느 때 성립되었는지, 어떻게 하여 현금(現今)의 국토를 가지게 되었는지, 어떻게 하여 현금의 사회정태 (社會情態)를 만들게 되었는지, 어떻게 하여 현금의 민족성이 양성되었는지, 역사적 又 지리적의 종족관계는 어떠한지 등은 다 조선민족 문제에 관한 요목(要目)이다."

서, 혼자 어깨에 진 무거운 짐을 감당케 하도록 교도하자."148)고 했던 신문관의 초기 이념으로부터 일종의 방향 전환이 이루어진 것이었다고 할 수 있다. 이것은 피할 수 없는 문명화의 형식을 일본을 통해 받아들여야 했던 식민지 지식인이 문명개화라는 문명화 과정을 추구하는 과정에서 어쩔 수 없이 만나야 했던 식민지라는 현실을 고민한 결과였다. 최남선은 3·1운동으로 복역하던 중 1920년 8월 24일 새벽에 '밝의 원리를 깨달았다.149) 최남선은 이 '밝' 사상을 통해 조선뿐 아니라 조선을 중심으로 하는 일대 문화계통의 존재를 깨달았으며, 이것을 자신이 경험한 가장 통쾌한 일이라 자부했다. 최남선은 이것을 밝히는 것을 자신의 사명(使命)으로 받아들였다. 하지만 조선역사의 실제를 밝혀 줄 민족의 연원은 그 자체로 드러나는 것이 아니었다. 최남선이 자신의 역사 연구에 문화 연구의 필요성을 강조하게 된 것은 이러한 이유 때문이었다. 요컨대 민족의 연원을 밝히는 것은 민족이 이어 온 문화의 계통과 그로 인한 문화의 성질, 그리고 문화의 영향을 천명하는 전제이기 때문이었다.150)

> 역사를 파야 하겠다. 밝혀야 하겠다. 알아야 하겠다. 一◑이 함장(含藏)한 무한대(無限大)를 반만년 사실(事實)을 통하여 동관(洞觀) 낭조(朗照)할 것이다. 이것 하나만은 남의 손톱 하나 대지 못하게 하고, 온전히 내 정신, 내 능력, 내 준비, 내 적공(積功)으로 시간상 광복을 성취할 것이다. 그렇다, 우리 당면의 대급무(大急務)는 공간상 광복보다 덜하지 아니한 의미로서 시간상의 광복이다. 아니, 공간상 광복보다 앞서서 시간상 광복을 이루어야 하겠다.151)(강조는 인용자)

---

148) 「소년의 기왕과 장래」, 『소년』, 1910. 6/『전집 10』, p.135.
149) 최남선, 「내가 경험한 제일통쾌」, 『별건곤』, 1927. 8/『전집 10』, p.487.
150) 최남선, 「조선역사통속강화개제」, 앞의 글, 『전집2』, p.409.
151) 최남선, 「조선역사통속강화개제」, 앞의 글, 『전집2』, p.411.

「조선역사통속강화개제」에서 최남선이 특히 강조하고 있는 것은 시간상(時間上) 광복(光復)이다. 최남선이 그의 역사 연구의 과제로서, 공간상 광복에 앞서 시간상 광복을 강조하고 있음은 다음 두 가지 사실을 의미한다. 하나는 시간상 광복을 깨닫게 되면서 그의 행동이 문화적 역사 연구의 길을 선택하게 되었다는 것이며, 다른 하나는 역사 연구를 통해 그가 추구하고자 하는 방향이 민족의 기원을 찾는 일이었다는 것이다. 전자는 그가 이제까지 외부적인 문명의 형식을 이식하려 노력했던 것과는 달리 자기 자신을 먼저 알아야겠다는 의미이며, 후자는 이러한 의지를 실행함에 있어 민족의 역사를 시간적으로 재질서화하겠다는 선언적 의미를 갖는다. 최남선에게 '역사는 사실의 쓰레기통이 아니며, 년대의 실꾸리가 아니'었다. 역사란 '그 민족·사회·문화의 발전 성립한 내력을 가장 단적(端的)하게, 요령(要領) 있게, 인과적(因果的)으로 표현한 것'152)이어야 했다.

「조선역사통속강화개제」 이후 최남선의 역사 연구는 「불함문화론」(1925)·「단군론」(1926)·「아시조선」(1926)·「살만교차기」(1927) 등으로 전개된다. 무엇보다도 이들 논의는 내용 면에서 다양한 역사 연구 방법론을 포함한 본격 역사 논문들이라는 점에서 1900년대 후반 이후 1910년대까지로 대표되는 신문관 시절과 크게 구별된다. 또한 이 논문들은 그 자신이 「조선역사통속강화개제」에서 천명했던 역사 연구 방법론을 실제 역사 연구에 적용한 주요한 실물들이라는 점에서도 의의가 깊다고 할 수 있다.153) 실제로 「불함

---

152) 최남선, 「조선역사강화」, ≪동아일보≫, 1930. 1. 12 – 3. 15 /『전집 1』, p.19.
153) 이영화는 『최남선의 역사학』(경인문화사, 2003)에서 "문화사관과 그 연구방법론을

문화론」에서 최남선은 조선을 중심으로 하는 동방문화의 한 연원으로 불함문화권을 설정하고 있는데, 주로 비교언어학적 방법을 통해 일본과 조선에 보이는 문화적 유사성을 밝히고 나아가 인류문화사적인 의의를 장담한다.

> 근자에 이르러 차츰 인문과학적·민속학적 연구의 풍이 성행하여, 그리하여 학계에 신생면(新生面)이 열리려 함은 진실로 매몰되어 있는 동방문화의 본지(本地) 진상(眞相)을 위하여 기뻐하여 마지아니하는 바로서, 금후의 기대(期待)는 오로지 이 방면에 있다고도 하겠다. 오인(吾人)이 동방 내지 전 인류 문화의 드러나지 않은 일면이요, 그 종합적 시찰의 초점이라고 보는 이 Pặrk 사상이 금후에 많은 총명지사에 의하여 더욱더 그 비유(秘幽)가 개발되어, 그 체계와 성질이 명백히 된다면 인류 문화의 심명상(審明上) 다대한 신광명(新光明)을 재래(齎來)케 될 것이다.154)

최남선에게 '불함문화' 연구는 인구계통(印歐系統)·지나계통(支那系統)과 더불어 세계 3대 문화계통을 밝히는 인류사적인 과제였다.155) 또한 '불함문화' 연구는 조선의 문명사적 위상을 밝히는 과제이기도 했다. 다시 말해 세계사적 견지에서 세계적 문화 계통으

---

논한 「조선역사통속강화개제」, 인류학적 방법과 언어학적 방법을 적용한 「불함문화론」, 민속학적 견지에서 문헌 고증을 가한 「삼국유사해제」, 샤머니즘에 대한 분석으로 연구 방법상 일대 진척을 이룬 「살만교차기」" 등으로 최남선의 역사연구방법론을 분석하고 있다.

154) 최남선, 「불함문화론」, 1925/『전집 2』, p.76.

155) "우리 생각에는, 인류 사회는 무릇 三大 문화의 조합으로 발전된 것인데 ……(중략)…… 인구계통(印歐系統)의 문화와, 지나계통(支那系統)의 문화는 비교적 어지간히 요리(料理)되었건마는, 이 둘에 대하여 他의 일변(一邊)을 이루는 一大 문화계통이 있는 줄을 깊이 살피지 아니하고 간절히 찾지 아니하는 까닭에, 세계사란 것이 아직도 자리를 잡지 못하고 있는 줄 안다. ……(중략)…… 꼭 있건마는 아직 드러나지 아니한 이 문화 계통이 무엇이냐 하면, 나는 우선 그것을 '不咸系統'이란 이름으로써 부르려 한다. 그것은 이 문화 계통에 붙이는 민족의 주지(住地)에는 반드시 '불함'으로써 어원(語源) 삼는 일대 영장(靈場)이 있음으로서다."
최남선, 「조선역사통속강화개제」, 앞의 글, 『전집 2』, p.429.

로서의 '불함문화'를 설명하게 되면 그 문화권의 중심지인 조선은 자연적으로 세계 문명사의 중심적 위치로 확인되는 것이 된다. 불함문화는 조선을 중심으로 일본·동부지나·유구·하이(蝦夷)·만주·몽고·중앙아시아·발칸반도까지를 범위로 하는 대문화권이다. 여기에서 특징적인 것은 최남선이 불함문화 권역에 일본을 포함하고 있으며, 반면에 중국을 배제하고 있다는 사실이다. 1920년대 중반이면 이미 중국은 조선에 대해 현실적인 영향력을 상실한 상태였다. 그럼에도 불구하고 최남선이 중국을 명시적으로 구분하는 문화권을 설정하고 있음은 얼핏 생각하기에 따라 당시 동아시아의 정치적 힘 관계를 잘못 판단한 것처럼 보이기도 한다. 하지만 불함문화권역의 의미는 생각보다 훨씬 복합적인 함의를 갖는다. 일차적으로 최남선이 상대해야 했던 것은 분명 일본의 현실적 지배에 대한 저항의 문제였다. 하지만 3·1운동의 좌절 이후 최남선이 선택했던 길은 안창호 계열의 준비론적 입장에서 문화적 독립을 도모하는 방식이었고, 그런 의미에서 불함문화론은 '물론 학문적 견해이지만, 일변으로 일본에 대한 정신상 장기전에 대비하자는 의도'를 갖고 있었기 때문이다.156)

불함문화론은 현실 정치에서는 조선이 비록 일본의 식민지 지배를 받고 있지만 역사 연구 분야인 불함문화권에서 보면 일본은 문화적으로 조선의 주변부 문화에 지나지 않음을 명시하고 있다. 또한 중국이 배제되고 있는 이유는 당시 일본이 한일합방 이후 조선총독부를 통해 재정적 지원을 아끼지 않았던 '조선고적사업'에 대한 전략적인 대응이기도 하다. 일본이 조선고적사업을 통해 대대적

---

156) 최남선, 「자열서」, 《자유신문》, 1949. 3. 10/『전집 10』, p.532.

으로 발굴 작업을 벌였던 지역은 낙랑 지역으로 추정된 평양 지역과 남부의 삼한·가야·백제 유적들이었는데, 일본의 의도는 "한반도 북부에서 한사군의 유적을 발굴하여 타율적인 한국사의 시작을 증빙하는 것, 그리고 한반도 남부에서 일선동조론(日鮮同祖論)을 증빙하는 유적을 찾는 것"이었다.[157] 그러므로 당시 최남선으로서는 조선의 역사 연구를 위해 중국과 일본이라는 양쪽 문화로부터 독립해야 하는 두 가지 과제를 동시에 해결하지 않을 수 없었다. 최남선은 이 문제를 불함문화론을 통해 중국으로부터 독립된 고대 문화권의 실체로서 불함문화권을 설정하는 한편, 이 문화권의 지류의 하나로 일본을 포함시킴으로써 한꺼번에 해결할 수 있었다. 이런 관점에서 보자면 「불함문화론」은 최남선이 일본에 보내는 '두 번째 독립선언서'로서 '이번에는 정치적 독립선언이 아닌 학문적 독립선언'이라는 평가는 설득력을 갖는다.[158]

최남선의 불함문화권 설정에 중국이 배제되고 있는 문제는 입장에 따라 해석의 차이가 있을 수 있다. 불함문화권의 설정을 일본의 식민 사관에 직면한 최남선의 대항적인 의미였다고 하게 되면, 자칫 조선고적사업에 동참했던 일본의 동양사학자들은 식민사관에 동참한 어용학자로 한꺼번에 휩쓸려 평가될 수 있기 때문이다. 이런 점에서 본다면 불함문화권의 설정은 처음부터 인도나 중국과는 다른 문화권을 설정하고자 했다는 사실만을 확인할 수밖에 없게 된다. 하지만 최남선이 왜 인도나 중국과는 다른 문화권을 필요로

---

157) 이선복, 『고고학개론』, 이론과 실천, p.228; 이영화, 『최남선의 역사학』(경인문화사, 2003), p.81에서 재인용.

158) 오문석, 「민족문학과 친일문학 사이의 내재적 연속성 문제 연구」, 『현대문학의 연구』, 2003, p.345.

하게 되었는가에 대해서는 생각해 볼 필요가 있다. 최남선은 「불함문화론」에서 "조선인이건 일본인이건 자기들의 문화 급 역사의 동기·본질을 고찰할 경우에 무턱대고 중국 본위로 모색함을 지양하고 자기 본래의 면목을 자주적으로 관찰해야 할 것이며 일보를 내켜서 중국문화의 성립에 대한 자기들의 공동동작(共同動作)의 자취를 찾아서 동방문화의 올바른 유래를 구명하는 것이 금후 노력해야 할 방향"[159]이라고 했다. 이는 당시 일본의 동양사 연구가 서양으로부터 동양을 구별하고, 동양 안에서 일본을 특화시키는 방식으로 전개되었던 것[160]에 대해 최남선의 문제의식이 큰 틀에서 공명하고 있었음을 보여 준다.

그런데 「불함문화론」은 문제를 해결한 것처럼 보였던 부분, 즉 인도·중국과 구별되는 독자의 문화권을 강조했던 그 지점에서 조선과 일본이 하나의 문화권 속에 포함된다는 또 다른 문제성을 예고하고 있었다. 물론 「불함문화론」에서 최남선은 조선과 일본의 관계를 조선의 문화적 우위에 입각한 '자매 관계'라고 역설했다. 하지만 이 구상은 원칙적으로 조선과 일본의 '동조론'을 부정할 수 없는 논리 구조 속에 있다. 그것은 중국과 구별되는 불함문화권을 설정하기 위해서는 조선뿐 아니라 불함문화권을 증명할 수 있는 다양한 사례들이 증거로서 필요했기 때문이었다. 그런데 조선과 일본이 기원적으로 같은 조상에 근거하고 있다는 논리는 조선 강점 이후 일본 측에서도 총독부 차원에서 대대적인 고적 사업을 통해

---

159) 최남선, 「불함문화론」, 1925/『전집 2』, p.61.
160) 스테판 다나카(1993), 박영재·함동주 옮김, 『일본 동양학의 구조』, 문학과 지성, 2003, 1-2장 참조.

증명하려고 노력했던 목표의 하나였다.

실제로 최남선은 1930년대 중반 이후 불함문화권의 중심을 조선에서 일본으로 이동시켰다. 최남선에게는 이것 역시 '순수한 학문적 견해'에 불과한 것이었을지 모르지만, 시기적으로 이때는 일본의 대동아공영 논리가 등장한 시기였다는 점에서 그 의도의 순수성은 크게 의심받을 수밖에 없었다. 또한 「불함문화론」은 1927년 8월에 『朝鮮 及 朝鮮民族』 제1집에 일본어로 발표되었는데, 공교롭게도 이 글이 발표된 이후 최남선은 1928년 12월에 조선총독부 산하 기관이었던 조선사편수회의 편수위원으로 위촉되었다. 물론 최남선이 편수위원직을 수임했다는 사실만으로 최남선의 행적을 친일 행위로 볼 수는 없다.161) 「불함문화론」과 '조선사편수위원직' 사이의 직접적인 연관 관계 또한 확인되지 않는다. 하지만 그렇다고 해서 조선총독부가 최남선을 조선사편수위원으로 위촉한 이유가 순수한 학문적 차원에서만 이해될 수 있는 것은 아니다. 조선사편수회가 순수 학자들의 결합 단체였음을 인정한다고 하더라도 최소한 그 배경에서 작동하고 있는 상위 기관으로서의 조선총독부의 역할을 의식하지 않을 수는 없기 때문이다.

최남선은 「불함문화론」 이후 조선 고대 문화를 세부적으로 밝혀

---

161) 최남선의 조선사편수회 편수위원 수임은 1928년 당시에도 지식인 사이에서 크게 문제가 되었다. 이 때문에 최남선은 당시 ≪동아일보≫에 5개월간 연재 중이던 「단군과 삼황오제」의 연재를 중단할 수밖에 없었다. 하지만 최남선의 조선사편수회 편수위원직 수임 자체를 친일 행위로 보는 것은 학문적인 판단이라고 보기 어렵다. 조용만이 일부 번역한, 조선사편수회 시절 최남선의 회의 발언록을 보면 최남선은 조선사편수회에서 조선사 속에 단군론을 편입시키기 위해 일본 학자들과 강경한 논쟁을 벌였던 것으로 되어 있다. 실제로 최남선이 조선사편수회에서 어떤 행동들을 보여주고 있는가를 살피는 것이야말로 시급히 밝혀내야 될 과제의 하나라고 할 수 있다. 조선사편수회 회의록 관련 부분은 조용만의 『육당 최남선』(1964, 삼중당) 참조.

나가는 과정에서 단군을 신화로부터 역사로 이동시키는 방향으로 나아갔다. 최남선의 단군론은 『삼국유사』에 나오는 단군을 황탄(荒誕)하고 신화적인 이야기로 치부해 버리는 당시 일본 학계의 논리에 대한 전면적인 부정으로부터 출발한다. 때문에 최남선이 단군론을 통해 밝히고자 했던 목표는 단군의 역사적 성격과 그 보편성을 증명해 내는 것이었다. 「아시조선」은 원래 최남선이 1926년 4월 ≪조선일보≫에 「고조선, 그 문화」란 제목으로 연재했던 것을 이듬해 7월에 단행본으로 출간한 고조선 관련 논설이었다. 단행본 『아시조선』 권두에서 최남선은 이 글이 다년의 고심과 숙고의 결과이며, 비록 모든 것이 정곡을 얻었다 할 수는 없지만 대개 새로운 시도와 창의적인 견해에 속하는 것임을 알아줄 것을 토로하고 있다.[162] 최남선이 1920년대에 발표한 역사 논설들에서 종종 이와 같은 심경을 밝히고 있는 것을 보면, 당시 학계의 분위기 속에서 조선 고대사 및 단군 연구를 하는 어려움을 알 수 있다.

단군 부정론이 일본 학계에 출현한 것은 19세기 말 나카 미치요(那珂通世)·시라토리 구라키치(白鳥庫吉) 등에서부터 시작된다. 나카 미치요는 「조선고사고(朝鮮古史考)」(1894)에서 단군왕검의 '왕검'은 '평양(平壤)'을 가리키는 지명(地名)이며, 이 전설은 불교가 전래된 이후 "승도(僧徒)의 날조(捏造)로서 출(出)한 망담(妄談)이요, 조선의 고전(古傳)이 아님은 일견(一見)에 명료(明了)하다."고 했다. 시라토리 구라키치는 나카 미치요의 견해에 동의를 표시한 후 단군이 강림한 태백산이나 수도를 정한 평양, 그리고 신이 되었다는 아사달산 등이 모두 고구려 영역인 점 등에서 단군은 고구

---

162) 최남선, 「아시조선」, 1927/『전집 2』, p.150.

려의 승려 무리가 만들어 낸 인물이라고 주장했다.163) 이러한 경향
은 한국과 일본 간의 정치적 관계에 따라 사상 정책적 차원의 단
군 말살로 이어졌는데, 단군에 관한 나카 미치요나 시라토리 구라
키치식의 논의는 20세기 이후 이마니시 류(今西龍)·미우라 히로
유키(三浦周行) 등에 의해 더욱 집요하게 부정되었다.

> 이렇게 那珂 씨는 아가미를 따고 白鳥 씨는 배알을 끄집어내어, 양대
> 가(兩大家)의 손에 속속들이가 다 환하게 드러난 셈이 되매, 단군(壇君)
> 이란 이를 조선사의 첫머리에 얹음은 점점 학자의 똑똑치 못한 표적이
> 될 듯하고, 그렇다고 개국자(開國者)를 없달 수 없으매 기자로써 조선의
> 국조임을 그네의 동양사에 적게 되고, 기자도 가상적 인물이라는 논이 白
> 鳥 씨를 말미암아서 제기된 뒤에는 사한(史漢) 양서(兩書)의 조선열전을
> 그대로 위만이 조선 발견자 비스름한 지위를 가지는 기관(奇觀)을 정(呈)
> 하게 되었다. ……(중략)…… 이만하면 없겠거니 하매, 일본의 학계에서
> 다시 단군에 관한 고설(考說)이 나잘 까닭이 없이 한동안을 지내었더니,
> 조선사를 전문으로 하는 今西龍이 출(出)함에 미처, 전(前) 양설(兩說)의
> 탕개를 한 번 더 조지는 쐐기가 병합(倂合)이라는 북새를 기연(幾緣)으로
> 학계에 나타나게 되었다. ……(중략)…… 단군 부인의 직접론은 기이(旣
> 已) 더할 나위 없는 듯하매, 좀 단군 이야기라도 하고 싶으면 부득불 간
> 접 우(又) 측면으로서 덤빌밖에 없었다. 그중의 하나로 단군전설의 성립
> 연대를 보고 온 듯하게 이야기한 이가 생기니, 『역사와 지리』 제일 권
> 제오 호 소재 三浦周行의 「조선의 건국전설」이 그것이다.164)

최남선은 1920년대 역사 연구를 진행하는 과정에서 특히 단군에
대한 일본 역사가들의 논설에 직접적인 반론을 시도했다. 최남선은
단군을 조선의 역사에서 삭제하려는 것은 '일본 학자의 전통적 유
견(謬見)'일 뿐 아니라, 일본 위정자들이 조선 정신을 '잔학(殘虐)
하는 上의 일필요(一必要) 수단'으로 삼은 것에 불과하다고 일축했

---

163) 최남선, 「단군론」, ≪동아일보≫, 1926. 3. 3 – 7. 25 / 『전집 2』, pp.83 – 85.
164) 최남선, 「단군론」, 앞의 글, 『전집 2』, pp.85 – 86.

다.165) 일본 학자들의 견해에 대한 학문적 반론의 형식을 띠고 있는 글에서조차 '아가미를 따고' '배알을 끄집어내어' '탕개를 한 번 더 조지는' 등과 같은 격한 어조를 숨기지 못할 정도로 단군 부정에 대한 최남선의 분노는 대단한 것이었다.166) '학문적' 견해라는 단서가 전제되어야 하겠지만, 그럼에도 불구하고 그의 글쓰기에 '일본'에 대한 강한 적대감이 명시적으로 드러난다는 사실은 1920년대 이후 최남선에게서 변화된 한 양상이라고 할 수 있다. 1900년대 후반 이후 1910년대까지 최남선은 일본에 대해 특별히 배타적인 입장을 보이지 않았다. 오히려 일본은 조선이 나아가야 할 서구의 근대 문법을 선취한, 우리로서는 받아들여야 하는 하나의 모델 같은 것이었다. 하지만 1920년대 이후 역사 연구로의 전환은 최남선에게 이제까지 모델적 의미를 갖고 있던 일본에 대해 현실적 경계를 갖게 만들었다. 훗날 최남선은 자신이 지조냐 학자냐의 기로에서 학자의 길을 선택함으로써 대중들의 기대를 배반했다고 술회하고 있지만,167) 역설적이게도 이 선택은 최남선 개인으로는 오히려 조선과 일본이라는 명시적 분할선을 인식하는 계기가 되었다.

최남선은 단군신화를 비롯한 조선 고대사 연구를 학문적 연구라는 입장에서 받아들였다. 이것은 그의 역사 연구가 다양한 근대적 연구방법론들을 적극 수용하고 있는 점에서도 알 수 있다. 최남선

---

165) 최남선, 「단군부인의 망」, ≪동아일보≫, 1926. 2. 11 - 2. 12 /『전집 2』, p.77.

166) 「단군론」의 논의를 전개하면서 최남선은 시라토리가 檀의 의미를 『여지승람(輿地勝覽)』의 「묘향산기문(妙香山記文)」과 『관불삼매해경(觀佛三昧海經)』의 「우두전단기문(牛頭旃檀記文)」을 통해 묘향산의 단목(檀木)이며 불교에서 온 말이라고 주장한 것을 논박하면서 '진실로 생떼에 가까운 일'이라고 비판한다. 이외에도 「단군론」에는 '떼장이' '떼꾼' '떼꾸러기' '앙탈' '버릇없는 소리' 등 일본 학자들의 논의에 대해 감정을 드러내는 평가들을 어렵지 않게 찾아볼 수 있다.

167) 최남선, 「자열서」, ≪자유신문≫, 1949. 3. 10 /『전집 10』, p.533.

은 자신의 역사 연구에 고고학·언어학·민속학·문화인류학 등 다양한 연구방법론을 동원했다. 최남선이 다양한 역사연구방법론을 이용했던 주된 이유는 역사 연구의 주된 방법론인 실증적 문헌 연구로는 조선의 상고사를 설명할 수 있는 일차 자료가 부족했던 것에 기인하지만, 오히려 다양한 연구방법론을 활용함으로써 최남선은 근대적 학문의 영역 안에서 조선의 고대 문화를 설명할 수 있는 여러 방법들을 개척할 수 있었다. 이것은 다른 한편으로 최남선의 근대 기획이 갖는 보편 문법의 획득과도 밀접한 관련이 있었다.

> 조선이 동아(東亞) 최고(最古)의 일국(一國)으로, 단군(壇君)이 그 인문적 시원이라 함은 조선인의 오래전부터 전신(傳信)하는 바이다. 유문(遺文)이 간약(簡約)하여 그 상(詳)을 얻기 어려우나, 조선 민족의 연원과 문물의 내력을 오직 여기 징고(徵考)할밖에 없을진대, 독일(獨一)한 유주(遺珠)기에 더욱 그 보배로움을 볼지니, 학자(學者) 모름지기 반복(反覆) 완색(玩索)하여 그 유광(幽光)을 천발(闡發)하기에 여력을 남기지 아니할 것이다. 더욱 조선은 동아에 있어서 지나 이외에 수천 년 통관(通貫)한 국토와 문물의 유일한 보유자요, 겸하여 그 인문지리적 위치가 정(正)히 민족 급 문화 유동의 간선(幹線)에 당(當)하여 사방의 풍우가 대개 창흔(漲痕)을 여기 머물렀으니, 단군이 어찌 조선사만의 문제며, 조선이 어찌 동양사만의 문제랴.168)

「단군론」은 '조선을 중심으로 한 동방문화 연원 연구'라는 부제에서 보듯 문화사적 연구의 기획과 연계되어 있다. 이것은 글의 초두에서 최남선이 단군은 조선사만의 문제가 아니며 조선은 동양사만의 문제가 아니라고 주장할 수 있는 근거이기도 했다. 최남선은 이른바 '동방문화(東方文化)'라는 말이 무엇을 의미하는 것인지

---

168) 최남선, 「단군론」, 앞의 글 『전집 2』, p.79.

를 묻는다. 동방문화라는 것이 지나(支那)나 인도(印度)만으로 설명
될 수 없는 것이고, 그것만으로 설명될 수 없는 것이라면 그 이외
의 방면으로 연구를 향해야 하는데 이러한 문제를 해결할 수 있는
것은 '자체의 잠광(潛光)과 지나(支那)의 반사(反射)로써 비교적 명
백한 계속적(繼續的) 증적(證跡)을 가진 조선(朝鮮)에 그 문로(門
路)를 찾는 것'이 당연하다는 논리이다.

    최남선은 조선의 상고사를 밝히는 일련의 작업들을 가리켜 '조
선이라는 처녀를 과학의 혼인잔치로 끌어내' 오는 일이라고 불렀
다.169) 요컨대 이것은 조선을 근대적 성격과 결합시키는 일이었던
셈이다. 여기에는 불함문화라는 문화 권역을 통해 최남선이 무엇을
의도하고 있는지가 잘 드러난다. 불함문화는 최남선의 구상 속에서
세계 문화라는 전체에 대해서는 상대적 특수성을 갖는 필수적인
일면으로 설정되는 동시에, 조선이라는 특수에 대해서는 상대적 보
편성을 갖는 전체였던 것이다. '전체를 구성하는 필수 요소로서의
부분' 혹은 '부분들의 총합으로 완성되는 전체'라는 식의 '전체와
부분' 구도는 역사 분야 외의 영역에서 1920년대의 최남선이 남긴
여러 글들 속에서 어렵지 않게 찾아볼 수 있는 최남선의 논리적
구상이었다. 이 시기에 행해진 국토라는 강역 전체 안에서 다시
발견되는 민족적 성소(聖所)로서의 금강산·백두산 등의 기행문류
나 세계문학(世界文學)의 일부면(一部面)으로서의 시조 부흥 등은
그 대표적 사례들이었다고 할 수 있다.

---

169) 최남선, 「조선역사통속강화개제」, 앞의 글, 『전집 2』, p.430.

## 2. 지리학적 시선을 통한 민족의 재인식

### 1) 심상지리와 파노라마적 풍경 묘사

최남선은 총 19편의 기행 관련 글을 남겼다.[170] 그의 방대한 전체 저작에 비하면 소략한 수준이라고 할 수도 있지만 분량상 결코 적은 양은 아니다. 더욱이 그의 기행산문은 무엇보다도 민족주의자로 혹은 역사가로서 그가 가졌던 '국토'에 대한 역사의식과 깊이 관계된 것이었다. 「경부철도가」나 「한양가」에서 보듯 기행문은 아니지만 지역 유람의 기록을 담은 시가 등까지 넓은 의미에서 포함하게 되면 실질적으로 그의 기행문은 그가 살았던 전체 이력 속에서 편재하는 것이었음을 알 수 있다. 문학적 글쓰기라는 국한된 측면에서 볼 때에도 기행문은 시조와 더불어 그의 글쓰기가 가장 집중된 형태로 드러난 두 개의 축 가운데 하나였다고 말할 수 있다.

이제까지 최남선의 기행문들은 주로 민족의 발견이라는 측면에서 집중 조명되었다. 그것은 최남선에게 기행문은 "역사연구에 수

---

170) ※ 최남선의 여행·기행문류는 다음과 같다.
「쾌소년세계주유시보」(세계기행계획이었으나 실제로는 개성까지, 『소년』, 1908. 11) / 「반순성기」(서울, 『소년』, 1909. 8) / 「교남홍조」(경상남도, 『소년』, 1909. 8) / 「평양행」(평양까지, 『소년』, 1909. 11) / 「남산 잠두에서」(서울, 『청춘』, 1917. 6) / 「풍악기유」(금강산, ≪시대일보≫, 1924. 10) / 「심춘순례」(지리산 및 남도, ≪동아일보≫, 1925. 3) / 「'되무덤이'에서」(낙랑 유적, 1925, 미발표?) / 『금강예찬』(금강산, 1925) / 「백두산근참기」(백두산, 동아일보, 1926. 7 - ) / 「구월산사적답사」(구월산, 『동광』(9호), 1927. 1) / 「평안북도 영변 답사」(영변, 1930. 4) / 「북정기」(함경북도, 1930. 4) / 「송막연운록」(만주·북경·몽고·산서, 1937. 10 - 1937. 4월) / 「삼도고적순례」(평양·부여·경주, ≪매일신보≫, 1938. 9. 1 - 9. 5) / 「만주풍경」(중국 동북지역, ≪매일신보≫, 1938. 10. 4 - 8) / 「통구의 고구려 유적」(통구, 1939. 여름) / 「천산유기 1 · 2」(중국 천산, 『만주조선문예선』, 1942)

용될 수 없는 민족주의적 파토스가 위력을 발휘하는 장으로 존재"[171]했기 때문이다. 하지만 또한 이것은 그의 기행문들 중 1920년대의 기행문들을 중심으로 논의가 형성된 결과이기도 하다. 요컨대 최남선의 기행문 전체를 놓고 볼 때 1920년대의 민족 서사적 기행문들이 그 이전과 이후 시기를 같은 계열로 동시에 포괄할 수 있는 것인지는 아직 논의되지 않았던 것이다. 그러므로 최남선의 1920년대 기행문들이 표면적으로는 여타의 동시대 문인들의 기행문들과 동일한 형식을 갖추고 있으면서도 대상을 의미화해 내는 방식에서 두드러진 차이를 보인다는 점은 주목을 요한다. 1920년대 최남선의 기행문은 근대 초기 계몽지식인으로 출발해 역사학자로 이어지고 있던 그의 삶과 함께 전개되고 있다. 그 과정에서 최남선은 여타의 기행문과는 다른 독특한 글쓰기의 형식을 이룩했다. 그러므로 이를 파악하기 위해서는 우선 동시대에 펼쳐진 최남선의 다른 행보들, 예컨대 역사 담론들에 나타난 민족 이념을 참고할 필요가 있다. 또한 여기에 이르기까지 그가 보여 주었던 이전 시기의 작품들, 즉 1900년대 이후 1910년대의 철도 여행기들과도 어떠한 관련을 맺고 있는지를 비교해 보는 것이 필요하다고 하겠다.

일반적으로 기행문은 여행의 경험을 바탕으로 쓰인 글을 통칭하는 문학 글쓰기의 하위 개념이다. 그러므로 모든 여행의 기록은 일차적으로 기행문의 범주에 속한다고 할 수 있다. 기행문은 흔히 문학의 하위 범주인 수필의 일종으로 설명되지만, 사실 모든 기행문이 문학의 범주에 속하는 것은 아니다. 기행문이 여행지에 대한 설명 및 개인의 감상을 포함하며, 이때 여행자의 감상이 여행지에

171) 서영채, 「기원의 신화를 향해 가는 길」, 『현대문학연구』(12), 2005.

대한 주관적 인상뿐만 아니라 그 대상을 통해 보편적 철리(哲理)를 깨닫는 것으로 나아갈 때 일반적인 의미에서 기행문은 문학의 하위 범주로 인정된다. 여기에는 문학이 선험적인 무엇이라는 경계가 작동하고 있다. 하지만 문학이란 선험적인 것이 아니라 역사적인 것이다. 아직 문학이라는 개념이 자각되기 이전에 쓰인 작품들은 문학적 가치로 잘 환원되지 않는다. 19세기 말 이래 많은 여행기들이 신문이나 회보류 등에 실렸지만 엄격한 의미에서 이 글들을 근대문학의 기행문 범주 속에서 평가하기 어려운 것은 이런 이유 때문이다. 덧붙이자면 19세기 말 이래 많은 여행기들은 어떠한 '과정'을 거쳐 비로소 문학이 되었다고 말할 수 있다. 어느 순간 기행문은 문학의 일부분으로서 가치를 인정받게 된 것이다.

최남선은 그의 글쓰기가 본격화되기 시작한 1900년대 후반 이후 1940년대 초까지 꾸준히 여행 및 기행 관련 글을 남겼다. 개인사적으로 볼 때 이는 1908년의 신문관 시절부터 1941년 만주 건국대학 교수직을 사임하고 귀국할 때까지에 해당하며, 여기에는 이른바 신문화운동의 기수로, 민족운동가로, 역사가로, 그리고 만주국 교수로서의 시기까지가 총망라되어 있다. 그러므로 기행문은 최남선의 저작들을 연대기순으로 일별할 때 초기부터 후기까지 일관되게 발견될 뿐 아니라, 최남선의 글쓰기가 출발지로 삼았던 보편적 지식으로서의 잡지적 글쓰기로부터 근대문학의 하위 범주의 하나로 창작되는 과정을 노정하고 있다는 점에서 최남선의 글쓰기가 시종하는 중요한 양식이었다고 말할 수 있다. 예컨대 여기에는 그 자신이 학문의 출발로 삼았던 지리학적 관심으로부터 이후 그의 일평생을 통해 전력을 쏟게 만들었던 역사학의 흐름을 볼 수 있으며,

문학과 관련해서 그의 의욕이 가장 잘 표면화되었던 시조까지 집약되어 있다. 조금 적극적으로 해석한다면 최남선의 기행문은 앞서 살펴본 그의 글쓰기가 총체적으로 드러난 축도였다고도 할 수 있다.

최남선의 여행기는 그 시기 및 여행지의 변화를 기준으로 크게 세 계열로 나누어 살펴볼 수 있다. 첫 번째는 초기 신문화운동의 주역으로 활동하던 시기의 여행 기록이고, 두 번째는 역사학자로서의 이른바 '순례'의 기록들이며, 세 번째는 만주 등 국경 외부의 여행 기록들이다. 이들은 각각 시기적으로 1900년대부터 1910년대까지의 주로 철도 여행 시기, 1920년대 이후 1930년대 초중반까지의 민족적 성소 순례 시기, 그리고 1930년대 후반 해방까지의 만주 여행 시기로 나누어진다. 이를 다시 작품에 따라 분류해 보면, 제1시기는 「쾌소년주유시보」·「반순성기」·「평양행」·「교남홍조」 등이다. 이 시기의 작품들은 철도라는 근대 여행의 중요한 매개를 통해 근대적 글쓰기에 새롭게 포착되는 여행자의 시선을 보여 준다.172) 제2시기의 작품은 금강산·백두산 기행류인 「풍악기유」·「심춘순례」·「금강예찬」·「백두산근참기」·「북정행」 등이다. 사실 최남선의 기행문은 양과 질 모든 면에서 이 시기에 집중되어 있다고 말해도 과언은 아니다. 1920년대 최남선의 기행산문은 초창기 지리학적 관심을 넘어 민족의 역사를 실증하는 차원에서 이루어진 경향을 보인다.

제3시기에 속하는 작품군은 「송막연운록」과 「천산유기」(1)·(2)이다.173) 이 작품들에 대한 구체적인 분석은 Ⅴ장에서 다루게 될

---

172) 「반순성기」는 철도 여행이 아니라 산책 기록이다. 그러므로 엄밀히 말하자면 다른 작품들과 구별된다고 말할 수 있다. 하지만 「반순성기」에 보이는 산책자의 시선은 외부를 대상화하고 주체와의 거리감을 표면화시키고 있다는 점에서 본질적으로 「평양행」이나 「교남홍조」에 보이는 근대적 여행자의 시선과 큰 차이를 보이지 않는다.

것이다. 「송막연운록」과 「천산유기」는 최남선의 만주국 시절을 대표한다. 여행지가 국경 너머에 있다는 점을 제외하면 표면적으로 제2시기의 기행문들과 큰 차이를 갖는 것은 아니다. 하지만 제3시기의 작품들은 몇 가지 점에서 흥미로운데, 그 이유는 우선 이 시기의 기행문이 만주와 중국이라는, 이제까지와는 다른 공간으로 여정이 확장되었다는 점에서 찾을 수 있다. 이질적인 공간에 편입되면서 최남선의 인식은 균열의 조짐을 보인다. 최남선은 이러한 균열을 만주를 타자화시키는 방식으로 자신의 문화론 속으로 끌고 들어왔다. 하지만 문화권이 확장되고 새롭게 타자가 설정되었을 때 최남선이 부딪친 문제는 일본과의 관계였다. 1930년대 후반 이후 최남선의 역사논설이 친일담론으로 평가되는 것은 이와 같은 과정을 포함하고 있다. 이 부분에 대해서는 Ⅴ장을 통해 자세히 살펴보겠다. 따라서 1930년대 이후 최남선의 기행문을 살피는 작업은 식민지 지식인이 국경 외부에서 무엇을 어떻게 보고 있는가를 살핌으로써 식민지 지식인의 욕망의 흐름을 추적하는 기회이기도 하다.

　　마음은 몸을 따르고 몸은 기차를 따라, 용산 신개지(新開地)의 굉장한 일본 관사(官舍)와 일인 시정(市井)을 놀라면서 새로 짓는 용산역사 옆에 잠시 멈춘 후 뒷걸음으로 의주집아, 어서 보자 하고 나아갈새, 연강(沿江) 상하에 제일성영(第一盛榮)하다 하여도 우리 눈엔 그 모양이 빈과(貧寡)

---

173) 「송막연운록」은 1937년 만주 및 중국 동북 지역 기행문이다. 엄밀한 의미에서 1938년 4월 이후 시작되는 최남선의 만주국 생활 이전이지만 여행지가 만주 및 중국 북동부 지역이라는 점 및 「송막연운록」 연재가 중단되는 것과 그의 만주국 생활이 일치하는 점 등에서 「송막연운록」이 연재되는 중에 그의 만주국 이주 계획은 결정되어 있었던 것으로 보이기 때문에 1920년대와는 다른 작품군으로 분류했다. 한편 「천산유기」는 『육당최남선전집』에는 수록되어 있지 않은 미발굴 원고이다. 「천산유기」는 『만주조선문예선』(1941, 조선문예사)에 실려 있는데, 「천산유기」의 발굴로 최남선의 기행문은 1940년대 초반 만주국 시절까지 지속적으로 이루어졌음을 알 수 있게 되었다.

한 어촌 같은 용산, 마포와 근강(近江) 부곡(部曲)에 제일 은부(殷富)하다 하여도 기차에선 그 가택이 난잡한 돈책(豚柵) 같은 동막(東幕), 공덕리 (孔德里)를 보고 "불쌍한 이 사람아, 게으른 이 사람아" 하여, 한번 적상 (吊傷)하고서 반공(半空)에 높이 빼어난 도지부(度支部) 연와제조소(煉瓦 製造所) 연돌(煙突) 위에서 뿜어 나오는 흑연(黑煙)이 무슨 의미가 있는 듯하여, 근세문명과 연돌의 관계(關繫)며 20세기 이후의 기관과 원동력 등 문제를 생각하는데, 수색역에서 정차치 아니한 기차가 일산역에서 잠 시 정차하는지라, 고개를 들고 내다보니, 주막거리엔 혹 불면 날아갈 듯 한 백의(白衣) 양반들이 장(場) 보시기에 잡답(雜踏)한 모양이요, 동북방 으로 보이는 고봉산(高峰山)에는 창취(蒼翠)가 떨어질 듯한데, 그리로부 터 열린 넓으나 넓은 들은 익어 가는 벼가 풍년 빛을 띠어 가지런히 고 개를 숙였더라.[174](강조는 원문)

1909년 9월 19일, 최남선은 남대문발 평양행 제1열차를 타고 평 양행을 한다. 최남선의 초기 여행기록은 동시대의 다른 누구와도 비교되기 힘들 정도로 독특한 것이었다. 이는 최남선이 기차 여행 이라는 근대적 체험을 정확하게 인식하고 있을 뿐 아니라 이로 인 한 새로운 표현형식까지를 선보이고 있기 때문이다. '마음은 몸을 따르고 몸은 기차를 따라' 이동하면서 그는 차례차례 차창 밖 풍 경들을 분간해 낸다.[175] 거기에서 그는 굉장한 일본 관사 및 일본 인 시정(市井)을 보고, 돼지우리 같은 조선인들의 동막·공덕리를 보며, 기와 공장 굴뚝을 보면서 근세 문명 및 20세기 이후의 기관 및 원동력 등의 문제를 생각하기도 하고, 기차가 잠시 일산역에

---

174) N. S., 「평양행」, 『소년』, 1909. 11/『전집 6』, p.462.

175) 기차 여행에 대한 이러한 기록이 특별한 이유는 최남선보다 앞서 기차 체험의 기록 을 남겼던 김기수의 「일동기유」와 비교해 볼 때 확인해진다. 1876년 수신사로 일본 에 갔던 김기수는 요코하마에서 시바 시로 가는 과정에서 '화륜거'를 탔는데 김기수 는 처음 보는 기차의 속도와 위용에 완전히 제압당하여 철도가 제공하는 풍경을 전 혀 인식하지 못하고 있다. 김기수의 화륜거 체험에 관해서는 김동식의 「철도의 근대 성」(『돈암어문학』(15), 2002) 참조.

정차했을 때에는 주막거리에서 장을 보는 사람들과 멀리 들판에서 익어 가는 벼들의 고개 숙인 모습을 본다. 하지만 최남선의 기차 여행이 보여 주는 이러한 파노라마적 풍경 묘사가 단순히 새로운 풍경 묘사를 획득했다는 사실에서만 유의미한 것은 아니다. 오히려 최남선의 기차 여행 기록을 통해 흥미로운 점은 그가 이러한 체험을 통해 시점을 갖는 여행자의 모습을 보여 준다는 사실이다.

기차는 최남선의 초기 여행 기록을 이해하는 중요한 열쇠다. 또한 잘 알려진 사실이지만, 최남선은 여행 때마다 거의 대부분 지리학 서적들을 기본으로 휴대했다. 이것은 최남선의 기행문이 일차적으로 그의 지리학적 관심 위에서 출발했음을 의미한다. 2차 일본유학 때 와세다 대학 지리역사학과를 선택했던 그의 이력에서 보듯, 지리학은 1900년대의 최남선이 가장 관심을 보였던 영역이기도 하고 그의 평생을 통해 기본으로 작용했던 학문이기도 하다. 『소년』은 창간호부터 「봉길이지리공부」(총 7회)라는 연재물을 통해 지리에 대한 기초 학습을 유도하고 있을 뿐 아니라, 「해상대한사」(총 9회), 「지도의 관념」(『소년』, 1908. 12), 「쾌소년세계주유시보」(총 5회) 등 지리 관련 글들에 많은 비중을 두었다.

지리학은 근대계몽기에 가장 강조된 학문의 하나였다. 근대계몽기에 지리학이 강조되었던 이유는 그 시기의 시대 이념이 하루빨리 '세계 지식'을 획득하는 데 있었기 때문이다. 이 점에서는 '세계적 지식의 수득(收得)'을 잡지의 모토로 내세웠던 『소년』의 최남선도 다르지 않았다. 예컨대 서울 남대문에서 공주・대구를 거쳐 구포(龜浦)까지의 기차 여행의 기록인 「교남홍조」는 여정에 따라 펼쳐지는 각 지역의 지리학적 정보들을 『동국여지승람』과 『택리지』

그리고 외국인 답사보고서를 참조함으로써 가능했다.176) 또한 서울 남대문서 평양까지의 기차 여행인 「평양행」의 경우에는 1908년 통감부 철도관리국에서 발행된 『철도지(鐵道誌)』의 정보들이 삽입되어 있다.177) 철도와 지리서라는 두 개의 표지는 최남선의 여행이 앞 시기의 관유기(觀遊記)들과 달리 근대적 시공간의 좌표 위에서 시작되고 있음을 지시한다. 철도 여행은 여행자의 신체를 공간과 분리시키고 파노라마적인 풍경을 제시한다. 풍경이 파노라마화된다는 말은 공간이 균질화된다는 사실을 의미하며, 이러한 균질적인 공간은 지리서 속에 평면화되어 남게 된다.

> 봉길이지리공부는 계통적으로 질서정연하게 배위 가난 것이 아니라 째와 형편을 짜라 이어룬 더여룬 의 엇어 드른 것을 쏙 수첩에 기록하야 가난 것이니 어려운 이치도 잇고 쉬운 이약도 잇고 맛잇난 것도 잇고 썩썩한 것도 잇서 형형색색이 다 모엿스나 급기 낡난 사람을 유익하게 하난데는 다 일반이니 지리학이란 웃더케 요긴한 것인디 웃더케 중대한 것인디 웃더케 자미로운것인디 알냐하면 정신드려 이글을 보시오.178)

인용문에서 보듯, 「봉길이지리공부」는 본격적인 지리학 관련 글은 아니다. 하지만 창간호부터 모두 일곱 차례에 걸쳐 지속되었던 만큼 이 단원에 대한 최남선의 애착은 높은 편이었다. 「봉길이지리공부」는 "지리공부도 맛잇난 구석이 많다."라는 말과 함께 "멋

---

176) 公六, 「교남홍조」, 『소년』, 1909. 9. p.52/『전집 6』, p.472.
  "수일 전부터 「동국여지승람」 「택리지」와 및 외국인의 답사보고서 중으로서 적록(摘錄)하야오던 역로비고(歷路備考)를 조금 수증(修增)하고 뒤에는 지(地)와 인(人)에 관한 사항을 약간 고심(考審)하면서"
177) 이 철도지는 1908년 통감부철도관리국에서 발행된 『조선철도선로안내』였다. 이승원, 「근대전환기 기행문에 나타난 세계인식의 변화 연구」, 인천대학교 박사학위논문, 2006 참조.
178) 「봉길이지리공부」, 『소년』, 1908. 11, p.65.

도 맛도 아모것도 업시 쇠불퉁수불퉁한 지도(地圖)를 기억함은 심히 정신드난 일"이기 때문에 "그 외위(外圍)의 철요(凸凹)를 보아 금수충어초목화과기물인형(禽獸蟲魚草木花果器物人形) 갓흔 것의 형(形)에 象하야" 각국의 외형(外形)을 잘 기억할 수 있는 좋은 방법을 소개하는 것으로 시작한다. 예를 들면 프랑스의 윤곽을 차주전자와 나란히 그려 놓거나 동해를 토끼모양에 비유하는 식이었다. 여기에서 최남선은 일본 고토(小藤) 박사가 한반도를 토끼 모양에 비유한 것을 소개하면서 "이 쏘한 방불(彷佛)하다 아니티 못할디로대 이보다 나흐게 비유(比喩)한 것"을 하나 말하겠다며 호랑이 형상으로 한반도를 비유한 그림을 소개한다.179)

『소년』에는 매호마다 「경부철도가」, 「한양가」 및 『외국지지(外國地誌)』, 『대한지지(大韓地誌)』 등의 조선의 지리를 노래한 시가 및 본격 지리학 서적 광고를 싣고 있다. 하지만 이러한 관심과 열정과는 달리 사실상 『소년』 창간 무렵 최남선이 갖고 있던 지리학 관련 지식수준은 그다지 높은 편이 아니었던 걸로 보인다.180) 최남

---

179) 「봉길이지리공부」, 『소년』, 1908. 11, pp.67-68.
　　"이것은 최남선의 안출(案出)인데 우리 대한반도로써 맹호가 발을 들고 허위덕거리면서 동아대륙을 향(向)하야 나르난듯 쮜는듯 생기 잇게 할퀴며 달녀드난 모양을 보엿스니 제일(第一) 소등박사(小藤博士)의 토유(兎喩)는 외위선(外圍線)을 만히 개획(改劃)하얏스나 최 씨는 항용지도(恒用地圖)에 잇난 대로 아모됴록 철처(凸處)는 철(凸)한 대로 요처(凹處)는 요(凹)한 대로 그대로 온전하게 내형(內形)을 강작(强作)하되도 안코 공교(工巧)하게 쏘 윤당(允當)하게 안출하얏스며 그 포유(包有)한 의미로 말하야도 우리 진취적 팽창적 소년한반도의 무한한 발달과 아울너 생왕(生旺)한 원기(元氣)의 무량한 것을 남더디업시 너어 그럿스니 쏘한 우리 갓흔 소년의 보난데 얼만큼 마음에 단단한 생각을 둘 만한디라."

180) "余ㅣ 頃者에 某地方에 遊行하얏다가 某學校의 懇囑으로 地理學上 構話를 할 새 原來 準備한 일도 아니오 쏘 參考書 一冊도 携帶치 아니한지라 다만 記憶에 溯하야 五六時間 「地理의 基礎的觀念」을 述하니 淺薄하고 疎漏하기 比할대업난지라 心中에스스로 追悔하더니 歸京後 內村鑑三(宗敎家) 氏 著 「地人論」 中 '地理學研究의 目的'을 讀하니 더욱 自己의 素蓄이 적음을 알지라. 이에 이를 本誌에 譯載하야 前者의 妄罪를 將贖코자 하노라."

선은 우치무라 간조(內村鑑三)의 글을 번역한 「지리학연구의 목적」에서, 지(地)를 궁구치 않고는 식산(殖産)·정치(政治)·미술(美術)·문학(文學)·법교(法敎)라는 계단을 오를 수 없다고까지 말했다. 요컨대 지리학은 '모든 학문의 근본(지리학은 실노 諸學의 基라)'이었던 것이다. 지리학적 관심이 모든 학문의 근간이라는 인식, 그리고 근대적 지리학으로서의 심상지리적 관심은 최남선에게 국토라는 관념을 전체적인 영역권의 차원에서 이해하게 만들었다. 정리하자면, 최남선은 지리학으로부터 얻은 심상지리적인 국토 관념 위에서 기차를 통해 얻은 새로운 시각적 체험을 글쓰기의 영역 속으로 이끌고 온 셈이다. 따라서 최남선의 초기 철도 여행 기록은 평면화된 근대적 공간을 그 자신의 언어로 전유(專有)하는 사상적 지도가 된다.

국토의 형상을 윤곽을 통해 형상화한다는 생각은 외부적인 것, 혹은 근대적인 것이다. 적어도 지도에 대한 이러한 관념은 근대 이전에는 없었던 것이라고 볼 수 있다. 국토를 전체적인 형상으로 윤곽을 통해 상상한다는 것은 이러한 국토를 전체적으로 조망하는 하나의 시선을 갖게 되었다는 사실을 의미한다. 지리학의 차원에서 보자면 이것은 서구적인 측량 기술의 결과 도입된 근대적 지리학의 관념인 것이다. 이러한 사실은 또한 윤곽 내의 국토를 전체로서 사고하게 만든다. 요컨대 영토라는 관념 속에서 공간들은 균질화된다. 공간들이 균질화되면 이제 국토는 평면화된다. 거꾸로 말하면 국토는 어떤 이념 위에서 새롭게 발견되어야 하는 공간으로 변화되고 있다는 것이다. 이것은 최남선에게 조선의 국토가 "산하 그대로 조

우치무라 간조(內村鑑三), 최남선 번역, 「지리학연구의 목적」, 『소년』, 1909. 11, p.83.

선의 역사며 철학이며 시며 정신"181)일 수 있었던 이유이기도 하다.

> 　이 철도의 놓은 땅은 뉘 땅이며 이 땅에 놓은 철도는 뉘 건고 ─ 나라〇
> 철도완댄 타고 다니는 사람은 누가 많은고……하다가 저 건너 네댓가 앞
> 에 누운 일본 부인, 나이는 한 이삼, 사세나 된 듯한데 저는 근심 없이
> 자는지 모르나, 나 보기엔 매우 근심 있는 듯한 그 자는 얼굴을 보고, 그
> 부인의 신상에 대하여 여러 가지 상상이 일어난다. 저 부인은 무엇 할 양
> 으로 우리나라에 나왔노. 혹 궁벽한 시골로 처녀 후리러 다니는 못된 놈
> 이 조선이나 만주로 가면 하비(下婢) 노릇을 하여도 월급이 수십 원씩 된
> 다는 단말에 떨어져 현해탄 거친 물에 뱃멀미로 고생을 시작하여 마침내
> 인형 쓴 축생이 되어 마굴에 서식하고 매매하는 물화가 되어 고해(苦海)
> 로 표탕(漂蕩)하는 가련한 박명녀(薄命女)가 아닌가.182)

　최남선에게 여행은 그것이 현실을 환기한다는 점에서 일반적인 승경 유람의 여행과는 달랐다고 볼 수 있다. 최남선은 여행을 통해 보는 대상들을 조선에 대한 재의미화의 방편으로 받아들인다. 최남선은 문명의 상징인 철도를 보면서도 그것이 제공하는 이질적 풍경에 압도되는 것이 아니라, "이 철도의 놓은 땅은 뉘 땅이며 이 땅에 놓은 철도는 뉘 건고"라고 그가 탄식한다. 그가 도지부 연와제조소 굴뚝 연기를 보며 "근세문명과 연돌(煉突)의 관계며 20세기 이후 기관과 원동력 등 문제를 생각"(「평양행」)하는 것이나, 낙동강 철교를 지나면서 본 왜관역에서 차창을 내다보며 '기쁘고, 기막히고, 바디쳐 죽이고 싶도록 밉고, 눈물 나는' 조선의 형편 앞에서 "지사(志士)니 애국자니 하는 자가 이러한 실제 문제는 등한히 하고 공연히 떠드는 거짓(虛僞)을 어찌하면 깨칠꼬"(「교남홍조」)라며 읊조

---

181) 최남선, 순례기의 권두에, 『심춘순례』, ≪동아일보≫, 1925. 3/『전집 6』, p.259.
182) 公六, 「교남홍조」, 『전집 6』, p.474.

릴 때 최남선의 눈에 보이는 것은 철도가 제공하는 근대적 풍경이 아니라 조선의 현실이다. 여정 곳곳에서 역사적 유래나 지역의 의미를 되새기는 방식 또한 마찬가지다. 곳곳에 새겨진 역사의 흔적들을 통해 평면화된 근대적 공간, 파노라마처럼 순간적으로 펼쳐지는 창밖 공간은 조선 국토라는 경계 안에서 재의미화되고 있는 것이다.

최남선은 여행을 통해 펼쳐진 풍경 앞에서 '미'를 추상하지 않는다. 그에게는 여행지에서 만난 풍경이나 장소의 의미가 일종의 지식처럼 평면화되고 있다. 최남선에게 여행이 기차 안에서 끝나고, 그러한 '여행 과정'에 대한 기록에 머물 때조차 유람이나 여흥의 느낌으로부터 분리되는 것은 이런 이유 때문이다. 요컨대 최남선의 여행은 처음부터, 그것이 비록 유람의 형식인 것처럼 보일 때조차도 유람과는 먼 위치에 있는 것이었다. 최남선의 이러한 태도는 1920년대 국토 순례의 여정에서 그가 보인 태도가 어째서 문인들의 시선과는 구별될 수밖에 없었는가를 이해하는 데 많은 것을 시사한다. 뿐만 아니라 이것은 또한 어째서 그가 문학이 아닌 역사 연구로 나아갈 수밖에 없었는가를 설명하는 데에도 좋은 참고가 된다.


2) 순례자 의식과 민족적 가치의 생성


1910년대까지 최남선의 여행기는 승경에 대한 묘사를 거의 포함하지 않았다. 최남선의 기행문 속에서 장엄한 자연의 아름다움이 드러나는 것은 1920년대 이후부터이다. 최남선은 1920년대 중반과 후반에 각각 금강산, 지리산, 백두산 등을 여행하면서 조선의 아름다움을 민족적인 차원에서 묘사했다. 표면상 이 시기의 기행문들은 일반적인 기행문의 필치와 큰 차이를 보이지 않는다. 적어도 대상으로서의 아름다움이 묘사되고 있다는 점에서 더욱 그렇다고 할 수 있다. 하지만 최남선의 1920년대 기행문들은 단순히 기행문이라는 문학적 글쓰기의 측면에서 모든 것이 설명되지는 않는다. 요컨대 그의 기행문들은 동시대의 작가들이 보여 준 기행문들과도 구별될 뿐 아니라, 이전 시기 많은 사람들에 의해 기록되었던 '유기(遊記)' 혹은 '유산록(遊山錄)'과도 차별된다.

근대 이전에도 금강산이나 백두산 등 명산에 대해서는 많은 명사들이 직접 여행의 기록들을 남겼다. 이런 유기들은 표면상 탐승 여행을 표방할 때에도 대부분 그 산이 성스러운 공간임을 적극 강조한다.[183] 따라서 최남선이 1920년대에 민족의 명산을 오르고 이에 따라 각각의 장소를 민족적인 장소로 설명하고 있음은 특별히 새로운 관점이라고 볼 수 없다. 동아시아적인 오래된 전통 속에서든 아니면 20세기 초 피식민지의 지식인으로서든, 금강산 등 명산들의 뛰어난 경물은 그 자체로 정신적 대상으로 승화되기엔 충분한 조건이었기 때문이다.

최남선이 다른 문인들과 달라지는 점은 여행에 대해 그가 보여준 순례자적 · 신앙인적인 자세에 있다.[184] 최남선은 역사 연구가

---

183) 조규익, 「금강산 기행가사의 존재양상과 의미」, 『한국시가연구』(12), 한국시가학회, 2002, p.244.

184) 최남선의 금강산 기행을 이광수의 그것과 비교한 논문으로는 서영채의 「최남선과 이광수의 금강산 기행에 대하여」(『민족문학사연구』(24호), 2004)에서 선명하게 대비되었다. 서영채는 1920년대의 일본 제국의 문화 정책하에서 금강산 기행이 개발되었음을 지적하면서 비슷한 시기에 금강산을 올랐던 최남선과 이광수가 각각 다른 방식으로 금강산을 거쳐 갔음을 밝히는 동시에, 그럼에도 이 둘의 기행문이 공통적으로 '근대적 기행의 형식으로서의 관광의 패러다임이 지니고 있는 한계' 안에 있음

시작된 1920년대 이후 행해진 자신의 여행들을 기록할 때마다 자신의 여행이 단순히 산수에 대한 취미 때문이 아님을 분명히 밝히고 있다. 여행에 대한 이러한 태도는 그것이 일종의 이념적 차원에서 이루어졌다는 점에서 근대 이전 문인들이 보여 주었던 태도와 흡사하다고도 볼 수 있다. 하지만 근대 이전 문인들의 여행은 승경지의 아름다움을 묘사할 때에도 여행의 목적은 미적인 차원이라기보다는 대상 속에서 자신들의 이념을 재확인하는 데에 있다. 이에 비해 1920년대 최남선의 여행은 여행의 대상 속에서 대상이 갖는 아름다움을 표현하고 있다는 점에서 근대 이전의 문인들과 구별된다. 다만 이때에도 최남선은 승경지의 아름다움을 근대적 의미에서의 '미'로 추상하지는 않는다. 따라서 최남선의 기행문이 전근대적 여행의 속성과 근대적 여행의 양 측면을 동시에 포함하고 있다는 것은 최남선이 갖는 특이성의 측면이라고도 말할 수 있지만, 이때에도 그의 이념은 1920년대 이후 매진하고 있던 조선, 혹은 민족적인 것의 가치가 표현된 것이었다는 사실은 기억할 필요가 있다.

① 조화의 일대 문장인 금강산은 인류 공통의 미적 대재산이요, 우주 장식의 최고급적 일물일 것이다. 홀로 조선 급 조선인만이 전유(專有) 독점한 양으로 제 집안 자랑을 삼을 것은 아니다.
…… 물심 양계(兩界)를 통하여 조선 급 조선인의 신비적 대표주(大標柱)가 되는 금강산을 첨알(瞻謁)하여, 나의 뜨거운 국토 예찬성(禮

을 지적한다. 서영채는 이 밖에도 「백두산근참기―근대의 기원의 찾아가는 길」을 통해 「백두산근참기」가 민족을 신화화하고 그 신화를 역사화하고자 했던 특수자의 역설적인 운명을 보여 준다. 한편 복도훈은 「미와 정치: 국토순례의 목가적 서사시」, (『한국근대문학연구』, 2005)에서 최남선의 금강산·백두산 기행은 계몽지식인에서 친일지식인으로 이동하는 도정에 놓인 정신적 좌표라고 지적하고 있다.

讚誠) - 이로써 번치이는 나의 세계 예찬성(禮讚誠)을 조금이라도 전신(展伸)하려 함은 진실로 하루 이틀의 일이 아니었다. 부질없는 풍진이 꾸렸던 행장을 다시 풀게 하기도 무릇 몇 번이런지. 벼르고 못 하는 일이 있으면 "금강산 가느냐?"는 조롱을 받는 것이 예사가 되고 말았다. 밀리고 드티는 중에 허락하시는 때가 왔다. 야래(夜來)의 호우(豪雨)와 신변 다소의 계루(繫累)가 도무지 관심되지 아니한다.185) (강조=인용자)

② 조선의 국토는 산하 그대로 조선의 역사며 철학이며 시며 정신입니다. 문자 아닌 채 가장 명료하고 정확하고 또 재미있는 기록입니다. 조선인의 마음의 그림자와 생활의 자취는 고스란히 똑똑히 이 국토의 위에 박혀 있어, 어떠한 풍우라도 마멸시키지 못하는 것이 있음을 나는 믿습니다.
…… 조선 국토에 대한 나의 신앙은 일종의 애니미즘일지도 모릅니다. 나의 보는 그는 분명히 감정이 있으며 언소(言笑)로써 나를 대합니다. 이르는 곳마다 꿀 같은 속살거림과 은근한 이야기와 느꺼운 하소연을 듣습니다.186)(강조=인용자)

③ 금강산은 조선인에게 대하여 단지 일산수풍경이 아닙니다. 우리 모든 심의(心意)의 물적 표상으로, 구원(久遠)한 빛과 힘으로써 우리를 인도하며 경책하는 정신적 최고 전당인 것입니다. 중간에 와서는 잠시 晦蔽(회폐)하였었읍니다마는, 조선인은 고래로 이 신비한 의취를 가장 현명하게 영회(領會)하여, 진작부터 금강산을 신앙의 일목표로 하여 가장 경건한 귀의를 바쳤습니다. 금강적이라 할 지도원리하에서 조선신(朝鮮身) 급 조선심을 구원(久遠)으로 바련하라 함은, 실상 우리 부모 미생전부터의 약속입니다.
…… 그러므로 금강산은 우리가 구경할 무엇이 아니라, 때때 근성참배(覲省叅拜)할 성적(聖的)일 존재입니다. 아무것보다 금강산을 먼저 깊이 똑똑히 알아야 할 것이며, 아무 일보다 금강예찬을 일찍, 소중히, 정성스럽게 하여야 할 것입니다. 조선에서 금강산을 못 보았다 함과, 조선인으로 금강산을 모른다 함은, 뭇엇이라는 것보다 일대 자기모멸이라고 할 것입니다.187)(강조=인용자)

---

185) 최남선, 「풍악기유」, 1924/『전집 6』, p.392.
186) 최남선, 「심춘순례」, ≪동아일보≫, 1925. 3월-5월/『전집 6』, p.259.
187) 최남선, 「금강예찬」, 1928/『전집 6』, p.154.

④ 백두산 하나를 주체하지 못하고 백두산 하나도 대접할 줄 모른다 함은, 무엇이라고 하여도 그 임자의 자랑일 것 아닙니다. 이에 백두산 의식을 계옥(啓沃)할 요(要)가 있으며 백두산 실정을 피력할 요가 있으며 백두산 지견을 개도(開導)할 요가 있읍니다. …… 더구나 만반의 감개를 국토 예찬에 우(寓)한 요즈막에는 그 최고 최본이실 백두산을 첨알(瞻謁)치 못함이 아무것보다도 큰 죄려(罪戾)라는 심협(心脅)을 받게 되어 몽매(夢寐)가 이를 위하여 편안치 못하기를 누년(累年)이 일일 같아 왔읍니다.188)(강조=인용자)

보통 최남선의 '순례기'로 평가되는 이 네 편의 글은 공통적으로 그 출발에서부터 순례자의 의식을 드러낸다. 최남선은 자신의 기행을 '첨알'·'애니미즘'·'근성참배' 등으로 표현했다. 여행의 대상에 대한 이러한 그의 태도는 여행에 대한 그의 의식을 이해하는 중요한 단서다. 서영채는 최남선과 이광수의 금강산 기행을 비교한 글에서 '단순한 관광을 위한 여행이 아니라 민족적 상징에 대해 바치는 제의'라는 점에서 '출발점의 두 사람은 동일한 입장'이었다고 썼다.189) 그러므로 최남선의 기행문에서 자연의 숭고한 미적 정취가 드러나고 있다고 해서 그것이 근대적 미의식에 따른 예술적 산물인 것으로 판단할 수는 없다. 특히 최남선처럼 민족 담론을 주도했던 식민지시기 지식인에게 민족의 명산을 오른다는 감격은 아름다운 승경을 관광하는 여행과는 전혀 다른 의식 위에서 출발한 것이라고 볼 수 있다. 이것은 또한 당시 일본에 의해 개발되기 시작한 관광 상품으로서의 여행과도 구별되는 여행이었음을 의미한다.

금강산 기행의 경우, 최남선과 이광수는 여행의 시작과 함께 다

---

188) 최남선, 「백두산근참기」, ≪동아일보≫, 1926. 7/『전집 6』, p.15.

189) 서영채, 「최남선과 이광수의 금강산 기행에 대하여」, 『민족문학사연구』(24호), 2004, p.244.

른 태도를 보인다. 금강산의 경우 최남선과 이광수의 차이는 '금강산을 통해 민족의 신화를 읽어 내고자' 했던 역사가 최남선과 '금강산의 자연미를 묘사하고자' 했던 문학자이자 예술가인 이광수만큼이었다. 금강산이 '한 사람에게는 해석의 대상이고 다른 사람에게는 심미적 관찰의 대상'이기 때문이었다.190) 그렇다면 문제의 원천이 출발에 임하는 자세가 아니라 출발 이후 체험에 반응하는 양식에 있다는 것인데, 여기에 대해서는 최남선의 기행문에 대해 인상기를 남긴 이광수의 흥미로운 지적이 있다.

> 육당의 여행은 결코 한유(閑遊)의 여행도 아니오 탐경(探景)의 여행도 아니다. 그가 스스로 일홈 지은 것과 가치 순례다. '조선의 역사면 철학이며 시며 정신'인 '조선의 국토'와 '산하대지'가 육당에게는 모도 성지요 영경(靈境)이다.
> ...... 육당은 아름답고 예술적인(진실로 그러하다) 기행문을 쓰라는 것이 목적이 아니다. 그는 그의 종교적 대상인 조선의 국토의 조각조각을 대할 째의 감격과 예찬의 '자불능이부득불연(自不能已不得不然)'의 진정(眞情)을 말하려 함을 목적으로 하엿슴은 물론이다.191)

이광수는 최남선의 『심춘순례』(1925)를 읽고 신문에 기고한 글에서 최남선의 기행산문이 보여 준 묘사법·관찰과 비유·어휘라는 세 측면을 높게 평가했다. 이광수는 최남선의 여행이 한유(閑遊)도 탐경(探景)도 아니라고 했다. 요컨대 최남선에게 여행은 순례라는 것이다. 이 때문에 최남선의 여행은 기행문을 쓰기 위한 것이 아니다. 다시 말해 이광수가 보기에 최남선의 여행은 '종교적 대상인 조선의 국토의 조각조각을 대할 때의 감격과 예찬'을 가지

---

190) 서영채, 「최남선과 이광수의 금강산 기행에 대하여」, 앞의 글, p.278.
191) 春園, 「육당의 근작 심춘순례를 닑고」, 《동아일보》, 1926. 6. 1.

고 '진정(眞情)'을 말하기 위한 것이었다. 그런데 이광수의 이 감상문에는 『심춘순례』에 대한 상찬에도 불구하고 최남선의 여행 및 여행기를 자신의 관점과 구별하려는 의식이 보인다. 그 구별은 최남선이 문학자가 아니라 사학자라는 점, 기행문은 보통 문학자들에게도 희작(戲作)이 되기 쉬운데 '문학자도 아닌' 최남선이 이 종교적 순례기를 문학의 차원으로 승화시켰다는 지적 등에서 최소한 명시적으로 드러난다. 요컨대 문학자 이광수가 바라본바, 『심춘순례』는 사학자 최남선의 기행문이라는 것이다. 그런데 비슷한 시기 최남선의 여행기를 이와 같은 관점에서 평가한 것은 이광수만이 아니었다.

1927년 9월, 이은상은 「백두산근참기」를 선물로 준 저자에게 '답례하는 정'과 여기에 몇 가지 자기 '견해를 속임 없이' 적기 위함이라는 겸손의 말로 시작하는 「육당의 근업 '백두산기'를 넑고」(≪동아일보≫, 1927. 9. 8 - 9. 12)를 총 5회에 걸쳐 ≪동아일보≫에 연재했다. 최남선은 1927년 7월 ≪동아일보≫에서 주최한 백두산 여행단의 일원으로 두 달여의 짧은 일정으로 백두산을 올랐다. 그리고 촉박한 일정 와중에 최남선이 틈틈이 글을 써 신문사로 송고한 기사들은 총 89회에 걸쳐 ≪동아일보≫에 연재되었다. 이은상은 『백두산근참기』의 최대 미덕을 『심춘순례』에 대해 평했던 이광수와 마찬가지로 풍부한 어휘에서 찾았다. 이은상은 문학자들도 반드시 그 어휘에 심상치 않음을 알아야 할 것이라고까지 평가했는데, 왜냐하면 '문학가의 생명은 느낌에 있고 그 생명의 구성과 원광(圓光)은 표현에 있는 것'이기 때문이다.

이은상에 따르면 최남선은 '당당한 어휘대가로 그 문학적 위치를 정하게 하여도 탈잡을 아무 것도 없을' 정도였다. 하지만 그럼에도 불구하고 이은상은 최남선은 역사가일 뿐 결코 시인(詩人)이 아니라는 사실을 지적한다. 이것은 이광수와 같은 태도라고 할 수 있는데, 이은상은 문예인인 자기로서는 '백두산은 시적 신비의 영산'이라 볼 뿐이라며, 역사가인 최남선이 "'조선인에게 세워진 啓運⊠命의 垂示塔으로' '동방조화의 법상(法相)의 연기(緣起)로' 세상에서 가장 성적(聖的)인 역사적 존재로"[192] 보고 있는 것을 문예인적 태도가 아닌 순례자의 시선으로 구별하고 있다. 이로 인하여 최남선의 「백두산근참기」는 '순례에 오직 전심을 바친' 글이 된다. 그리고 바로 이 지점, 백두산 여행이 문학적 기행이 아니라 신앙적 순례가 되었다는 이 부분은 이은상이 보기에 「백두산근참기」를 통해 최남선의 소극적인 사상 면모가 드러나는 한계로 인식된다. 이은상은 최남선의 신앙적·종교적 태도는 소극적·상고적이어서 오히려 '극반(極反)'하고자 하는 마음이 없지 않다고까지 논평한다.

> 그는 과학적임을 언제나 추찬(推讚)하면서도 필자의 보기에는 언제나 신앙적이며 객관성에 결여함이 있는 만큼 너무나 주관적이며 실재적 현실적에 반(反)하여 너무나 신화적 이상적이다.
> 절대한 신념 위에서야 주관과 객관의 대립을 용인할 여지가 무엇이며 전설과 사실의 ⊠然한 방역(埅域)이 어디 있으랴 하고 그가 굳이 몸을 빗겨서려한 듯이 보임도 업지 않다.
> 생각하면 실제에 있어 도저히 객관적으로 허락할 수 없는 사상에 소극면(消極面)이다.
> 여기에서 그의 소극적 상고적이요 신화신앙적인 사상에 있어서는 필자로서 긍복(肯服)할 수 없는 점이며 이러한 태도에 대하여는 오히려 극반(極反)코저 하는 마음이 불무(不無)하다.

---

192) 이은상, 「육당의 '백두산기'를 읽고」(4회), ≪동아일보≫, 1927. 9. 11.

'마음과 마음으로 물려 나려오고' '관념과 관념에 얽매여 잇는' 국민신
　넘이란 것은 전통정신상 존재 가능성을 가진 것이어니와 또한 풍토와 혈
　족을 통하여 길이 유일(流溢)하여 잇는 동일성능(同一性能)을 무론 버릴
　래야 버릴 수 없는 일이어니와 신화전설에 대한 금인의 과학적 태도라든
　지 역사의식의 분야에 대한 정한적 측도(測度)라든지 문화진전의 능률(能
　率)에 대한 인식비판에 관한 것 등은 도저히 소극적으로나 신앙적으로나
　주관적으로는 섯불리 손대지 말 것이라 생각한다.
　　오늘은 옛날과 상격(相隔)하였음이 사실이요, 여기까지 뻗처오고 끌려
　나온 금인의 마음을 되잡아 옛날로 보낼 수 없음을 생각치 않을 수 없는
　것이다.[193]

　『백두산근참기』에 대한 이은상의 동시대적 평가는 날카롭고, 또
한 많은 것을 시사한다. 요컨대 이은상의 이러한 태도는, 1920년대
중반에 이미 기행문은 문학적 글쓰기의 특정한 방식으로 분류되고
있었음을 보여 준다. 이은상은 이미 '문학'이라는 형식으로 분절화
된 글쓰기를 전제로 사용하고 있으며, 그 전제 위에서 최남선의
순례적 태도를 비판적으로 바라보고 있는 것이다. 초점은 이은상이
던진『백두산근참기』비판이 문예인의 감각과 신앙인의 감각을 구
별하고 있다는 사실인데, 이은상으로 하여금 끝까지 최남선을 문학
인이 아닌 역사학자로 남게 만드는 원인은 여행의 대상에 대한 여
행자의 시선과 태도에 있다는 사실이다. 하지만 이은상이 주장하듯
과학적이 아니라 신앙적이며, 객관적이지 못하고 주관적이며, 실재
적·현실적인데 반해 신화적·이상적이라면 이때 문제되는 것은
역사학자로서의 최남선이지 문학자로서의 최남선은 아니다. 다시
말해 이은상은 최남선의 기행문이 문학자의 것이 아님을 문제 삼
고 있으면서도 그것이 문학적이 아닌 이유는 오히려 역사학적 잣

---

193) 이은상, 「육당의 '백두산기'를 읽고」(5회), ≪동아일보≫, 1927. 9. 12.

대로 말하고 있는 셈이다.

　그렇다면 이은상이 말하고자 했던 이른바 '문학적'인 태도라는 건 어떤 것일까. 「백두산 근참기를 넑고」에서 이은상이 강조하고 있는 시적 태도는 대상에 대한 관조적 바라봄이다. 그렇다면 여기에서 대립하고 있는 것은 신앙적·종교적 태도와 심미적·관조적 태도 간의 차이라는 것을 알 수 있다. 이은상 역시 단군의 성지 묘향산을 오르면서 순례자의 태도로 출발하였다. 이 점에서는 최남선이나 이광수와 같은 입장이라고 말할 수 있다. 하지만 역시 문제는 입산 이후 대상에 대해 갖는 태도와 입장의 차이인데, 「향산유기」(1931)를 통해 이은상이 보여 준 바에 따르면 그것은 폐허가 된 현실 앞에서도 좌절하지 않고 평정심을 유지할 수 있는 미적 관조의 태도를 보여 주는 것이라고 할 수 있다.[194] 이것은 앞서 금강산에 대한 이광수의 태도와 대체로 동일한 관점의 결과이다. 그것은 이른바 객관적이고 냉정한 근대적 이성의 시선이다. 어느 순간에도 근대적 주체로서의 이성을 배제하지 않는 것, 요컨대 근대적 주체로서만 대상과 만나는 근대 과학적 인식이다.

　하지만 이때 이들이 말하는 근대적 이성의 심미안적 시선이 신앙적·주관적·신화적 시선보다 비교 우위의 가치를 갖게 되는 것은 이들이 좀 더 근대적 시공간의 감각에 포획되어 있었다는 사실 외에는 실질적으로 최남선의 시선을 평가할 어떠한 근거도 되지 못한다. 이러한 인식은 근대가 전근대보다 발전된 사회라는 헤겔식의 목적론적 역사나 문학이 종교보다 과학적이라는 근대 학문적

---

194) 우미영, 「근대 여행의 의미 변이와 식민지 / 제국의 자기 구성 논리」, 『동방학지』 (133), 2006, p.327.

인식의 차원에서만 참이다. 이것은 이제까지 최남선의 기행문이 주로 1920년대의 작품들에 초점을 맞춰 연구되었던 사실과도 상통한다. 요컨대 이 시기의 최남선이 쓴 기행문들은 이미 문학의 표준으로 선택된 작품들이었던 것이다. 다시 말해 1920년대 최남선의 기행문들은 이전 시기의 소략한 기차 여행기나 이후의 친일적 언설이 담긴 기록에 비해 '근대문학＝민족문학'의 차원에서 가장 적절한 품질과 완성도를 갖추었다는 것이다.

1920년대 이후 문인들의 글에 폭발적으로 증가하고 있는 국토 순례기 형식의 기행문들은 1900년대 중반 이후 철도가 등장하고 일본의 조선 관광 여행 기획 등에 대한 '근대적'이고 '대타적'인 민족의식이 배경으로 작용하고 있었다. 이에 대해 서영채는 금강산 여행 등이 일본제국주의의 정책적 전략에 따른 문화 담론 속에서 근대적 의미의 관광으로 기획된 이후 경쟁적으로 폭발한 측면이 있음을 지적했다.[195] 실제로 1920년대를 배경으로 등장하고 있는 문인들의 기행문들에는 민족의식이 비약적으로 강조되고 있음을 볼 수 있는데, 이것은 일본의 관광 상품화에 대한 심리적 반발이 크게 작용한 결과였다. 이것은 또한 1900년대 후반 이후 1940년대까지 걸쳐 있는 최남선의 기행문들 중에서 특별히 1920년대 기행문들이 주목받게 된 이유이기도 하다.

그러므로 1920년대 기행문들이 민족이라는 거대한 가치에 대한 발견 및 확인의 차원에서 이룩된 것이었다고 할 때, 민족의 기원적인 표상 앞에서 그 대상을 미적으로 추상화하고 그러한 추상화

---

195) 서영채, 「최남선과 이광수의 금강산 기행문에 대하여」, 『민족문학사연구』(24), 2004, pp.245－248.

된 아름다움을 민족적 성스러움으로 의미화하는 방식은 재고의 여지가 있다. 이것은 비록 표면상으로는 몰역사적 태도로 상품화된 근대적 자연의 아름다움에 경탄하는 탐승적 여행자의 시선과 다른 듯 보이지만 결국 근대적 미의 차원에서 대상을 포착한다는 점에서는 근대 문인들의 인식론적 기반과 동일한 지평에서 전개된 동전의 양면 같은 것이기 때문이다. 다시 말하자면 최남선의 종교적·순례적 시선을 비판했던 근대적·심미적 이성이 자신들의 근거로 내세웠던 과학적·객관적 기준이야말로 따지고 보면 기껏해야 '아름다움'이라고 하는 근대적 감각을 추상화하고 있는 고급한 탐승객에 불과할 수 있기 때문이다.

이런 관점에서 볼 때, 최남선의 기행문은 이광수나 이은상이 보는 식의 비판으로부터 결코 자유로울 수 없게 된다. 하지만 이것은 기행문이 문학이라는 형식적 경계 속에서 표상되는 것을 전제로 할 때의 문제이다. 물론 최남선의 기행문은 최남선의 여러 글쓰기 가운데 오늘날의 '문학에 가장 가까운 표현 형식을 갖고 있다. 하지만 이때 중요한 것은 그것이 기행문인가 아닌가 하는 점에 있는 것이 아니라 최남선의 기행문이 어떻게 다른 동시대 문인들의 기행문과 달라지고 있는가 하는 점에 있다. 이광수나 이은상도 지적하고 있듯, 최남선의 기행문에는 동시대의 어떠한 문인들조차 흉내 내기 힘든 풍부한 어휘와 그 어휘를 통해 얻게 되는 유려한 묘사, 그리고 유장한 문체가 있다. 하지만 최남선의 여행은 국토라는 전체 속에서 성지(聖地)라는 부분을 특화시키는 작업이었다는 점에서 처음부터 여행의 목표가 달랐다. 실제로 최남선은 『백두산근참기』를 가리켜 "특히 단군기(壇君記)를 신전(神典)으로 보아서 반학

구(半學究)·반찬송적(半讚頌的) 우리의 진심(眞心)을 표백(表白)한 글"이라고 했다.196) 따라서 스스로 문학가임을 자각했던 문인들의 기행문과 최남선의 차이는, 최남선의 기행문에 보이는 문학적 글쓰기의 결여 부분에 있는 것이 아니라, 문학적 글쓰기로 환원되지 않는 일종의 잉여 부분에 존재하는 것이라고도 말할 수 있다.

최남선이 돌아가고자 하는 것은 단순히 신앙적이고 비과학적인 것으로의 회귀가 아니다. 최남선이 주관적이고 종교적이어서 비근대적이었다고 말할 수는 있지만, 그 대신 최남선은 근대적이고 합리적이어서 빠질 수 있는 열패감으로부터는 상대적으로 자유로웠다는 사실 정도는 지적할 수 있을 것이다. 이와 함께 1920년대로 대표되는 국토 순례기 속에서 최남선에게는 '나'라는 주체가 사라지고 있음도 주목할 만하다. 금강산, 지리산, 백두산 등을 오르는 동안 최남선은 곳곳에서 완전히 대상에 함몰해 들어간다. 이것은 최남선이 기행의 순간에 끝내 문예적 태도를 갖지 못했다는 혹은 않았다는 '문학인'들의 평가하고도 관련된다. 이광수나 이은상은 심미적 태도를 가진 근대적 이성으로써 금강 및 묘향을 대상화했던 것이다.197) 이들 근대적 자의식을 갖추고 있는 심미적 문인들은 그 대상에 합일되지 않는다. 대상 자체가 갖는 경건함은 당연한 것으로 인정하지만 그것도 사실 이들에게는 자신들의 역사의식·민

---

196) 최남선, 「민속학상으로 보는 단군왕검」, 1928/『전집 2』, p.342.

197) 한국근대문학의 전개과정에서 문학 개념의 형성에 큰 영향을 끼친 이광수의 '문학' 개념은 '정(情)'을 만족시키는 문학이었다. 이광수는 이러한 문학을 발견하는 것을 근대적 주체로서의 새로운 인간, 즉 근대인을 완성하는 기본 조건으로 인식했다. 이광수는 이러한 낭만주의적이고 심미적 인간형을 설정한 후에 그 위에서 민족문학 및 민족국가의 건설로 나아갔다. 이광수의 낭만주의적·심미주의적 인간형을 기본으로 하는 문학 개념에 대해서는 김명인의 「한국 근대 문학 개념의 형성과정」(『한국근대문학연구』(12), 2005) 참조.

족의식 속에서 판단되는 미적 취향의 일부인 것이다. 때문에 이들은 금강산 초입에서 목축으로 산업을 일으킬 생각을 하거나 자기 손으로 문명화하지 못한 조선을 한탄할 수는 있었지만, "구경이라는 생각은 금세 없어지고 문득 엄숙하여진다. 언뜻 '어허 하느님!'"(「풍악기유」) 하면서 넋을 놓을 수는 없었다. 자의식이 존재하는 한, '나'는 사라지지 않는다. 하지만 최남선에게는 그러한 자의식을 찾아볼 수 없다.

종교적 숭고와 신앙적 경건함으로 무장된 최남선은 대상에 직면할 때마다 즉시 몰입되거나 합일된다. 좀 더 정확하게 말하자면 최남선은 대상과 합일하고 있는 것도 아니다. 최남선에게 국토는 민족 자체이며, 이때 민족은 대상화되는 존재가 아니라 처음부터 존재 그 자체이기 때문이다. 최남선과 민족 사이에는 틈이 존재하지 않는다. 무엇과 무엇을 하나로 인식하는 것이 아니라 곳곳에서 각각의 합일된 '무엇'으로서만 '생성'되고 있는 것이다. 이때 생성되는 것은 일본 혹은 외부적인 것에 대한 독자적이면서 보편적인 문화권 속의 '민족'이다. 다시 말해 그것은 비과학적인 방식의 종교적 방식인 동시에 보편의 확인이라는 근대적 성격을 동시에 갖는 것이기도 하다.

시인이면 무엇을 주재(主材) 삼아서 신운(神韻)을 생동케 할까? 화가이면 어디를 초점으로 하여 저 묘취를 발휘할까? 중중곡곡(重重曲曲), 층층단단(層層段段), 보보면면(步步面面), 시시각각(時時刻刻)의 개관수감(改觀殊感)은 어떠한 솜씨라도 평면적으로 재현할 수 없을 바인 즉, 여기 와서는 붓 가진 이는 붓을 놓고, 솔 쥔 이는 솔을 던지고, 손바닥 장단이라도 맞추면서 찬송가나 합창할 밖에 없을 것이다. 이렇게 말하면 얼마나 넓은 국면에 얼마나 법석스러운 포치(舖置)가 있기에 그러하냐 하겠지마

는, 시방 말하는 것은 금강산 전체로부터 보면 좁다란 한 군데의 변변치
않다 할 한 경개일 뿐이다.198)

　민족적인 성소(聖所) 곳곳에서 최남선은 무화(無化)된다. 이것은
그가 성소에서 민족적인 것을 확인했기 때문이 아니라 자신이 확
신하고 있는 민족적인 것을 매순간 생성시키고 있기 때문이다. 최
남선이 다른 근대 문인들과 구별되는 것은 이 부분이다. 요컨대
최남선은 모든 역사적·신화적 이유를 통해 대상들을 성소화(聖所
化)시켰던 것이다. 이런 방식으로 최남선은 수천 년의 역사와 더불
어 존재하는 민족의 산악 곳곳에서 즉각적으로 대상과 혼일할 수
있었다. 이러한 점이 이광수 등으로 대표되는 근대적 문학인들의
주체와 구별되는 최남선의 특이점이다. 이광수 등 근대 문학인들은
민족적 성소에서 근대적 이성에 의해 다만 영광스럽고 성스러운
과거를 느끼고 의식했다. 때로 그들은 그곳에서 민족의 성스러움을
확인하기도 한다. 하지만 그들에게 있어 그 장소는 비록 성소이긴
하지만 결코 현실의 고난에 견주어 어떠한 비전을 제시할 수 있는
곳은 아니었다. 그 대상에 함몰되는 것은 과거에 고착되고 발목이
붙들려 현재를 나아가지 못하게 한다. 과거는 지금 현재를 위해
달려왔고 시간은 과거로부터 미래로 흐르는 직선이라는 인식은 근
대의 대표적인 목적론적 역사관이자 시간 인식이다. 하지만 최남선
에게 그 장소들은 과거로서만 존재하지 않는다. 최남선에게 과거는
현재를 위해 생성되어야 하는 것이었다. 최남선은 바로 그 장소에
서 과거를 보는 것이 아니라 지금 - 현재를 본다. 지금 - 현재로부

---

198) 최남선, 「풍악기유」, 1924/『전집 6』, p.423.

터 뚫고 나아갈 미래의 비전을 본다. 최남선에게 과거는 단순히 의식 차원에서 숭앙해야 할 영광이 아니라 지금 현재의 고단한 삶을 뚫고 나갈 미래적 비전이어야 했기 때문이다.


## 3. 근대적 전통으로서의 시조


### 1) 한국근대문학의 '근대'와 '문학'이라는 문제

이광수의 「문학이란 何오」(1916)는 한국근대문학의 출발을 알리는 일종의 선언문이다. 하지만 이 말은 한국근대문학이 이로부터 출발했다는 말이 아니라, 이광수의 이 글이 한국근대문학의 정체성(identity)에 대한 선언적 진술에 가깝다는 의미로서이다. 이광수가 「문학이란 하오」에서 던진 '文學'에 대한 여러 개념적 종합들은 향후 한국근대문학에서 '이광수'라는 이름을 '기원'의 표지로 만들어 주었다. 문학이란 무엇인가. 이 문제는 다른 계몽기 지식인들과 마찬가지로 정치·경제·사회·문화 등에서 새로운 문명과의 충돌을 경험한 이른바 초창기 계몽지식인으로서 이광수가 맞닥뜨린 첫 번째 과제이자 질문이기도 한 셈이었다.

문학을 근대적 지식 가운데 하나로 사유했던 1900년대 후반의 최남선과 달리 1910년대의 이광수에게 문학은 독자적 자질과 영역을 갖는 독립된 영토였다. 1900년대 후반 앞장서서 신체시와 시조를 창작하고 소개했으며 서구 근대문예물을 번역했던 최남선이지만 1910년대 이후 최남선은 자신의 글쓰기에서 더 이상 문학을 특화시키지 않았다. 1918년 3월호 『청춘』에 기고한 「부활의 서광」에서 이광수는 당시 조선의 문학을 논하면서 조선의 신문단에 진정한 자각을 가지고 자각을 준 공로는 최남선에게 있음을 분명히 했다. 이광수가 보기에 최남선의 놀라운 점은 이미 십 년 전에(1908년 『소년』 창간 즈음) 동사와 형용사는 물론 명사까지도 현대의 조선말로 쓰는 대담함을 보였다는 사실이었다. 그런데 여기에 이광수가 덧붙인 말은 최남선이 "근래에 와서는 어려운 한문문자와 한문구조(漢文句調)를 만히 쓰게 되어 오인(吾人)으로 보건댄 찬성할 수 업는 점도 잇거니와"라는 지적이었다.

이광수의 말을 좀 더 과감하게 미루어 짐작해 보면 글쓰기의 출발점에서 두 사람의 인식은 같았거나 최소한 비슷했다고 인정될 수 있다. 이광수가 여러 차례에 걸쳐 자신의 글을 통해 근대문학의 문체적 출발점으로 최남선을 거론하고 있음도 그 증거가 될 수 있다. 그런데 1900년대 후반에는 동사와 형용사는 물론 명사까지도 조선말로 대담하게 썼던 최남선이 1910년대 후반에 이르러서는 오히려 한문문자와 한문구를 많이 사용하고 있다는 사실은, 최남선의 독특함을 다시 한 번 상기시킨다. 그것은 일반적인 시대 조류를 거부하고 마치 일부러 문체를 역행하려 하고 있는 것처럼 보이기 때문이다. 사실이 그렇다면 이것은 이 시기 어딘가로부터 글쓰기에 관한 최남선과 이광수의 이념이 달라지고 있음을 의미하는 것일 수도 있다. 이 경우 문학은 그러한 글쓰기가 가장 명시적으로 드러나는 구체적 현장으로서 의미를 갖는다.

여차(如此)히 문학(文學)이라는 어의(語義)도 재래로 사용하던 자(者)와
는 상이하다. 금일, 소위 문학이라 함은 서양인이 사용하는 문학이라는
어의를 취함이니, 서양의 Literatur 혹은 literature라는 어(語)를 문학이라
는 어(語)로 번역하였다 함이 적당하다. 고로, 문학이라는 어는 재래의 문
학으로의 문학이 아니요, 서양어에 문학이라는 어의(語義)를 표하는 자로
의 문학이라 할지라. 전에도 언(言)하였거니와 여차히 어동의이(語同意
異)한 신어(新語)가 다(多)하니 주의할 바이니라.199)

　이광수의 주장은 한마디로 말해 '새로운 문학이 있다'는 것, 그
리고 바로 그 새로운 문학으로 지금 조선의 문학을 시작하겠다는
것이다. 다시 말하자면 이광수의 주장은 이미 존재하고 있던 문학
을 새롭게 변화시키자는 말이 아니라, 우리에게는 없는 새로운 문
학이 있으니 이제부터는 그걸 해야 한다는 말이다. 그러므로 이광
수가 '문학이란 이런 것이다.'라고 말할 때, 이때의 '문학'은 조선
문단으로서는 '외부'에 존재하는 무엇을 의미하는 것이 된다. 따라
서 '새로운 문학이 있다.'라고 이광수가 말할 때 방점은 '새로운
문학'에 찍히는 게 아니라 '있다'에 찍힌다.
　이런 점에서 보면 '문학이란 무엇인가?'라는 이광수의 물음은 의
문문의 형태를 띠고 있음에도 불구하고 그것이 대답을 구하는 질
문은 아니었음을 알 수 있다. 이광수는 문학에 관한 근본적인 물
음 대신 어떠한 것을 문학이라고 하는가를 설명하고자 했기 때문
이다. '문학이란 무엇인가'라는, 'What is -'로 시작되는 근대적 앎
에 대한 물음 형식에서 이미 드러나고 있는 것처럼, 이 물음은 이
광수가 자신의 문학적 출발을 '지금-이곳', 즉 자신이 발 딛고 선

---

199) 이광수, 「문학이란 何오」, 《매일신보》, 1916. 11. 10-11. 23/『이광수전집』(1), 우
신사, 1979, p.547.

당대적 현실로부터 시작하고 있지 않다는 사실의 고백에 다름 아
니다. 요컨대 이광수의 이 물음은 질문이 아니라 실체로 존재하는
기성의 앎을 확인하고자 했던 욕망의 표출이었던 것이다. 이광수의
「문학이란 하오」는 특히 일본의 나츠메 소세키가 「문학론」(1894)
에서 문학이란 무엇인가라는 물음 자체를 문제 삼았던 것과 비교
할 때 분명한 대조를 이룬다.

> 나는 이곳에서 문학이란 무엇인가 하는 문제를 근본적으로 해결해야겠
> 다고 생각했다. 그와 동시에 남은 일 년을 이 문제를 연구하기 위한 첫
> 번째 기간으로 전부 사용하리라고 생각했다.
> 나는 하숙집에 틀어박혔다. 모든 문학 서적을 트렁크 속에 집어넣어
> 버렸다. 문학 서적을 읽고 문학이 무엇인가를 알려고 하는 것은 피로 피
> 를 씻는 일과 마찬가지라고 생각했기 때문이었다. 나는 심리적으로 문학
> 이 무슨 필요성이 있어 이 세상에 탄생하고 발달하며 쇠퇴해 가는가를
> 알아내자고 맹세했다. 또한 사회적으로 문학은 어떠한 필요가 있어서 존
> 재하고 흥륭하며 소멸하는가를 알아내자고 맹세했다.[200]

나츠메 소세키는 '영문학을 보편적인 것이라고 생각하는 사고방
식'을 의심했다. 소세키의 이 의문은 분명 그 자체로 '새로운 것'
이었다. 왜냐하면 그것은 영국인들에게 문학은 그저 문학이었던 것
처럼, '문학의 내부에 있는 한 절대 생겨나려야 생겨날 수조차 없
는 의문이었기 때문이다.[201] '문학이란 무엇인가'라는 물음 자체를
의심함으로써, 나츠메 소세키는 당연시되던 인식의 전제(前提)를
전도시켰던 셈이다. 많은 논자들에 의해 한국근대문학의 출발점으

---

200) 나츠메 소세키(1894), 『문학예술론』(황지헌 옮김, 소명출판, 2004); 『일본근대문학의
    기원』(가라타니 고진, 박유하 옮김, 민음사, 1997), pp.18 - 19 재인용.
201) 가라타니 고진(1980), 박유하 옮김, 『일본근대문학의 기원』, 민음사, 1997, p.19.

로 일컬어지는 『무정』(1917)의 직전에 이광수가 던졌던 「문학이란 하오」를 썼다는 사실은 상징적이다. 더욱이 「문학이란 하오」가 연재되는 즈음, 전근대적인 고전소설과는 일정한 분기(分岐)를 이루며 새로움을 표방했던 '신소설'의 대표작가 이인직이 사망한 사실도 한국근대문학의 출발을 극적인 형태로 만들어 준다. 하지만 다른 한편 이광수의 이 물음은 나츠메 소세키가 「문학론」에서 던진 물음과 비교할 때, 이후 한국과 일본의 근대문학이 보여 준 궤적에 대해 많은 것을 암시하는 것으로 보인다.

1910년대 중반의 이광수는 결코 문단의 일개인이었다고 말할 수 없다. 그는 이미 『소년』과 『청춘』의 주요 필진으로 참가하고 있었을 뿐 아니라,202) 1916년 당시에는 ≪매일신보≫에 「대구에서」·「동경잡신」 등의 글을 여러 달째 연재하고 있었다. 또한 「문학이란 하오」에 보인 문학에 대한 태도 역시 예외적이라거나 돌출적인 논지가 아닌 이미 일본 유학생 시절부터 갖고 있던 이광수의 문학적 태도였다고 말할 수 있다. 일례로 이광수는 일본 와세다 유학 시절, 당시 유학생 잡지 중 하나였던 『대한흥학보』에 쓴 「문학의 가치」에서도 비슷한 논지의 물음을 던진 바 있다. 「문학의 가치」에서 이광수는, "금일(今日) 소위 문학(文學)은 석일(昔日) 유희적(遊戲的) 문학과는 전혀 이(異)하나니 석일 시가·소설은 다못 쇄한견민(鎖閑遣悶)의 오락적 문자에 불과하며 또 기작자(其作者)도 여등

---

202) 1910년대 중반 이후 이광수는 홍명희 등과 더불어 『청춘』의 필진이 된다. 이광수가 『청춘』의 주요 필진으로 참가했다는 사실은 일견 범상한 사건이 아니다. 왜냐하면 『소년』 이후 『청춘』에 이르기까지 거의 모든 기사를 1인 편집으로 이끌어 왔던 최남선의 전력에 비추어 볼 때, 『청춘』으로의 스카우트는 당시 신문화운동의 '명사'였던 최남선의 특별한 호출이었다고 할 수 있다.

(如等)한 목적에 불외(不外)하였으나 금일의 시가 소설은 결코 불연(不然)하여 인생과 우주의 진리를 탄발(彈發)하며 인생의 행로를 연구하며 인생의 정적(情的)(즉 심리상) 상태 및 변천을 교구(巧究)하며 또 작자도 가장 심중(沈重)한 태도와 정밀한 관찰과 심원한 상상으로 심혈을 관주(灌注)하나니 석일의 문학과 금일의 문학을 혼동치 못할 것"203)이라고 주장했다. 지금 우리가 추구하는 문학은 아직까지 여기에는 존재하지 않았지만 다른 곳에서는 이미 '존재하고 있다'는 것이다. 「문학이란 하오」는 이광수의 이러한 인식의 연장선 위에 있다.

앞에서도 언급했지만, 최소한 1910년대의 어느 시기까지도 문학에 관한 최남선과 이광수의 견해는 일치했다고 볼 수 있다. 이광수는 최남선의 『소년』과 『청춘』에 많은 지면을 허락받았던 예외적인 작가였다. 1910년대 후반, 『청춘』이 현상문예를 통해 문학적 글쓰기를 제도화시키는 과정에서도 특히 소설분야의 중심은 이광수였다. 그러므로 1910년대 최남선의 문학관을 말한다면, 최소한 소설에 관해서만큼은 이광수의 문학적 태도를 통해 유추하는 것이 크게 무리한 것은 아니다. 만약 최남선과 이광수의 문학 이념이 달라지고 있다면 그것은 1910년대 후반 이후, 좀 더 명시적으로 말한다면 1920년대 이후라고 할 수 있다. 그리고 그 구체적인 차이는 1920년대 이후 최남선이 보여 주고 있는 글쓰기 및 그가 남긴 문학에 관한 몇 개의 언급들을 통해 확인해 볼 수 있다.

최남선은 3·1 운동에 연루되어 3년여의 감옥 생활을 치른 이후 공식적으로 역사학자의 길을 걸었다. 그런데 스스로 역사학자가 될

---

203) 이광수, 「문학의 가치」, 『대한흥학보』, 1910. 3/『이광수전집』(1), 우신사, 1979, p.546.

것을 선언했던 1920년대 이후에도 최남선은 창작시조집 『백팔번뇌』(1926)를 출간하고, 여러 차례 시조에 관한 자신의 입장을 밝혔으며, 고시조들을 모아 『시조유취』(1928)를 간행하는 등 이전 시기 못지않은 문학적 활동들과 연관되어 있다. 여기에서 흥미로운 점은 1920년대 문학 부문에 걸쳐 있는 최남선의 활동들이 신소설을 배제하면서 외국문학을 소개하던 신문관 시절과도 다른 것처럼 보일 뿐 아니라 이광수가 주창한 시·소설·희곡 등 리터래처로서의 문학과도 차이를 보이고 있다는 사실이다. 다시 말해 이 시기에 보이는 최남선의 문학적 활동은 신소설조차도 전근대적인 것으로 파악했던 근대주의적 감각과도 구별될 뿐 아니라, 이광수식 근대문학 이념으로부터는 오히려 뒷걸음치는 것처럼 보이고 있는 것이다.

1920년대 중반 이후 한국문학의 주류는 단연 KAPF였다. 카프는 짧은 존속 기간에도 불구하고 한국근대문학의 패러다임을 완전히 뒤바꿔 놓을 정도로 큰 영향을 끼쳤다. 간단하게 말하자면, 카프의 특별한 성과는 프롤레타리아라는 '계급성'으로 문학의 보편성을 획득한 점에 있다. 김기진과 박영희의 '내용·형식 논쟁'이 잘 보여주듯, 프로문학에서 무엇보다 중요한 것은 식민지 조선의 계급성이었다. 여기에서는 문학적 완성도나 미학적 동기 등을 논리적으로 따지기에 앞서 조선의 계급성을 제대로 드러낸 문학이 최고의 가치를 갖는다. 이 경우 조선의 계급문학은 그 자체로 세계문학과 동렬에 서게 된다. 카프의 이러한 논리는 1910년대의 이광수로부터 1920년대 초반 김동인·염상섭 등에게서도 여전히 유효했던, 근대문학이라는 어떤 선험적 완결세계를 향해 거리 좁히기의 형태로 나타났던 일종의 콤플렉스로부터 완전한 방향 전환이 이루어졌

음을 의미한다.204)

최남선의 시조론은 바로 이 지점에 존재하고 있다. 카프에 의해 한국근대문학의 패러다임이 전환되었던 시기에 최남선은 카프와는 전혀 다른 방식으로 한국문학의 근대성을 문제 삼고 있었던 것이다. 따라서 최남선의 시조론은 단순히 시조부흥론의 하나로서 의미가 축소될 수 없다. 최남선이 던진 근본적인 문제 제기는 이후 전개되는 '프로문학파 대 국민문학파 논쟁'뿐 아니라, 넓은 의미로는 1910년대 이광수가 던진 물음과도 관련되어 있기 때문이다.

'국민문학'이라는 용어는 1926년 5월 『조선문단』에 실린 최남선의 「조선국민문학으로서 시조」라는 글에서 처음 사용된 것으로 알려져 있다. 최남선은 『조선문단』 다음 호에도 「시조태반으로서의 조선민성과 민속」이라는 글을 실으면서 본격적인 근대 시조의 부활을 알렸다. 최남선이 국민문학이라는 말로 어떤 특정한 세력이나 인물들을 지시했던 것은 아니다. 하지만 이 논의에 김기진, 염상섭, 김동환, 이병기, 양주동 등이 가세하면서 이 논쟁은 1920년대 후반기의 대표적인 문학 논쟁이 되었다.205)

---

204) 이광수의 「문학이란 何오」로부터 김동인과 염상섭까지의 문제의식을 설명하는 것은 그 자체로 또 하나의 논의로 구성시켜야 할 논제이지만, 일단 거칠게나마 이 세 명의 근대소설 실험가가 보여 준 궤적의 공통점으로서 '근대문학'이라는 이데아로의 접근이라는 측면을 지적할 수 있을 듯하다. 특히 글쓰기의 형식 및 이것과 관련된 작가의식은 세 명 모두 일치된 '환상'을 공통적으로 보여 주고 있다. 예컨대 이광수의 『무정』에 보이는 근대적 시제(時制) 삼인칭 대명사 처리 방식과 김동인 「약한 자의 슬픔」 및 염상섭의 「표본실의 청개구리」에 나타나는 삼인칭 주어 표기 방식 및 언어가 이중화(二重化)된 글쓰기 방식 등은 큰 틀에서 볼 때 '근대문학'이라고 하는 도달해야 할 목표가 전제된 결과였다.

205) 논쟁은 최남선의 글에서 촉발된 김기진의 문제 제기, 그것에 대한 이른바 국민문학파의 반론 및 비판, 다시 카프계 김동환의 맹공 및 여기에 대한 이병기·염상섭 등의 반격 등으로 진행되었다. 한 가지 재미있는 사실은, 정작 논쟁이 진행되는 동안 논쟁의 촉발자였던 최남선은 여기에서 빠져 있다는 점이다.

이제까지 한국문학사에서 '프로문학파 대 국민문학파'라는 논쟁의 구도는 '계급문학 대 민족문학'이라는 차원에서 논의되었다. 하지만 '국민문학파'는 실체가 아니다. 국민문학파는 카프처럼 어떤 단체나 이념으로 서로에게 묶여 있는 관계가 아니었다. 따라서 실제 논쟁은 프로문학과 프로문학에 동조하지 않는 사람들의 대립 형태로 진행되었다. 김윤식의 지적처럼 "문학에 있어서의 민족주의(국민문학파 — 인용자)라는 것은 계급주의 문학의 대타의식에서 출발"206)한 것이기 때문이다. 이를 가리켜 김영민은 원래 민족문학이나 국민문학이라고 하는 용어는, 한 나라의 문학적 특색을 대표적으로 집약시켜 보여 줄 수 있는 문학현상에 상응하는 용어이므로, '국민문학파'라는 용어는 한국문학사에서 주로 1920년대 프로문학의 문학적 논의에 대립했던 특정한 문학적 논의 및 인물들을 가리키는 말로 그 용법이 매우 한정적이라고 지적한 바 있다.207) 이러한 지적들은 '프로문학파 대 국민문학파'라는 형식으로 바라볼 때 실제 이 논쟁이 지니는 핵심적인 의미를 지나치게 협소화시켜 버릴 수 있음을 알 수 있게 해 준다.

최남선은 1920년대 중반에 돌연 시조론을 통해 다시 문학사에 등장하고 있다. 이것은 문학사적 평가 이전에 최남선의 독특한 감각을 이해하는 데 많은 참고가 된다. 왜냐하면 시조는 1920년대 '프로문학 대 국민문학' 논쟁 및 이를 계기로 촉발된 시조부흥운동을 통해 한국고전문학의 확고부동한 적통(嫡統)으로 승인되었기 때문이다. 오늘날의 관점에서 보면 당연한 것처럼 보일 수도 있지만,

---

206) 김윤식, 『한국근대문예비평사연구』, 일지사, 1973, p.107.
207) 김영민, 『한국문학비평논쟁사』, 한길사, 1992, p.225.

시조가 전통시가의 대표로 부활하게 된 것이 반드시 자연스러운 것만은 아니다. 오히려 그 반대였다고도 말할 수 있다. 1920년대의 한국문학에서 시조는 방향 착오적이었다는 주장도 얼마든지 가능하다. 왜냐하면 시조론이 등장한 1920년대 중반은 시가문학에서 자유시가 본격적인 궤도를 형성한 시기에 해당하기 때문이다. 주요한의 「불노리」(1919) 이후 김소월의 『진달래꽃』(1925), 한용운의 『님의 침묵』(1926)이 출간된 이후였을 뿐 아니라 순수 문예동인지들이 각 분야에서 한국문학의 근대적 형성과정을 견인하고 있던 시기였다.

하지만 시조에 대한 최남선의 관심이 1920년대에 갑작스럽게 폭발한 것은 아니다. 최남선은 『소년』 창간 이후 지속적으로 시조에 관심을 보이고 있었다. 예컨대 1908년 가장 새로운 형식의 '신시'를 창작하던 때에도 시조는 함께 있었다. 최남선에게서 이러한 비동시적인 것의 동시성을 발견하는 일은 그렇게 어려운 일이 아니다. 그가 전통적 교양에 속한 세대이면서도 누구보다도 이른 시기에 국문 글쓰기를 선도했고 또한 그러면서도 동시에 국문체가 문학 언어로 질서화된 이후까지도 여전히 한문 투의 국한문체를 사용한 사실은 최남선이 가진 중층성을 잘 보여 주는 실례라 할 수 있다.

하지만 최남선이 보여 주는 이러한 과정들 속에는 일관된 공통점이 있다. 요컨대 이러한 중층적 성격을 통해 알 수 있는 것은 최남선의 혼동 내지는 다양성이 아니라 오히려 근대와 관련된 그의 일관된 태도라는 사실이다. 그리고 이러한 일관성의 핵심에는 근대주의자로서의 최남선이 있다. 그가 근대주의자로서 전근대적이거나 비근대적인 것을 모두 거부하는 모습을 보이는 것과 전통적인 것을 강조하고 역사를 통해 민족적인 것을 증명하려는 모습을 보이는 것은 모순되는 것이 아니다. 이러한 사례들은 근대성의 특질을 그가 온몸으로 체현하고자 했음을 보여 준다. 또한 이것은 시조에 관한 그의 태도를 시사하는 것이기도 하다. 한마디로 말해 전통적인 것은 근대적인 것과 대립하지 않는다. 특히 자본주의적 근대는 무수히 많은 이질적인 것들을 소비함으로써 종합되기 때문이다. 같은 의미로 최남선의 시조론을 근대주의자였던 최남선이 과거로 복귀한 것, 혹은 퇴행된 것이라고 읽는 것은 표면에 집착한 순간적인 인상에 지나지 않는다. 최남선의 시조론은 단순히 시조문학이라는 한정된 영역에 국한되는 것이 아니라 한국문학의 근대적 성격에 대한 함의를 내포하고 있다.

## 2) 시조의 근대성과 허구의 모더니티

최남선에게 시조는 전통적인 것·조선적인 것이었지만, 그렇다고 해서 옛것·낡은 것이었던 것은 아니다. 최남선에게 시조는 오히려 새것, 즉 근대적인 것이다. 다시 말해 시조는 과거에서 길어온 유산이 아니라 가장 근대적인 것이기 때문에 선택된 창조된 전통이다. 시조부흥론의 출발점이자 결정적 계기가 된 최남선의 「조선국민문학으로의 시조」(1926)는 이런 맥락에서 등장했다. 최남선의 개인 이력으로 볼 때에도 이 시조론은 그 성격이 범상치 않은데, 최남선은 최초의 신시 「해에게서 소년에게」를 이 땅에 처음 선보인 신체시 작가였을 뿐 아니라, 누구보다도 신문명의 수입과 전파에 앞장서 온 대표적인 근대주의자·문명개화론자였기 때문이다. 그러므로 어느 날 갑자기 시조부흥을 주장했을 때, 이에 대해 '보수주의·복고주의·반동주의'라고 비판하는 것은 표면상 정당한 비판인 것처럼 보인다.208) 특히 과거 지향적인 것처럼 보이는 그것이 최남선의 주장이었을 때 그 당혹감은 더욱 큰 것이었을 수도 있다.

최남선이 시조론을 주창한 최초의 인물이었던 것은 아니다. 1925년 7월, 양건식은 '시조의 부흥과 개량을 촉구'라는 부제가 달린 「시조론」을 발표했다. 양건식은, 시조는 원래 그때·그 시대에 일어난 일을 읊는 조선의 고풍시(古風詩)인데 한시(漢詩)와 한시에 중독된 한시인들로 인해 제 역할을 못 하고 있다. 그러므로 이제부터는 시조 본래의 기능과 특징을 되살려 시세(時勢)와 영향(影響)하는 방식으로 개량·부흥해야 한다고 주장했다.209) 양건식의 논지는 시조에 대해 비교적 객관적인 분석 태도를 보여 주고 있다는 점에

---

208) 김기진, 「문예시평」, 『조선지광』(제64호), 1927. 2.

209) 백화생, 「시조론」, ≪시대일보≫, 1925. 7. 27.
"최근에 이르러 우리 조선의 고풍시(古風詩)인 시조(時調)에 대하여 나날이 이 방면에 주의하는 인사(人士)가 자꾸 나타남은 참으로 가희(可喜)할 현상이다. 그러나 이와 동시에 저 일부의 사이비한 시인 중에 시조란 시가 아니니 어떠니 하고 기탄없이 망론을 발하는 자가 있음에 대하여는 또한 우리가 이를 가만히만 듣고 있을 수는 없는 일이다. 자고로 한문에 너무 중독된 우리 조선에서 자국의 시인 시조에 대하여 너무 등한(等閑)에 붙이고 학대에 가깝게 돌아보지 아니한 것도 사실이다. 시조에 잘된 것이 있다 하드래도 이를 완미(玩味)치 아니하고 한시로 번역을 하여 독상(讀賞)하였다. …… 국시(國詩)를 이렇게 대우하였는지라. 그 발달은 고사하고 그 명맥조차 끊어질듯 하면서 간신히 비활동적인 일부 상류사회, 화류계의 일소부분(一小部分)의 문학(혹은 유희)이 되어 버리고 말았다. …… 그러나 우리가 다시 자세(仔細)히 시조의 역사를 검토하면 시조의 발달과정이 시세(時勢)와 교섭이 있고 영향이 있었음을 발견할 수가 있다. …… 시조를 일명 '시절가'라 함을 가지고 보드래도 가히 알 것이니, 시절 즉 시절(時節)은 시조(時調)란 그때의, 혹 그 시대에 일어난 것을 가지고 읊은 것을 의미한 것이다. 흔히 세상 사람들은 시조를 배가(背歌)라 하나 이것은 한시인(漢詩人)들이 한시에 중독된 남아에 이렇게 부른 것이다. 원래는 시조(時調)라야 옳은 것이다."

서 향후 전개되는 이른바 '시조부흥운동'의 선구적 의미라고도 할 수 있다.210) 하지만 양건식의 이 논의에 따르면 시조는 원래 우리 것이고 좋은 것인데 한문 때문에 잘못되었으므로 되살려야 할 것이 된다. 이러한 태도는 '시조의 부흥과 개량을 촉구'라는 부제에도 불구하고 복고주의적이라는 혐의를 피하기 어렵다. 요컨대 양건식은 시조의 '원래 의미'라는 환원점으로 시조부흥의 의미를 귀착시키고 있다. 뿐만 아니라 양건식은 당대 시인들 중에서 시조를 시가 아니라고 말하는 이들을 '망발'이라며 비판하고 있는데, 양건식의 주장을 따른다면 시조는 원래 시였다는 말이 된다. 이때 말하는 시란 아마도 근대문학적인 의미에서의 시를 의미하는 말일 것이다. 따라서 양건식의 주장을 종합하면 시조는 우리에게 원래 존재했던, 근대문학적인 의미에서의 시라는 말이 된다. 양건식의 이러한 입장은 리터래처로서의 문학을 문학이라고 전제하고 있는 이광수의 태도와 근본적으로 동일한 관점이다. 요컨대 시조는 애초에 근대문학이기 때문에 부흥시켜야 한다는 논리이다.

> 시조는 조선인의 손으로 인류의 운율계에 제출된 일(一) 시형(詩形)이다. 조선의 풍토와 조선인의 성정이 음조를 빌어 그 와동(渦動)의 일(一) 형상(形相)을 구현한 것이다. 음파의 위에 던진 朝鮮我의 그림자다. 어떻게 자기 그대로를 가락 있는 말로 그려 낼까 하여 조선인이 오랫동안

---

210) 이 부분에 대해 1994년 『국어국문학』(112호)에 실린 홍흥구의 「1920년대 시조부흥론 재검토」는 양건식의 논의를 이후 전개되는 국민문학론의 시조론과 다른 지평에서 높이 평가하고 있다. 홍흥구에 따르면 1926년 발표된 최남선의 「조선국민문학으로의 시조」는 "시조를 심정적으로 찬양한 외침에 불과하며, 시조의 실상 및 창조적 계승방향과도 어긋난 복고적 답습에 다름 아니고, 결국엔 그의 조선주의가 뒷날 '취약한 개량주의 노선을 빠져 친일적 과오'(최원식)를 저지르는 행위와 맞물리는 것"이다. 하지만 양건식의 이 글은 시조에 관한 언급의 선구성 및 객관적 진단 등에서는 의미를 가지지만, 되살려야 할 원래의 무엇으로 시조를 설정하고 있다는 점에서 사실상 이후 전개되는 시조부흥 논의와는 같은 계열로 분류되기 어려운 점이 있다.

여러 가지로 애를 쓰고서 이때까지 도달한 막다른 골이다. …… 소설로
희곡으로 도무지가 아직 발생기(내지 발육기)에 있다 할 것이지, 이것이
오 하고 내놓은 완성품은 거의 없다 할밖에 없음이 섭섭한 사실이다. 그
중에 오직 한 시에 있어서는 형식으로 내용으로 용법으로 용도(用途)로
상당한 발달과 성립을 가진 일물이 있으니 이것이 시조다. 시조가 조선에
있는 유일한 성립문학임을 생각할 때에, 시조에 대한 우리의 친애는 일단
(一段)의 심후(深厚)를 더함이 있지 아니치 못한다. 오천 년인지 만 년인
지 모르는 오랜 민족생활이 갈고 광내어 놓은 유일한 구슬임을 생각하면
그것이 캄캄한 돌의 거친 덩어리라도 그 임자에게는 끔찍한 일물이 아닐
수 없겠거늘, 그렇지 않고 그것이 頸環(경환)에라도 꿸 만하고, 이당(耳
璫)에라도 들일 만한 것이면, 그 사랑스러움이 당부여하(當復如何)라 하랴.
<u>시조는 실로 조선에 있어서 구조(句調)·음절(音節)·단락(段落)·체제
(體制)의 정형(定型)을 가진 유일한 성형문학(成形文學)이다.</u>[211](강조는
인용자)

　　최남선은 역사 연구자로서 한창 매진하던 1926년 5월에 「조선
국민문학으로의 시조」란 글을 『조선문단』에 발표했다. 이 글에서
최남선은 시조를 세계문학과의 관계 속에서, 조선의 이름으로 세계
문학계에 던져진 '조선의 문학'으로 위치시켰다. 조선의 시조는, 비
록 세계 최고의 문학이라고 말할 수는 없을지라도, '세계 시단에서
많이 볼 수 없는' 양식이라는 사실이 그 이유였다. 최남선이 시조
를 조선적인 문학의 일 대표로 꼽는 이유도 흥미롭다. 최남선은
시조가 조선문학사상 최고의 양식이기 때문이 아니라, '조선에 있
어서 구조(句調)·음절(音節)·단락(段落)·체제(體制)의 정형을 가
진 유일한 성형문학'이기 때문이다. 최남선에 따르면 조선문학은
세계문학이라는 완결된 체계 속에서 조선문학이라는 한 부분의 의
미를 갖는다. 따라서 세계문학의 일부면으로 조선문학의 대표가 될

---

211) 최남선, 「조선국민문학으로의 시조」, 『조선문단』, 1926. 5/『전집 9』, p.386.

수 있는 기준은 조선의 최고문학이 아니라 세계문학의 일부면이 될 수 있는 세계성, 즉 근대적 보편성을 갖춘 성형문학으로서의 시조여야 한다.

'성형문학으로서의 시조'라는 이 말은 시조의 근대적 성격을 의미한다. 시조는 형식화의 논의가 가능하다는 것, 다시 말해 과학적·실증적 분석이 가능한 정체성을 가진 문학 양식이라는 것이다. 일정한 표준을 갖춘 정형 문학이라는 것, 즉 객관적이고 합리적인 실체를 확보하고 있다는 말이다. 시조가 정말 그러한지, 그리고 시조만이 과연 그런 성격을 갖고 있는지는 또 다른 차원의 논의를 필요로 한다. 다만 여기에서 분명해지는 건 최남선이 마련한 이 구도로 인해 조선문학은 세계문학 속에서 논의될 수 있는 시민권을 획득하게 되었다는 사실이다. 이 의미는 특별히 강조될 필요가 있다. 많은 논리적 함수들을 전제해야 하겠지만, 그럼에도 불구하고 일정한 비약을 무릅쓰고 말한다면, 최남선의 이 논의는 한국 근대문학의 출발에서부터 내재되어 있던 아포리아(aporia)에 대한 대답의 한 형식이기 때문이다.

최남선에게 시조는 조선문학이지만 또한 세계문학이다. 최남선에게 시조는 조선문학이기 때문에 세계문학일 수 있다. 최남선의 이 논리는 1900년대 이후 조선의 신문학주의자들이 태생적으로 안고 있던 하나의 콤플렉스, 즉 외삽(外揷)된 근대에 대한 좌절 혹은 근대문학이 선험적으로 존재한다는 성채(城砦)를 부정한다는 의미를 갖는다. 시조가 세계문학의 영토 안에 자기 지분을 갖는다는 것은 시조의 존재 근거가 세계문학이라는 척도 속에서 보장받게 된다는 말에 다름 아니다. 세계라는 입장에서 보면 조선은 작디작은 일부면, "시골뜨기 가운데도 멧되되 멧된 시골뜨기"에 지나지 않는다. 하지만 그럴수록 필요한 것은 "세계적으로 파겁"하는 길 외에는 다른 도리가 없다. 세계와 조선, 전체와 부분이라는 이 구도 는 시조론이 쓰이던 시기를 전후로 완성된 최남선의 역사론에서도 동일하게 주장되고 있음을 알 수 있다. 예컨대 「불함문화론」·「단 군론」 등을 통해 보여 준 조선문화 및 단군에 대한 증명을 최남선 은 이와 같은 방식으로 논리화했던 것이다. 그러므로 최남선의 시 조론은 최소한 그것이 문학론으로 국한해서 읽힐 때조차 동 시간 적으로 전개되고 있는 그의 담론들과 암묵적으로 연계되어 있음을 확인해 두지 않으면 안 된다.

> 세계로써 우리를 보면 시골뜨기 가운데도 멧되디 멧된 시골뜨기니, 공 부는 좀 있다 하여도 용로(鎔爐) 맛 보지 못한 광석이요, 신문화의 자양 분을 섭취할 생각은 간절하여도 집어먹을 줄을 모르며, 발표하고 싶은 것 ─ 하여야 할 것도 많지마는, 가슴만 두근거리고 머리가 어지러워져서 입 이 벌어지지 아니하는 형편이라. 세계인 되어야 할 필요는 박두하였건마 는, 세계인 노릇할 파겁(破怯)을 못 하여 주춤주춤 머뭇머뭇하는 동안에 세계란 도회와 및 그 인심이 시골뜨기 우리를 포용하며 동화해 주지를 아니하고 모르는 체함으로써 자기 틈에서 몰아내려 하는도다.
> 온갖 방면으로 세계라는 넓은 바닥에서 닦이고, 세계라는 넓은 곳 물 을 먹어 세계적의 천(薦)을 넘기고 세계적의 허참(許參)을 얻고, 세계적의 동사(動仕)를 모으고, 세계적의 등양(騰揚)을 할지니. 이리함에는 앞서는 것이 세계적으로 파겁함이라. 어려워 말지어다. 학자는 학문으로, 시인은 예문(藝文)으로, 목수는 자귀로, 미장이는 흙손으로, 각자의 연구와 제작 을 세계적으로 시위(試爲)하며 세계적으로 발표할지어다. 세계를 대상으 로 사려(思慮) 관감(觀感)하며, 동정(動靜) 어묵(語默)할지어다. 이리하기 위하여 어서어서 세계란 이름으로 파겁하며, 세계란 무대에서 파겁하며, 세계란 대상에게 파겁할지어다.212)

---

212) 「파겁」, 『청춘』, 1918. 3 / 『전집 9』, p.167.

최남선의 시조론은 되돌아가야 할 어떤 것으로서의 시조를 상정하고 있지 않다는 점에서 향후 전개되는 이른바 시조부흥운동 계열의 논의와 연속선상에 놓인다. 또한 최남선의 시조론은 근대자유시와도 충돌하지 않는다. 다시 말해 최남선의 시조론은 근대문학의 자유시 영역에 지분을 요구하며 등장한 문학 운동이 아니라는 것이다. 최남선의 시조론은 좁은 의미에서는 국민문학파의 논리 속에서 프로문학파에 대한 안티테제의 의미를 가지지만, 넓은 의미로는 문학론의 자장을 넘어 그가 1920년대 들어 본격화하고 있는 역사학적 작업과 관련을 맺으며 문화사적인 의미에서 좀 더 복잡한 구도를 그려 보이고 있다. 따라서 좁은 의미로든 넓은 의미로든, 어떤 경우에도 최남선의 시조론은 단순히 과거의 영광을 되찾겠다는 소극적이거나 혹은 퇴행적인 복고주의와는 관계가 없다. 오히려 정반대로 말할 수 있는데, 최남선에게 시조는 옛것이 아니라 새것이었다는 것, 이왕에 있어 온 화려한 옛날의 추억이라기보다는 지금 이 시점에서 새롭게 발견된 근대적 전통으로서의 시조였다는 것이다.213)

그러므로 김기진이 시조부흥론에 등장하는 조선주의란 한마디로

---

213) 오문석은 「한국근대시와 민족담론―1920년대 시조부흥론을 중심으로」(『근대문학연구』(4권 2호), 2003)에서 최남선의 시조론이 갖는 근대적 성격을 풍부한 예증과 높은 통찰력을 통해 분석하고 있다. 오문석에 따르면 최남선은 근대자유시 운동이 시에서 노래를 분리시키는 방향으로 나아갈 때, 이것이 최남선에게는 시와 민족을 분리하는 것이었으며 이 때문에 근대자유시 운동에 개입하지 않을 수 없었다고 분석했다. 이것은 최남선에게서 문학이 곧 민족의 문제였음을 의미했다. 본고는 오문석의 주장에 대체로 동감하지만, "시조가 민족적 특수를 대표하기 위해서는 세계적 보편의 후원을 기다려야 했다."는 결론 부분에 대해서는 약간 유보적이다. 간단히 말하자면, 최남선에게 시조는 이미 보편성의 표지로서 세계문학에 참여하고 있었다고 보아야 한다는 것이 본고의 입장이다. 그 이유는 시조론 및 시조집 발간 등 최남선의 시조 관련 활동이 「불함문화론」에서 구상한 보편적 문화권역에 대한 일종의 확인 차원이었다고 보기 때문이다. 요컨대 최남선은 시조를 통해 보편적인 것을 확인하려 했다기보다 이미 시조를 보편으로 상정하고 있었다고 여겨지기 때문이다.

"일개의 국수주의의 변형이요, 보수주의요, 정신주의요, 반동주의요, 그 이상의 아무것도 아니다."214)라고 비판하는 것은, 최소한 최남선에 대해서만큼은 적절한 비판이었다고 보기 어렵다. 왜냐하면 최남선의 시조는 오히려 정반대의 감각에서 끌어올린 근대적 요구의 결과였기 때문이다. 최남선의 시조 제창은 과거 조선으로의 회귀가 아니라 지금 현재로부터의 도약을 위한 방편이었던 것이다. 그러므로 프로문학파의 주장처럼 계급성을 통해 지금 여기에서 조선의 계급성을 드러낸 문학이 곧바로 세계의 계급문학과 동등한 지위를 갖는다고 하는 논리는 최남선의 주장과 긴장 관계를 형성할 수밖에 없게 된다. 물론 어떠한 민족주의도 세계주의 속에서 민족을 강조하지 않는 경우는 없다. 중요한 건 민족과 세계의 관계라기보다 그것이 어떠한 민족주의 논리 속에 있는가이다. 최남선의 경우에도 시조는 민족적인 차원에서 주장된 것이었음이 분명하다. 하지만 최남선의 시조론은 조선과 세계의 관계에서 세계 혹은 문학이라는 전제를 수용하지 않고 있다. 이것은 명시적으로 외부적인 근대문학을 상정했던 이광수는 물론 그러한 전제가 없는 것처럼 문학을 이야기했던 카프의 논리와도 다르다. 왜냐하면 카프는 근대문학의 외부적 전제를 의식한 상태에서 그에 대한 발로서 계급의 논리를 수용하고 있기 때문이다.

최남선의 논리는 표면상 카프의 문학관에 대한 비판이나 반발과는 크게 상관이 없는 것처럼 보인다. 하지만 그의 시조론에는 1920년대 중반 이후 한국문학의 헤게모니를 장악한 카프의 문학 논리에 대한 근본적인 물음이 포함되어 있었다. 카프의 논리는, 그

---

214) 김기진, 「문예시평」, 『조선지광』(제64호), 1927년 2월.

자체로만 본다면, 1910년대 이광수식 근대문학 선언에 대한 훌륭한 답변이었다고 할 수 있다. 하지만 엄밀하게 말해 카프는, 이 모범적인 답안을 작성하는 과정에서 가장 근본적인 전제로 제기되어야 할 '문학'이라는 문제를 괄호 치고 있다. 카프의 무산 계급 문학이 문학성 이전에 계급성을 운위할 때, 이미 여기에는 문학이라는 전제가 사라져 버린다. 이것은 문학이라는 자명성을 독자적인 무엇으로 전제하지 않는다는 점에서는 진보적인 관점이라고 말할 수 있지만, 정확하게 말해 이것은 문제 해결이라기보다는 문학성을 계급성으로 대체한 것에 가깝다. 즉 보편이라는 이데아로서의 세계문학과 특수라는 현상계로서의 조선문학의 간격 좁히기라는 문제로부터, 세계문학과 조선문학을 계급성이라는 공통분모로 약분시켜 버림으로써 문학이라는 문제 자체가 원천 봉쇄되어 버린 것이다.

카프는 모든 특수한 것을 초월하는 보편적 가치로서의 계급성을 문학의 원천으로 삼았고, 이로 인해 카프는 계급성을 확보한 모든 조선문학은 그 즉시 세계문학이라는 논리를 확보할 수 있었다. 여기에는 따로 문학성이니 예술성이니 하는 외적 준거가 필요 없다. 카프의 문제는 여기에 있다. 1920년대 초반 김동인·염상섭 등 '창조' 및 '폐허' 동인들이 그토록 열망되던 근대문학으로의 진입을 카프는 계급의 문제로 뛰어넘어 가 버렸던 것이다. 최남선은 1920년대 들어 조선에 유행하기 시작한 사회주의 사상과 관련해서 이들의 논리가 조선이라는 자기 자신을 망각하고 있음에 대해서는 크게 우려했다.

> 시하(時下)에 가장 우려할 일이 무엇이냐 하면, 우리는 선뜻 대답하기
> 를 조선의 신시대를 만들려 한다는 이의 사이에 일종 기괴한 암시적(暗

示的) 병수(病祟)가 유행함이라 하겠다. 무엇이냐 하면, 자기망각, 자기경
멸, 자기모독(侮瀆)적의 일 경향, 일 태도이다. ……중략…… 설사 무산
자에게는 조국이 없다 함을 글자 그대로 단순히 용인할 것이라 할지라도,
그 진의가 과연 모든 민족인 자로 하여금 그 민족임을 잊어버리게 하고,
그 민족의 사실적 급 관념적 최대 존재인 조국을 몰각 쇄기(鎖棄)하란 의
미가 될 것일까. ……중략…… 조선인이 조선은 알아 무엇하랴 하는 기
괴한 견해는 대체 어떻게 나온 사상이며, 무엇이든지 조선에 관한 것은
다 헛것, 공연한 것, 하잘것없는 것처럼 생각함은 대체 어떻게 하는 요량
인지, 이보다 더 모를 일은 세상에 다시없을 것이다. ……중략…… 일거
리를 꼭 조선이라 하면서, 조선이 어떠한 무엇인지는 도무지 몰라도 무방
하게 알기는 고사하고, 혹시 알려 하거나 혹시 사실을 밝히는 이가 있거
나 하면, 도리어 비훼(誹毁) 저척(詆斥)까지 함은 과연 어찌하자는 일인
가. 특히 조선 이해의 제일단위인 민족적 토구(討究)와 조선 해방의 제일
기준일 민족운동이 무슨 큰 변괴나 사도(邪道)처럼 생각하는 경향이 있음
은 대체 어찌한 까닭인가.[215]

최남선이 시조론을 발표할 당시 최남선은 문학자로서보다는 역
사 연구에 매진했던 시기였다. 이 사실은 1920년대 중반의 시조부
흥론을 둘러싼 문학비평사 담론을 이해하는 데 필수적이다. 왜냐하
면 「조선역사통속강화개제」(1922)・「불함문화론」(1925)・「단군론」
(1926)・「아시조선」(1926) 등 역사 연구자로서의 최남선을 대표하
는 주요 저술활동 대부분이 1920년대 초중반에 집중되어 있기 때
문이다. 위의 인용문에서 보듯 이 과정에서 최남선은 '민족' 연구
에 관한 자신의 입장이 당시 발흥하고 있던 계급주의 문학의 이념
에 의해 비판당하고 있다는 사실을 정확하게 인식하고 있었다. 물
론 이 속에서 최남선은 『백팔번뇌』(1926)와 『시조유취』(1928)를
발간하는 등 이른바 문학적 활동을 지속적으로 펼치고 있다는 사
실도 간과해서는 안 된다. 하지만 시조론으로부터 이어지는 일련의

---

215) 최남선, 「자기망각증」, 《동아일보》, 1925. 9. 8/『전집 10』, p.216.

시조 관련 활동들은 최남선의 전체 활동 속에서 볼 때 '문학 활동' 이라는 의미보다는 이른바 '불함문화권'을 논의하는 역사학자로서의 최남선의 기획 속에서 이해될 필요가 있다. 최남선의 시조론은 그의 역사 연구의 방향 위에서 민족의 보편적 위상을 확보하고 이를 통해 계급주의 문학의 이념과는 달리 민족의 세계성을 확인하는 차원으로 전개되고 있기 때문이다.

최남선의 이러한 인식은 한국문학사의 전체 전개 과정 속에서 크게 영향을 미치지는 못했다. 그 가장 큰 이유는 이후 전개되는 이른바 시조부흥운동이 '문학'이라는 한정된 영역의 문제로 취급되었기 때문이다. 문학 속에서도 그것은 시조라는 특별한 장르에 대한 문제로 세분화된 경향이 강하다. 최남선이 보여 준 문제의식은 1910년대 이후 한국문학이 근대문학으로서의 표지를 획득하기 위해 대결했던 근대성이라는 본질적 물음과 맞닿아 있었다. 하지만 최남선의 이 물음은 본질적이기는 했지만 명시적이지는 못했다. 이러한 물음이 명시적으로 제기되었던 것은 1930년대 모더니스트 이상(李箱)에 의해서였다.

> 동경이란 참 치사스런 도십디다. 예다 대면 경성이란 얼마나 인심 좋고 살기 좋은 '한적한 농촌'인지 모르겠습니다.
> 어디를 가도 구미가 당기는 것이 없으그려! キザナ(마음에 걸리게도) 표피적인 서구적 악취의 말하자면 그나마도 그저 분자식(分子式)이 겨우 여기 수입이 되어서 ホンモノ(진짜) 행세를 하는 꼴이란 참 구역질이 날 일이오.
> 나는 참 동경이 이따위 비속(卑俗) 그것과 같은 シナモノ(물건)인 줄은 그래도 몰랐오. 그래도 뭣이 있겠거니 했드니 과연 속빈 강정 그것이오.216)

---

216) 이상, '私信(7)', 「김기림에게 보낸 편지」, 1936. 11. 29/『이상문학전집 3』(수필), 문학사상사, 1993, p.234.

이광수가 처음 던졌고, 카프가 이를 받아 방향을 틀었으며, 최남선에 의해 또 한 번 논점이 제기되었던 근대문학으로서의 한국문학에 대한 물음은 1930년대 이상에 의해 다시 한 번 제기되었다. 1910년생이었던 이상은 출발 자체가 식민지 조선이었기 때문에, 조선과 세계와의 관계에 대해 상대적으로 앞 세대보다 자유로울 수 있었다. 특히 이상에게 모어(母語)인 조선말은 어감을 자유롭게 구사할 수 없는 이질적인 외계의 질서였다. 이상이 특히 정지용을 외경했다는 사실은 시사하는 바가 크다.217) 이상은 태생적으로 근대의 배경 속에 있었다.

1920년대의 낭만주의 문학을 극복한 모던의 총아로서의218) 이상은 죽기 얼마 전 비로소 모던의 본향인 일본 동경을 찾아갈 수 있었다. 거기에서 이상은 자신을 가리켜 '십구 세기와 이십 세기 틈바구니에 끼워 졸도하려 드는 무뢰한'이라고 적었다. 이상은 스스로 완전히 20세기 사람이 되기에는 19세기의 엄숙한 도덕성의 피가 너무 많이 위협하듯 흐르고 있다고 고백했다. 이상은 일본 동경이 서구를 본뜬 가짜에 불과했음을 간파했다. 일본에서 그는 "그래도 뭣이 있겠거니 했드니 과연 속빈 강정 그것"이라고 탄식했다. 이상이 보여 준 이러한 태도는 일본을 근대의 진품으로, 즉 20세기 모더니티의 원본으로 착각했던 식민지 지식인이 근대라는 허구성을 목도한 일종의 환멸감이었다. 그것은 동경조차 진짜(本物)가 아니라 가짜·모조품, 그것도 비속하기까지 한 것이었다는 사실의

---

217) 고은, 『이상평전』, 살림출판사, 1992, pp.249–250.
218) 김윤식, 「근대문학으로서의 결핵」, 『김윤식의 현대문학사 탐구』, 문학사상사, 1997, p.110.

확인에서 느낀 이상의 당혹감이었다.219)

「동경(東京)」이라는 글의 첫머리에서도 이상은 제국 일본의 심장 동경에 대한 첫인상을 이렇게 썼다. "내가 생각하던 '마루노우찌삘딩(마루비루)'은 적어도 이 '마루비루'의 네 곱절은 되는 굉장한 것이었다. 뉴육(紐育) '부로－드웨이'에 가서도 나는 똑같은 환멸을 당할는지－어쨌든 이 도시는 몹시 '깨솔링' 내가 나는구나!"220) 한국근대문학사는 마치 일종의 '환(幻)'과도 같은, '문학이라는 근대'와의 도전 및 응전의 역사로 이루어져 왔다. 근대 혹은 근대화는, 비서구문화들이 서구와의 만남 속에서 맞게 된 변화의 한 이름이지만, 그 결말은 거의 언제나 비극적이었다. 근대라는 표준을 공유하게 되면 근대 이전의 것들은 더 이상 설 자리가 없게 된다. 근대는 이질적인 것들을 균질화시키고, 우발적인 것들을 필연적인 것들의 예외로 처리하며, 입체적인 것을 평면화시키는 힘을 가지고 있다.

식민지 조선의 근대화는 일본 제국주의라는 변수를 늘 떠안고 있어야 했다는 점에서 그 의미가 이중적이다. 근대화란 보통 서구화를 의미하지만, 식민지 조선에서의 근대화는 그 자체로 제국의 식민지 경영과 맞물려 있다. 근대화에 대한 열망이 일본 제국주의의 식민화에 대한 추인과 연동된다는 사실을 깨닫기까지 그다지 많은 시간이 필요했던 건 아니다. 그리고 여기에서 조선은 일본제국주의와 맞서기 위해서는 근대화를 시급히 이루어야 하지만, 근대

---

219) 이상이 김기림에게 보낸 또 다른 편지에는 이런 구절도 있다. "기림 형. 기어코 동경 왔오. 와 보니 실망이오. 실로 동경이라는 데는 치사스런 데로구려!"(1936. 11. 14, 「김기림에게 보낸 편지」/ 『이상문학전집 3』, 문학사상사, p.233)
220) 이상, 「동경」, 『문장』, 1939. 5 / 『이상문학전집 3』(수필), 문학사상사, 1993, p.95.

화하기 위해서는 일본제국주의를 용인하지 않을 수 없다는 역설과 만난다. 따라서 서구 혹은 일본의 학문적 체계를 받아들여 완전하고 독립적인 근대 문명국가의 길로 나아가기를 희망할 때, 조선은 엄밀히 말해 서구 혹은 일본과 대립하고 있는 것이 아니다. 전제를 공유하지 않는 한, 근대화는 출발 자체가 불가능하다. 조선의 19세기 말에서 20세기 초반의 시간이 역사적으로 중요한 이유는 바로 이 시기가 많은 근대의 기원적 표지들이 들끓고 있던 때이기 때문이다. 그렇게 해서 어느 순간 '근대'가 선험적인 '보편'의 자리에 똬리를 틀고, 보편이 전제가 되면 기원은 곧 망각된다.221) 물론 모두가 이 전제에 동의했던 것은 아니며, 그 대표적인 경우는 아마도 신채호를 이야기할 수 있을 것이다. 하지만 누구보다도 열렬했던 국수주의자로서의 신채호가 훗날 아나키즘의 투사로 변모해 간 사실은 이런 의미에서 여러 가지 상상을 불러일으킨다.

계몽주의자로, 근대주의자로, 그리고 역사연구가로, 최남선은 근대의 중요한 지점마다 많은 위치를 선점했다. 하지만 오늘날 결과적으로 귀착된 근대화의 여러 경로들 속에서 최남선의 이름을 확인하게 되는 일은 그렇게 많지 않다. 최남선에게는 대부분 '최초'라는 수식이 남겨져 있을 뿐이다. 이런 의미에서 볼 때 최남선은 자신의 시대 속에서 철저하게 실패한 인물이었다고도 말할 수 있을 것이다. 하지만 무엇인가 분류되고 완성된 이후의 감각을 통해

---

221) 보편이라는 이 근대는 사실 서구라는 특수의 다른 이름이다. 보편과 특수는 결코 서로에 대해 배타적이지 않다. 그들은 서로 공모한다. 사카이 나오키(酒井直樹)의 말처럼, 결국 우리가 보편주의라고 부르는 것은 스스로를 보편주의라고 생각하는 특수주의이며 보편주의가 이와 다르게 존재한 적이 있었는지는 심히 의심스럽다. 사카이 나오키(酒井直樹)(1997), 후지이 다케시 옮김, 『번역과 주체』(이산, 2004) 제5장 '근대성 속의 비판: 보편주의와 특수주의의 문제' 참조.

그 이전 시기에 펼쳐졌던 그 과정들을 실패라고 부르는 것은 적절한 비판이라고 볼 수 없다. 지금 우리가 최남선이 실패했던 것들의 반대 자리에 위치하고 있는 것들을 모으고 이들을 통해 성공한 것들의 흐름을 만들어 그 흐름에 필연성과 의미를 부여하는 설명 방식에 익숙해져 있다면, 우리 역시 보편화된 어떤 전제를 의심 없이 받아들이고 있는 것뿐만 아니라, 전도된 기원을 망각하는 일에 일조하고 있는 셈이라는 비판도 역으로 가능할 것이다. 역설적이게도 최남선의 의의는 바로 이 지점에 있다고 말할 수 있다. 따라서 최남선의 실패를 실패로 평가하기에 앞서 주목해야 할 점은, 어떠한 활동의 최초 혹은 기원이라는 식의 그의 '유일한' 성과보다는 망각되어 사라진 그의 '많은' 실패들일 수도 있다. 1910년 5월호 『소년』 뒤표지에 최남선은 이렇게 썼다. "We learn wisdom from failure much more than from sucess. – Smiles(우리는 성공에서보담도 실패에서 더 만히 지혜를 엇난다. – 스마일쓰)"

# 신화의 보편성과 초월되는 민족

# 1. 문화 권역의 확장과 제국적 욕망

## 1) 민족적인 것과 친일적인 것의 경계

최남선의 역사 연구를 상징적으로 대표하는 「불함문화론」은 오늘날 상반된 평가를 동시에 받고 있다. 이러한 평가들에 따르면 「불함문화론」은 일본에 대한 저항담론이자 동시에 일본의 동조론(同祖論)을 형식화한 반민족적인 논리라는 이중성을 갖는다.[222] 한 개인과 그의 저작에 대한 평가가 다양할 수 있는 것은 물론 논자의 관점과 입장에 따라 얼마든지 가능한 일이겠지만, 최남선처럼 완전히 상반된 논점에서 동시적인 평가를 받는 경우는 드문 일이다. 이 경우 문제가 되는 것은 그의 많은 행위들이 친일 논리로 소급되거나 혹은 아예 평가조차 받지 못한 채 외면되는 경우가 생길 수 있다는 사실이다.

실제로 최남선의 경우 일제강점기 후반부에 해당되는 1930년대 이후의 저작들은 그의 친일 행위 기간으로 분류되어 일방적으로 매도되어 왔다. 그 결과 이 시기의 저작들은 그의 친일행위를 증명하는 증거로 활용될 뿐, 실제 텍스트 내부에 전개되고 있는 논

---

222) 불함문화론을 ① 일본에 대한 저항담론으로 보는 견해로는 임돈희·로저 제널리, 한국민속사의 재조명: 최남선의 초기 민속연구를 중심으로(『민속학연구』(2호), 1995) / 이영화, 『최남선의 역사학』(경인문화사, 2003) / 오문석, 「민족문학과 친일문학 사이의 내재적 연속성 문제 연구 - 최남선을 중심으로」(『현대문학의 연구』(30), 2003) / 전성곤, 「최남선의 「불함문화론」 다시 읽기」(『역사문제연구』(16호), 2006) 등이 있으며, 이와는 반대로 ② 일본의 식민지담론에 포섭된 논리로 보는 견해로는 박태순, 「역사를 위한 변명과 해명 - 최남선의 반민족사학」(『역사비평』(10), 1990 가을호)/최석영, 「일제하 최남선의 비교종교론과 '전통의 창출'」(『호서사학』(26), 1999) 등이 있다.

리와 내용들을 꼼꼼히 따져 읽는 분석적 독해는 충분히 이루어질 수 없었다. 물론 이 시기의 저술들이 일본이 주장하는 여러 정치적 입장과 논리들을 직접 표현하거나 내포하고 있는 것은 틀림없는 사실이다. 더욱이 최남선의 경우 그러한 저술들은 상당히 자발적인 형식으로 이루어져 있다.

최남선은 1936년 조선총독부가 주최한 한 종교 세미나에서 발표한 「조선의 고유신앙」에서 "조선을 진정으로 일본으로 만들고, 조선인에게 진정한 일본인이 되는 길을 만들어 준다는 뜻에서도 조선의 고신도(古神道)는 극히 엄숙하게 재평가되고 인식 강화되어야 한다."고 주장했다.223) 이 글에 따르면, 최남선에게 일본의 신도(神道)와 조선의 고신도(古神道)는 같은 것이며, 그것은 또한 전 동양의 '통일원리'였다.224) 최남선은 자신이 일본의 신도를 수용했던 것에 대해, "약간 불순(不純)한 경로를 밟고서라도 국조신앙(國祖信仰)을 우리의 정신적 지주(支柱)로 확립하기 위해 고심(苦心)하면서 저지른 죄과(罪過)"라고 말했다. 이것은 "오늘에 와서 보면 심히 위태한 행정(行程)이라 할 것이지마는, 이렇게라도 하여서 국조 단군(壇君)을 우리 첨배감념(瞻拜感念) 원천으로 번듯하게 신앙할 수 있는 기회를 만들기 위한 염원의 결과"였다는 것이다.225)

---

223) 崔南善, 「朝鮮の固有信仰」, 『心田開發に關する講演集』, 朝鮮總督府中樞院, 1936, p.37; 호사카 유우지(保坂祐二), 「최남선의 불함문화권과 일선동조론」(『한일관계사연구』(12), 2000)에서 재인용.
「조선의 고유신앙」은 조선총독부가 마련한 종교 세미나에서 발표된 최남선의 강연록이다. 「조선의 고유신앙」은 현암사판 『육당최남선전집』 9권에 김삼수(金三守) 번역으로 실려 있는데, 위의 인용 구절은 보이지 않는다. 아마도 내용의 친일적 표현 강도가 센 점을 고려해서 번역자나 편찬위원회에 의해 의도적으로 삭제된 것으로 보인다.

224) 호사카 유우지(保坂祐二), 「최남선의 불함문화권과 일선동조론」, 『한일관계사연구』 (12), 2000 참조.

225) 최남선, 「자열서」, ≪자유신문≫, 1948. 3. 10/『전집 10』, p.532.

물론 최남선의 당시 강연 내용 및 행적이 엄존하는 현실에서, 이것을 일종의 자기 변명서라고도 볼 수 있는 훗날의 「자열서」 내용을 근거로 그 의도의 순수성을 인정한다는 것은 논리적 설득력을 갖기 어렵다. 하지만 그럼에도 불구하고 이 부분을 다시 살펴보아야 하는 이유는, 이러한 명백한 친일적 행위들에도 불구하고 해명되지 않고 남겨지는 부분들이 존재하기 때문이다. 예컨대 위에서 인용한 「조선의 고유신앙」의 경우만 하더라도 이 글은 전체적으로 불교와 유교의 외래성을 강조함으로써 이를 배제하고, 최치원의 「난랑비서」를 통해 '풍류'의 의미를 고대의 '신도'사상으로 연결시키고 있다. 이때 고대 신도 사상의 주체는 천군(天君)으로서의 단군이며, 이것은 조선의 문화적 출발점인 동시에 동방문화의 최고의(最古義)라는 것이다. 이 글에서 최남선이 특별히 많은 부분을 할애하며 강조하고 있는 대목은 자신의 다른 고대사 관련 논설들에서처럼 일본의 단군부인론에 대한 비판과 단군 증명이다. 이를 위해 최남선은 민속학적·언어학적·비교문화사적 방법론을 동원해 단군의 역사성을 실증하고 있는 것이다. 단군의 실재성이 부정되지 않는 한 최후로 귀착될 수 있는 논리는 결국 조선의 단군이 고대적 연원에서 고유한 독자성과 높은 선조성을 갖는다는 입장이다. 「조선의 고유신앙」에서도 이것은 예외가 아니다. 요컨대 최남선은 조선과 일본의 고대 신도가 일치한다는 사실은 부정하지 않지만, 조선의 고신도는 일본의 신도로부터 연원하는 것이 아니라 오히려 일본의 신도 이전에 존재했던, 단군을 중심으로 한 신정시대(神政時代)로부터 실재했다고 주장하고 있다.

고래(古來)의 전하는 바를 거(據)하건대 단군조선(檀君朝鮮)은 支那(중국)의 당요(唐堯) 무인(戊寅) 二五年(皇紀前 1673년, 西紀前 2333년)을 기원(紀元)으로 하야 일천여 년을 지내고 '기우지' 조선은 후에 기자조선이라고 와전하야 다시 일천여 년을 지내니 이른바 고조선의 역년(歷年)을 합하야 무릇 二一四〇년이라 한다.226)

최남선은 일제강점기가 막바지로 치닫고 있던 1943년에 출간한 『고사통(故事通)』에서도 단군조선의 기원을 일본보다 1673년 앞선 것으로 기술했다. 일본의 식민 정책이 가장 강도 높게 시행되고 있던 시기였을 뿐 아니라, 조선이 일본의 시조인 아마테라스 오오미카미(天照大神)의 남동생 수사노오 노미코도(素戔嗚尊)에 의해 시작되었다는 것이 당시 조선총독부의 공식 입장이었다는 점에서 볼 때 이러한 서술은 그 자체로 놀라운 일이 아닐 수 없다.227) 오히려 최남선은 일본 『고사기(古事記)』를 인용하여, 수사노오가 일본 국내에서 용납되지 못하여 신라에 이르렀다가, 신라의 금속을 가지고 돌아갔다고 적었다.228) 최남선이 일제 식민지 말기에 이러

---

226) 최남선, 『고사통』, 1943/『전집 1』, p.109. 『전집』에는 '皇紀前 1673年'이라는 부분이 삭제되어 있다. 호사카 유우지(保坂祐二)의 앞의 논문 참조.

227) 수사노오의 조선시조설은 조선총독부에 의해 공개적으로 주장될 정도로 일본의 정책적 공식 입장의 하나였다. 1942년 5월부터 1944년 7월까지 조선총독이었던 고이소 쿠니아키(小磯國昭)는 "여기에 반도 2,500만의 원민족은 틀림없이 수사노오의 후손이라고 생각한다. 과연 그렇다고 하면 아마테라스 오오미카미의 후손인 내지 민족과 바로 뿌리가 같고 하나라는 것을 숨길 수 없는 사실이 아닌가 생각될 뿐만 아니라, 우리가 오늘날 알 수 있는 역사상에서도 그 후에 피의 혼합이 되풀이되고 있다."라고 주장했다. 하지만 수사노오의 조선시조설에 대해서는 일본 내에서도 많은 논란을 불러일으켰다. 예컨대 츠다 소오키치(津田左右吉)는 『古事記及日本書紀の研究』(암파서점, 1924)에서 당시 한일병합을 정당화하기 위해 주장되고 있던 황국사관의 거의 대부분을 부정했다가 일본에서 금고 3개월·집행유예 2년이라는 유죄 판결을 받았으며, 단군신화의 승조설(僧造說)을 주장했던 이마니시 류(今西龍)도 『檀君考』(1931)에서 수사노오의 조선시조설에 비판적이었다. 고이소 쿠니아키, 츠다 소오키치, 이마니시 류에 대한 논의는 호사카 유우지의 앞의 글 참조.

228) 최남선, 『고사통』(1943), 앞의 글, 『전집 1』, p.113.

한 역사 서술을 보여 준다는 사실은 가벼운 문제가 아니다. 왜냐하면 여기에는 1930년대 이후 최남선의 역사 논설이 친일·반민족적 경향으로 일관되어 있다는 평가로부터 일탈의 흔적이 발견되기 때문이다. 이것은 별것 아닌 일례에 불과할지도 모르지만, 어떤 의미에서는 최남선이 자신의 친일 행위들 속에서도 일관될 수 없었다는 사실을 보여 준다. 최남선은 표면적으로 일본과 조선의 동화를 강조하고 일선동조론을 주장할 때에도 끝까지 단군에 대한 집착을 버리지 못했다.

이 문제는 또한 '친일=반민족'이라는 자명성에 대해 재성찰을 요구하는 것이기도 하다. 만일 일본의 동화정책을 수용하고 이를 위해 일본과의 문화적 동일성을 주장하기 위해서 글을 쓴다면, 여기에서 굳이 단군의 실재성을 주장하거나 그 기원의 유구성을 증명하고 주장할 필요는 없기 때문이다. 일본과 조선의 문화적 동일성을 주장하는 것을 친일 논리라고 비판한다면, 이와는 반대로 조선의 기원으로서 단군을 강조하는 것은 민족주의 논리라고 말할 수 있다. 그런데 최남선에게는 이 두 개의 상반된 논조가 동시에 병존하고 있다. 형식논리로 풀면 이는 친일논리이면서 민족주의 논리라는 기괴한 결론에 도달하게 된다. 친일이면서 민족적이라는 이 이상한 논리는 언뜻 이광수가 주장했던 '민족을 위한 친일' 논리를 연상시킨다. 따라서 문제의 핵심은 이러한 논리의 궤변성을 따지는 것이 아니라 이러한 논리를 가능하도록 만든 인식의 지반이 무엇인가를 살피는 데에 있다. 그런데 이와 관련해서 최남선은 다음과 같은 흥미로운 언급을 남기고 있다.

(선언서를 작성함에 있어 - 인용자) 다음으로 중요한 것은 조선심(朝鮮
心)의 독립운동(獨立運動)은 배타심(排他心), 특히 단순(單純)한 배일정신
(排日精神)에서 나온 것이 아니라, 민족(民族)의 생존(生存) 발전상(發展
相) 당연(當然)한 지위(地位)를 요구(要求)하는 데서 나오는 일임을 밝히
려 함이었다. 합병(合併) 이래로 조선인(朝鮮人)의 민족정신(民族精神)
은 오랫동안 애국심(愛國心)과 배일심(排日心)을 혼돈하여 구별이 있지
아니하고, 입을 열면 마치 일본(日本)이 밉기 때문에 조선이 독립해야 한
다는 의미의 말들을 많이 하였다. 나는 이 점을 옳게 생각하지 아니하고,
얼른 말하면 일본이 우리에게 잘해 주고 우리를 예뻐할지라도, 그 때문에
조선인의 독립정신이 조금이라도 손상되거나 조선이 일본에 대한 정치적
불만이 완화되지 아니할 것을 역설(力說)하여 왔다229)(강조는 인용자).


　　1956년 8월호 『신세계』에 발표한 「삼일운동의 현대사적 고찰」
이라는 글에서 최남선은 조선인이 합병 이후 애국심과 배일심을 혼
돈하고 있었음을 지적한다. 적어도 이 글에 따르면 최남선은 1919
년 3 · 1 운동 당시 민족적인 애국심과 반일감정이 등가화되지 않
는다는 사실을 구별해서 인식하고 있었음을 알 수 있다. 이 글이
1956년에 작성된 것을 이유로 이 글 역시 자신의 모순된 행위들을
변명하기 위한 궤변에 불과하다는 평가도 불가능한 것은 아니다.
하지만 탈식민주의 담론은 민족주의와 제국주의, 피식민지와 식민
지 종주국이 서로에 대해 결코 배타적인 관계가 아님을 여러 차례
반복적으로 설명해 왔다.230) 이 이론에 따르면 민족주의가 친일의
논리와 쉽게 결합될 수 있는 이유는 민족주의가 갖는 제국주의적
성격 때문이라는 사실 또한 인정하지 않을 수 없다. 실제로 최남

---

229) 최남선, 「삼일운동의 현대사적 고찰」, 『新世界』, 1956. 8/『전집 2』, p.757.
230) 제국과 식민지의 상호 영향 및 쌍생적 특성에 관해서는 호미 바바의 『문화의 위치』
　　(나병철 옮김, 소명출판, 2002), 더글러스 로빈슨의 『번역과 제국』(정혜욱 옮김, 동문
　　선, 2002), 사카이 나오키의 『번역과 주체』(후지이 다케시 옮김, 이산, 2005), 헤리
　　하르투니언의 『역사의 요동』(윤영실 · 서정은 옮김, 휴머니스트, 2006) 등 탈식민주
　　의적 역사 담론들에서 공통적으로 확인된다.

선의 민족주의가 직접적으로 일본을 겨냥하고 있지 않을 때, 최남선의 민족주의가 일본의 제국주의 전략과 쉽게 일치하는 방향으로 드러난다는 사실은 민족주의와 제국주의의 쌍생아적 동형성을 간접적으로 확인할 수 있게 한다.

이러한 변화가 가장 잘 드러나는 곳이 최남선의 만주 관련 논설들이다. 최남선의 만주국 시절 행적에 대해서는 크게 알려진 바가 없다. 연보에 따르면 그는 1938년 4월 『만몽일보』 고문으로 취임했고, 이듬해인 1939년 4월 만주국 건국대학 교수가 되었는데, 그의 만주국 생활은 1942년 그가 병으로 인해 교수직을 사임하고 돌아오던 11월까지 계속된 것으로 되어 있다. 그러므로 그의 만주국 시기는 1938년 4월부터 1942년 11월까지이다. 햇수로는 4년 반 정도이다. 최남선은 이 기간 동안 여러 편의 만주 관련 논설 및 기행문 등을 남겼으며 북경을 자주 왕래하며 많은 서적을 구입했다.231) 이 시기는 학문적으로나 사상적인 면에서 최남선이 가장 원숙한 시기였지만, 그럼에도 불구하고 비교적 최근까지도 이 시기는 최남선에 관한 연구에서 가려져 있었다.232) 하지만 이 시기 최남선의 활동은 생각보다 단순하지 않다. 이 시기는 1900년대 후반 이후 지속적으로 추진되었던 그의 문화 내셔널리즘의 논리가 이른

---

231) 최남선의 만주국 시절은 조용만의 『육당 최남선』(삼중당, 1964) 연보 및 『전집』 연보에 따름.

232) 비교적 근래에 이르러 1930년대 후반 이후 최남선의 저작들에 대한 검토는 조금씩 이루어지고 있다. 류시현, 최남선의 '근대' 인식과 '조선학' 연구(고려대학교 사학화 박사논문, 2005) / 강해수, <親日>と<帝國意識>の狹間で－崔南善の「滿蒙文化」論 (『일본문화연구』(20집), 2006)/최남선의 '만몽(滿蒙)'인식과 제국의 욕망(『역사비평』, 2006 가을호) / 곽은희, 만몽문화의 친일적 해석과 제국 국민의 탄생(『한민족어문학』 (47집), 2005) / 전성곤, 만주 '건국대학' 창설과 최남선의 「건국신화론」(『일어일문학연 구』(56), 한국일어일문학회, 2006).

귀착점일 뿐 아니라 그 궤적의 변화 또한 이분법적인 '친일 / 반일'의 잣대로는 설명되지 않기 때문이다.

만주국 생활을 전후로 최남선은 「북지나의 특수성」(1937)・「만주풍경」(1938)・「로서아의 동방침략」(1938)・「노국 동침연대기」(1939)・「만주의 명칭」(1939)・「전쟁과 교육」(1939)・「만몽문화」(1941)・「만주건국의 역사적 유래」(1943) 등 중일전쟁 및 러시아, 그리고 만주・몽고 지역 관련 논설들을 집중적으로 발표하고 있다. 대략적인 제목만 훑어보더라도 이 시기 최남선의 주된 관심은 1920년대와는 크게 달라졌음을 알 수 있다. 만주국 시절을 전후로 펼쳐지는 최남선의 역사 논설은 일차적으로 일본의 제국주의적 욕망을 만주국 이데올로기로 투사시켜 나온 저술들임이 확연하지만, 다른 한편으로는 근대계몽기의 계몽 주체로 출발했던 식민지 지식인이 도달한 문화내셔널리즘의 종점을 확인케 한다. 더불어 최남선의 만주 관련 논설들은 문화 운동의 일환에서 매체와 더불어 출발한 그의 글쓰기와 문화 내셔널리즘이라는 그의 근대 기획이 최종적으로 결합하고 있는 지점이라는 점에서도 각각의 텍스트들이 내포하고 있는 논리와 내용을 구체적으로 살펴볼 필요가 있다.

일단 이 대목에서 다시 한 번 본격적인 역사 연구를 시작하면서 최남선이 밝힌 대의가 공간상 광복에 앞선 시간상 광복이었음을 주목할 필요가 있다.233) 최남선이 이 말의 의미를 명시적으로 밝히고 있지는 않지만, 최남선의 이후 행보를 미루어 볼 때 이때 말하는 시간상 광복이란 문명의 시간에 대해 언제나 후진적 시간이 될

---

233) 최남선, 「조선역사통속강화개제」, 『동명』, 1922. 9. 17 – 1923. 3. 11 / 『전집 2』, p.411.
    "그렇다, 우리 당면의 대급무(大急務)는 공간상 광복보다 덜하지 아니한 의미로서 시간상의 광복이다. 아니, 공간상 광복보다 앞서서 시간상 광복을 이루어야 하겠다."

수밖에 없는 근대성의 본질에 대한 물음이었다고 볼 수 있다. 이는 근대 체험이 외부적 모델을 쫓아가는 지금까지의 형식을 반복하는 한, 현실에 존재하는 근대문명과의 위계적 차이를 극복할 수 없다는 인식의 결과이기도 하다. 이 구도를 극복하기 위해서는 하루빨리 일본과 같은 형태의 문명국가로 전화되어야 하는 게 선결 과제임이 분명하지만, 문제는 일본을 통한, 그리고 일본에 의한 근대화는 언제나 피식민지와 식민지 종주국이라는 현실의 차이를 극복할 수 없다는 사실이다. 이 과정에서 최남선은 조선에 공간상으로 문명화의 외투를 입히는 것보다 중요한 과제로 시간상 광복을 주장했던 것이다. 그리고 그러한 시간상 광복의 구체적 작업으로 구상한 것이 조선의 고대사가 일본 혹은 다른 어떤 문명국의 역사보다 분명한 문명이었음을 증명하는 조선학으로서의 문화 탐구였다. 이 구상을 완성하기 위해 최남선이 얼마나 많은 공력을 쏟았는가는 그의 1920년대 저술들을 통해 충분히 감지된다.

1930년대 중반 이후 최남선이 이른바 '만몽' 지역에 관심을 가지게 된 계기는 무엇 때문일까. 이 당시 만주는 "원한의 대지이기도 했고, 배반의 땅이기도 했"지만 "구원의 공간"이기도 했다.[234) 최남선의 글에서 확인되는 내적 계기를 간단하게 말한다면 그것은 문명 민족으로 조선을 증명할 필요가 있었기 때문이었다. 이것은 최남선이 1920년대를 통해 주력했던 불함문화 및 단군론이 그 논리적 정당성을 강화시키는 과정에서 자연스럽게 요청되었다. 요컨대 조선 안에서 스스로 문명임을 자부하는 것이 아니라 문화권 전

---

234) 오양호, 「1940년대 만주이민문학 연구 – 재만조선수필집 '만주조선문예선'을 중심으로」, 2007.

체를 통해 문명적 기원을 확인하는 일이다. 만주는 불함문화의 중심인 조선의 역사적인 공간이었기 때문이다. 그런데 만주에서 조선이 특권화되기 위해서는 이러한 논리를 뒷받침해 줄 타자의 존재가 필수적이었다. 다시 말해 만주에 근거한 옛 조선의 문명과 대비되는 '비문명' 혹은 타자로서의 '야만'이 발견되어야 했던 것이다.

이러한 인식은 최남선이 문명화를 시간적 선후관계로 인식하고 있음을 의미하며, 조선의 국토 안에서 순례기를 쓸 때와는 달라지고 있음을 뜻한다. 최남선의 1930년대 후반 만주 관련 논설들에서 제국의 욕망이 드러나고 있다는 지적은 이러한 내적 변화를 지적한 결과이다.[235] 이것은 19세기 후반에 일본이 처음 서양의 문명을 받아들이면서 스스로를 서구 문명에 비해서는 야만이지만, 조선이나 지나 등 인근의 다른 지역들에 비해서는 문명임을 각인하는 방식으로 제국주의를 내면화했던 사실을 떠올리게 한다. 19세기 후반의 일본은 이전까지 동아시아의 외교 형식이던 '조공' 시스템을, 이른바 '만국공법'의 입장으로 전환시키면서 그때까지 자신들이 서구 열강에 당했던 것과 똑같은 방식으로 청나라 및 조선과의 관계를 재질서화했던 것이다. 이것은 물론 '부적절할 모방에 의한 식민주의'였지만, 결과적으로 이를 통해 일본은 동아시아의 다른 나라들을 타자화시키면서 스스로 제국의 흉내를 낼 수 있게 되었던 것이다.[236]

---

235) 최남선의 만주국 시절 저술들에 드러난 제국적 욕망을 지적한 연구로는 곽은희의 「만몽문화의 친일적 해석과 제국 국민의 탄생」(『한민족어문학』(47집), 2005) 및 강해수의 「최남선의 '만몽'인식과 제국의 욕망」(『역사비평』, 2006 가을호), 조현설의 「민족과 제국의 동거」(『한국문학연구』(32), 2007) 등이 있다.

236) 탈식민주의 이론가 호미 바바(Homi Bhabha)는 프란츠 파농의 문제의식을 바탕으로 식민지 피지배자가 제국을 통해 제국의 중심에 존재한다고 상상된 진정한 지배자의 상을 계속 흉내 내는 것을 '적절한 모방'과 '부적절한 모방'으로 구별해 설명했다. 이 논지는 가야트리 스피박에 의해 애초에 '하위주체(subaltern)'는 존재조차 설정되

## 2) 문화적 동질성과 민족적 이질성

1930년 6월 4일, 최남선은 경성제국대학 법문학부 지나철학강좌 담임교수인 후지츠카 지카시(藤塚鄰)237)의 초청으로 경성제대 학생들 앞에서 강연을 한다. 당초 후지츠카의 의뢰는 조선문제에 관한 것이었지만 최남선은 자신이 당시의 시사 문제에는 큰 관심을 갖지 않고 있다며 강의를 사양했고, 그러자 후지츠카는 자유 주제로 강의를 요청했다고 한다.238) 최남선이 경성제대 학생들을 상대로 행했던 강의의 주제는 '고조선의 정치규범'이었다.

최남선은 먼저 조선의 고문화가 갖는 특이성 때문에 조선 고대 연구는 문헌 연구로는 불가능하다고 전제한다. 그 이유는 조선의 유구한 역사에 비해 문헌 역사기(歷史期)의 조선은 짧은 기간에 불과하며, 또한 문헌은 조선을 지나화하기 위한 문자상의 노력이라고도 말할 수 있기 때문에 조선의 본래상(本來相)을 연구하는 데에는 역사지상(歷史至上)·문헌본위(文獻本位)의 방법이 불충분하

---

어 있지 않다는 비판을 받게 된다. 이 둘의 논지는 고모리 요이치에 의해 일본의 근대화 과정을 식민지적 무의식과 식민주의적 의식의 모순 속에서 다시 파악하려는 논의로 재생산되는데, 이 과정에서 고모리 요이치는 일본의 근대화가 서구 열강에 대한 부적절한 모방의 결과였음을 분석하고 있다.
고모리 요이치(小森陽一)(2001), 송태욱 옮김, 『포스트 콜로니얼』(삼인, 2001) 1장 '개국 전후의 식민지적 무의식' 참조.

237) 후지츠카 지카시는 1879년 출생하여 1908년 동경제국대학 문과대학 지나철학과를 졸업했다. 후지츠카는 1921년 7월 한학 연구를 위해 지나에 유학하였다가 귀국과 동시에 경성제국대학 교수로 임명되어 조선으로 왔으며, 1930년에는 법문학부장이 되었으나 1931년 사직했다. 『경성제국대학일람』(1931) 및 『조선인사흥신록』(1935)에 근거한 국사편찬위원회 홈페이지의 '한국근현대인물자료' 참조. 한편 후지츠카는 조선 후기 금석학의 대가였던 김정희에 매료되어 김정희를 주제로 한 『清朝文化東傳の研究』를 저술하기도 했다.

238) 최남선, 「고조선에 있어서의 정치규범」, 『조선학보』, 1930. 8 /『전집 2』, p.350.

기 때문이었다. 이로 인해 민족의 본질이나 문화의 특징을 밝히는 데 중요한 신화나 전설 등이 무시되고, 고유신앙이나 민족종교 등이 학자의 외면을 받는 이상한 현상이 조선연구에만 나타나고 있다고 최남선은 주장했다. 최남선은 조선문화의 특징을 증명하기 위해서는 유물이나 유적·신화 전설·풍속 관습 등을 통한 여러 방법이 있지만 강연에서는 "언어 특히 지명에 비쳐진 원시규범에 취하여" 이야기하겠다며 논의를 시작하고 있다.239)

최남선은 '영락호태자비(永樂好太子碑)'에 보이는 고구려 건국 설화 속의 엄리수(奄利水)를 어원적으로 볼 때 '아리' 또는 '우리'라고 읽어야 한다고 주장한다. 최남선은 이것을 『후위서(後魏書)』·『양서(梁書)』·『위략(魏略)』·『수서(隨書)』 등 중국 쪽 역사서와 『삼국사기』 등을 통해 고증한다. 최남선에 따르면 '아리'는 곧 압록강, 낙랑, 한강 및 신라의 알천(閼川)으로 이어지는 고대어의 이형들이다. 그 이유로는 중국이 외국의 고유명사를 대체로 토지의 원래 이름을 사음적(寫音的)으로 나타내고 있다는 것, 그리고 그 사음(寫音)은 가능한 범위에서 소리와 뜻을 동시에 나타낼 수 있는 글자로 붙이는 특징이 있기 때문이다.

최남선의 이 강연은 1920년대 일본 학자들에 대한 격한 비판의 논조 대신 대체로 엄격한 논거들을 통해 차분한 어투로 진행되고 있다. 그것은 이 강연이 당시 조선에서 최고의 학문적 지성을 자랑하는 경성제국대학 학생들을 대상으로 하고 있다는 점과 강연 초청자 후지츠카를 의식했기 때문인 것으로 보인다. 비록 두 차례에 걸친 일본 유학 경험을 가지고 있다고는 하지만 최남선은 근대

---

239) 최남선, 「고조선에 있어서의 정치규범」(1930), 앞의 글, 『전집 2』, p.351.

적인 정규 대학 교육을 받은 인물은 아니었다. 최남선은 자신의 주장을 '근대의 인문과학 연구와 비교하는 방식으로 논증한다. 최남선은 자신의 연구가 개인적이거나 민족적인 소견이 아니라 보편적이고 과학적인 학문의 결과로 비춰지기를 욕망하고 있었던 것이다. 이러한 사정은 최남선이 단군을 이야기하는 부분에서 보다 선명하게 드러난다. 이날 강연의 단군론은 내용상으로는 자신의 기존 단군 연구 결과를 요약한 것이어서 새로운 것이 아니었다. 하지만 최남선은 단군왕검의 '왕검'을 설명하는 부분에서 시라토리로 대표되는 일본 학자들의 단군부인설이 무엇보다도 학문적으로 충실하지 못하다는 사실을 지적한다.

> 여기서 아울러 말씀드립니다마는, 일본학자의 조선고사(朝鮮古史)에 대한 논설 중에는 간간 이러한 폐가 있어서, 오래된 전설 또는 문헌에 나오는 어구 같은 것은 그 자형(字形)이 지나의 고전 혹은 불교의 경론(經論)에 나오는 것을 보면, 자형을 넘은 사실 그 자체까지도 지나 혹은 천축에서 빌려 온 것으로 하고, 또는 그것에 의하여 후대인이 만든 것으로 하여 버리는 풍이 보이나, 이러한 것은 무엇보다 우선 학적(學的)으로 충실하고 경건하지 못한 혐이 있지 않나 생각되는 것입니다. 한자의 문헌에 의한─의할 수 있는 시기만을 조사한다면 모르되, 그 이외에, 또 그 이상의 민속적 연구로 나아가고자 한다면 여기서 당장 앞이 막혀 버릴 것입니다.[240]

최남선은 일본 학자들이 주장하는 문헌 연구에 대해, 조선의 경우에는 문헌이 입에서 입으로 옮겨진 오랜 전설로부터 훨씬 후에 그나마 외국의 문자를 빌어 기록된 것이기 때문에 그 "사음(寫音)과 역어(譯語)에는 한문 고유의 고의(古義)와 혼란(混亂)·잡유(雜糅)한 것이 많으며" 그렇기 때문에 "한문의 의미를 초월하여 이쪽

---

240) 최남선, 「고조선에 있어서의 정치규범」(1930), 앞의 글, 『전집 2』, pp.360 – 361.

의 문헌에서의 용례를 밝힌 후가 아니면, 뜻밖의 착오와 생각지 않은 실수"를 하게 된다고 주장했다.[241] 이러한 전제 위에서 최남선은 민속학적·비교언어학적 방법을 통해 단군과 왕검이라는 말의 옛 뜻을 밝히고 하늘에 의한 신적인 존재로서의 단군왕검을 고조선의 정치이념의 일면을 반영한 것으로 설명했다. 그리고 이것은 또한 고구려·백제·신라뿐 아니라 일본에서도 공통적이었다고 했다.

강연의 마지막에 이르러 최남선은 자신의 궁극적 목표가 조선의 고대 문화를 동아시아는 물론 인류 문화와의 비교를 통해 증명하는 것이라고 말했다.[242] 그리고 이 작업은 구체적으로 고대 조선의 '아리'를 일본어의 아라(アラ)·아리(アリ)·아루(アル)·우라(ウラ) 및 우랄 알타이어족에서 주군(主君)·가장(家長)·귀인(貴人)을 의미하는 '아루(ar)·우르(ur) 등의 어간과 비교하고, 나아가 바빌로니아·아오에니끼아에서 지고신(至高神)을 표현하는 엘(El), 헤부라이어의 엘 에로후와, 아라비아의 알라(Allah), 인도 게르만어의 아리야(arya), 이집트의 레·라(Re·Ra)까지 연결 관계를 검토해 보는 것이었다. 이러한 사실은 최남선의 역사 연구가 조선의 고대 문화로부터 그 문화의 보편성을 확인하는 지점으로 이동했음을 확인시켜 준다.

1931년 2월 2일, 경성부립도서관(京城府立圖書館) 독서주간(讀書週間)의 행사로 치러진 한 강연에서 최남선은 '일본 문학에 있어서의 조선의 모습'이란 제목으로 강연했다. 이 강연의 초청자는

---

241) 최남선, 앞의 글, 『전집 2』, p.361.
242) 최남선, 앞의 글, 『전집 2』, p.365.
　　"이상으로 매우 소분(疎笨)하나마 조선에 있어서의 고대정치의 성질을 당시의 정신적 유물로서의 지명 위에서 징고(徵考)하여, 그것이 인류 원시문화의 통태(通態)인 순연(純然)한 '마지코 레리지어스'인 것을 다소 논증한 셈입니다."

당시 경성부립도서관장이었던 오야마 이치오(大山一夫)였는데, 오야마는 1902년 최남선이 대한제국 황실유학생으로 유학했을 당시 동경부립 제1중학교 담임선생이었다.[243] 최남선은 인류의 문화 현상 중에서 인간의 정을 표현하는 유일한 것이 문학인데, 인간의 정이란 보편적인 것이어서 문화들 간에 비슷한 양상들을 볼 수 있다고 이야기를 시작했다. 이어서 그는 비교적 가까운 시기의 조선과 일본의 문화적 관련 양상을 살펴본다는 전제 위에 19세기 후반 무렵의 일본 문학작품 속에 표현된 조선을 통해 일본과 조선 사이의 친연 관계를 설명했다.[244]

강연이 진행될수록 최남선의 강연은 일본 문학 속에 나타난 문학적 화소(話素)나 작품 속에서 보이는 풍속(風俗) 등을 통해 조선과 일본을 동일한 문화로 합치시키려는 것처럼 보인다. 이것은 기본적으로 최남선이 문화론적인 입장에서 조선과 일본을 설명하고 있기 때문인데, 앞에서도 잠깐 언급했지만, 불함문화론은 논지가 강화되거나 정교화될수록 일본과의 문화적 동질성을 더불어 강조하는 쪽으로 나아갈 수밖에 없는 구조로 이루어져 있기 때문이다. 이것은 최남선이 불함문화의 권역을 통해 조선으로부터 중국을 분리하는 대신 일본을 그 문화 권역 속에 포함하는 순간에 이미 예정된 사실이었다.

---

243) 『경성시민명감(京城市民名鑑)』(1922)에 의하면 오야마 이치오는 1906년 조선으로 건너와 조선인 교육을 담당했으며 1912년 12월 전직(轉職)하여 경성거류민단(京城居留民團)과 경성부청(京城府廳)에서 교육행정사무에 종사했으며, 경성일출공립심상소학교(京城日出公立尋常小學校) 교장 및 경성공립간이상업전수학교(京城公立簡易商業專修學校) 교장 등을 역임했다. 이후 오야마는 1930년부터 1931년까지 경성부립도서관장으로 재직했다.

244) 최남선, 「일본문학에 있어서의 조선의 모습」, 1931. 2. 2/『전집 9』, p.417.

이러한 사실은 최남선이 불함문화론을 완성함과 동시에 일본에 대해 대타적인 존재로서 그리고 조선의 기원으로서 단군의 역사성을 실증하는 길로 나아갈 수밖에 없었던 이유를 설명해 준다. 그것은 인도문화·지나문화와는 다른 불함문화의 존재를 인정받기 위해서는 불함문화의 보편성을 설명해야 하고, 불함문화권 속에서 조선의 기원을 설명하기 위해서는 또 다른 타자화를 통해 특이성을 설명해야 한다는 역설적인 구조였기 때문이다. 그리고 이것은 최남선이 문화권의 논의 안에서는 일본과의 문화적 동질성을 인정할 수밖에 없으면서도 마지막 순간 민족적 동질성에 대해서만큼은 될 수 있는 한 판단을 주저할 수밖에 없었던 이유이기도 하다.

> 다만 고대에 있어서의 신화 전설이 일치하는 소이(所以)에 대해 세간(世間)에는 일본과 조선이 동일민족(同一民族)에 속하기 때문이라고 설명하려고 하는 사람이 있으나, 이와 같은 중대한 사항은 그렇게 용이(容易)하게 단언할 수 없는 것이므로, 무슨 목적(目的)을 위해 한다면 몰라도, 학자(學者)로서 경솔한 말은 삼가야 할 것입니다. 그러면 현실로 많은 일치 또는 완전한 일치를 보이고 있는 양국민의 고대문화상(古代文化相)은 어떻게 설명할 것인가 하면, 나는 이에 대해 문화적 원천을 한가지하기 때문이라고 우선 대답하고 싶습니다. 일본은 그 민족과 마찬가지로, 일본 고유의 것이 아니라, 그 거의 전부를 대륙 방면에서 받았고, 더우기 그것을 운반하고 심고 가꾸고 하는 역할을 한 것이 이 반도입니다. 일본의 오랜 역사에 의하면 집짓는 법, 배 만드는 법, 옷감 짜는 법, 쇠를 불리는 법, 그릇 굽는 법, 옷 깁는 법, 술·간장 담그는 법, 누에 치는 법, 방아 찧는 법 등 일상백반(日常百般)의 것을 비롯하여, 크게는 문학예술, 진보한 윤리·종교 등의 문화적 가치는 모두 조선반도에서 수입된 것으로 되어 있습니다.[245]

문화적 동질성을 인정하면서 민족적 특이성은 구별한다는 최남

---

245) 최남선, 「일본문학에 있어서의 조선의 모습」(1931) 앞의 글, 『전집 9』, pp.427 – 428.

선의 논리는 궁극적으로 조선의 문화적 우위를 강조하기 위한 전략적 선택이었지만, 이 논리는 자가당착적인 모순을 함의하고 있다는 점에서 결과적으로 위태로운 선택이었다. 최남선에 따르면 민족은 문화의 주체이기 때문에 두 민족 사이에 동일한 문화적 특성이 발견된다 하더라도 이것이 곧 두 민족의 동일성을 설명할 수 없다는 것이지만, 이는 결국 같은 민족이라도 서로 다른 환경이나 조건 속에 살게 되면 다른 문화로 결과될 수밖에 없다는 말이 된다. 요컨대 민족의 고유성이라는 것은 문화 연구 안에서 독자적인 근거를 가질 수 없게 되는 것이다. 단적으로 말해 어떠한 문화를 통해 민족의 기원을 확인하는 일은 논리적으로 불가능한 일이 되어 버린다. 하지만 문화 연구를 확대하기 시작할 무렵 최남선은 이러한 모순을 알아차리지 못했던 것으로 보인다. 1930년대 후반으로 갈수록 그의 연구가 문화권역을 더욱 심화하는 방식으로 나아가고 있음이 이를 반증한다.

연보에 따르면 최남선이 본격적으로 만주에서 생활하기 시작한 것은 1938년 4월 『만몽일보』에 고문으로 취임하면서부터인 것으로 보인다. 최남선을 만주로 초청한 것은 당시 『만몽일보』 사장이었던 진학문이었다.246) 진학문의 주선으로 『만몽일보』 고문직을 하며 만주국에서 자리를 잡은 최남선은 이듬해 4월 만주 건국대학 교수직을 제의받았다. 만주 건국대학은 이시하라 간지(石原莞爾)가

---

246) 진학문, 「나의 문화사적 교유기」, 『한국대표수필문학전집』(국제펜클럽한국본부 편), 을유문화사, p.147.
　　이 글에서 진학문은 당시 최남선을 만주로 부른 것은 자신이며, 최남선은 자신에게 와세다 대학 유학 선배이면서 집안 친척이며, 또한 자신이 문학적 세례를 받은 선생이었다고 술회했다.

만주국 신설대학 설립의 필요성을 제안한 것에서 시작되어 이다가
키 세이시로(板垣征四郎) 육군참모의 찬동으로 건립된 국립대학이
었다. 이시하라의 당초 제안은 '아시아대학'이었다고 알려지는데,
이는 그 이름에서 보듯 '오족협화'라는 만주국의 건국이념을 상징
할 뿐 아니라, 이것을 실천할 지도자 양성의 필요성으로부터 출발
한 것이었다.[247] 하지만 1937년 국무원 회의에서 '아시아대학'은
'건국대학'으로 개칭되었고, 1938년 5월 2일 만주 건국대학은 만주
국 황제 부의(溥儀) 임석하에 입학식이 거행되었다. 건국대학은 식
민지 중에서 유일하게 "민정부(民政部) 소속이 아니라 국무총리
직속의 문화대학으로 이례적인 것"[248]이었다. 최남선의 회고에 따
르면 당시 만주건국대학에는 인도의 간디·러시아의 트로츠키·중
국의 호적 등을 민족 대표 교수로 초빙하면서 최남선 자신은 조선
민족의 대표 자격으로 초빙된 것으로 되어 있다.[249]

최남선 자신은 '민족의 대표' 자격이었다고 말하고 있지만 사실
조선인의 입장에서 볼 때 만주국 교수직을 역임한다는 것은 일본
제국주의의 일원으로 참여한다는 것을 의미했다. 최남선에 관한 논
란 속에 그의 만주국 교수직 역임이 포함되어 있음은 조선 민족의
입장에서 이 자리가 단순한 학문 연구자의 위치로 받아들여지지
않고 있음을 보여 준다. 그런데 최남선의 교수직 임용은 당시 조

---

247) 만주 건국대학 창설과정에 대해서는, 전성곤의 「만주 '건국대학' 창설과 최남선의
<건국신화론>」(『일어일문학연구』(56), 한국일어일문학회, 2006) 참조.

248) 전성곤, 「만주 '건국대학' 창설과 최남선의 <건국신화론>」, 앞의 글, p.167.

249) 최남선, 자열서, ≪자유신문≫, 1949. 3. 10 /『전집 10』, p.530.
한편 齊藤利彦의 「'滿洲國' 建國大學の創設と展開」(『調査研究報告－總力戰下に
おける '滿洲國'の 敎育, 科學·技術政策の硏究』(30号), 1990)를 인용한 전성곤에
따르면 만주 건국대학 준비과정에서 이시하라가 구상한 아시아대학 교수진에는 미
국의 펄벅도 초빙 대상이었다고 한다. 전성곤, 앞의 글 참조.

선인들뿐만 아니라, 일본인들 내부에서도 논란이 적지 않았던 것으로 확인되고 있다. 이 사실은 최남선에 대한 당시 일본의 입장이 양분되어 있었음을 보여 준다. 예컨대 한편에서는 조선사편수위원 및 중추원 참의에 이를 정도로 친일적 인사임이 분명하지만 다른 한편으로 최남선은 여전히 과거 조선의 독립선언서를 작성했던 민족주의자라는 인상이 강하게 남겨져 있었던 것이다. 확실히 최남선에게는 여전히 순수한 학자라고 보기엔 어딘가 의심스러운 이념적 색채가 꽤 남아 있는 편이었다.

최남선의 만주국 시절 및 건국대학 교수직 수락은 여러 면에서 다시 음미될 필요가 있다. 무엇보다도 만주국이 일본의 괴뢰정권이 었다는 전제만을 앞세워 무조건적으로 비판될 성질의 것은 아님이 분명하다. 이는 만주국을 승인한다는 말이 아니라 실제로 만주국에서 벌어졌던 역사적 실제 사실들을 연구의 주제로 포함시켜야 한다는 의미에서 그렇다. 이미 많은 학자들에 의해 지적되었던 것처럼 만주국이 일본의 대륙 진출을 위한 전략적 발상의 결과로 출발했다는 사실은 부정할 수 없는 사실이다. 다만 1930년대 후반 이후의 조선이 점차적으로 동화정책의 강한 동력에 의해 이끌려 가고 있던 시기라는 사실을 잊어서는 안 된다. 이육사의 말처럼 이 시기는 "매운 채찍의 계절에 갈겨 마침내 북방으로 휩쓸려" 가던 시기이며, "한 발 재겨 디딜 곳조차 없는" 시기였다.

물론 마지막까지 저항적 투사로서의 이미지를 견지했던 이육사의 경우를 총독부 중추원 참의였던 최남선과 비교하는 것은 논리적으로 불가능하다. 하지만 정도의 차이를 인정한다 하더라도, 최남선에게도 역시 내선일체가 압박으로 강요되는 조선 내지와 명분상으로나마 오족협화의 이념을 내걸고 있던 만주국 사이에는 엄청난 차이가 있었음이 분명하다. 아무리 명분에 불과했을지라도 내선일체와 오족협화는 정치적으로 혹은 전략적으로 이용할 수 있는 여지가 완전히 다르다. 또한 최남선의 직책이 대학 교수직이었다는 사실도 최남선에게는 이 제의를 수락하는 데 긍정적으로 작용했을 것으로 보인다. 아카데미라는 안정된 영토 속에서는 학문의 자유라는 방패를 확보할 수 있기 때문이다. 물론 파시즘기로 치닫는 전쟁 말기에는 이것 역시 그렇게 확실한 방패였다고는 말할 수 없겠지만, 최소한 조선 외부 그리고 학자로서의 학문 연구라는 이점은 결코 과소평가될 것만은 아니다. 최남선의 이러한 감격은 만주 건국대학 시절 강의록인 「만몽문화」에 잘 드러나 있다.

> 만주국 또는 본 대학에서는 여러 가지의 의미에 있어서 만몽문화의 체계적 연구는 매우 중요한 일이 아닐 수 없다. 비재천학(菲才淺學)의 몸으로 감히 이에 당치 아니함은 말할 나위도 없으나, 다만 悠悠今古幾萬年, 茫茫東西幾千里에 걸친 일대 영역에서 특이한 인문 발전에 발자취를 찾아, 그것으로써 도의국가(道義國家)의 새로운 문화건설(文化建設)에 얼마만큼이나마 이바지하려고 함은 학인(學人)으로서 흔쾌(欣快)한 일이라 하지 않을 수 없다. 더구나 만주의 협화국(協和國)에서는 역사적 제 민족(諸民族)이 현실적 구성분자(構成分子)로 되어 있어, 시간과 공간이 한 덩어리가 되어 있는 듯하며, 현재 본 대학에 있어서는 이른바 오족(五族) —더구나 그 배경에 과거의 온갖 전통을 이어받고 있는 제 분자(諸分子) —이 마음을 같이하고 어깨를 나란히 하여 똑같은 영광을 누리려 하고 있다.250)(강조는 인용자)

만주 건국대학 연구원(研究院)의 연구원 자격으로 행해진 이 강의에서 최남선은 자신의 연구가 학인(學人)의 일임을 분명히 한다.

---

250) 최남선, 「만몽문화」, 1941. 6. 20了/『전집 10』, p.316.

표면적으로는 겸손하게 그 의미를 축소하고 있지만, 사실 「만몽문화」는 분량 면에서나 내용 면에서 만주・몽고 지역에 대한 그의 방대하면서도 치밀한 문화사적 본격 논문에 해당한다. 이 글에 인용되고 있는 참고 서적들만 보아도 이 글이 그의 야심찬 저술의 결과물이었음은 쉽게 확인된다. 최남선은 고전과 현대, 동양과 서양의 최근 논의들을 종횡무진 넘나들며 이 문화론을 구성하고 있다. 「만몽문화」를 전후로 최남선이 저술한 만주・몽고 관련 저술들을 일별해 보면 여기에는 그의 학적 관심 이면에 작동하고 있는 그의 일관된 야심 같은 것을 느낄 수 있다.251)

「만몽문화」의 강의 초두에서 최남선은 '만몽(滿蒙)'이라는 용어에 대한 사적(史的) 고찰을 시도한다. 최남선에 따르면 만주와 몽고를 붙여서 만몽이라고 일컫게 된 것은 러일전쟁 이후 발간된 크로파트킹의 『만몽처분론(滿蒙處分論)』에서부터였다. 이 책은 러시아의 동방 정책을 서술한 책자인데, 일본이 대륙 정책의 진행 과정에서 이 용어를 사용함으로써 일반화되었으며 마침내는 국제조약상 공용어로 쓰이기에 이르게 된 것이었다. 그러므로 사실 만몽은 만주국을 앞세워 대륙 진출의 발판을 마련하고자 했던 일본 제국주의의 산물이었던 셈이다. 이어서 최남선은 중국에서는 '만몽'

---

251) 최남선의 만몽 관련 저술은 모두 11편이며 이 중 1914년 10월 『청춘』에 실렸던 「萬里長城」이란 글을 제외하면 나머지 10편은 모두 만주국 시절에 쓰였거나 만주국 체험을 바탕으로 쓰인 저술들이다. 목록은 다음과 같다. ① 「萬里長城」(『청춘』, 1914. 10)/② 「北支那의 特殊性」(≪매일신보≫, 1937. 10. 3－10. 10)/③ 「滿洲風景」(≪매일신보≫, 1938. 10. 4)/④ 「露西亞의 東方侵略」(≪매일신보≫, 1938. 11. 2)/⑤ 「露國 東侵年代記」(≪매일신보≫, 1939. 1. 1－1. 19)/⑥ 「滿洲의 名稱」(≪매일신보≫, 1939. 3. 6)/⑦ 「蒙古文字」(『만선일보』, 1939)/⑧ 「戰爭과 敎育」(『삼천리』, 1939. 7)/⑨ 「滿蒙文化」(만주건국대학 강의, 1941. 6. 20了)/⑩ 「滿洲略史」(『半島史話와 樂土滿洲』, 1943)/⑪ 「蒙古의 名義」(『半島史話와 樂土滿洲』, 1943). 만몽 관련 글 목록은 『육당최남선전집』(현암사, 1973) 권10권 및 강해수의 「최남선의 '만몽'인식과 제국의 욕망」 참조.

이란 말을 쓰지 않을 뿐 아니라 '만몽'이란 말 자체를 싫어하여 '동북(東北)'이란 명칭을 사용하는데, 이것은 '만몽'이라는 말은 역사적으로 이 땅이 중국의 영토에 속하지 않음을 뜻하기 때문이라고 지적한다. 최남선은 일본 측 논리를 대표하는 야노 진이치(失野仁一)의 논의를 소개하면서, 중국에서 주장하는 '동북'이라는 말도 갑작스럽게 만들어진 것이 아니라 고전에 출처를 가지는 역사적 명칭임을 동시에 소개한다. 이것은 '몽고'라는 명칭을 소개하는 부분에서도 반복되어 나타난다. 최남선은 당나라 이래로 등장하고 있는 몽고라는 명칭을 여러 문헌을 통해 소개하는 동시에 이 명칭이 유럽에서는 동양인을 대표하는 관념이라는 사실, 그리고 또한 이와는 전혀 상반된 입장으로서 페르시아·러시아·독일·일본 등에 나타난 용례들까지 폭넓게 검토한다.

> 대체로 토지의 구획에는 여러 가지 상이한 방법이 있겠으나, 지형적 그리고 정치적 또 역사적의 세 가지의 구획이 그 주가 된 것이다. 마지막의 역사적 구역이 지금의 우리들에게 필요하게 되는 셈인데, 역사는 민족이 만드는 것이요 민족의 활동은 지리적 조건에 제약되는 것이기 때문에, 역사적 구역과 지형적 구역 사이에는 상당히 밀접한 관계가 있는 것이다. 더구나 만몽(滿蒙)의 경우에는 그것이 가장 현저하다.252)

최남선은 만몽을 둘러싼 여러 학문적 견해들이 상반된 입장에서 충돌하고 있다는 사실을 들어 표면적으로는 어느 쪽의 편도 들지 않는다. 하지만 최남선의 속내는 곧 드러난다. 최남선은 이렇게 상이한 충돌 속에서 '지금의 우리들에게 필요'한 방법은 지형적인 것도 정치적인 것도 아닌 '역사적' 방법이라고 지적한다. 왜냐하면

---

252) 최남선, 「만몽문화」, 1941/『전집 10』, p.326.

역사는 '민족이 만드는 것이요, 민족의 활동은 지리적 조건에 제약되는 것'이기 때문이다. 최남선이 역사적 방법을 주장하는 이유는 분명하다. 이 지역이 고래로 토이기계·몽골계·퉁구스계의 할거(割據) 지역이었기 때문이다. 최남선은 토이기계와 몽골계를 차례로 설명하고, 이어 "퉁구스계 중의 종족으로서는 예맥(貊)이라 불리고, 방국(邦國)으로서는 부여(夫餘)라 불린 일파(一派)는 후에 남쪽으로 뻗어 고구려·백제 등 반도계(半島系)의 제국(諸國)을 세운 것인데, 북방 민족 중에서 일찍부터 고도한 문화를 가졌고 민족성도 매우 세련되어 일종의 독특한 풍격을 나타내고 있다."고 설명한다. 여기에 이르면 최남선이 애초에 '만몽'이란 이름의 기원을 물음으로써 무엇을 의도하고 있었는지가 드러난다. 물론 최남선은 여기에서도 지나 학자들의 입을 빌어 퉁구스계를 설명함으로써 다시 한 번 학자로서의 자신이 가진 입장을 객관적인 차원에서 강조하고 있지만, 이렇듯 방대한 문헌적 사례 고찰을 통해 그가 말하고자 했던 진의가 무엇이었는지를 알아차리기란 크게 어려운 일이 아니다.

최남선은 토이기계는 "지역 및 역사적 관계로 말미암아 자연히 테두리 밖에 놓이며", 몽고 역시 "만주 가까이 있는 것이 주가 된 것은 오늘날의 경우 부득이한 일"이라고 말한다.253) 간단히 말해 토이기계와 몽고계는 지금의 만주·몽고 지역의 주체가 아니라는 것이다. 이는 자연스럽게 퉁구스계의 일족인 예맥족, 그리고 예맥족의 일파로서의 부여와 그 방계로서 고구려·백제 등이 남긴 반도의 문화가 만몽문화의 주인공이 되는 구조로 귀결된다. 요컨대 "고대만주에 있어서의 가장 문명적인 민족은 지금의 신경(新京) 부

---

253) 최남선, 「만몽문화」, 1941, 앞의 글, 『전집 10』, p.330.

근을 중심으로 농업사회를 이루고 있었던 부여국"이기 때문이다.[254]
여기에 더해 최남선은 1930년대 이래 수용하고 있는 문화적 일원
론의 입장에서 지나·인도·아프리카·남미 등의 문화권이 서로
교섭하면서 지금의 신만주국임을 역설한다. 그런데 문화적 동질성
과 보편성을 강조하는 과정에서 최남선에게는 예기치 못한 문제가
발생한다. 「만몽문화」에는 더 이상 조선이 들어갈 자리가 없게 된
것이다. 이것은 이미 그의 문화권론이 불함문화라는 문화권역을 넘
어 전 인류를 하나로 연결하는 문화권역으로 확대하는 순간 예정
된 결과이기도 했다.

이 때문인지는 확실치 않지만, 「만몽문화」에는 1920년대에 보이
는 역사 논설들과 달리 일본에 관한 언급이 매우 적극적으로 표현
되고 있음도 주목할 만하다. 만몽 지역의 문화적 특징을 서술하는
곳곳에서 일본은 대부분 그 문화적 동질성을 포함하고 있는 것으
로 언급된다. 만몽지방에서 행해지는 고유신앙이 샤머니즘이며, 일
본의 원시신도가 샤먼과 관련이 있는지는 입장과 관점에 따라 다
르다고 하면서도 최남선은 "그 본말 관계와 정도의 차이야 어쨌든
간에, 일본고대의 신앙에 샤먼적 요소가 전혀 없었다고는 아무도
단언할 수 없을 것"이라고 말한다. 또한 최남선은 "샤먼교는 만몽
을 중심으로 하는 대륙의 한편에 옛날부터 뿌리를 뻗쳐 울연(鬱然)
히 숲을 이룬 일대 신앙체"인데 그렇기 때문에 "경박하게 샤머니즘
이라고 아무렇게나 불러 버릴 것이 아니라, 가장 좋은 의미에서의
고신도(古神道)로서 크게 고쳐 보아야 할 것"이라고도 주장한다.

「만몽문화」에 보이는 최남선의 이러한 언급들은 보통 일제강점

---

254) 최남선, 「만몽문화」, 1941, 앞의 글, 『전집 10』, p.351.

기 후반에 최남선이 일본의 논리에 동화된 증거로 원용된다. 하지만 이러한 해석에는 여러 가지 점에서 재고의 여지가 있다. 요컨대 그러한 주장은 「만몽문화」에서 최남선이 새외민족(塞外民族)의 '천자(天子)' 건국신화를 언급한 부분을 두고, 이것이 일본의 천황제에 보이는 천손강림 신화와 유사관계를 가지며, 이러한 유사관계에 의해 최남선의 신화 해석은 '신국(神國)' '팔굉일우(八紘一宇)'와 같은 일본정신을 재생산하는 친일문학으로서 영향력을 발휘하고 있다는 것인데,255) 새외민족의 건국신화를 통해 최남선이 말하고 있는 것은 오히려 부여와 고구려 동명왕편 등에 나타난 유사성이며, 이때 신화를 통해 새외민족의 신화적 기원과 상통하는 것으로 최남선이 주장하는 것은 단군신화의 '환(桓)'이기 때문이다. 일본의 경우는 오히려 부여계 백제왕족이 전한 설화에 '일정(日精)에 감응되어 태어난 유래'라고 설명된다.256) 1930년대 후반 이후 만주국 시절의 최남선이 저술한 글들에서 조선의 독자성을 서술하는 부분이 약화되고 있는 것은 사실이지만, 이것이 곧바로 일본의 대동아 논리를 찬양하는 논리로 전환되는 흔적은 생각만큼 잘 드러나지 않는다. 최남선이 강조하고 싶었던 것은 '천자 건국'이라는 북방 민족의 문화적 공통점이었지 조선과 일본의 동일 문화였던 것은 아니기 때문이다.

때문에 「만몽문화」는 적극적으로 문화의 독자성을 세우는 대신 문화의 교섭과 혼합 과정을 설명하는 데 많은 노력을 들이고 있다. 이것은 앞에서도 언급했던 것처럼 최남선의 문화론이 내장한 모순의 결과 때문인데, 이 때문에 최남선은 문화란 인류의 입장에서

---

255) 곽은희, 「만몽문화의 친일적 해석과 제국 국민의 창출」, 『한민족어문학』(47), 2005, p.19.
256) 최남선, 「만몽문화」, 1941, 앞의 글, 『전집 10』, pp.355－372.

보면 하나이지만 지역적·종족적으로는 여럿이라고 주장할 수밖에 없었다. 예컨대 그것은 서양의 문화, 동양의 문화, 인도의 문화, 지나의 문화, 남방의 문화, 북방의 문화 등을 가리킨다. 만몽은 종족·언어 등의 계통을 함께하는 문화권인데 만몽문화권으로서의 북방민족의 특징은 변발과 온돌 등을 통해 그 문화권의 특성을 설명할 수 있다. 이 속에서 조선의 전신인 고려는 몽고·만주 등의 생활 풍습과 자연스럽게 섞여 있다.

하지만 이 과정에서도 최남선이 마지막까지 강조하고 있는 것은 북방 민족과 고려의 상호 문화 교류이며, 이를 통해 구별되는 것은 북방민족과 지나와의 구별이라는 사실은 분명히 지적될 필요가 있다. 요컨대 조선의 문화적 성격은 독자적인 것이 아니라 몽고나 만주 등 북방민족들과의 공통점을 보이고 있다는 것이다. 그러므로 북방민족의 문화로 설명되는 것은 이미 조선의 것이기도 한 셈이다. 문화란 이미 각 민족의 지리적 공간과 역사적 시간의 결합이라는 전제인 이상 최남선에게서 이와 같은 결론이 도출되는 것은 당연한 일이었다.

같은 맥락에서 「만몽문화」에 불함문화에 관한 논의가 보이지 않는다는 점도 지적해 볼 수 있다. 이는 불함문화가 북방문화와 합치 혹은 북방문화로 대체되었기 때문이다. 불함문화권 대신 북방문화권으로서의 만몽문화를 주장하는 과정에서 조선이라는 불함문화권의 중심성은 자연스럽게 해체되었다. 나아가 북방문화까지를 포함하는 일원적 문화권의 논리 위에 설 때 이미 민족적 기원을 드러내는 어떠한 증거들도 더 이상 증거로서의 효력을 갖지 못하게 된다. 이 부분에 대해 최남선의 일제 말기 역사 논설들이 일본제국주의의 문화적 동질성과 일선동조론에 포섭되었다는 주장이나 제국의 욕망을 포함하게 되었다는 주장은 일견 타당하다.[257] 요컨대 이미 민족적인 것의 독자적인 성격을 전제하지 않는 상태에서 논의되는 문화적 보편성의 강조는 민족주의적 이념의 또 다른 유형인 제국주의의 보편주의와 상통되는 부분을 갖기 때문이다.

최남선이 「만몽문화」에서 만주를 가리켜 '우리'라는 말로 지칭하고 있음은 특별한 주목을 필요로 한다. 예컨대 "만몽 지방에는 일·로·불·미의 각국 학자에 의해서 숱한 업적이 올라 있거니와, 동방의 신석기 조사를 세계적 수준으로 추켜올려 사학상(斯學上)에 한 시기를 그은 것은 저 앤더슨 박사에 의한 채문토기(彩文土器)이며, 그 발단은 우리 만주에서였다."[258]라거나 '만몽문화'가 학술적 근거 위에서 세워지고, 이른바 생활협동체라는 것이 급조된 것이 아니라 역사적 본래성의 것임을 밝히는 것이 "만주국의 학도로서의 우리들의 영광스러운 임무"[259]라고 말할 때, 최남선은 만주국의 일원으로 자신을 주체화하고 있다. 이것은 최남선이 만주·몽고·조선 등을 포함하는 북방문화로서의 만주와 자신을 동일시하고 있었음을 의미한다.

최남선의 「만몽문화」를 피식민자가 갖는 제국적 욕망의 한 형태로 읽는 것은 탈식민주의 담론이 가르쳐 준 의미 있는 성과이지만, 이 결과가 자칫 또 다른 형태의 친일 담론과 연계될 가능성에 대

---

257) 이와 같은 논지를 보여 주는 대표적인 연구로는 강해수, 「최남선의 '만몽(滿蒙)' 인식과 제국의 욕망」(『역사비평』, 2006년 가을호) 및 조현설, 「민족과 제국의 동거 – 최남선의 만몽문화론 읽기」(『한국문학연구』(32), 2007) 등이 있다.

258) 최남선, 「만몽문화」, 1941, 앞의 글, 『전집 10』, p.337.

259) 최남선, 「만몽문화」, 1941, 앞의 글, 『전집 10』, p.403.

해서는 보다 주의 깊은 안목과 통찰이 필요할 것으로 보인다. 문화사적 논의를 전개함으로써 민족으로부터 이탈되었던 최남선의 논의를 제국적 욕망의 한 형태로 읽는 것은 가능하고, 또한 그럼으로써 친일 담론 속에 계열화되는 것은 논리적으로 충분히 가능한 일이지만, 한국에서 친일이라는 용어가 환기하는 '반민족적'인 내포 의미를 명확히 전제하지 않는다면, 피식민자의 제국 욕망이 곧장 반민족 담론으로 전화될 수 있기 때문이다. 실체화되지 않는 민족 개념 위에서 반민족적이라는 가치 평가적 용어가 주는 억압은 매우 주의 깊게 다루어져야 할 부분이다. 최남선의 친일 담론이 반민족적인 것이었는지에 대해서는 따로 논증이 필요하리라 생각된다.

최남선의 혼종성이 갖는 모순은 타자를 부정하면서 동시에 스스로 타자의 입장에서 민족을 부정한다는 점에 있다. 하지만 엄밀히 말해 이것은 모순적인 것은 아니다. 여기에서는 최남선이 그 스스로 일종의 매체였음을 상기할 필요가 있다. 그는 자신의 글쓰기가 시작됐던 1900년대 후반 이래로 언제나 양가적 가치를 갖는 두 개의 극단 사이에서 이중으로 주체화되었다. 이것은 최남선의 글쓰기가 자신의 논리 안에서 하나로 통합되지 못하고 서로 다른 발화 위치를 갖는 두 개의 주체 사이에서 때로는 이쪽과 또 때로는 다른 쪽으로 동일화되는 결과를 낳았다. 이 가운데 어느 한쪽의 목소리를 최남선의 것으로 규정하게 되는 순간 최남선의 다른 한쪽은 쉽게 휘발되어 버린다. 오늘날 우리들이 보는, 최남선에 대한 양립 불가능한 두 방향의 극단적인 평가는 이런 사정에 말미암는 것이기도 하다. 하지만 이것은 그의 욕망이 문명화를 추구하는 계몽지식인이자 문명화되어야 할 미개 조선국의 한 사람으로 출발했던 그의 전력 속에서 이미 예견된 것이었다고도 말할 수 있다. 다만 이러한 사실은 그가 근대 계몽지식인의 위치에 서 있을 때에는 잘 드러나지 않았다. 하지만 피식민지 지식인으로 일본을 매개로 한 위치에 서 있게 되었을 때, 이것은 곧장 친일의 논리와 대비되어 표면화되었다.


## 2. 만주 시절 기행문에 나타난 타자화의 논리

### 1) 북방문화권 속의 조선과 만주

최남선은 1937년 9월 26일 경성(京城)을 떠나 청진(淸津)행 기차를 타고 만주와 중국 동북 지역으로 여행을 떠났다. 이 여행은 한 달여 동안 회령·용정·간도·연길·훈춘·하얼빈·신경·길림·쑹화 강·봉천·요양·요동·천산·개평·안시성·대련·뤼순에 이른 긴 여행이었다. 대략의 여정만 살펴보더라도 이 여행은 규모가 큰 여행이었음을 알 수 있다. 그 의미는 우선 무엇보다도 이 여행이 만주 여행이었다는 점에 있다. 최남선에게 만주 여행은 두 가지의 큰 변화를 내포하는 것이었다. 하나는 최남선이 민족의 영토 외부를 향해 나아간 첫 번째 여행이었다는 사실이고, 다른 하나는 식민지 지식인으로서 제국의 초청으로 이루어진 여행이었다는 사실이다.

이 여행은 만선척식(滿鮮拓植)의 초청으로 이루어진 시찰 형식의 여행이었다. 국토 외부로의 여행이 중요한 이유는 단순히 외국 여행이라는 특이성 때문만은 아니다. 주지하다시피 최남선의 국토 여행은 민족적 표상으로서의 기원 발견이라는 순례적 목적을 강하게 내포한 여행들이었다. 이것은 또한 당시 그의 역사 연구가 도달한 불함문화권의 주체로서의 조선 내부를 확인한다는 의미가 포함되어 있었다. 그러므로 최남선의 만주 및 중국 여행은 초기의 지리적 관심과 역사 연구가 민족적 심상의 발견이라는 성지 순례형 답사로 전개된 이후 이루어진 최초의 외국 여행 기록이라는 점, 그리고 여행의 시기가 1937년 9월 말로, 이는 1938년 4월 『만몽일보(滿蒙日報)』 고문 취임과 1939년 4월의 만주 건국대학 교수 취임 등으로 이어지는 '만주국' 시절의 전초적 성격을 갖는다는 점에서 이 여행은 출발부터 1920년대의 국토 순례와는 질적인 차별을 갖는 여행이었다고 할 수 있다.

> 구월 이십육 일 아침 七時五十分, 경성역에서 청진행 기차를 탔다. 별로 시절의 풍운에 충동된 것은 아니지마는, 오래 경륜하여 오던 만지유람(滿支遊觀)을 다시 더 늦추지 못할 듯한 생각이 간절한 때에, 만선척식(鮮滿拓植)으로부터 만주에 있는 이른바 안전농촌의 구경을 종용하여 옴에 응하여 아무렇게나 나서 보겠다 한 것이다. 만척참사(滿拓參事) 김군 동진이 동도(同道)의 노(勞)를 집(執)하여 줌은 든든하기 그지없다. 차창으로부터 한강의 수광(水光)을 내다보매, 언뜻 전년의 백두산 근참행의 정회가 부활함을 금할 수 없다. 백두산이 조악(祖岳)이라 해서 특이한 감흥에 끌렸던 것인즉, 조강(祖疆)이라 할 만주의 지(地)를 왕성(往省)하는 시방에 마찬가지의 심경을 봄이 진실로 당연하다 할는지.260)

하지만 경성을 떠나는 순간부터, 최남선은 이 여행의 의미를 '조강(祖疆)'으로서의 만주 땅을 찾아가는 여행이라고 규정지었다. 최

---

260) 최남선, 「송막연운록」 / 『전집 6』, p.496.

남선은 차창 밖으로 한강을 바라보다가 문득 백두산 근참의 감상에 젖는다. 이를테면 출발의 형식에서 그는 여전히 1920년대의 국토 순례 여행의 연장선 위에 있다. 최남선은 「자열서」에서 만주국 시절 자신의 활동은 조선 학생을 가르치는 일과 만몽문화사 강좌 등을 담당하면서 조강(祖疆)의 답사와 민족투쟁의 실제를 구경하는 일에 흥미를 가졌던 것이라고 적었다.[261] 최소한 1949년 「자열서」의 주장과 1937년 「송막연운록」의 출발 소회를 밝힌 대목 사이에는 일치점이 있다. 최남선에게도 만주는 타자의 공간이면서 또한 동시에 내부적 동질성의 공간이었다. 하지만 그 의미는 일본과의 관련 속에서 맺는 동일자·타자의 논리와는 다르다. 최남선에게 만주가 동일자로 환원될 수 있는 것은 먼 시간적 과거 속에서 만주는 고대 조상들의 땅으로 호출된다는 역사성 때문이었다.

최남선은 이 여행의 기록을 「송막연운록(松漠燕雲錄)」이란 독특한 제목으로 1937년 10월 19일부터 1938년 4월 1일까지 총 84회에 걸쳐 ≪매일신보≫에 연재했다. 「송막연운록」에서 송(松)은 만주, 막(漠)은 몽고, 연(燕)은 북경, 운(雲)은 산서(山西) 지방을 가리킨다. 제목으로 보아 이 여행은 아마도 만주지방과 몽고를 지나 북경을 거쳐 산서 지방까지 경유할 것을 계획했던 것으로 보인다. 이것으로 미루어 보면 「송막연운록」의 마지막 여정인 10월 15일 대련이 실제 여행의 끝이었는지는 확실하지 않다. 1937년 10월 19일부터 연재가 시작된 것으로 보면 대련에서 뤼순을 거쳐 귀국했던 것이 아닌가 추측되지만, 이 역시 현재로선 확인할 방법이 없다. 그런데 「송막연운록」의 연재가 중단된 1938년 4월은 최남선이

---

261) 최남선, 「자열서」, 1949/『전집 10』, p.531.

만주국 생활을 시작했던 시기이며, 「송막연운록」이 대련에서 뤼순을 상고하는 것으로 중단되고 있는 점, 그리고 뤼순편 속에서는 여행의 끝남을 암시하고 있지 않다는 점 등을 고려해 보면 뤼순 이후에도 여행이 좀 더 계속되었을 것이라는 추측도 가능하다.

> 연로(沿路)의 역명(驛名)은 개산둔(開山屯)이니, 팔도하자(八道河子)니 하여, 미상불 한문적 색채를 띠었으되, 눈에 들어오는 붉은 고추 얹은 초옥(草屋)과 백의(白衣) 두르고 다니는 남녀들이 하나도 조선 내지(內地) 그대로 아닌 것이 없다. 말하자면 기차 내에는 약간 이국(異國) 정조(情調)가 있을 법해도 차외(車外)의 세계는 의연히 조선의 연속일 뿐이다.262)

최남선은 함경선(咸境線)을 타고 청나라의 발흥지인 회령을 지나 상삼봉역(上三峰驛)에 이르러 일단 열차에서 내린다. 간도 방면으로 가기 위해서는 함경선을 조개선(朝開線)으로 갈아타고 강을 건너야 했기 때문이다. 그런데 강을 건너면서 그의 눈에 비친 것은 온통 조선의 지세(地勢)였다. 이름들은 비록 한문식이어서 그곳이 이국땅임을 실감케 했지만, 최남선은 거기에서 구릉의 경사면을 죄다 간척한 조선 화전민의 '잔인스러움(억척스러움)'을 본다. 최남선에게 만주는 영토상으로는 국경을 넘었지만 차창 밖으로 보이는 세계는 '의연히 조선의 연속'이었던 것이다. 「송막연운록」에는 이렇듯 '조강(祖疆)'을 찾아 나서고 그 속에서 조선의 연속됨을 확인하는 최남선의 정조가 일관되게 관통하고 있다. 하지만 여기까지는 일정 정도 최남선의 관념의 결과라는 인상을 지울 수 없다. 요컨대 조강으로의 여행이라는 자신의 다짐을 확인하고자 하는 것이다.

---

262) 최남선, 「송막연운록」, 1937, 앞의 글, 『전집 6』, p.499.

최남선은 자신의 눈앞에 펼쳐지고 있는 현실이자 현재를 자신의 관념 속으로 가지고 들어왔다. 따라서 "이렁성 흘린 쌈과 저렁성해 �린 피가 / 모아산(帽兒山) 험으러저 평지된다 가리시오 / 간도(間島)의 우리 것임도 흔들린다 하리"라며 간도에서의 권리를 주장할 때, 최남선은 이 말의 의미를 "간도의 판적(版籍)이 누구에게 예속하였거니, 실제의 간도는 어디까지고 조선인이 살 것이다."라는 의지 표현으로 토로하고 있는 것이다.263)

　　만주족의 가련한 일면을 나타내는 것에 이러한 사실도 있다 한다. 만주족에게는 이를테면 애신각라(愛新覺羅)라 하는 것처럼 고유한 성자(姓字)가 있고, 청조(淸朝)에서 제부명성(諸部各姓)을 정리하여 『기통지(旗通志)』라는 대부서(大部書)를 칙찬(勅撰)한 일이 있음은 사람들의 아는 바와 같거니와, 민국(民國) 이후로는 차차 만성(萬姓)을 혁거(革去)하여 임의의 신생을 좇기도 하고, 또 만인적(滿人的) 복성(複姓)을 한인적(漢人的)으로 단화(單化)하여 아무쪼록 일자성(一字姓)을 모(冒)하려 하는 경향이 있는데, 골계로운 일은, 이를테면 애신각라의 본성을 애라든지 신이라든지 일정하게 간축(簡縮)하는 것 아니라, 부는 애자(愛字), 자는 신자(新字) 혹 형은 각자(覺字) 제는 라자(羅字)와처럼 죄다 각각 떼어, 쓰고 싶은 어느 일자(一字)만을 수의(隨意) 모용(冒用)함이라 한다. 이미 종족적 긍식(矜式)과 씨계(氏系) 존중의 관념이 상실해 버린 것이다. 일찍 중원에 입주하여 전체로 국어·국문과 온갖 전통을 잃은 만주족이 이제 마지막 각국의 종성(種姓)까지를 내어 버리면서 전연(靦然)히 부끄러움을 모르는 것이다. 없어져 가는 민족이여, 하필 남이 없애는 것뿐이리. 제 스스로 없애는 것이 더 많이 예를 이 만주족에게서 보는 것이다.264)

　하지만 여행이 진행될수록 최남선은 점점 구체적으로 만주 속에 있는 조선을 만난다. 최남선은 동경성(東京城)에서 대종교의 유력

---

263) 최남선, 「송막연운록」, 1937, 앞의 글, 『전집 6』, p.500.
264) 최남선, 「송막연운록」, 1937, 앞의 글, 『전집 6』, p.512.

인물인 안백산(安白山)을 만나 대종교가 만주 거류동포의 정신적 의지로서 또한 동경 일대 조선화의 초석으로 뿌리내렸음을 감격스러워하고, 만주지역을 중심으로 말갈 등 북방 민족과 함께 일대 제국을 건설했던 발해의 덕을 칭송한다. 최남선이 보기에 만주 곳곳에는 조선이 들어 있었다. 그것은 과거의 역사 속에 있는 것이기도 하지만 지금 현재 만주에 정착하기 위해 이주한 조선인들 속에도 있다. 이러한 사실은 제 스스로 자신들의 영토에서조차 사라져 가고 있는 만주족과는 달리 남의 강역에서도 자기 것을 지키며 살아가는 조선인들을 보며 느낀 감격으로 드러난다. 자신들의 땅에서 자신들의 성씨(姓氏)조차 잊은 채 살아가는 만주족들을 보며 민족은 남이 없애는 것뿐 아니라 제 스스로 더 많은 것을 없애는 것이라고 한탄하는 최남선의 시선에는 어느새 식민주의적 무의식이 작동되고 있다.

> 만주국의 부녀는 연초(煙草)에 대하여 기벽(嗜僻)이 특이하여, 다만 가내(家內)에서뿐 아니라, 출외행로 시(出外行路時)에도 반드시 연관(煙管)을 휴대하며, 비록 흡용하지 아니할지라도 출외 시(出外時)에 행세로 연죽(煙竹)을 필휴(必攜)함이 외국 부녀의 양산을 가지는 것 같은 의미로 하며, 새파란 새색시는 새로에, 십 세 전후 여아도 노상(路上)에서 장죽을 뻗지르고 흡연하기를 예사로 한다. ……(중략)…… 말하자면 집에 있는 부녀는 담배 피우는 것이 소임이요, 또 항(炕) 앞의 흙바닥은 널따란 타구쯤 되는 셈이다. 야릇도 하고 더럽기도 하지마는, 남자는 음도(飮賭)의 방편이나 있거니와, 이 지황(地荒)코 동장(冬長)하여 침울한 환경에서 여자의 무료를 위로할 것은 연초 이외에 다른 것이 없을 것을 생각하고, 도리어 동정하는 생각이 났다. 만주국 정부에서도 장차 연초 전매를 실시한다는 말을 듣고, 나는 만주족 부녀에게서 이 생명의 휴게소를 빼앗게 될 일을 그윽이 걱정하였다.[265]

---

265) 최남선, 「송막연운록」, 1937, 앞의 글, 『전집 6』, p.520.

최남선은 만주에서 만주족을 타자화한다. 만주족 사람들을 바라보는 최남선의 이 시선은 1909년 평양으로 가는 기차 안에서 한 일본인 내외가 조선인 여자아이를 향해 던졌던 시선을 떠올리게 한다. 그때 그 일본인 여성은 "조선 사람이 어려서는 우리보다 더 똑똑하다가도 20만 넘으면 어림이 없어 가니 이상타."라며 함께 타고 있던 일본인 신사에게 말했다. 당시 최남선은 이 말을 들으며 불끈 성을 내며 일본인을 바라보았지만,[266] 30여 년 가까운 시간이 지난 이후 만주에서 그는 만주족을 향해 그와 같은 시선을 보여주고 있다. 만주족에 대한 이러한 타자화는 12,000명의 조선 동포가 거주하는 목단강(牧丹江)에서 연와(煉瓦) 이 층으로 건축된 웅장한 보통학교를 보며 그가 떠올린 감격과 곧장 대비된다. 최남선은 "목단강을 새 기점으로 하는 지식층 인사의 의식적 활동에는 무한한 큰 기대를 가지고 또 축복을 올리지 아니치 못하겠다."라고 말했다.[267]

민족과 그 외부의 충돌 사이에서 민족이 특권화되기 위해서는 외부를 타자화하지 않으면 안 된다. 최남선은 지나로부터 만주를 구별하고, 만주에서 만난 조선인과 조선적인 것을 통해 만주에서의 조선을 특권화시킨다. 이것은 시라토리로 대표되는 일본 사학자들이 서양으로부터 동양을 구별하고, 동양 속에서 일본을 특화시킨 논리를 정확하게 재생하고 있다.[268] 이로 인해 송화강은 "만주를 무대로 한 우리 선민(先民)"의 역사가 되고, 길림(吉林)에서는 "만주 어디에 비해서도 가장 확실 또 양호"한 조선인의 지반을 본

---

266) 최남선, 「평양행」, 『소년』, 1909. 11/『전집 6』, p.467.

267) 최남선, 「송막연운록」, 1937, 앞의 글, 『전집 6』, p.523.

268) 서영채, 「기원의 신화를 향해 가는 길－최남선의 『백두산근참기』」, 『한국근대문학연구』 (12), 2005, p.108.

다.269) 하지만 지나와 만주를 구별하는 과정에서 조선은 일본과 쉽게 결합되어 버린다. 지나로부터 구분되는 만주와 그 만주에 대한 북방민족의 역사적 정당성을 확보하기 위해 최남선은 한일병합조차도 '미묘한 의의'를 가진 것으로 평가하고, 일본이 반도와 일가(一家)가 되고 만주로 진출한 것을 북방 민족과 지나 민족 사이의 중원 쟁탈의 역사적 현상으로 설명한다. 물론 이 과정에서도 최남선은 조선인의 참가가 당당한 독자의 지위와 의의가 있다고 강변하고 있지만, 북방 민족과 지나 민족이라는 대립 구조 속에서 당시 그 땅에서 삶을 영위하고 있던 북방 민족으로서의 만주족·몽고족 등은 이미 그의 인식 및 시야에서 사라진 이후였다.

## 2) 「천산유기」 속의 조선과 최남선의 분열적 욕망

최남선은 1941년 4월 11일, 만주국 남쪽 천산(千山)으로 여행을 떠났다. 천산은 만주 안산의 남쪽이자 대련의 북쪽 지역에 위치한 깊은 산악지역으로 당시 최남선이 거주하고 있던 만주국 수도 신경(新京)으로부터도 매우 먼 거리에 있었다. 이때의 여정을 기록한 최남선의 「천산유기(千山遊記)」에 따르면 최남선은 4월 27일 밤 열차로 신경을 출발했고, 열차는 다음 날 아침 6시 봉천에 도착한 것으로 되어 있다. 여기에서 천산 입구까지는 다시 버스로 이동했다.

「천산유기」는 만주국 시절 최남선이 남긴 유일한 기행문이다.270)

---

269) 최남선, 「송막연운록」, 1937, 앞의 글, 『전집 6』, pp.548-552.

270) 최남선의 「천산유기」(1)·(2)는 1941년 만주국 신경(新京)에서 발간된 『재만조선문예선』이라는 엔솔로지 속에 수록된 『전집』 미수록 원고이다. 『재만조선문예선』에 대한

지금까지 최남선의 여행기는 1909년 8월 『소년』에 실린 「반순성기」 이하 1937년 「송막연운록」까지라고 알려져 왔다. 하지만 「천산유기」는 1941년 간행된 『만주조선문예선』에 각각 「천산유기」(1)과 「천산유기」(2)라는 제목으로 실려 있으며, 내용 속에서 그 여행이 4월에 이루어졌음을 기록하고 있다. 「천산유기」는 비록 이백자 원고지 50여 매에 지나지 않는 소품이지만 여행의 시기·여행지·글의 형식과 내용 등에서 많은 문제성을 내포하고 있다. 오양호는 「천산유기」를 언급하면서 "기행문에 시조를 끼워 넣어 과거의 사실만이 아니라 현재를 통해 민족의 서사를 재구성하면서 미래의 역사까지 수행하려 하는 양식은 그가 『심춘순례』에서 쓰던 그것과 동일하다."라고 지적했다.[271]

> 천산의 기수(奇秀)함이 우쩍 세(勢)를 더하여 열만(列巒)이 거치(鋸齒)와 같고, 중(中)에 일봉(一峰)이 흡사히 안형(鞍形)을 지은 것을 보매, 물을 것 없이 안산(鞍山)에 왔음을 알겠다. 산용(山容)은 마치 안양(安養)쯤서 보는 관악(冠岳) 연봉(連峰)과 같다. 참(站)은 신설인 만큼 건조(建造)가 청신하며, 서로 대소(大小) 신옥(新屋)이 즐비히 동맹(棟甍)을 연한 것은 필시 제강소 관계의 것이다.
> ……(중략)……
> 멀리서 보는 천산도 이만 하니, 가까이 갈진대 미상불 기관(奇觀)이겠군 하는 생각을 하였다. 어른 하면 금강이라고 하는 세상이니 천산을 요동 금강이라고 함도 마땅하겠지 하는 생각도 하였다. ……(중략)…… 산의 기(氣)가 분명 금강산적임을 살필지니, 내가 자세히 보지도 못한 천산에 덥석 요동금강의 명을 허락함이 바이 참람(僭濫)이 아닐 듯도 하다.[272]

---

자세한 서지 사항은 오양호의 『만주이민문학연구』(문예출판사, 2007) 참조.

271) 오양호, 「마도강문학 연구 - '만주조선문예선', 여로형 만주이민소설을 중심으로」, 『만주이민문학연구』, 문예출판사, 2007, p.388. 이 글에서 오양호는 인용한 언급 외에도 "불함문화론의 그 수법의 반복"(p.389), "타자의 공간을 자신의 판단에 따라 자신의 공간으로 끌어들이고 인식하는 자세는 그의 초기 기행수필과 조금도 다르지 않다."(p.402) 등 「천산유기」를 최남선의 1920년대 기행문의 연장선상에서 파악하고 있다.

최남선에게 천산 여행은 초행이었지만 천산 자체를 처음 대면하는 것은 아니었다. 최남선은 「송막연운록」에서 봉천과 성경(盛京)·요양을 지나는 길에 멀리서 펼쳐지고 있는 '천산'을 만났다. 하지만 이때 최남선은 여행 일정상 천산을 직접 오르지는 못했다. 그 대신 달리는 차창 너머로 천산을 바라보며 최남선은 그 얼마 전에 일본에 의해 천산 지역에서 발굴되었던 한대(漢代) 유적 발굴 이야기며, 『요동지(遼東志)』·『통지(通志)』 등에 기록된 천산 관련 부분을 소개하는 것으로 아쉬움을 대신할 수밖에 없었다.273) 그때 최남선은 멀리서 보이는 천산의 수려함을 가리켜 '요동 금강'이라고 적었다. 자세히 본 것은 아니지만 '요동 금강의 이름을 붙이는 것이 그리 참람한 일이 아닐 것'이라고 했다. 그러므로 최남선이 「송막연운록」으로부터 4년여가 지난 시점에서 다시 천산 여행을 계획하고 이를 실행한 것은 확실히 범상한 승경 유람의 여행은 아니었음을 알 수 있다.

> 수산(首山) 입산(立山)의 아련한 사정(史情)이 ⊠산일대(⊠山一帶)의 철탑(鐵塔)과 매연(煤煙)에 가루가루 이아짐을 애달버하면서 차(車)에서 나오매 동승객(同降客)이 수북하고 역두(驛頭)로 나서매 유대자(留待者)도 적지 안흠이 오늘이 심상(尋常)한 날 아님을 생각게 한다. 듯⊠보매 오늘부터 삼일(三日) 동안 천산(千山)의 도⊠(道⊠)에 왕도안국대기도회(王道安國大祈禱會)가 설행(設行)되야서 유산(遊山)을 겸(兼)한 선남선녀(善男善女)가 사방(四方)으로서 모여든 것이엇다. 대형(大型) 『쎄스』오대(五臺)가 쇠리를 물고 울퉁불퉁한 악도(惡道)와 싸호면서 사하촌(沙河村) 위가과등부락(魏家戈等部落)을 지내고 칠⊠자(七⊠子)에 다다라서는 산도 가찹고 송림(松林)도 드믄드믄 잇고 화암석(花巖石) 부스러진 모래

---

272) 최남선, 「송막연운록」, 『전집 6』, p.596.
273) 최남선, 앞의 글, 『전집 6』, p.596.

바닥으로 흐르는 개울이 만주(滿洲)에서는 희한하달 만큼 맑기도 하야 만목풍물(滿目風物)이 죄다 조선적임에 말할 수 업는 반가운 정(情)이 난다. 참(站)에서 산하(山下)까지 삼십오지나리(三十五支那里)에 꼭 일 시간(一時間)이 걸렷다.[274](강조는 인용자)

최남선은 천산이 "만주에서는 희한하달 만큼 맑기도 하야 만목풍물이 죄다 조선적"이라고 적었다. 분명 최남선의 이러한 태도는 1920년대 조선 국토를 순례하며 곳곳에서 민족적인 것을 확인하고 있던 그 시절의 최남선을 연상시킨다. 최남선은 역사적으로는 조선을 포함한 북방민족의 강역이지만, 현재는 공식적으로 만주국의 영토이며, 실제적인 영향력은 일본 제국의 권력이 미치는 만주에서 조선적인 것을 찾아 여행을 떠났고, 그 목적지가 천산이었다. 하지만 1920년대 국토 내부의 민족적 성소를 찾아 기행을 하던 당시 최남선은 자신의 여행이 순례이며, 국토에 대한 자신의 애정은 애니미즘과도 같다고 적었다. 국토 순례에 대한 최남선의 이러한 태도가 동시대의 문학인들과 최남선이 구별되는 종교적·신앙적 태도였음은 Ⅳ - 2장에서 살펴본 바 있다. 그리고 그것은 최남선이 민족의 성소에서 단군 등 역사의 기원적 표지들을 만나고 감격하고 무화될 수 있었던 이유였다. 그것은 또한 근대주의자이자 역사가였던 최남선이 민족의 기원을 과거의 역사로서가 아니라 현재의 종교적 신념으로 맞바꾼 결과이기도 했다.

하지만 「천산유기」의 최남선은 더 이상 1920년대 국토 순례 속에 보이던 열정과 낭만의 파토스를 보여 주지 않는다. 이 차이는

---

274) 최남선, 「천산유기」(1), 『만주조선문예선』, 1941, 조선문예사, pp.41 - 42(『만주조선문예선』은 필경 인쇄본이며 한문 노출 형식이다. 여기에서는 원문의 의미를 해치지 않는 범위에서 한글로 바꾸거나 한자를 괄호 병기하는 것으로 바꾸었다).

단지 「천산유기」의 소략함이나, 1920년대와 1940년대라는 십수 년의 시간 차이만으로는 잘 설명되지 않는다. 무엇보다도 1940년대 이후로도 여전히 왕성했던 그의 열정적인 저술 활동과 「천산유기」와 같은 시기에 행해졌던 「만몽문화」 강의 등이 이를 증명한다. 이 차이는 오히려 최남선의 글쓰기가 노정하고 있는 내적인 변화 속에서 그 이유를 찾을 수 있을 것 같다.

> 여하간 남만선의 차창에서 건너다보는 바와가티 천산은 만주뿐 아니라 어듸서든지 드믈게 보는 거치형(鉅齒形)의 군봉서열적산圖(群峰序列的山圖)으로서 천(千)이야 차고 아니 차고 왕순(王筍)의 쟁수(爭秀)가 진실로 일방의 기관(奇觀) 아니랄 수 업다. 그런데 거긔 화강암(花崗巖)의 풍화를 말미암는 괴석미(怪石美)가 잇고, 울창한 송림풍뢰음(松林風籟音)이 잇고, 장곡(長谷)과 청계(淸溪)가 잇고 난약(蘭若)과 탑자(塔姿)가 잇서 풍경 구성의 요소가 꼭 우리의 고토(故土)와 틀림이 업다. 그래서 생면(生面)이 아니라 구식(舊識)과 갓기로 웨 그런고 하고 삷혀보니 여긔까지의 동학(洞壑)은 마치 도봉산의 입구와 비슷하고 이우에서 나려다보는 계곡은 흡사히 소장산(小藏山)의 벽련암(碧蓮岩) 전면과 같다. 만주에서 조선 산천의 풍경을 맛보기를 길림의 송화강에서 한 번 하고, 동녕의 만록위(萬#違)에서두 한 번 하얏섯지마는 이제 천산에서 가치 금수강산 그대로를 대해 보기는 일즉이 경험도 업고 또 이 뒤에 거듭하기를 기필치 못할 듯하다.[275](강조는 인용자)

첫 번째 만남으로부터 두 번째 천산 여행까지 대략 3년여의 시간이 흘렀지만, 천산에 대한 최남선의 언급 내용은 첫 번째의 만남에서와 거의 차이가 없다. 하지만 이 둘 사이에는 태도의 차이가 있다. 최남선은 화강암의 괴석미 · 소나무 숲의 바람 소리 · 계곡의 맑은 물 · 난초며 불탑 등 풍경의 구성 요소가 우리의 고토와

---

275) 최남선, 「천산유기」(1), 『만주조선문예선』, 조선문예사, 1941, p.45.

다름이 없다고 적었다. 요컨대 이것은 최남선이 천산에서 민족의 고토를 확인하고 있음에 지나지 않는다. 다시 말하면 최남선에게 천산은 정황적으로 민족의 고토일 뿐, 1920년대의 금강산·백두산 등에서와 같이 심정적인 동화의 대상은 되지 못하고 있는 것이다. 「송막연운록」에서보다도 오히려 「천산유기」의 최남선이 차분한 어조를 보이고 있음은 주목할 만하다. 그 차이는, 「송막연운록」이 북방 민족의 강역 안에서 뿌리를 내리고 살고 있는 조선인들의 현재성을 발견한 것임에 비해, 「천산유기」는 만주 천산에서 단지 그것이 역사적으로 조선적인 것과 연계되어 있음을 주지함에서 비롯된 차이였다고 할 수 있다.

「천산유기」에서 최남선은 천산을 통해 현재의 조선을 발견·생성할 수 없었다. 여기에는 일단 1930년대 후반에서 1940년대 초반의 최남선이 '내선일체'가 아닌 '오족협화'의 이념 속에 살고 있는 만주국의 일원이었음을 상기할 필요가 있다. 이것은 1920년대 식민지 제국의 울타리 안에서 일본이라는 명시적 타자에 대한 저항의 민족주의로서 작동되던 민족주의와는 차원이 다르다. 이 차이는 1920년대의 조선에서 조선인으로 주체화된 최남선의 시선과 1940년대의 만주에서 만주국 일원으로 주체화된 최남선의 시선만큼의 차이였다고 할 수 있다.

> 곡경(谷徑)은 이쯤부터 더욱 유⊠(幽⊠)을 더하고 유외(柳外)의 ⊠⊠이 치우처 나를 부르는 듯 유흥(游興)이 부덩부덩 괴여올라오되 『쌔스』의 귀각(歸刻)에 걸려 하염업시 지⊠이를 돌라잡앗다. 천산의 사십입계(四十入溪)의 진승(眞勝)은 차라리 여긔부텀이라야 올크 니른바 구궁입관(九宮入觀), 오대선⊠(五大禪⊠), 십이모암(十二茅庵)에 겨오 일관일사(一觀一

寺)를 보앗슴에 불과하니까 쾌쾌(快快)히 천산을 구경하얏다고 하기는 좀
염체업지마는 그 초입의 작은 한 모퉁이를 밟는 것만으로도 천산이 경관
으로나 역사로나 완전히 조선의 일부임을 실증(實証)한 것은 이번 길의
유쾌한 소득 아님이 아니엿다.276)

최남선은 999개의 산이 이어져 있다는 천산의 단 한 개 봉우리
만을 올랐다. 하지만 그는 "천산을 구경하얏다고 하기는 좀 염체
없지마는 그 초입의 작은 한 모퉁이를 밟는 것만으로도 천산이 경
관으로나 역사로나 완전히 조선의 일부임을 실증"했으며, 이것이
이번 여행의 '유쾌한 소득'이라고 적었다. 확실히 이러한 진술은
이전의 그가 남긴 순례기들에 비해 담담하고 공허한 수사가 아닐
수 없다. 요컨대 최남선에게 천산은 여러 조선적인 것과의 연관에
도 불구하고, "구경이라는 생각은 금세 없어지고 문득 엄숙하여진다"
거나 "이제부터는 구경이 아니라 배알(拜謁)이다."라는 식의 태도와
는 거리가 멀다.277) 그것은 또한 "뉘 능히 이런 절대한 경계에 임하
여 잠자던 경건정신의 눈이 얼른 띄어지지 아니하며, 자기반조(自己
反照)에 말미암는 실상감입(實相感入)이 유도되지 아니하며, 걷잡을
수 없는 종교적 정서의 격발에 인하는 봉사적 자율행위가 현출되지
아니할까."라며 근대인들의 산행에 분노하던 그때와도 다르다.278)
이것은 최남선에게서 천산이 일종의 대상화된 풍경으로 인식되
고 있음을 의미한다. 하지만 이때에도 최남선은 천산을 미적인 방
식으로 대상화하지는 않는다. 최남선이 오른 천산은 청나라 때 창
건된 무량관(無量觀)이라는 도교 도량이 있는 곳이었다. 최남선은

---

276) 최남선, 「천산유기」(2), 『만주조선문예선』, 조선문예사, 1941, pp.51 – 52.
277) 최남선, 「풍악유기」, 1924/『전집 6』, pp.407 – 450.
278) 최남선, 「백두산근참기」, 1928/『전집 6』, p.110.

무량관의 정궁(正宮)인 '태청궁(太淸宮)'으로부터 도사들의 수련지인 '서각(西閣)'을 돌아, '반운암(伴雲庵)' 앞의 팔각석등에 쓰인 공덕주들의 이름을 보고, 다시 '종루(鐘樓)' '남천문(南天門)'을 지나 동구 앞에서 '유공탑(劉公塔)'을 보고, '상월사(相越寺)'로 나아간다. 이 과정에서 최남선은 보이는 현판이나 편액, 탑명 등을 이야기하거나 간간이 그 이국적 정취에 재미를 느끼기도 한다. 외부를 대상화한다는 점에서는 근대적 이성의 미적인 방식으로서의 풍경의 발견과 결국 동일한 시선이라고도 말할 수 있지만 발견된 외부가 자연미가 아닌 일종의 지식 차원의 대상이라는 점에서는 다르다고 할 수 있다.

주지하다시피 1920년대의 최남선은 근대 지리학적 시선을 통해 조선이라는 영토의 내부를 순례하였다. 그리고 이 과정에서 그는 자신의 민족주의 이념의 실증적 근거로서 금강산과 지리산·백두산을 민족의 기원적 성지로 실증할 수 있었다. 1920년대 본격화하기 시작한 그의 문화적 민족주의는 「불함문화론」을 정점으로 중국이라는 타자(他者)와의 구별을 통한 조선 중심의 문화권을 설정할 수 있었으며, 최남선은 자신의 보편적 문화권역론을 통해 조선이라는 '특수'를 설명했다. 하지만 1930년대 이후 최남선은 불함문화론의 중심을 조선에서 일본으로 이동시켰다. 그리고 이 과정에서 최남선의 논리는 분열되었다. 민족적인 독자성을 증빙하기 위해서는 문화적 보편의 논리를 따라야 했지만, 문화적 보편성이 강조되면서 확인되는 독자성은 이미 독자적인 것이 아니게 되기 때문이었다. 더욱이 이 보편의 논리에는 조선과 일본을 분리할 수 없다는 사실도 문제였다.

이 정신을 순화(醇化)하고 이 이상(理想)을 확장해 간다면, 일본의 건
국정신인 이른바 광택천하(光宅天下)라든가 팔굉일우(八紘一宇)의 대이
상(大理想)에 도달할 수 있음은 당연한 이치이며, 따라서 우리 만주의 건
국정신도 본연의 모습을 쉽사리 체득할 수 있을 것이다. 우리들은 감히
이렇게 부르짖고 싶다. 새 이상에 살기 위하여 옛 전통을 잡으라. 그 제
일 첩경으로서 신화로 돌아가라고. 지극히 소중한 二〇세기의 신화는 그
총명과 친지성을 과거의 그것에서 배워 마땅하리라고 통철히 느끼는 바
이다.279)(강조＝인용자)

　　1940년대 최남선이 의식하고 있는 민족은 형식적으로 일본 제국
주의라는 울타리 외부에 있었다. 적어도 만주는 건국 이념상으로는
일본과 조선이 동등한 지위에 서 있는 곳이며, 일본으로서도 조선
을 어쩔 수 없는 논리의 공간이다. 최남선이 만주에서 조선적인
것을 발견하고 그 감격에 취해 옛 신화로 돌아갈 것을 주장했을
때 최남선의 머릿속에는 '환(桓)'으로 대변할 수 있는 북방문화의
신화적 중심에 대한 자신감이 있었다. 이 때문에 최남선은 신화의
세계 속에서라면 일본의 건국정신인 광택천하(光宅天下) 팔굉일우
(八紘一宇)의 대이상에 기꺼이 동참한다고까지 말할 수 있었다. 만
주는 어느 곳을 둘러보아도 조선과의 친연성이 부정할 수 없는 증
거들로 가득 찬 땅이었다. 최남선이 "만주와 일본과의 사이에 근본
문화상 일치가 있다 하면, 그 중간에 반도가 빠지지 못할 것은 무
론 자명한 일"(「송막연운록」)이라고 자신할 수 있었던 것도 만주에
대한 북방민족으로서의 정당화 논리에 도취된 결과였다. 하지만 북
방민족의 일원으로서 조선은 북방문화가 강조될수록 존재가 사라
질 수밖에 없었다.

---

279) 최남선, 「만몽문화」, 1941/『전집 10』, p.372.

형식 논리만으로 보자면, "일본의 건국정신인 광택천하 팔굉일우의 대이상에 동참하겠다."는 이 발언은 틀림없는 친일 발언이다. 하지만 이 인용문 바로 앞에서 최남선은 '桓'과 '단군왕검'의 인류학적·민속학적 서술을 길게 논증하고 있다. 최남선은 "지금이기에 역사와 신화는 뚜렷이 별개의 것으로 되어 있지만, 그것이 고대문화 중에서는 둘이면서 하나, 하나이면서 둘이라는 불가분의 것이기도 하고, 따라서 양자의 경계 등도 거의 없었다."고 주장한다.280) 그것은 신화 그대로를 믿는 그들에게는 신화가 곧 역사였으며 별도로 사실의 기록이란 요구가 없었기 때문이다. 식민지의 국토 내부에서, 일본 제국주의의 내선일체 요구 안에서는 끝내 기원으로서의 성소(聖所)적 표상으로밖에 만날 수 없었던 민족을, 그럼으로써 결국 끊임없이 보편에 기대어 확인받을 수밖에 없었던 축소된 특수를 이념적인 동시에 이론적인 차원에서 극복할 수 있는 가능성을 발견한 것이었다.

이렇게 주장할 때, 최남선에게 신화는 비현실적인 것이 아니다. 또한 신화는 옛것도 아니었다. 최남선에게 신화는 현실적인 동시에 새로운 것이었다. 신화의 현실감은 그것의 비현실적인 데서 오지만, 신화의 새로움은 그것이 옛것일수록 커지는 것이다. 그러므로 최남선에게 신화란 그것이 비현실적이면 비현실적일수록, 오래된 것이면 오래된 것일수록 더 현실적이고 새로운 것이다. 하지만 이렇게 확정된 현실 속에서는 민족이 설 자리가 없다. 이것은 역사 연구의 출발점에서부터 조선이라는 민족사를 논리적으로 지탱하는 보편성으로서의 문화권역을 설정한 순간부터 그의 논리 속에 내재

---

280) 최남선, 「만몽문화」, 1941/『전집 10』, p.356.

한 궁극의 도달점이었다. 인류사의 관점에서 불함문화를 설명하고 불함문화의 논리 속에서 조선의 역사가 확인되는 방식, 다시 말해 모든 곳에서 조선을 확인할 수 있다는 근대적 보편의 논리는 역으로 어느 곳도 조선은 발견되지 않는다는 말과 같다. 불함문화의 모든 곳에 조선이 있다는 말은 실제 조선은 아무 곳에서도 존재하지 않는 것이기 때문이다. 이것은 궁극적으로 근원적 무(無)의 지점을 향하는 논리였다.

> 그나 그뿐인가 곰곰이 생각하건대 천산과 우리 조선인(朝鮮人)과의 인연(因緣)은 거의 중중무진(重重無盡)한 실마리를 풀어낼 수도 잇다. 위선 산전체가 장백산의 래맥(來脈)이 바다를 건너서 태산을 만들라가는 과야(過野)임이다. 요동반도란 원래 조선반도도와 매한가지로 역시 백두산의 한 기슭인 것이다. 그리고 역사를 말할 것 가트면 천산의 좌우가 고조선의 주요한 지역으로서 고구려 발해의 역대에 언제든지 근본부적 의미를 가젓든 군소지이얏스니 이들에는 선민(先民)의 어루만진 자리가 잇고 이 흙에는 선민의 흘린 땀이 실여 잇슬 것이다. 아득한 넷일뿐일가 근대(近代)의 만주봉금기(滿洲封禁期)에 천산을 답통(踏通)하야 그 권석촬사(拳石撮土로 하야금 항상 현실계(現實界)와 인연(因緣)을 가지게 한 자는 압록강 방면으로부터 산삼을 케러 다니는 우리의 '심뫼꾼'들이얏다 하니 말하자면 천산(千山)의 개발(開發)은 조선인으로 더부러 서로 종시(終始)하얏다, 할 것이다. 무량관경내(無量觀境內)에 강희십사년건립(康熙十四年建立) 『중수음각라한성명비기(重修音閣羅漢洞姓名碑記)』가 잇서 그중에 『천산천지지종수(千山天地之鍾秀)』『삼한지거관(三韓之巨觀)』이란 구(句)가 잇고 객당(客堂)의 편액(扁額)에도 『삼한정학년서(三韓丁鶴年書)』를 서(署)한 것이 잇스니 이러케 천산(千山)을 삼한지시(三韓地視)함이 진실로 ☒然한 일이라 한 수 업다. 내 이제 천산의 일봉정(一峰頂)에 서서 홈싹 만주를 이저버리고 슬멋이 고토(故土)의 생각을 품음을 누가 구태탓할 者이냐.[281]

최남선은 천산과 조선인 사이의 인연을 중중무진하다고 말한다.

---

281) 최남선, 「천산유기(2)」, 『만주조선문예선』, 조선문예사, 1941, pp.46 – 47.

최남선에게 천산은 백두산의 한 기슭인 요동반도에 있으며, 고조선·고구려·발해 등 선민들의 발자취가 무수히 스며 있을 뿐 아니라, 근대의 천산 역시 조선인 심마니들의 발견이었다. 「천산유기」의 특이점이 여기에 있다. 1937년 만주에 관한 인식이 저술을 통해 나타나기 시작하던 무렵의 최남선에게 만주는 일차적으로 누구의 땅도 아니라는 것이었다. 따라서 최남선은 만주를 "하늘이 처음부터 사방에 있는 여러 민족의 실력 있는 자는 죄다 들어와서, 문명적의 주인 노릇을 하라고 마련한 중원이, 지나인만의 사유 독점물이 될 수 없을 것만은 무엇보다도 역사적 운명"이라고 생각했다.282) 이러한 인식 위에서 최남선의 문화적 보편성은 만주에 대한 북방민족의 역사적 정당성을 마련할 수 있었고, 이로 인해 조선 역시 만주에 대한 권리를 획득하게 되었음은 전술한 바와 같다. 이 과정은 1938년의 「송막연운록」과 1941년의 「만몽문화」에 잘 드러나고 있다. 그런데 「만몽문화」의 저술과 같은 시기에 최남선은 천산을 여행했다. 그리고 천산에서 최남선은 문화적 보편성의 논리 안에서 해체되는 것처럼 보였던 조선을 다시 붙잡고 있다. 이것은 아마도 최남선의 의식 속에서 마지막까지 남겨져 있던 조선적인 것에 대한 집착 때문이었던 것으로 보인다. 그런 의미에서, 「송막연운록」이나 「만몽문화」에 비하면 소략한 분량이지만, 「천산유기」에서의 최남선이 기본적으로는 북방문화적 기원적 동일성에 기초해 조선의 역사성을 강조하고 있으면서도 일본의 흔적을 모두 지워 내고 있다는 사실은 매우 이례적인 서술 태도라고 볼 수 있다.

최남선은 천산의 한 봉우리에서 "흠뻑 만주를 잊어버리고 슬며

---

282) 최남선, 「북지나의 특수성」, 《매일신보》, 1937. 10. 3 – 10. 10 /『전집 10』, p.286.

시 고토를 생각하는 것을 누구도 탓할 수는 없을 것"이라고 적었다. 여기에서 만나게 되는 최남선은 "만주국의 학도로서의 우리"(「만몽문화」)로 존재했던 만주국의 최남선이 아니라 "금강산은 우리에게 구경할 무엇이 아니라, 때때 근성 참배할 성적인 존재"(「금강예찬」)라고 말할 때의 최남선과 다시 겹친다. 이 부분은 「천산유기」의 앞부분에서 무언가 머뭇거리는 듯하고, 시선 역시 담담했을 뿐인 최남선이 그럼에도 불구하고 다시 오족협화 속의 조선인이 아니라 고토 옛 주인의 시선으로 주체화되고 있는 부분이기도 하다. 하지만 그 울림이 1920년대의 그것과는 이미 확연히 달라져 있음은 전술한 바와 같다.

최남선의 「천산유기」는 1940년대 초반의 최남선이 여전히 민족의 문제를 사유의 중심에서 놓을 수 없었음을 보여 준다. 이때 만주에서 만난 조선은 1920년대 그가 찾아다닌 그때의 그 조선이 물론 아니다. 최남선은 그 이유를 조선의 심마니들로부터 찾았다. 아무도 주목하지 않았던 천산을 발견한 조선의 심마니들처럼 천산은 최남선의 인식 지평 위로 새롭게 재영토화된다. 과거 천산과 조선의 인연은 이미 중중무진이라 표현할 만큼 많고, 근대의 천산도 조선인들에 의해 발견되었다. 때문에 슬며시 만주를 잊어버린다면 이곳은 다시 조선 땅으로 의미화된다. 최남선은 이러한 생각을 품는다 해도 누구라도 구태여 탓할 수는 없을 것이라고 적었다. 이 부분에서 최남선은 신화를 통해 민족적 경계를 지워 버렸던 「만몽문화」의 세계로부터 다시 민족으로 회귀한다. 하지만 이것은 그의 역사연구가 다다른 막다른 길이자 이중적으로 분열되어 있던 최남선이 도착한 최후의 길이었다.

# 3. 식민지 지식인의 역설

## 1) 경계 위의 최남선

최남선의 일생은 크게 두 개의 전환점을 통해 재구성해 볼 수 있다. 이 두 개의 전환점마다 최남선은 서로 다른 양쪽의 타자 사이에서 대결해야 했다. 첫 번째 전환점은 1906년 최남선의 2차 일본 유학 시절 와세다 대학에서 있었던 이른바 '모의국회사건'이다. 당시 와세다 대학 정경과 학생들이 학과 모의국회로 기획한 '조선 왕래조에 관한 건'은 1905년 이후 일본의 보호국으로 전락한 조선 왕에 대해 일본에서 어떤 격식으로 예우하는 것이 적절한가를 다룬 것이었다. 안건이 갖고 있는 민감한 정서상 당시 일본에 유학 중이던 조선 학생들이 이에 대해 즉각적이면서도 강렬하게 반발한 것은 당연한 일이었다. 최남선은 그 저항의 중심에 있었다. 최남선은 결국 대학을 자퇴했다. 그리고 1년여 넘게 일본 유학생 회보 편집 등에 관여하다가 1908년 귀국하여 『소년』을 창간했다. 그러므로 와세다 대학 모의국회사건은 1908년 최남선의 매체 활동이 시작되는 직접적인 계기가 되었다고 할 수 있다. 하지만 그럼에도 불구하고 최남선에게 일본은 반드시 적대적인 대상이었던 것은 아니다.[283] 1900년대 후반에서 1910년대의 최남선에게 화두는 조선의 문명화·근대화였다고 할 수 있다. 이 시기의 최남선은 문명의

---

[283] "우리 신대한의 애국(愛國)은 척양(斥洋)도 아니오 배일(排日)도 아니오 오즉 자려자신(自勵自新) 자성자수(自成自守) ㅣ 니라"(『소년』, 1909. 3).

모델인 일본과 문명화의 대상인 조선을 동시에 타자화시켰다. 최남선의 매체 활동은 이 둘 사이에 낀 중간인의 모습을 보여 준다.

> 우리가 '민족'이란 귀중한 발견을 이루기 위하여 어떻게 참담한 도정을 지냈습니까. 어떻게 거대한 희생을 바쳤습니까. 능욕의 층빙(層氷)과 편축(鞭蹴)의 적설(積雪)과 시련의 철화(鐵火)와 절마(折磨)의 독랄(毒剌) 속에서 십전구도(十顚九倒) 기사태멸(幾死殆滅)한 끝에 바드럽게 간신히 일선(一線) 자광(慈光)을 천하에 발견한 것이 진실로 활발 치열한 민족적 자각, 민족적 인식 아닙니까.[284]

두 번째 전환점은 1919년의 3·1운동이었다. 3·1운동은 식민지 조선에서 일본에 대해 벌였던 민족적 저항이었다. 최남선 개인으로도 3·1운동은 '민족'의 발견이었다고 말할 수 있다. 하지만 최남선은 물리적 저항 대신 문화적 대응을, 그 자신의 용어를 빌면 '정신적 장기전'을 준비하는 길로 나아갔다. 최남선은 역사 연구를 자신의 사명으로 받아들였고, 역사 연구를 통해 조선의 민족적인 기원을 동아시아 문화의 중심으로 실증하는 불함문화론을 완성했다. 민족의 기원 연구가 문화권의 연구와 병행되는 과정에서 최남선은 민족과 문화를 분리했다. 문화권의 보편성과 민족성의 독자성을 통해 최남선은 한편으로는 중국과 다른 한편으로는 일본과 구별되는 조선의 영역을 설정할 수 있었다. 이때까지 최남선의 역사 연구는 일단 어려운 문제를 동시에 해결한 듯 보였다. 하지만 논의가 진전될수록 조선은 문화권 속에서는 중국과 분리되는 대신 일본과 쉽게 동일화되어 갔다. 민족의 고유성은 일본과 분리되기 위해 점점 더 신화적인 세계로까지 소급해 기원을 찾아가야 했다.

---

284) 최남선, 「'동명' 간행사」, 《동아일보》, 1922. 8. 24/『전집 9』, p.588.

하지만 신화로 소급해 갈수록 민족의 고유성은 오히려 옅어졌다.

최남선에게 문명진보론에 입각해 신문화 전파의 첨병이고자 했던 선구적인 계몽운동가의 모습과 민족 개념을 통해 이른바 전통을 재사유하겠다는, 얼핏 보아 상호 모순처럼 여겨지는 이미지가 착종되어 있는 것은 이와 같은 삶의 과정을 이해하는 것으로부터 이해되어야 한다. 매체 활동이 최남선이 주력했던 활동의 하나였음은 잘 알려진 사실이지만, 그의 삶을 통해 확인되는 것은 최남선이야말로 오히려 그 자체로 매체였음을 보여 준다. 1990년대 후반 이후 1910년대의 한국은 최남선을 통해 문명화·근대화의 형식을 만났다. 이 말의 의미는 근대계몽기의 문명화를 최남선이 처음 주장했다는 것도 아니고, 최남선이 가장 중요한 인물이라는 것도 아니다. 근대계몽기를 살았던 많은 인물들이 문명담론을 전파하고 조선의 근대화를 견인했다. 하지만 그들 중 누구도 최남선처럼 철저히 그 스스로 매체가 되었던 경우는 없었다.

1920년대는 여러 방면에서 민족담론이 논의되는 시기였다. 최남선은 독립선언서에서 세계사의 보편적 흐름에 호소하면서도("세계 개조의 대기운에 순응병진", "세계의 변조를 승한 오인", "전 세계의 기운이 오등을 외호"), 민족적 주체성을 강조("민족자존의 정권을 영유", "민족적 존영의 훼손", "민족적 정화를 결뉴")했다. 정확하게 말하면, 민족주의라는 보편적 흐름에 호소하고 있다. 물론 합방 이후부터 민족주의적 의식은 비약적으로 강화된다. "당시 한국 최고이자 최대의 지적 센터이며 아카데미"[285]였던 조선광문회는 『동국통감』, 『택리지』 등 역사서와 지리서를 중심으로 광범위한 고전 간행 작

---

285) 김윤식, 『이광수와 그의 시대』(1), 솔, 1999(개정·증보), 4부 4장 참조.

업을 기획했다. 조선광문회의 활동방향은 "신문명의 기초를 전고(奠固)하기 위해 구교화의 지질을 심사하라. …… 역사적, 언어적, 도덕적 3방면을 자주적, 근대적, 과학적으로 연구 설명하려는"[286] 것이었다. 이런 의미에서 보면 신문관을 해체한 최남선이 동명사를 설립하고, 세계적 지식의 전파라는 종합지 『청춘』을 폐간한 최남선이 「조선역사통속강화개제」를 연재하며 역사 연구로 나아간 것은, 그의 삶에서 자연스러운 흐름이었다고 볼 수 있다.

근대의 역사 서술 일반이 그러하듯, 최남선 역시 기원을 찾는 것으로부터 시작했다. 최남선은 "조선 역사의 실제적 문제는 조선 민족의 연원이 무엇임으로부터 비롯한다."고 했다.[287] 그는 기원 속에서 때 묻지 않은 과거, 힘 있고 우월했던 우리 자신의 정체성을 만날 수 있다고 믿었다. 하지만 이것은 자칫 기원으로의 후퇴, 요컨대 현재 속에서 어떻게 내 안의 타자, 타자 안의 나와 대화할 것인가가 아니라 영광된 옛 순간의 추억 속에 붙들리게 될 위험을 내포한다. '조선적인 것'을 내 안에 있던 무엇인가로 발견한다는 것은 그 발견이 현재의 나를 미래로 이끌어 주는 힘이 될 수도 있지만 동시에 과거로 안주하려는 퇴행적 욕망으로 전환될 가능성도 동시에 내포하는 것이었다. 기원에 몰두하는 순간 현실은 간과된다. 최남선은 이 과정을 문화권과 민족이라는 두 개의 문제로 분리해서 대결했다.

「자열서」를 통해서도 끝내 양보할 수 없었던 「불함문화론」(1925)의 핵심적 문제의식은 단군을 통해 조선학의 기원을 세우겠다는 것

---

286) 최남선, 「조선광문회 고백」, 1911/『전집 10』, p.427.
287) 최남선, 「조선역사통속강화개제」, 1922/『전집 2』, p.209.

이었다. 최남선은 단군과 고대사의 관계를 재설정했다. 「불함문화론」을 통해 단군은 조선민족과 문화의 기원으로 강조된다. 하지만 여기서 주목할 것은, 그가 '단군'과 '붉'사상 등 이른바 조선적인 것을 찾음으로써 배제하고자 한 일차적인 대상은 일본이 아닌 중국이었다는 사실이다. 이것은 이광수를 비롯한 당대 지식인들이 서구에 대해 대립 의식을 가지고 있었던 것에 비하면 특이할 만한 사실이다. 이광수와 장지연의 범아시아주의는 '귀축미영(鬼畜美英)'을 부르짖었다. 이광수의 「어린 희생」에 드러난 러시아에 대한 혐오나 공포와 비교해 보자면, 최남선의 감각은 언제나 서양보다는 중국을 더 의식했던 것으로 보인다. 그에게 조선적인 것을 찾는 작업은 모화(慕華)로부터 벗어나는 것에서 출발한다.[288] 오히려 최남선은 1920년대에도 서구의 근대에 대한 갈망을 보여 준다. 『동명』에서도 서양문학서의 번역과 사회주의를 비롯한 서구사상의 소개에 주력하였으며, 여기서 민족과 민중의 '발견'이라는 문제를 제기했다.

최남선에게는, 한편으로는 일본에 대한 타자적 의식으로서 민족의 기원을 향해 회귀하려는 의지가, 다른 한편으로는 '발견된 민족'에 대한 역사의식이 길항하고 있었다. 이것은 일차적으로 최남선의 관심이 과학적·합리적인 근대지식의 추구에 맞닿아 있었기 때문일 것이다. 최남선은 "민족마다 각별한 공통심리가 있어, 온갖 사물 상에 그 특수한 색채를 나타내나니, 이것을 민족성이라 한다. 민족성이 국민으로 발로된 것을 국민성이라 일컫는다."(「조선역사

---

288) "최근 오백 년간의 아 민족을 논하자면 모화란 일대 방면 일대 사실을 제거하지 못할지니 이로 인하여 아의 민족성이 얼마나 삭마(削磨)되고 자존심이 어떻게 회멸(壞滅)되고 원기와 활력이 얼마나 모손(耗損)된 것은 금에 찬론(贅論)을 안용(安用)하오릿가." 남산 잠두에서, 『청춘』(8), 1917. 6.

통속강화개제」)라는 말에서 보듯 민족과 국민을 구별했다. 물론 이런 식의 사고가 최남선만의 생각이었던 것은 아니다.[289] 하지만 초기 민족주의자들에게 민족은 자연발생적인 반면, 국민은 동일한 정신과 이해로 묶인 인위적 조직을 의미했다. 그러므로 이들에게 국민이란 결국 이러한 '동일성'을 완성하기 위해 우리 안에 존재하는 타자들인 무속인 · 탁발승 · 풍수지리사 등을 일소함으로써 만들어진다. 초기 민족주의자들의 목표가 민족이라기보다는 국민이었다면 최남선에게는 국민이라기보다 민족이었다.

하지만 최남선에게는 민족의 '발견'을 말하면서 또한 민족의 '기원'까지도 이야기해야 한다는 모순이 있었다. 이것은 그가 말하는 '민족의 발견'이, 원래 민족은 있지만, 그것이 의식되는 것은 특정한 역사적 조건하에서 획득되는 것임을 의미한다. 이것을 증명하기 위해 최남선은 문화라는 보편 원칙을 준거로 내세웠다. 최남선의 문화론은 민족의 기원을 보편성의 논리 속에 실증하는 척도이자 외부와 구별되는 경계였다. 1920년대의 많은 순례형 국토 기행문이 민족의 기원을 확인하는 실증 차원에서 이루어졌다는 사실은 이러한 사실을 말해 준다. 그리고 바로 이 지점에서 민족주의 논리는 제국주의 논리와 만난다. 왜냐하면, 기원을 출발점으로 삼아 하나

---

289) "민족이란 것은 단지 동일한 혈통에 속하며 동일한 토지에 거주하며 동일한 역사를 가지며 동일한 종교를 받들며 동일한 언어를 사용하면 동일한 민족이라 가히 칭하는 바이거니와 국민 두 글자는 이처럼 해석하면 불가할지라. 대저 혈통, 역사, 거주, 종교, 언어의 동일함이 국민 되는 요소가 아님은 아니나 단지 이것만이 동일하다고 꼭 국민이라 말함은 불가능하나니…… 민족을 가리켜 국민이라 칭함이 어떻게 가능하리요. 국민이란 것은 그 혈통, 역사, 거주, 종교, 언어의 동일한 것밖에 또한 필연적으로 동일한 정신을 가지며 동일한 이해를 느끼며 동일한 행동을 하여 그 내부의 조직이 한 몸의 골격과 흡사하며 그 대외의 정신이 한 병영의 군대와 흡사해야 이를 국민이라 말하나니."(「민족과 국민의 구별」, ≪대한매일신보≫, 1908. 7. 30)

의 선적 질서를 구성하고 이를 실증적 사실들로 채우는 것, 그럼으로써 모든 차이들과 불연속들을 봉쇄하거나 배제하는 것은 바로 제국주의의 역사학이기 때문이다.290) 결국 최남선은 그 자신만의 독특했던 비균질적 감각들, 예를 들면 근대적인 것과 전통적인 것·나와 세계·문명과 문화 등이 동시적으로 존재했음에도 불구하고 '조선적인 것'의 특수성을 강조함으로써 보편주의로 귀착되었다.

최남선은 조선 민중에 대해 그 자신이 계몽의 주체였을 때에도 일본에 대해서는 개화되어야 할 미개화된 조선 반도인의 일원이었고, 식민지 지식인이면서 제국 일본에 대해 종속되고 억압된 현실 속에 놓여 있을 때에도, 식민지 종주국보다 유구한 민족 전통을 가진 피식민자로 자각하였으며, 오족협화의 대이상을 희구하는 만주국의 일원으로 강의를 할 때에도 한편으로는 동시에 그 속에서 조선을 특권화하는 제국주의적 욕망을 가졌던 다층적이고 복합적인 인물이었다. 하지만 끝내 국가와 민족이 분리되고 민족에서 문화를 문화에서 다시 신화를 분리했던 최남선이 다다른 마지막 도착점이 그의 출발점이었던 민족이었다는 사실은, 너무 많은 길을 걸어 다시 처음의 자리로 돌아왔거나 혹은 처음 자리에서 양쪽에 낀 상태로 한 발자국도 발을 내딛지 못한 유목과 정주의 사이에 그의 삶이 존재했음을 웅변한다.

---

290) 미셸 푸꼬, 이광래 옮김, 『말과 사물』, 1988, p.377.
  "기원이 역사성을 형성하게 하는 것은 결코 아니다. 기원으로 하여금 내재적인 동시에 외재적이기도 한 기원의 필요성의 윤곽을 그 씨실 자체 속에서 그려 내게 하는 것이 바로 역사성이다. 기원이란 마치 원뿔의 꼭짓점과도 같다. 기원이란 모든 차이, 분산, 불연속이 응축되어 단지 동일성의 한 점만을, 곧 내부적으로 파열하면서 타자가 될 힘을 그 속에 숨기고 있는, 감지할 수 없는 '동일자'의 형상만을 형성하는 데 불과하다."

## 2) 제국 욕망과 민족 혁명

최남선의 친일 행적에 관한 논란은 해방 후 60년이 지난 오늘날에도 여전히 현재적이다.[291] 지식인·문인들의 친일 행위에 대한 평가는 아직 끝나지 않았다. 민족이라는 초역사적 가치가 존재하는한 친일은 감추거나 은폐할 수는 있어도 없애 버릴 수 있는 문제가 아니다. 따라서 언제라도 들추어지거나 드러나게 되는 순간 그사실은 이제까지의 모든 문제를 무효화하고 그때부터 가장 본질적인 문제로 자리를 잡는다. 최남선 역시 마찬가지였다고 할 수 있다. 1957년 사망 이후 최근에 이르기까지, 아니 그보다 더 이른 시기부터 최남선에게는 곧잘 '친일파'·'민족반역자'라는 식의 이름표가 붙어 다녔다. 조금 진부한 수사를 써서 말한다면, 그것은 민족이라는 이름으로 행해진 단죄였다. 하지만 역사는 민족이라는 가치가 곧잘 맹목에 가깝게 절대화됨으로써 민족 외부에 대해 폭력적인 억압으로 변질된다는 사실을 잘 보여 주었다.

1943년 12월, 최남선은 일제의 대동아전쟁에 조선 학병을 지지하는 연설을 했다. 이광수도 동행했던 그 자리에서 최남선은 허리끈이 끊어질 정도로 열변을 토하며 학병을 권유했다. 그리고 이사건은 지금도 최남선의 일생일대를 통틀어 그의 대표적인 친일·반민족 행위로 기억된다. 최남선의 친일 행위는 변명의 여지가 없

---

291) 2003년 1월 25일 최남선의 고택 '소원(素園)'은 친일파의 유적을 문화재로 지정할 수 없다는 서울시의 판단에 따라 철거되었다. 2003년 1월 현재 소원에는 1957년 그의 사후 고려대학교로 기증된 최남선의 도서 및 관련 유물들 중 처리되지 않고 방치된 많은 책과 자료들이 방치되어 있었다. 이 남은 자료들은 철거 과정에서 전혀 수습되지 못한 채 사라져 버렸다.

다. 하지만 최남선에 대한 비판이 민족과 반민족의 이항대립적 구도에서 논의될 때 문제는 지나치게 단순화되어 버린다. 최남선의 학병 권유가 문제가 되는 것은 그것이 친일·반민족 행위이기 때문이 아니라 그가 정당화하고자 했던 그 전쟁이 반인류적인 파시즘 전쟁이었다는 데 있다. '민족 / 반민족' 혹은 '근대적 / 전근대적'이라는 거친 이분법으로는 이러한 논의 사이에서 배제되고 탈락되는 수많은 유·무형의 가치들을 무의미하고 무가치한 것으로 만들어 버린다.292)

　민족은 국민국가의 형성 과정에서 발견된 상상의 공동체이다.293) 전근대 사회로부터 근대로의 이행 과정에서 각국의 국민국가는 다양한 근대적 지식들을 담론화하였다. 19세기 말에서 20세기 초반, 조선 후기로부터 대한제국을 거쳐 일제 강점이 시작되던 시기에 조선에는 많은 신지식들이 밀려 들어왔다. 이 시기에는 오늘날의 우리에게는 자명한 것으로 인정되는 많은 인식의 전제들이 낯설고 새로운 문명의 도래로 인식되었다. 여기에는 지금의 우리에게는 분화되어 있는 어떤 감각들이 미분화된 감각으로 존재하고 있다. 물론 그 반대의 경우도 있다. 오늘날의 우리들에게는 미분화된 어떤 감각이 어느 특정한 시기에는 선명하게 분화되어 있기도 하다. 그러므로 이러한 사례들을 통해 알 수 있는 것은 우리들의 인식이

---

292) 이에 대해 식민지시기를 연구하는 일본의 鶴園裕는 "최남선이나 이능화 등의 친일파에 관해서는 민족의 배반·반민족자로 처단시키는 것이 당연시되고 있으며, 그 반면 항일·배일 운동은 민족의 주체를 형성시킨 위대한 업적으로 평가되고 있음"을 지적하고 "과연 이러한 이분화가 영원히 정당성을 가질 수 있을 것인가에 관해서 의문을 갖지 않을 수 없다."라고 지적한다. 鶴園裕,「近代朝鮮における國學の形成―朝鮮學'を中心に」,『朝鮮史研究會論文集』(No.35), 1997, 綠蔭書房, p.57; 全成坤,『日帝下ナショナリスムの創出と崔南善』, J&C, 2003. p.24에서 재인용.

293) 베네딕트 앤더슨(윤형숙 옮김),『상상의 공동체』, 나남, 2002.

상대적이라는 사실이 아니라 역사적이라는 사실이다. 문학 역시 예외는 아니다.

더 이상 친일인가 아닌가라는 식의 구도로는 한국 근대 초기 이후 일제강점기를 관통하는 여러 인물들의 행적 및 근현대사의 주요 쟁점들을 제대로 파악하지 못한다. 지난 세기의 민족문학담론의 가치평가 속에서는 민족의 가치 이외에 새로운 문제 구성의 생성이 불가능하기 때문이다. 다시 말해 친일문학론이 무용하기 때문이 아니라, 이제는 친일에 대한 실체적 접근이 필요하다는 의미에서 그렇다. 요컨대 어떤 친일이었는가에 대한 정밀한 분석을 준비해야 할 때이다. '친일/반일'의 논리는 이미 그 스스로 '민족'이라는 전제와 가치를 획정한 개념이기 때문이며, 이 단계에서는 근대 역사담론의 다양한 지층들이 제대로 보이지 않는다.

물론 최남선의 민족주의 담론과 친일담론의 관계를 어떻게 볼 것인가 하는 문제는 간단한 문제가 아니다. 근대적 역사담론 자체가 한편으로는 정체성 혹은 기원을 출발점으로 삼으며, 또 다른 한편으로는 보편주의하에서의 특수주의라는 관점에서 전개된다는 점에서 민족주의 역사학은 일본의 역사학 방법과 동형적이 되기 쉽다는 사실도 잊어서는 안 된다. 탈식민주의 역사 담론은 피식민지가 자신의 정체성을 형성하는 과정에서 제국을 모방하고 이 모방을 통해 제국과 혼종된다는 사실을 영국과 인도 및 제3세계 국가들의 사례들을 통해 보여 준 바 있다. 그러므로 중요한 건 역사학 자체가 아니라 그러한 역사학을 통해 무엇을 이끌어 낼 것인가의 문제이다.

역사는 사실들의 서사적 구성물이고, 따라서 그것은 실재적 사실들로 이루어진다. 하지만 역사는 사실들의 서사이지만 단순히 실재적인 것만은 아니고, 구성적이지만 그저 허구적인 구성물만은 아니다. 역사는 실재와 허구 사이에 있다. 역사는 과거로부터 현재적인 교훈을 얻는 방식으로 이용되며, 이런 의미에서 역사는 일반화될 수 없는 다양한 삶의 범례들이다. 이 경우에 역사는 교훈을 강조하기 위해 종종 역사적 사실을 변형하거나 반대로 말하는 경우도 있었다. '역사란 삶의 스승'이기 때문에 교훈을 주는 스승의 역할을 위해 역사는 때론 그렇게 변형되거나 왜곡되어도 좋았던 것이다. 요컨대 역사는 복수적으로 존재했다. 이런 저런 역사들을 포괄하고 통합하는 하나의 단수로서 역사(History)가 그 자체로 독립하여 실재성을 획득하게 되는 것은, 길게 잡아도 18세기 후반, 근대에 이르러서였다.[294] 다양한 역사들을 하나의 역사로 통합한다는 발상은 국민국가의 형성과 직접적인 관련을 갖는다. 국민 내지 민족의 이름으로 다양한 지방적 영토들을 하나의 영토로 묶고, 서로 다른 사람들의 기억을 하나의 역사로 통합했던 것이다. 네이션이라는 근대 국민국가적 통일성은 이처럼 공통된 기억으로 역사를 공유하게 됨을 의미한다. 민족주의는 이러한 역사를 이념형으로 전유한다. 공통의 기원과 그 기원으로부터 이어진 단일한 역사적 흐름을 통해 동질성은 강화되고 이질성은 지워지거나 배제된다.

최남선은 민족과 문화권의 보편 논리를 거쳐 신화를 향해 나아갔다. 민족의 기원을 찾는다는 점에서, 그리고 그 민족의 기원으로 존재하는 단군으로부터 지금 현재까지 일련의 흐름을 설정한다는

---

294) 이진경, 「소수자와 반역사적 돌발―소수적인 역사는 어떻게 가능한가?」, 『소수성의 정치학』(부커진 『R』 1호), 연구공간 수유+너머, 그린비, 2007, p.245.

점에서 최남선은 근대 민족주의 역사학에 충실한 역사가였음을 보여 준다. 하지만 최남선에게는 민족의 기원을 설명해 주는 신화가 과거의 원점으로서가 아니라 현재적 삶의 조건들과 부딪쳐서 새로운 사건을 일으키는 돌발적 가능성이 내포되어 있었다.295) 최남선에게 신화는 현실을 돌파하기 위해 더욱 다가가야만 하는 미래로서의 과거다. 그 판단 불능의 지대로부터 최남선은 민족의 가치를 새롭게 부여하고 새롭게 시작하고자 했다. 거기에서 현실을 돌파할 수 있는 힘으로서 민족의 기원을 읽어 내고, 정체성에 대한 기억을 '단군'으로 단일화시켰다. 이럴 경우 일본의 동양사 기획에 대한 조선의 불함문화 기획이나 외세의 억압에 대한 반발의 역사로 조선의 전 역사를 개괄하는 그의 논리는 근본적으로 조선과 불함문화의 역사가 제국과 세계사에 대한 반발의 결과임을 증명하게 될 뿐이다.

요컨대 다수적이고 보편적인 일반사에서 소외되고 외면된 조선의 역사를 들추고 강조하는 것이란 그것이 최선의 경우일 때에도 일반사의 부족을 설명할 수 있을 뿐, 그것이 최초에 기획했던 조선이라는 독자성에 대한 설명으로 이어지는 것은 아니다. 더욱이 단군으로 동일화되는 이 논리는 타자에 의한 배제의 논리를 수용할 수밖에 없다는 점에서, 그것이 저항했던 제국의 역사 논리와 공모 관계에 있는 것이었다. 이러한 사실은 조선적인 것이 조선인에 의해 발견되고 논의되어야 한다는 최남선의 바람과는 달리, 그

---

295) 최남선, 「만몽문화」, 1941 /『전집 10』, p.372.
　　"우리들은 감히 이렇게 부르짖고 싶다. 새 이상에 살기 위하여 옛 전통을 잡으라. 그 제일 첩경으로서 신화로 돌아가라고. 지극히 소중한 二〇세기의 신화는 그 총명과 진지성을 과거의 그것에서 배워 마땅하리라고 통절히 느끼는 바이다."

의 역사 연구가 문화론 속에서 일본에 포함할 수밖에 없었던 사정을 설명해 준다. 근대 지식담론에서 보이는 최남선의 특이한 점은, 쉽게 포착되지 않는 다양한 지층들을 보여 주었다는 점에 있다. 아마도 이것은 식민지의 근대 담론이 갖는 중층성과도 관련되는 문제일 것이다. 추상적이고 어디에도 없는 보편성에 대한 추구를 포기하지 않았다는 점에서, 그리고 그 믿음을 오롯하게 지켰다는 점에서, 최남선은 순진한 역사가였다고 말할 수 있다. 하지만 그것이 자신도 모르게 빠져들게 되고 마는 제국주의의 논리와 상통하고 있었다는 사실을, 아마도 그 자신은 깨닫지 못했을 것이다.

> 대저 가톨릭은 교조(敎祖) 오주(吾主) 예수의 말씀과 같이, 이 세상에 평화를 가지고 오지 않고 칼을 가지고 와서 불의를 없이하고 의를 세우려 하는 교문이라. 그러므로 그 역사는 투쟁의 기록이요 의로써 불의를 격멸하는 과정의 기록이며, 또 그것이 자연에 맡긴 인위의 사실이 아니라 일대경륜의 점차적 발전임을 속이지 못할지니296)

최남선은 1955년 가을에 가톨릭으로 개종했다. 자신의 가톨릭 개종 이유를 밝히고 있는 「인생과 종교」라는 글에서 최남선은 종교의 구제가 비록 개인적인 것이지만 때에 따라서는 민족과 국가의 집단적 요구에 응하는 것이기도 하다고 했다. 식민지 시기 조선의 고유신앙으로서 북방 민족에 공통된 살만교를 주장했던 최남선이 광복 이후 가톨릭으로 개종한 이유는 무엇 때문일까. 아마도 이것은 일본이라는 명시적인 외부적 타자가 사라진 이후 정부 수립 과정에서 드러난 여러 가지 시행착오와 혼란을 돌파할 대안이

---

296) 최남선, 「인생과 종교 ─ 나는 왜 가톨릭에로 개종하였는가」, ≪한국일보≫, 1955. 12. 17 / 『전집 9』, pp.272 ─ 273.

필요했기 때문이었을 것이다. 요컨대 "한국이 정치적으로 해방을 보았다 하고 역사상으로 신국가를 건설하고 신문화를 창조한다고 하나, 그 입각점을 볼 때에 아무 믿을 만한 정신적 기반이 없음은 오히려 1세기 2세기 이전의 그때와 다름이 없고, 아직까지도 국가 와 문화가 든든한 정신적 기반 위에서만 건립 진전이 가능한 것이 라는 입문(入門) 초과(初課)의 지식에도 결여한 상태"에 있었기 때 문이다.297) 최남선은 새로 시작된 한국의 정신적 기반을 가톨릭에 서 찾았다. 그는 유교에서 이퇴계가 났고 불교에서는 원효가 나왔 지만, 이들이 몇 묶음 혹은 떼 지어 나타난다고 해도 현재의 혼란 을 극복할 수는 없다고 보았다. 유학과 불교로는 불가능한 현실의 극복을 가톨릭이 담당할 수 있는 이유는, 가톨릭이 평화가 아닌 칼을 가지고 와서 불의를 없애고 의를 세우는 종교이기 때문이다.

> 나의 생각으로는 '민족'은 본질적으로 필요한 것도 아니며, 당연히 있어 도 안 될 것이요, 다만 '대립'의 의식으로만 성립된 것이라고 보게 되었다. 이것은 나의 일종의 자가변(自家辯)이기도 하다. 도대체 '민족'이라는 것이 인간사회에서 나타난 것은 그리 오래지 않다. 문학의 세계라는 동양의 한문 가운데는 자고로 '민족'이라는 말이 없었다. 서양에서도 중세기 이후 즉 시 민생활이 발생된 이후에, 길어도 사백 년 전에야 '민족'이라는 말이 생겼다. 그래서 나는 '민족'은 하나의 '대립의식'이라고 생각하였다. 상대의 민족적 인 집단체가 있을 때에 '민족의식'은 생긴다는 것이다. 이것은 전 인류의 평 등한 평화생활을 위해서는 있어야 할 당연성은 없다고도 말할 수 있다.298)

최남선은 민족이 원래 있는 것도, 있어야 할 것도 아니라고 말 한다. 그렇다고 해서 민족의 해체나 민족의식의 무의미함을 주장하

---

297) 최남선, 「인생과 종교 — 나는 왜 가톨릭에로 개종하였는가」, 앞의 글, 『전집 9』, pp.271 — 272.
298) 최남선, 「진실정신」, 『새벽』, 1954. 9/『전집 10』, p.251.

는 것이 이 글의 요지는 아니다. 아직은 현세계가 사회주의나 코즈모폴리턴이 아니기 때문에 생존·발전을 위해 민족적·국민적 통일은 필요하다. 문제는 한국이 현재 통일되지 못하고 있다는 것, 그리고 장래에도 그것이 쉽지 않다는 사실이다. 최남선은 그 이유가, 한국이 '망하지 못한 나라'였기 때문이라고 했다. 신라는 고려에게 망한 것이 아니라 고려에게 나라를 넘겨준 것이며, 고려 역시 조선에게 망한 것이 아니라 조선에게 그것을 양도했다는 것이다. 최남선은 이런 역사로 인해 한국 민족은 나라의 이름만 바뀌었지 국민적·사회적 혁명을 이룰 기회를 가져 보지 못했다고 주장한다. 따라서 오히려 지금은 민족의 재생과 국가의 통일이 반드시 필요하다. 최남선은 이것을 '민족혁명'이라고 불렀다. 진실정신으로 무장한 민족 혁명을 이루어야 한다는 것이다.

외부적 타자인 일본 제국이 사라진 곳에서 최남선은 다시 분열과 대립과 혼란이라는 내부적 타자화를 주장하고 있다. 민족의 존재적 필연성은 부정하면서도 진실이라는 순수 정신에 기반을 둔 민족 혁명을 주장하는 최남선의 논리는 어느새 세계의 공존과 평화를 위한다면서 자민족의 특권을 주장하는 제국의 논리와 크게 닮아 있다. 이것은 그가 평생을 통해 대결했던 대상과 이 대결을 통해 동일화했던 주체가 결국 하나의 뿌리 속에서 갈라져 나온 두 개의 가지였음을 의미하는 것이었다.

최남선과 근대·언어·민족

최남선은 1900년대 후반 이후 1910년대를 통해 지속적으로 여러 종류의 잡지를 기획·출판하였다. 이 과정에서 그는 많은 종류의 글을 직접 쓰거나 번역함으로써 근대적 지식의 통로로서 잡지가 갖는 시대적 역할을 충실히 수행하였다. 최남선의 글쓰기는 아직 근대문학이 본격화하기 이전에 이루어진 다양한 형식의 문체들이라는 점에서 그것이 한국근대문학의 문체 형성 과정 속에 놓여 있다는 사실을 의미한다. 한편 최남선은 1920년대 이후 역사 연구로 주요 활동을 전환하였다. 최남선은 민족의 기원을 역사적 실재로서 증명하고, 문화 및 신화 연구를 통해 조선 민족의 독자성을 밝히는 데에 주력했다. 그의 조선 연구는 이후 근대 민족주의 담론이 이론화되는 데 중요한 축으로 작용했다.

　오늘날 최남선은 신문화운동의 개척자이거나 반민족적 친일지식인이라는 양분된 평가 위에 놓여 있다. 이러한 사정은 광복 후 60년이 지나도록 한국 학계가 민족 이데올로기의 자장으로부터 자유로울 수 없었다는 사실을 반영한다. 최남선은 한국근대문학은 물론 국민국가 형성에 직·간접적인 영향을 끼쳤지만 민족 이데올로기라는 거대 담론 속에서는 각각의 활동 속에서 그가 가졌던 다양한 욕망들을 제대로 주목할 수 없었던 것이다. 본고는 기존의 이와 같은 평가 방식을 지양하고, 이제까지 일종의 봉인 상태에 놓여 있었던 최남선의 미시적 욕망들을 그의 활동과 그가 남긴 저술들을 종합적으로 고찰해 보고자 하였다. 이것은 최남선에 관한 연구가 단순히 결과적인 차원에서 친일 혹은 반일의 민족 이데올로기 속에서 다뤄지는 것을 피하고, 그의 지적 여정이 갖는 담론의 다양한 층위를 살펴보기 위해서였다.

본문은 최남선의 글쓰기(Écriture)와 근대 기획이라는 두 개의 지층을 따라 논의를 진행했다. 이 과정에서 최남선의 삶은 크게 전반기의 매체 활동과 중·후반기의 역사 연구로 나누어졌다. 이러한 구분은 최남선의 매체 활동이 주로 국민국가 만들기와 관련되는 반면, 역사 연구 부분은 주로 민족 담론 형성과 관련되는 것으로 판단했기 때문이다. 물론 이 두 영역은 상호 교차될 수밖에 없는, 그렇기 때문에 다분히 편의적이고 자의적인 구분이라는 비판은 일정 정도 감수할 수밖에 없었다. 대신 이러한 분절을 통해 본문에서는 최남선의 매체 활동을 통해 한국근대문학의 언어 질서 및 문학적 제도화 과정을 살피고, 역사 연구를 통해 일제강점기와 연동되어 있는 한국의 근대 민족 이데올로기의 지형도를 탐사하는 쪽으로 논의를 초점화할 수 있었다. 이는 근대계몽기로부터 한국전쟁 이후까지 반세기에 걸쳐 쉼 없는 저술활동을 벌였던 최남선을 이해하기 위한, 그리고 그가 남긴 다양하고 방대한 저술들을 통시적으로 고찰하고 이 과정에서 드러나는 시선의 다층성과 욕망의 결들을 읽어 내기 위한 일종의 고육책이었음을 변명 삼아 덧붙여 둔다.

근대계몽기의 후반부에 잡지와 더불어 시작된 최남선의 글쓰기는 동시대에 전개되고 있던 신문 및 그 속에서 전개되고 있던 신소설의 국문 글쓰기와는 다른 양상으로 1910년대 한국근대문학의 형성에 관련되어 있다. 신문은 '사실'을 전달한다는 매체적 특성과 함께 근대적 국문 글쓰기가 시작되는 글쓰기의 장이었다. 전근대시기 국문 글쓰기의 전통이 낭독－화자의 표지로 이루어져 있었던 것에 비해 근대 매체로서의 신문은 사실의 객관 보도와 공공장으로서의 매체적 특성을 위해 문면 위에서 발화자의 흔적을 지우기 위해 노력했다. 이를 위해 신문은 소문을 간접화시키는 방식으로 근대적 문어체의 한 형식인 객관성을 확보하는 방향으로 글쓰기를 전개했다. 근대계몽기 신문 연재를 통해 등장한 신소설은 신문의 이러한 문체적 특징을 고스란히 반영하고 있다.

1910년대에 접어들면서 신소설은 서사의 동력을 잃어버리고 삽화 및 연극 등과의 관련을 통해 전개되는 양상을 보인다. 신소설과 근대소설의 단절이 확인되는 것은 이 부분이다. 이 시기는 최남선의 매체 활동이 본격화된 시기이기도 하다. 최남선은 두 차례의 일본 유학을 통해 경험했던 문명의 체험을 잡지 출판을 통해 조선에 실현하고자 하였다. 1900년대 후반부터 1910년까지 최남선은 『소년』·『청춘』 등으로 대표되는 여러 종류의 잡지를 일인 편집으로 출판했다. 최남선은 자신을 가리켜 '신보잡지광'이라고까지 불렀다. 근대적 지식들은 최남선을 통해 선별·분류되었는데, 이 과정에서 최남선은 당대의 주류적 읽을거리였던 신소설을 배제하였다. 이러한 사실은 신소설이 근대적 지식으로 분류되지 않았음을 의미하는 것일 뿐 아니라, 한기형의 지적처럼 신소설의 최전성기에 신소설과는 다른 문학 감각이 존재했음을 의미한다.

최남선은 1900년대 후반 이후 1910년대를 통해 다양한 글쓰기를 실험하였다. 하지만 이 과정에서 문학은 특화된 무엇이라기보다 근대적 지식의 하나로 그의 잡지를 통해 수용·소개되었다. 최남선은 외국근대 문학작품뿐 아니라 영웅전기 및 수필의 형태로 다양한 서사적 글쓰기를 표출했다. 무엇보다도 그의 글쓰기는 출발지점에서부터 묵독의 독자를 의식한 글쓰기였다는 특징을 갖는다. 또한 최남선은 이 시기에 이르러 자신의 글쓰기에 원근법적 시선을 드러내고 있다. 최남선의 글에 원근법적 시선이 등장하고 있음은 한국근대문학의 문체를 설명하는 새로운 좌표를 예고한다. 최남선은 비록 소설을 창작하지는 않았지만 근대적 언어질서의 주류로 성장하는 근대소설의 문체를 상당 부분 선취하고 있었기 때문이다.

따라서 이 시기 최남선이 보여 준 글쓰기의 감각은 한국근대문학의 언어형식 속에서 큰 의미를 갖는다. 이제까지 문체와 관련된 한국근대문학사의 통념은 신소설 및 번안소설로부터 근대소설로 이어지는 국문 글쓰기라는 것이었다. 하지만 이때에도 신소설·번안소설의 문체와 근대소설의 문체 사이에 존재하는 단절의 지점, 예컨대 삼인칭의 발견과 이를 통한 시점의 확보는 명확하게 설명되지 못했다. 하지만 1900년대 후반 이후 1910년대의 최남선이 잡지를 통해 보여 준 글쓰기 속에는 근대소설의 언어 질서라고 일컬어지는 등장인물의 시점이 이미 작동하고 있었다. 이와 동시에 최남선은 자신의 잡지를 통해 근대소설의 문체를 제도적으로 정착시키려는 노력도 보여 주었다. 최남선은 1908년『소년』창간호부터 독자투고를 통해 다양한 종류의 글쓰기를 독려했을 뿐 아니라, 1910년대 후반에 이르러서는『청춘』을 통해 본격 문예물을 현상 공모했다. 이 과정에서 최남선은 글쓰기의 문체와 형식을 강제함으로써 근대문학에 이르는 문체의 제도화에 커다란 영향을 끼쳤다.

이러한 사실들은 최남선의 글쓰기가 기존의 한국근대문학사의 통념과는 달리 1910년대 중반 이후에야 등장하는 근대소설의 문체를 선취하고 있었음은 물론 이후 제도화되는 문단의 형성과도 직·간접적인 관련을 맺고 있음을 의미한다. 이는 또한 문학사의 전개가 문자 텍스트들의 종합만으로 설명될 수 없다는 사실도 지시하고 있다. 근대문학 특히 근대소설의 언어적 특질이 독자의 시선을 등장인물의 시점으로 전환시키는 글쓰기와 크게 관련되어 있다는 점에서 볼 때 최남선이 1910년대에 선취하고 있는 문체에 주목하는 것은 한국근대문학의 문체 전개를 보다 풍성한 논의의 장으로 이끌어 준다. 또한 문학이 선험적인 무엇이 아닌 역사적 구성물이라는 사실을 전제한다면, 문학의 제도적 형성에 관한 논의 속에서 최남선과 그의 매체 활동이 갖는 의미는 결코 간과될 수 없는 의미를 갖는다.

최남선에게 잡지는 일종의 문명의 형식과도 같은 것이었다. 최남선은 두 차례의 일본 유학 과정을 통한 문명 체험을 잡지를 통해 전달하고자 했다. 이 과정에서 근대의 다양한 지식들은 최남선을 통해 선별·분류·전파되었다. 이것은 또한 잡지의 다양성·잡종성을 바탕으로 한 국민국가 형성의 과정이기도 했다. 국민국가 형성에 관한 최남선의 잡지 이념은 그가 활용한 여러 시각 자료들을 통해 잘 드러난다. 그중 대표적인 것이 『소년』에 사용된 이미지들이다. 최남선은 자신이 꿈꾸었던 문명국으로서의 국민국가 이미지를 잡지의 다양한 지면 분할을 이용해 여러 형식으로 반영하였다. 최남선은 나폴레옹과 피터대제라는 비동시적인 영웅 이미지를 같은 지면에 배치하고, 국가 권력으로서의 제복 이미지를 통해 국민국가의 제도적·문명적 이미지를 제공했다. 이러한 사례들은 근대 초기 계몽사상가로서의 최남선이 꿈꾸었던 문명국가의 지도자가 어떤 인물이었는가를 잘 보여 준다. 최남선의 매체 활동은 잡지라는 형식을 통해 동시대의 문화적 역량을 발휘했다는 사실만으로도 큰 의미를 갖는다. 이 과정에서 최남선은 단순히 문학만이 아니라 문명의 매개자로서 존재하며 그 스스로 일종의 매체로 기능하고 있었다.

한편 최남선은 3·1운동을 지나면서 이전 시기까지의 잡지 출판보다는 역사 연구로 자신의 활동을 전환한다. 잡지는 일본의 검열과 직결되어 있을 뿐 아니라, 다양한 지식의 전개라는 잡지의 성격상 근대적·문명적 형식의 깊이를 경험하는 데에는 현실적 한계를 가질 수밖에 없었기 때문이다. 실제로 『소년』·『청춘』 등의 잡지는 정치사적·사회사적 변화에 따라 여러 차례 검열과 정간 등 운용상의 어려움을 겪었다. 이에 따라 최남선은 자신의 역사연구를 조선적인 것의 탐구라는 뚜렷한 목적의식 속에서 전개시켰다. 최남선의 이러한 방향 전환은 매체 활동과는 달리 보다 심층적인 차원에서 전개된 문화적 대응의 일환이었다.

최남선의 문화적·민족적 이념 추구는 조선의 정체성 탐구와 직결되어 있다. 이를 위해 최남선은 조선의 민족적 기원을 탐구하고 조선을 포함한 독자적인 문화권을 구상하였다. 1925년 완성된 「불함문화론」은 인도·중국 문화와 구별되는 독자적인 북방문화론이자 조선을 중심으로 설정된 문화담론이었다. 또한 최남선은 조선의 기원과 관련해서 당시 일본 학자들에 의해 부정되고 있던 단군의 존재를 역사적으로 실증하고 다양한 역사연구방법론을 동원하여 조선의 기원으로서 단군의 위상을 재확립했다. 이 과정을 통해 최남선은 일본에 억압되어 있던 조선을 특화하고 이를 통해 한국 근대 민족주의 담론을 이룩하는 중요한 토대를 마련하였다. 하지만 최남선의 「불함문화론」은 인도·중국과 구별되는 독자 문화권을 설정하는 과정에서 조선을 중심으로 하는 '불함문화권' 속에 일본을 포함시킴으로써 친일담론으로서의 불씨를 내장하고 있었다.

　최남선의 국토순례는 이러한 일련의 과정 속에서 이루어졌다. 최남선은 민족적 가치를 확인하고 민족의 성소를 특화하는 방식으로 자신의 기행을 순례로 인식하였다. 이 때문에 최남선의 기행문은 동시대의 문학인들이 보여 준 근대적인 미적 태도와 구별되는 종교적·신앙적 태도로 일관되고 있다. 이것은 역사 연구에 매진하고 있던 그의 태도에서 연원한 것이었다. 또한 최남선은 문학과 관련해서도 시조의 근대적 성격을 밝힘으로써 한국근대문학의 출발에서부터 드러나고 있는 근대문학이라는 외적 모델을 거부하였다. 최남선의 시조론 속에는 한국근대문학이 출발지점에서부터 안고 있던 '문학' 및 '근대'라는 아포리아에 대한 근본적인 물음이 포함되어 있다. 이것은 최남선의 시조론이 단순히 문학사적 의미에 국한되는 것이 아니라 그가 구상하고 있던 문화적·민족적 이데올로기의 한 측면을 문학 담론에서도 확인하고 있었기 때문이었다. 최남선의 시조론은 조선적인 것의 독자성을 문화적 보편성 속에서 확인하고자 했던 그의 역사 연구 논리가 문학론으로 반복된 것이었다.

　최남선이 확립한 문화권론은 1930년대 이후 북방문화권으로 확장된다. 그리고 이 과정에서 최남선은 문화권의 중심을 조선에서 일본으로 이동시켰다. 따라서 이 시기에 등장한 최남선의 많은 저술들은 그의 친일 행위를 증명하는 좋은 자료로서 비판되고 있다. 하지만 이것은 최남선의 역사 연구가 조선의 특수성을 근거하는 준거점으로서 보편적인 문화권을 설정했던 1920년대 역사 연구에 이미 내장된 논리였음을 간과한 결과이다. 최남선이 문화적 보편성을 확장하면서 만주 지역에 대한 조선의 역사적 정당성을 확보할 수 있었던 것과, 이 과정에서 똑같은 논리로 일본과의 문화적 동질성을 피할 수 없었던 것은 동일한 논리 구조를 갖고 있기 때문이다.

따라서 최남선의 문화권 논의 속에서 조선과 일본의 동일성이 표출되는 것은 최남선의 변절의 증거가 되기 어렵다. 오히려 이 부분에서 중요한 점은 그럼에도 불구하고 최남선이 조선과 일본의 민족적 동일성에 대해서는 대답을 유보하고 있다는 사실이다. 최남선은 일본과의 문화적 동질성을 주장하면서도 민족적 이질성을 포기하지 않았다. 최남선의 만주국 시절 논설들에서 최남선이 오족협화의 만주 속에서 동일화되기도 하고 또는 여전히 조선인으로 남게 되는 것은 당시 그의 위치가 갖는 이중적이고 복합적인 성격을 의미한다. 이 과정에서 최남선은 일본이 자신들의 근대화 과정에서 보여 주었던 방식과 동일한 방식으로 조선을 특권화하고 조선에 대해 만주를 타자화한다. 이것은 또한 그의 식민지적 무의식이 만주를 통해 제국 욕망을 모방하고 있음을 의미하는 것이기도 하다.

「송막연운록」은 최남선이 조선의 역사적 정당성을 확보하는 동시에 만주를 타자화하고 있음을 잘 보여 준다. 하지만 최남선에게 만주가 언제나 타자로서만 존재했던 것은 아니다. 「만몽문화」는 최남선의 문화권 논리가 갖는 제국적 성격을 잘 보여 주지만 이 속에서 최남선은 스스로를 만주국의 일원으로 동일화하고 있다. 이 것은 그가 식민지 종주국으로서의 일본은 물론 식민지화된 만주 양쪽 어느 곳에서도 자신의 정체성을 확인하지 못한 결과였다. 한편 「천산유기」(1941)에서 최남선은 객관적이고 담담한 시선으로 천산을 대상화했다. 이 글에서 최남선은 천산을 미적 대상으로 파악하고 있지는 않지만, 지식의 형태로 천산을 대상화하고 있다는 점에서 1920년대 국토순례기에서 보여 주던 열정의 파토스와는 상당한 차이를 보인다. 천산에서 담담한 어조를 유지하던 최남선이 「천산유기」의 마지막 부분에 이르러 끝내 조선인으로서의 정체성을 드러내 보이고 있음은 1940년대 만주국의 일원이면서 동시에 조선인으로서 그리고 식민주의적 제국의 욕망과 피식민자의 억압된 욕망 사이에서 길항하고 있던 그의 혼란을 파악할 수 있게 한다.

이상의 사실들을 종합해 보면, 최남선은 평생을 통해 '사이'에 존재하는 모습을 보여 주었다고 할 수 있다. 근대계몽기에 그는 문명을 체험한 엘리트 지식인으로 문명국 일본과 미개한 조선의 사이에 있었다. 그의 매체 활동은 근대적 지식을 선별·분류하는 그의 감각에 의해 조선에 전파되었다. 이 과정에서도 최남선은 그 스스로 매체였다. 역사 연구로 전환했을 때 그가 맞닥뜨린 눈앞의 타자는 일본이었다. 최남선은 일본이라는 타자로부터 조선을 주체화하기 위해 그는 조선의 역사와 조선의 역사를 설명해 줄 근거로서 불함문화를 설정하였다. 하지만 타자에 대한 반발은 결국 그 타자를 모방하는 방식에 지나지 않았다. 최남선의 문화론은 문화권역이 확대될수록 조선적인 것이 지워질 수밖에 없는 논리 속에 있었다. 이것은 일본이 조선과의 문화적 동질성을 강조하면서 내선일체를 요구했던 것과 본질적인 차원에서 동일한 결과를 야기했다.

최남선의 문화론 속에서 일본과의 문화적 동질성이 부정될 수 없었던 것은 그에게 조선적인 것은 문화권 속에서만 독자성이 드러나는 것이었기 때문이다. 이러한 논리는 최남선이 만주에서 조선을 특화하는 과정에서 다른 한편으로 만주를 타자화하고 있는 모습을 통해 반복된다. 최남선이 만주에 대해 북방문화로서의 동질성을 주장했을 때 현실의 만주는 부정되고 있었다. 최남선의 역사 연구가 제국의 욕망을 모방하게 되었을 때 최남선은 과거 일본이 서양에 대해 자신들을 '반개(半開)'로 위치시키고 다른 동양 국가들에 대해 야만의 지위를 부여했던 것과 같은 위치에 서 있었다. 요컨대 일본에 대해 조선을 구별하는 과정에서 만주 등 북방민족은 미개의 영역으로 전락해 버린 것이다. 이런 점에서 보면 최남선의 매체 활동과 역사 연구는 평생을 통해 그가 보여 주었던 '사이'의 삶을 상징적으로 보여 준 것이었다고도 말할 수 있다.

최남선은 근대 한국 사회를 형성하는 다양한 담론의 지층과 이를 통해 전개되고 있던 지식인의 분열적 욕망들이 통과되는 지점에 존재하고 있다. 본고는 단일한 시점으로는 잘 포착되지 않는 최남선의 이러한 다층적인 면모를 살펴보기 위해 될 수 있는 한 기존의 전제들로부터 그의 활동들을 평가하는 방식을 지양하고 그의 글쓰기와 그의 저술들 속에 숨겨진 그의 욕망을 살펴보고자 하였다. 하지만 이러한 의도가 논문의 전개 과정에서 충분히 설명되었다고는 말하기 어렵다. 이것은 물론 연구자의 능력 때문이겠지만, 최남선 연구가 단순히 최남선 개인의 연구로 한정되지 않고 한국 근대를 설명하는 폭발적인 문제성을 포함하고 있기 때문이기도 하다. 최남선의 방대한 저술과 그 속에서 꿈틀거리고 있는 그의 다양하면서도 분열적인 욕망들을 예리하고 섬세한 시선으로 포착하기 위해서는 그가 관여했던 시기들에 대한 깊이 있는 이해와 폭넓은 자료 해석이 더욱 구체적인 차원에서 이루어져야 할 것으로 보인다. 예컨대 본고에서는 최남선의 글쓰기가 갖는 문체적 의미를 거칠게 다루고 있지만, 그가 직접 분류하고 있는 문체들이 어떠한 방식으로 한국근대의 언어질서로 재편되고 또한 사라져 갔는지에 대해서는 논의를 깊이 파고 들어가지 못했다. 또한 최남선의 언어관 및 근대문학의 최초 번역자의 한 사람으로 최남선이 갖는 의미 등도 최남선 연구에 있어 빠뜨릴 수 없는 중요한 부분이다. 이에 대해서는 따로 후속 연구의 장이 마련되기를 기대한다.

# 참고문헌

## (1) 자료

『육당최남선전집』(전 15권), 고려대학교 아세아문제연구소, 현암사, 1973.
『육당최남선전집』(전 14권), 역락, 2005.
『소년』(영인본)
『청춘』(영인본)
『만주조선문예선』(신영철 편), 조선문예사, 1941(오양호 소장본).
『친일작품선집』(김병걸 편), 실천문학사, 1988.
『신소설·번안소설 전집』, 아세아문화사, 1978.
『신소설전집』, 계명문화사, 1973.
『이광수전집』, 우신사, 1979.
『국역 윤치호 일기』, 송병기 옮김, 연세대학교 출판부, 2001.
『윤치호 일기』, 김상태 편역, 역사비평사, 2001.
『태극학보』·『대한유학생회회보』·≪독립신문≫·≪황성신문≫·≪대
　　　한매일신보≫(국한문본/국문본)·≪매일신보≫·≪동아일보≫
　　　(국사편찬위원회DB)·≪조선일보≫(조선일보사 자료실)

## (2) 단행본

강명관, 『국문학과 민족 그리고 근대』, 소명출판, 2007.
고미숙, 『한국의 근대성, 그 기원을 찾아서』, 책세상, 2001.
권보드래, 『한국근대소설의 기원』, 소명출판, 2000.

권보드래 외, 『『소년』과 『청춘』의 창』, 이화여대출판부, 2007.

권영민, 『서사양식과 담론의 근대성』, 서울대출판부, 1999.

권용선, 『근대적 글쓰기의 탄생과 문학의 외부』, 한국학술정보(주), 2007.

김복순, 『1910년대 한국문학과 근대성』, 소명출판, 1999.

김봉희, 『한국개화기 서적문화 연구』, 이화여대출판부, 1999.

김근수, 『한국잡지개관 및 호별목차집』, 사단법인 영신아카데미 한국학
　　　　연구소, 1973.

김병철, 『한국근대번역문학사연구』, 을유문화사, 1975(1998 중판).

김윤식, 『한국근대문예비평사연구』, 일지사, 1976.

＿＿＿, 『이광수와 그의 시대』(1)・(2), 솔, 1999(개정・증보).

김윤식・김현, 『한국문학사』, 민음사, 1973.

김영민, 『한국근대문학비평사』, 한길사, 1992.

＿＿＿, 『한국근대소설의 형성과정』, 소명출판, 2005.

＿＿＿, 『한국의 근대신문과 근대소설』, 소명출판, 2006.

김영작, 『한말 내셔널리즘 연구』, 청계연구소, 1989.

김철, 『바로잡은 '무정'』, 문학동네, 2003.

김현주, 『한국근대산문의 계보학』, 소명출판, 2004.

백철, 『신문학사조사』, 신구문화사, 1968.

안종화, 『신극사 이야기』, 1959.

오양호, 『한국문학과 간도』, 문예출판사, 1988.

＿＿＿, 『일제강점기 만주조선인문학 연구』, 문예출판사, 1996.

＿＿＿, 『만주이민문학연구』, 문예출판사, 2007.

육당최남선선생기념사업회 편, 『육당이 이 땅에 오신 지 백주년』, 동명
　　　　사, 1990.

윤이흠 외, 『단군-그 이해와 자료』, 서울대학교출판부, 2001.

윤해동・천정환・허수・황병주・이용기・윤대석 엮음, 『근대를 다시
　　　　읽는다』, 역사비평사, 2006.

이현식, 『제도사로서의 한국근대문학』, 소명출판, 2006.

임종국, 『친일문학론』, 평화출판사, 1966.

정선태, 『개화기 신문 논설의 서사 수용 양상 연구』, 소명출판, 1999.

조동일, 『한국문학통사』(5), 지식산업사, 1993(제4판).

조연현, 『한국현대문학사』, 성문각, 1969.

조용만, 『육당 최남선』, 삼중당, 1964.

_____, 『일제하의 문화운동사』, 현음사, 1982.

최원식・백영서 편, 『동아시아인의 ‘동양’ 인식』, 문학과지성, 1997.

최현식, 『신화의 저편』, 소명출판, 2007.

천정환, 『근대의 책읽기』, 푸른역사, 2003.

한기형, 『한국 근대 소설사의 시각』, 소명출판, 1999.

홍일식, 『육당연구』, 일신사, 1959.

황호덕, 『근대네이션과 그 표상들』, 소명출판, 2005.


가라타니 고진(柄谷行人)(1980), 박유하 옮김, 『일본근대문학의 기원』,
　　　민음사, 1997.

_____(2005), 조영일 옮김, 『근대문학의 종언』, 도서
　　　출판b, 2007.

강상중(姜尙中), 임성모 옮김, 『내셔널리즘』, 이산, 2004.

고모리 요이치(小森陽一)(2000), 정선태 옮김, 『일본어의 근대』, 소명출
　　　판, 2003.

_____(2001), 송태욱 옮김, 『포스트 콜로니얼』, 삼
　　　인, 2001.

고모리 요이치(小森陽一)・타카하시 테츠야(高僑哲哉) 엮음(1998), 이
　　　규석 옮김, 『내셔널 히스토리를 넘어서』, 삼인, 2005(개정판).

고야스 노부쿠니(子安宣邦)(2003), 김석근 옮김, 『일본근대사상비판』,
　　　역사비평사, 2007.

니시카와 나가오(西川長夫), 윤대석 옮김, 『국민이라는 괴물』, 소명출
　　　판, 2002.

다카시 후지타니(Takashi Fujitani), 한석정 옮김, 『화려한 군주』, 이산, 2003.

더글러스 로빈슨(Douglas Robinson)(1997), 정혜욱 옮김, 『번역과 제국』,
　　　동문선, 2002.

라인하르트 코젤렉(Reinhart Koselleck)(1979), 한철 옮김, 『지나간 미래』,
　　　문학동네, 1998.

루샤오펑(魯曉鵬)(1994), 조미원・박계화・손수영 옮김, 『역사에서 허구로』,

길, 2001.

마이클 로빈슨(Michael Edson Robinson)(1988), 김민환 옮김, 『일제하 문
　　　화적 민족주의』, 나남, 1990.

미셸 푸코(Michel Foucault)(1966), 이광래 옮김, 『말과 사물』, 민음사, 1988.

미야다 세쯔코(宮田節子)(1982), 이영랑 옮김, 『조선민중과 '황민화'정책』,
　　　1997.

미우라 노부타카(三浦信子)・가스야 게이스케[糟谷啓介] 엮음(2000), 이
　　　연숙・고영진・조태린 옮김, 『언어제국주의란 무엇인가』, 돌베
　　　개, 2005.

발터 벤야민(Walter Benjamin), 반성완 편역, 『발터 벤야민의 문예이론』,
　　　민음사, 1999.

사카이 나오키(酒井直樹)(1997), 후지이 다케시 옮김, 『번역과 주체』,
　　　이산, 2005.

　　　　　　　　　　　　(1991), 『Voices of the Past』, Cornell Univ.
　　　1991(『過去の聲』(일본어역, 2002).

스테판 다나카(Stefan Tanaka)(1993), 박영재・함동주 옮김, 『일본 동양
　　　학의 구조』, 문학과지성, 2004.

앙드레 루이예(Andre Rouillè), 정진국 옮김, 『사진의 제국: 1839 - 1870』,
　　　열화당, 1992.

에릭 홉스봄(Eric Hobsbawm) 외(1983), 박지향・장문석 옮김, 『만들어
　　　진 전통』, 휴머니스트, 2004.

오구마 에이지(小熊英二)(1995), 조현설 옮김, 『일본 단일민족신화의 기원』,
　　　소명출판, 2003.

올리비에 르불(Olivier Reboul)(1980), 홍재성・권오룡 옮김, 『언어와 이
　　　데올로기』, 역사비평사, 1994.

월터 J. 옹(Walter J. Ong)(1982), 이기우・임명진 옮김, 『구술문화와 문
　　　자문화』, 문예출판사, 1995.

이연숙(李姸淑)(1996), 고영진・임경화 옮김, 『국어라는 사상』, 소명출
　　　판, 2006.

이효덕(李孝德)(1996), 박성관 옮김, 『표상공간의 근대』, 소명출판, 2002.

전성곤(全成坤), 『日帝下ナショナリスムの創出と崔南善』, J&C, 2003.

질 들뢰즈(Gilles Deleuze)・펠릭스 가타리(Pelix Guattari), 이진경・권혜
　　원 옮김, 『천의 고원』, 연구공간 수유＋너머, 2002.
　　＿＿＿＿＿＿＿＿＿＿＿＿＿＿＿＿＿＿＿＿＿＿, 이진경 옮김,
　　『카프카－소수적인문학을 위하여』, 동문선, 2003.
폴 리쾨르(Paul Ricoeur)(1983), 김한식・이경래 옮김, 『시간과 이야기』
　　(1), 문학과 지성, 1999.
해리 하르투니언(Harry Harootunian)(2000), 윤영실・서정은 옮김, 『역
　　사의 요동』, 휴머니스트, 2006.
헤이든 화이트(Hayden White)(1979), 천형균 옮김, 『19세기 유럽의 역
　　사적 상상력－메타역사』, 문학과 지성, 1991.
호미 바바(Homi Bhabha)(1994), 나병철 옮김, 『문화의 위치』, 소명출판, 2002.


## (3) 논문류


강상희, 「친일문학론의 인식구조」, 『한국근대문학연구』(7호), 2003.
강해수, 「＜親日＞と＜帝國意識＞の狹間で－崔南善の「滿蒙文化」論」, 『일
　　본문화연구』(20집), 2006.
＿＿＿＿, 「최남선의 ‘만몽(滿蒙)’인식과 제국의 욕망」, 『역사비평』, 2006
　　가을호.
곽은희, 「만몽문화의 친일적 해석과 제국 국민의 탄생」, 『한민족어문학』
　　(47집), 2005.
구인모, 「국토순례와 민족의 자기구성」, 『한국문학연구』(27), 동국대 한
　　국문학연구소, 2004.
＿＿＿＿, 「최남선과 국민문학론의 위상」, 『한국근대문학연구』(12), 태학
　　사, 2005.
구자황, 「‘독본’을 통해 본 근대적 텍스트의 형성과 변화」, 『상허학보』
　　(13), 2004.
권보드래, 「번역어의 성립과 근대－국가, 민주주의, 자연, 예술을 중심
　　으로」, 『문학과 경계』, 2001 가을.
＿＿＿＿＿, 「『소년』과 톨스토이 번역」, 『한국근대문학연구』(12), 태학사, 2005.

권정화, 「최남선의 초기 저술에 나타나는 지리적 관심 – 개화기 육당의 문화 운동과 명치(明治) 지문학(地文學)의 영향」, 『응용지리』(13호), 1990. 12.

권행가, 「고종의 초상」, 덕수궁미술관 제3회 정기학술발표회, 2003. 6. 19.

길진숙, 「《독립신문》·《매일신문》에 나타난 '문명 / 야만' 담론의 의미 층위」, 『근대계몽기 지식 개념의 수용과 그 변용』(고미숙 외), 소명출판, 2004.

_____, 「1905 – 1910, 국가적 대의와 문명화」, 『근대계몽기 지식의 발견과 사유 지평의 확대』(고미숙 외), 소명출판, 2006.

_____, 「문명의 재구성 그리고 동양 전통 담론의 재해석」, 『근대계몽기 지식의 굴절과 현실적 심화』(고미숙 외), 소명출판, 2007.

김동식, 「철도의 근대성」, 『돈암어문학』(15집), 2002.

김명인, 「한국 근대 문학개념의 형성과정 – '비애의 감각'을 중심으로」, 『한국근대문학연구』(12), 2005.

김석봉, 「개화기 국문 관련 담론의 전개 양상 연구」, 『한국문학과 계몽 담론』(문학사와 비평연구회편), 새미, 1999.

김성준, 「최남선·2: 친일 반역자의 길」, 『근현대사강좌』, 1993.

김승찬, 「최남선론」, 『한국민속학』(28집), 1996.

김윤식, 「『혈의 누』의 두 가지 표기법에 대한 생각(사에구사 도시카쓰 발표 토론문)」, 『현대문학의 연구』, 2000.

김재용, 「친일문학 성격 규명을 위한 시론」, 『실천문학』(2002 봄호), 실천문학사.

_____, 「전도된 오리엔탈리즘으로서의 친일문학」, 『실천문학』(2002 여름호), 실천문학사.

김지녀, 「최남선 시가의 근대성: '철도'와 '바다'에 나타난 계몽적 공간 인식」, 『비교한국학』, 2006.

김현주, 「문화, 문화과학, 문화공동체로서의 '민족'」, 『대동문화연구』(47집), 2004.

남기택, 「동화적 상상력과 근대문학의 성립: 최남선을 중심으로」, 『인문학연구』(32권), 2005.

류보선, 「친일문학론의 계몽적 담론 구조」, 『한국문학과 계몽 담론』(문학사와 비평연구회 편), 새미, 1999.

류시현, 「친일로의 자기 부정, 해방 후 변명으로 이중 부정」, 『내일을 여는 역사』(20호), 2005.

류준필, 「근대전환기 신문매체의 구어재현방식과 그 성격」, 성균관대 동아시아학술원 대동문화연구원 중점과제 학술발표회, 2003. 6.

_____, 「1910 – 1920년대 초 한국에서 자국학 이념의 형성 과정: 최남선과 안확을 중심으로」, 『대동문화연구』(52), 2005.

문성환, 「근대문어체와 리얼리티」, 『인천어문연구』(19), 인천대학교 인천어문학회, 2004.

_____, 「소문에서 사실로, 사실에서 소설로 – 근대 초기 미디어와 새로운 리얼리티의 감각」, 제10차 국제언어문학학술발표대회, 2005. 8. 18.

_____, 「최남선의 역설」, 연구공간 수유＋너머 화요토론회 발표문, 2006. 3.

_____, 「얼굴과 신체의 정치학 – 『소년』과 『청춘』에 새겨진 문명의 얼굴·권력의 신체」, 『『소년』과 『청춘』의 창』(권보드래 외), 이화여대출판부, 2007.

문혜윤, 「문예독본류와 한글 문체의 형성」, 『어문논집』, 2006.

민현식, 「개화기 국어 문체 연구」, 『국어국문학』(111집), 1994.

박진영, 「한국의 번역 및 번안 소설과 근대 소설어의 성립」, 『대동문화연구』(59), 성균관대 대동문화연구원, 2007.

박헌호, 「동인지에서 신춘문예로 – 등단제도의 권력적 변환」, 『대동문화연구』(53), 성균관대 대동문화연구원, 2006.

박홍식, 「박은식과 안확의 철학사상 대비: 전통계승론과 혁신론의 이중성 문제를 중심으로」, 『동양철학연구』(23집), 2003.

복도훈, 「미와 정치: 국토순례의 목가적 서정시」, 『한국근대문학연구』(12), 태학사, 2005.

사에구사 도시카쓰, 「이중표기와 근대적 문체 형성」, 『현대문학의 연구』, 2000.

서영채, 「최남선 시가의 근대성에 관한 연구」, 『민족문학사연구』(13호), 1998.

_____, 「최남선과 이광수의 금강산 기행문에 대하여」, 『민족문학사연구』

(24호), 2004.

_____, 「기원의 신화를 향해 가는 길 – 최남선의 『백두산근참기』」, 『한국근대문학연구』(12), 2005.

신지연, 「『소년』의 문체 분석」, 『민족문학연구』(42), 2005.

신지영, 「≪대한민보≫ 연재소설의 담론적 특성과 수사학적 배치」, 연세대 석사학위논문, 2003.

오문석, 「한국근대시와 민족담론: 1920년대 시조부흥론을 중심으로」, 『근대문학연구』(4권 2호), 2003.

_____, 「민족문학과 친일문학 사이의 내재적 연속성 문제 연구 – 최남선을 중심으로」, 『현대문학의 연구』(30), 2003.

오양호, 「암흑기문학 재고찰」, 제23회 전국국어국문학대회, 1980.

_____, 「1940년대 만주이민문학 연구 – 재만조선인수필집 『만주조선문예선』, 여로형 만주이민소설을 중심으로」, 2007.

우미영, 「근대 여행의 의미 변이와 식민지/제국의 자기 구성 논리」, 『동방학지』(133), 2006.

윤건차, 「지식인의 '친일의식'을 어떻게 생각하는가? – '친일파'에 대한 고찰을 중심으로」, 한국사회사학회 2005년도 특별 심포지엄 '일본제국주의의 지배와 일상생활의 변화', 2005. 2.

윤대석, 「문학(화) · 식민지 · 근대: 한국근대문학연구의 새영역」, 『역사비평』(78), 역사비평사, 2007 봄호.

윤세진, 「『소년』에서 『청춘』까지, 근대적 지식의 스펙터클」, 『『소년』과 『청춘』의 창』(권보드래 외), 이화여대출판부, 2007.

이광호, 「후기 중세국어의 종결어미 {-다 / -라}의 의미」, 『國語學』(12), 국어학회, 1983.

_____, 「개화기의 어문 정책」, 『동양학』(32), 2002.

이승원, 「근대전환기 기행문에 나타난 세계인식의 변화 연구」, 인천대학교 박사논문, 2007.

이진경, 「소수자와 반역사적 돌발 – 소수적인 역사는 어떻게 가능한가?」, 『소수성의 정치학』(부커진 『R』no.1), 그린비, 2007.

이진호, 「최남선의 2차 유학기에 관한 재고찰」, 『새국어교육』(42호), 1986.

이태희, 「육당과 만해 시조의 어조(語調)」, 『시조학논총』(24집), 2006.

이혜령, 「한자인식과 근대어의 내셔널리티」, 『민족문학사연구』(29), 2005.

이희정, 「1910년대 ≪매일신보≫ 연재소설의 문체변화 과정(1)」, 『현대소설연구』(33), 2007.

임돈희·로저 제널리, 「한국민속사의 재조명: 최남선의 초기 민속연구를 중심으로」, 『민속학연구』(2호), 1995.

임수만, 「육당 최남선론 – 의식의 편력에 대한 고찰」, 『국어국문학』(142호), 2006.

임형택, 「근대계몽기 국한문체의 발전과 한문의 위상」, 『민족문학사연구』(14), 1999.

전성곤, 「『국민의벗』과 『소년』에 나타난 '문화론'에 관한 고찰」, 『인문연구』, 영남대학교, 2006.

_____, 「일본 '비교언어학'과 '인류학'의 변용 양상: 시라토리(白鳥)와 도리이(鳥居)를 중심으로」, 『일본문화연구』(17집), 2006.

_____, 「최남선의 「불함문화론」 다시 읽기」, 역사문제연구(16호), 2006.

_____, 「만주 '건국대학' 창설과 최남선의 '건국신화론'」, 『일어일문학연구』(56), 한국일어일문학회, 2006.

_____, 「최남선의 민속발견논리 고찰 – 특수와 보편」, 제1회 육당연구학회 학술대회 발표문, 2007. 10. 27.

전영표, 「육당 최남선의 출판행위와 『소년』지 연구」, 『출판잡지연구』(통권 12호), 2004.

정선태, 「근대계몽기 번역론과 번역의 사상」, 『배달말』(33), 2003.

_____, 「번역과 근대소설 문체의 발견: 잡지 『소년』을 중심으로」, 『근대의 어둠을 응시하는 고양이의 시선』, 2006.

조규익, 「금강산 기행가사의 존재양상과 의미」, 『한국시가연구』(12), 한국시가학회, 2002.

조동일, 「崔南善」, 『한국문학사상사시론』, 지식산업사, 1978.

조현설, 「민족과 제국의 동거: 최남선의 만몽문화론 읽기」, 『한국문학연구』(32), 2007.

주영중, 「최남선과 김억의 번역시 연구 – 번역 주체의 근대 의식을 중심으로」, 국제비교한국학회, 『비교한국학』, 2006.

차승기, 「근대문학에서의 전통 형식 재생의 문제 – 1920년대 시조부흥

　　　론을 중심으로」, 『상허학보』(17), 상허학회, 2007.

채백, 「≪독립신문≫의 성격에 관한 일연구」, 『한국사회와 언론』, 한국
　　　언론정보학회, 1992.

최재목, 「최남선 『소년』지의 '新大韓의 소년' 기획에 대하여」, 『일본문
　　　화연구』(18집), 2006.

최석영, 「일제하 최남선의 비교종교론과 '전통의 창출'」, 『호서사학』(26
　　　집), 1999.

최태원, 「번안소설·미디어·대중성」, 『한국근대문학과 일본』(사에구사
　　　도시카스 외), 소명출판, 2003.

한기형, 「근대잡지와 근대문학 형성의 제도적 연관」, 『근대어·근대매
　　　체·근대문학』(한기형 외), 성균관대 대동문화연구원, 2006.

_____, 「최남선의 잡지 발간과 초기 근대문학의 재편」, 『근대어·근대
　　　매체·근대문학』(한기형 외), 성균관대 대동문화연구원, 2006.

_____, 「매체의 언어분할과 근대문학」, 『대동문화연구』(59), 성균관대
　　　대동문화연구원, 2007.

한수영, 「근대시와 7·5조: 육당과 소월의 거리」, 『한국시학연구』(5),
　　　한국시학회, 2001.

_____, 「육당의 신시 의식과 형식 개념에 대한 고찰」, 『한국문학이론
　　　과 비평』(30), 2006.

호사카유우지(保坂祐二), 「최남선의 불함문화권(不咸文化圈)과 일선동
　　　조론(日鮮同祖論)」, 『한일관계사연구』(12), 2000.

홍기돈, 「대척점에 선 친일문학 연구의 두 경향」, 『역사비평』(90), 2005.

홍일식, 「최남선·1: 그의 친일 시비와 선구자로서의 비애」, 『근현대사
　　　강좌』, 1993.

홍홍구, 「1920년대 시조부흥론 재검토」, 『국어국문학』(112호), 1994.

황종연, 「문학이라는 역어(譯語)」, 『한국문학과 계몽 담론』(문학사와 비
　　　평연구회 편), 새미, 1999.

황호덕, 「사승(史乘)을 넘는 방법, 육당의 존재－신화론」, 제1회 육당연
　　　구학회 학술회의 발표문, 2007. 10. 27.

오규 시게히로(荻生茂博), 「崔南善の日本體驗と『少年』の出發: 東亞細亞
　　　의 '近代陽明學'」(Ⅲ－1), 『日本思想史』(60호), ぺりかん, 2002. 6.

문성환 ―――――――――――――――――――――――――――――――

좋은 앎과 좋은 삶을 일치시키는 공부 공동체에서 십 년 넘게 즐겁고 우정 넘치는 공부를 하고 있다. 한국근대문학을 전공했으나 최근에는 주로 동양고전을 공부한다. 주요 논문으로는 「근대문어체와 리얼리티」(2004), 「신소설의 전개와 새로운 독자의 탄생」(2005) 등이 있고, 단행본으로는 『들뢰즈와 문학-기계』(소명, 2002)·『'소년'과 '청춘'의 창』(이화여대출판부, 2007)을 동료들과 공동 출판했다. 인천대학교 국어국문학과 박사 졸업. 연구공간 수유+너머 회원.

최남선의 글쓰기를 통해 본 한국근대담론
최남선의 에크리튀르와
# 근대·언어·민족

초판인쇄 | 2009년 3월 20일
초판발행 | 2009년 3월 20일

지은이 | 문성환
펴낸이 | 채종준
펴낸곳 | 한국학술정보㈜
주　소 | 경기도 파주시 교하읍 문발리 513-5 파주출판문화정보산업단지
전　화 | 031) 908-3181(대표)
팩　스 | 031) 908-3189
홈페이지 | http://www.kstudy.com
E-mail | 출판사업부　publish@kstudy.com

등　록 | 제일산-115호(2000.6.19)
가　격 | 31,000원

ISBN　978-89-534-1424-2 93810 (Paper Book)
　　　978-89-534-1425-9 98810 (e-Book)

내일을여는지식 ▨ 은 시대와 시대의 지식을 이어 갑니다.